DIE MAGNOLIA CHRONIKEN

KATE CANTERBARY

ÜBERSETZT VON
ANGELIKA DUERRE

VESPER PRESS

Dies ist ein Roman. Die Namen, Charaktere, Orte und Ereignisse sind ein Produkt der Phantasie der Autorin. Eine Ähnlichkeit mit tatsächlichen Personen, lebend oder tot, Unternehmen, Ereignissen oder Schauplätzen ist rein zufällig.

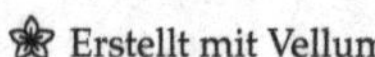 Erstellt mit Vellum

ÜBER DIE MAGNOLIA CHRONIKEN

Magnolia Santillians Mutter fasst zu Neujahr einen einfachen Vorsatz für ihre Tochter: sie soll ein ganzes Jahr lang ernsthaft wieder ausgehen und daten.

Oder bis sie sich verliebt, je nachdem, was zuerst passiert.

Wie hart kann ein Jahr mit immer neuen Versuchen und unbehaglichen ersten Dates sein? Darauf gibt es nur eine Antwort: Schlimm.

Oder in neun Wörtern: Schlimm und auch saukomisch, entmutigend, anstrengend und lächerlich witzig. Nur das ganze Drama in dieser Ära der Dating Apps und unerbetenen Bildern von Schwänzen zu erleben und sich zu verlieben ist noch schlimmer.

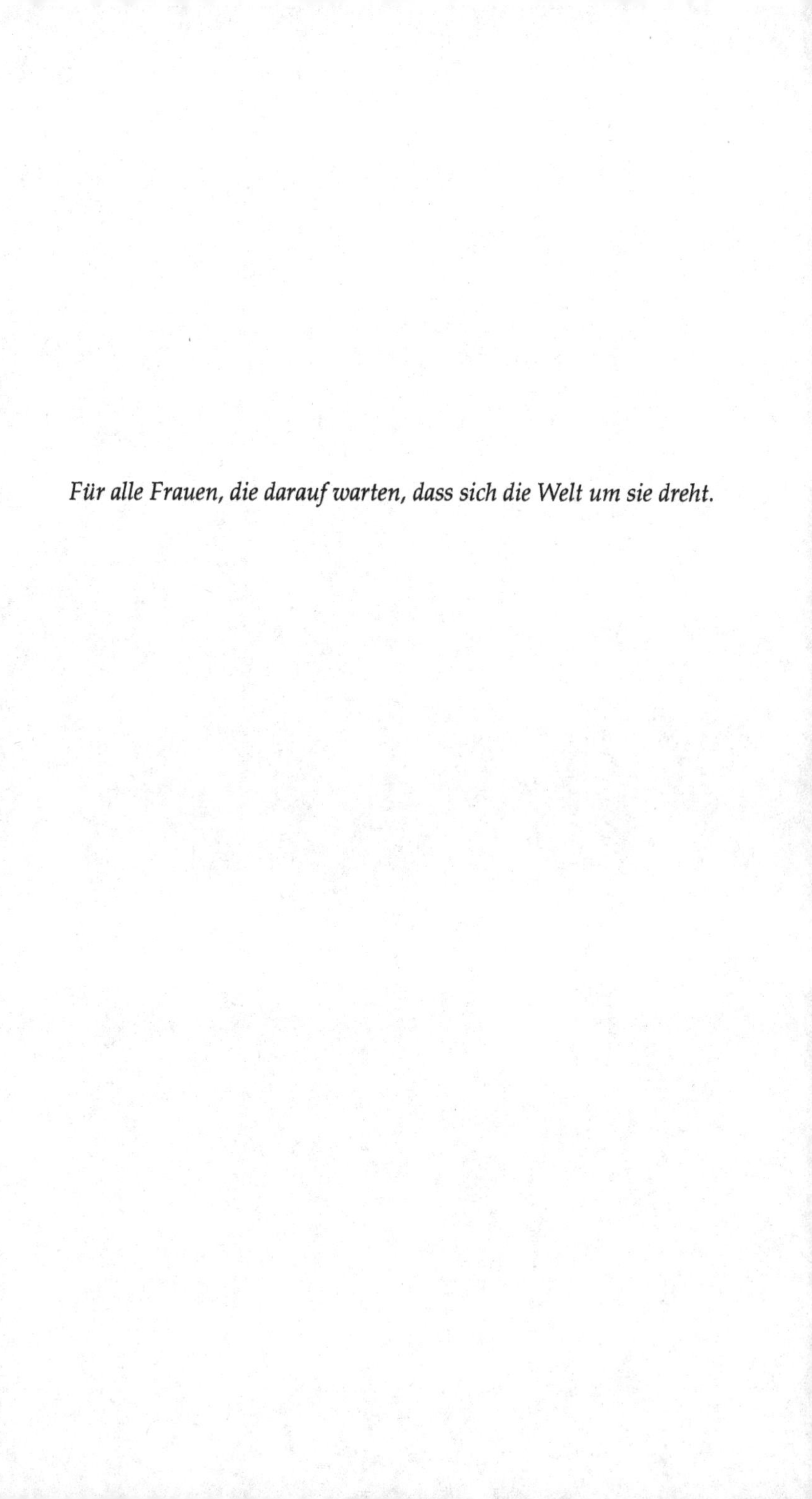

Für alle Frauen, die darauf warten, dass sich die Welt um sie dreht.

BEVOR SIE IN DIE GESCHICHTE EINTAUCHEN

Melden Sie sich für Kate Canterbarys Mailing-Liste an und erhalten Sie gelegentliche Nachrichten und Aktualisierungen sowie Neuerscheinungstermine, exklusive, erweiterte Epiloge, Bonus-Material und Kuchen. Es gibt immer Kuchen.

Besuchen Sie Kates private Lesergruppe und unterhalten Sie sich über Bücher, werfen einen kurzen Blick in neue Bücher und verbringen Sie Zeit mit anderen Leseratten!

PROLOG

Ich beobachtete meine Mutter und wartete auf einen Hinweis, warum sie mich mit meinem vollen Namen ansprach. Der war nur für drei Gelegenheiten reserviert:

1.Großer Ärger. Selbst mit vierunddreißig unterlag ich immer noch den Erwartungen meiner Mutter. Inzwischen bedeutete dies, dass ich nicht vergessen durfte, eine meiner siebzehn Tanten an ihrem Geburtstag anzurufen, dass ich das Haus nicht verließ, wenn ein Teil meiner Unterwäsche sichtbar war oder nicht nach neun Uhr abends mit meinem Hund gehen sollte. Laut meiner Mutter war das die Zeit, wenn Vergewaltiger und Serienmörder unterwegs waren.

2.Große Neuigkeiten. Dies beinhaltete oft einen Bericht über Gesundheitsprobleme von Leuten, die ich kaum kannte. Bei meiner Kindergottesdienstleiterin war Lyme-Borreliose diagnostiziert worden; unser alter Nachbar – der in dem Apartmentgebäude wohnte, in dem ich als kleines Kind gewohnt hatte – hatte wieder einmal sein Glasauge verloren und Onkel Karls Schwägerin hatte einen verdächtig aussehenden Leberfleck und wollte ihn behandeln lassen; die Cousine zweiten Grades meines Vaters in Philadelphia wollte wegen der Gicht weniger rotes Fleisch essen. Was für Nachrichten!

3.Große Bitten. Davon gab es nicht viele. Das lag in erster Linie daran, dass meine Mutter einen *ich-kann-das-alles-selbst*-Komplex hatte. Dieses Verhalten machte mich zu einem Ungeheuer, das seine Mutter beschämte, aber die Wahrheit war, dass meine Mutter nur alle paar Schaltjahre um Hilfe bat.

Sie hätte mir sämtliche Nachrichten auf der Fahrt von meinem Elternhaus in New Bedford nach Providence, dem Ort unseres alljährlichen Wellness-Tages zwischen Weihnachten und Neujahr, erzählt. Sie hätte mich dann auch gleich bestraft. Dies war eine Bitte und sie wartete damit, sie mir mitzuteilen, bis wir in dicke Bademäntel gehüllt waren und uns in einem spärlich beleuchteten Zen-Raum, mit einem mit Gurken parfümierten Wasser in der Hand befanden.

Und es war wohl eine große Bitte. So musste es sein. Es gab keinen anderen Grund, warum sie sich so sehr darauf konzentrieren sollte, ihren Bademantel glatt zu streichen und meinen erwartungsvollen Blicken auszuweichen.

„Was ist los, Diana Leonore?"

Sie zog den Gürtel ihres Bademantels zwischen ihre Finger, glättete ihn und rollte ihn wieder auf. Sie wich mir immer noch aus. Dann sagte sie: „Ich habe über meine Vorsätze für das neue Jahr nachgedacht. Hast du schon über deine Vorsätze nachgedacht?"

Es war gut, dass sie mit ihrem Bademantel beschäftigt war, denn ich hätte es niemals unterdrücken können, die Augen zu verdrehen.

Ich liebte meine Mutter. Wirklich. Wenn ich keine Liebe, Zuneigung und *Akzeptanz* für meine Mutter und all ihre Makel gehabt hätte, hätte ich Ihre Kritik hinsichtlich sichtbarer BH-Träger und abendlicher Spaziergänge mit dem Hund nicht ertragen. Ich hätte auch all die Mädchentage in Wellnessabteilungen, Nagelstudios und Einkaufszentren in und um Boston ausgelassen. Ich liebte meine Mutter jedoch und ich akzeptierte diese Gesten als ihre einzigartige Art und Weise, diese Liebe zu erwidern.

Aber.

Das lebenslange Streben meiner Mutter nach Verbesserung liebte ich nicht. Vielleicht erschien es ihr nicht lebenslang, aber sie hatte mein ganzes Leben lang ihre Unzufriedenheit mit ihrem Körper geäußert. Um die Sache noch mehr zu verwirren, meine Mutter und ich hatten die gleichen Körper. Genau gleich bis hin zu dem Problem, dass eine Augenbraue immer darauf aus war, die haarlose Stelle zwischen den Augenbrauen zu kolonisieren.

Wir waren beide 1,67m groß, hatten dunkelbraunes Haar mit unregelmäßigen Wellen, hellbraune Augen und Körper, die direkt aus einem Botticelli Gemälde getreten waren. Weder Pilates noch kohlenhydratarme Diäten oder Selleriesaft konnten unsere weichen, runden Bäuche oder unsere dicken Hüften verbannen. Sie waren ein Teil von uns, ebenso wie unsere Knopfnasen und die prallen, blassen Lippen und wir konnten sie nicht weg hassen.

Wir waren großzügig.

Wir waren jeder eine Hand voll.

Wir waren üppig.

Und für mich war das in Ordnung. Ich habe Jahre gebraucht – wirklich *Jahre* – um das zu realisieren, aber mein Körper war stark und fähig. Dieser Körper war der einzige, den ich hatte, um dieses Leben zu bestreiten und er war der richtige für mich.

Meine Mutter war noch nicht zu dieser Ansicht gelangt. Fairerweise musste man sagen, sie hatte auch drei Babys in die Welt gesetzt – gleichzeitig. Sie hatte mich und meine Brüder bis zur 36. Woche ausgetragen und dann wogen wir jeder zwischen viereinhalb und sechs Pfund. Das war keine geringe Leistung und dafür war ich nachsichtig mit ihren verschiedenen Gesundheitsideen. Ich machte mit, wenn auch nur, um sie daran zu erinnern, dass sie so viel fähiger war, als sie sich selbst zugestand, auch wenn ich dabei manchmal die Augen verdrehte.

„Ich habe noch nicht über Vorsätze nachgedacht", antwortete ich. „Ich nehme an, dass du ein paar Ideen hast."

„Ein oder zwei", murmelte sie. „Nichts Besonderes."

Ich griff nach dem Glas Wasser auf dem Tisch neben mir. „Da wir uns gerade unterhalten", begann ich und hielt inne, um zu trinken. „Warum teilst du sie nicht mit mir?"

Sie bewegte sich auf ihrem Stuhl und steckte den Bademantel zwischen ihre Knie. Anstand war meiner Mutter sehr wichtig. Es ergab keinen Sinn, da sie Massagen liebte, bei denen sie völlig nackt auf einem Tisch lag, während eine Fremde ihre Muskulatur knetete. Niemand hat jedoch jemals behauptet, dass Mütter einen Sinn ergaben.

„Bitte hör' mir zu, bevor du abwehrst."

Okay. Also ist dies wirklich eine große Bitte.

Ich legte die Hand auf mein Herz. „Ich werde mein Bestes geben."

Meine Mutter atmete tief ein, hielt die Luft einen Augenblick an und nahm meine Hand in ihre. „Es ist Monate her, seit die Sache mit Peter zu Ende gegangen ist und ..."

„Oh Gott", murmelte ich.

„Und es ist Jahre her, seit den Unannehmlichkeiten mit dem anderen Jungen. Ich werde seinen Namen nicht sagen, weil mein Blutdruck damit nicht zurecht kommt, aber ..."

„Oh Gott."

„Es ist Zeit, dass du dich an erste Stelle stellst Mag."

„Richtig, weil ich das niemals tue." Ich zeigte auf den Zen-Raum und unsere Bademäntel. „Niemals."

„Hör auf", schimpfte sie. „Du weißt, was ich meine. Du arbeitest in deinem Geschäft, du arbeitest an deinen Freundschaften und du arbeitest daran, deinem Hund ein außerordentlich behagliches Leben zu bieten."

„Die beste Hundemutter zu sein, ist mein wichtigster Job", antwortete ich.

Nach einem langen Seufzen fuhr sie fort: „Ich möchte, dass du dich verpflichtest, dich dieses Jahr um dich zu kümmern. Ich weiß, du hattest eine schwierige Phase mit Männern aber ich möchte, dass du es dieses Mal wirklich versuchst."

„Was meinst du mit *es wirklich versuchen*?", stotterte ich. „Ich habe es schon wirklich versucht. Oft und sehr oft sogar." Ich lenkte meinen Frust so, dass ich meinen Kopf fest schüttelte und mir schwindelig wurde. „Ich habe mich auf den Markt begeben, Mutter."

„Das hast du", sagte sie sehr zögerlich. „Aber – und reiß mir nicht den Kopf ab – ich glaube nicht, dass du es sonderlich intensiv versucht hast."

Alles, was ich über ihre Bemutterung gesagt hatte, war eine Lüge und ich wollte, dass diese Behauptungen aus dem Protokoll gestrichen wurden.

Nicht versucht.

Nicht *versucht*.

Machte sie Witze?

Verdammt, *nicht versucht*?

„Ich bezweifle, dass du es so siehst", sagte sie vorsichtig.

Ich warf ihr einen finsteren *Findest-du?*-Blick zu.

„Und das liegt daran, weil du es nicht aus meiner Perspektive sehen willst, Mag. Du siehst dich nicht so wie ich – schön, schlau, wunderbar – und du wählst nicht die Männer, die das auch sehen. Du wählst Männer, die deine Freundlichkeit mit Füßen treten und deinen großzügigen Geist missbrauchen und dich behandeln, als wärst du ein Einwegartikel. Wie einen verdammten Plastikstrohhalm." Sie wackelte mit ihrem Zeigefinger.

Oh toll. Jetzt war es eine große Bitte und großer Ärger. „Mutter!"

„Nein", schoss sie zurück. „Du bist kein Plastikstrohhalm, mein Mädchen. Du bist kompostierbar."

Ich lachte, bevor die Tränen über mein Gesicht liefen. So lief es immer. Wenn ich nicht lachte, würde ich in meinen schwachen, zarten Stellen ertrinken. Ich wusste das, weil ich dort schon zuvor ertrunken war.

„Kompostierbar?", fragte ich schniefend. „Wie Eierschalen und Apfelkerngehäuse?"

„Fang nicht mit den Eierschalen an", antwortete sie. „Du

bist keine Eierschale. Du bist so robust wie Kartoffelschalen und Artischockenblätter."

Ich öffnete mein imaginäres Notizbuch und zog einen imaginären Bleistift von hinter meinem Ohr hervor. „28. Dezember, der Tag, an dem meine Mutter mich als Kartoffelschale bezeichnete."

„Wie dramatisch", murmelte sie.

„Bitte. Ash ist der Dramatische."

„Dein Bruder ist launisch", stritt sie. „Ash ist launisch; Linden ist introvertiert und du bist hin und wieder dramatisch."

Ja, meine Brüder und ich wurden nach Bäumen benannt. Ich bin gut dabei weg gekommen mit Lynn als mittlerem Namen zu Ehren meiner Urgroßmutter, aber Ash Indigo und Linden Wolf hatten die Arschkarte gezogen. So war das mit Hippie-Eltern.

Sie hatten den Sommer der Liebe verpasst, aber das hatte meine Eltern nicht davon abgehalten, ein Hippie-Leben zu führen. Sie hatten den VW-Bus, die langen Haare, den Frieden, die Liebe und das Marihuana und dann hatten sie drei Herzschläge entdeckt.

Ich kannte nicht die genaue Reihenfolge der Ereignisse, die daraufhin folgten, aber mein Vater ließ sich die Haare schneiden, nahm eine Arbeit als Postbote an und einige Monate vor unserer Geburt fing er mit der Abendschule an. Meine Mutter blieb bei uns zu Hause, solange wir klein waren und Mrs. Santillian wurde die beliebteste Vertretungslehrerin im Schulbezirk von New Bedford.

Aber sie ließen ihr Hippie-Leben nie ganz hinter sich. Sie waren begeisterte Anhänger der biologischen Landwirtschaft, lange bevor es alle waren und als wir aus einem Apartment in ein Haus zogen, wurde der Garten entsprechend bewirtschaftet. Mein Vater war jetzt Buchhalter und unglaublicherweise machten ihm die Steuergesetze Spaß. Und er fuhr immer noch einen VW-Bus.

Meine Mutter tippte mir auf mein Handgelenk. „Ich kenne

jeden von Euch seit dem ersten Mal, als ich Euch auf dem Ultra-schallbild gesehen habe. Ich wusste, wer ihr wart."

Die vierzehn Jahre alte Version von mir wollte streiten, dass sie mich unmöglich kennen konnte, bevor ich mich selbst kannte. Die vierunddreißig Jahre alte Version von mir wusste, wann es sich lohnte zu streiten.

„Und was schlägst du vor, soll ich mit meiner dramatischen Kartoffelschalen- Persönlichkeit anfangen, Mutter?"

Sie trank einen Schluck von ihrem Wasser und dann noch einen Schluck. Ach, dies würde gut werden. Kein anderer Grund, eine ganze Minute zu zögern. Ich schaute auf die Uhr. Ich hatte gar nicht auf das Programm geachtet, aber ich war mir sicher, wir würden bald mit Algenmasken und irgendwelchen Bädern oder Peelings anfangen.

Aber ich würde es meiner Mutter durchaus zutrauen, dass sie eine Stunde in dem Zen-Raum nur für diese Unterhaltung gebucht hatte.

„Ich möchte, dass du mir erlaubst, dich auf einigen der online Dating-Plattformen anzumelden", sagte sie. „Ich suche die Fotos heraus und erstelle die Beschreibungen und dann helfe ich dir, die Auswahl zu überprüfen." Sie neigte ihren Kopf zur Seite. „Wenn du möchtest, überprüfe ich auch alle, aber ich dachte, du möchtest dich vielleicht daran beteiligen."

„Oh ich werde mich beteiligen", antwortete ich. „Ich möchte dich nicht all den Penissen aussetzen und es wird einige geben, Mutter."

„Pah." Sie winkte mit einer Hand. „Ich habe schon viele Penisse gesehen. Ich habe einen Mann geheiratet und zwei Söhne großgezogen. Jahrelang verging kein Tag, ohne dass ich nicht mindestens zwei Penisse gesehen habe. Über viele *Jahre*, Magnolia. Ich bezweifle, dass du dich daran erinnerst, aber deine Brüder haben die Teile immer wieder rausgenommen. Es war ihnen einerlei, ob wir im Park oder dem Lebensmittelladen oder sonntags bei der Messe waren". Sie machte ein gereiztes

Geräusch und schüttelte den Kopf. „Penisse sind nichts Neues für mich."

Ich drückte meine Fingerspitzen gegen meine Augenlider. „Oh Gott! Ich will all diese Dinge nicht in die gleiche Kategorie stecken. Der Penis eines Bruders lebt nicht in der gleichen Welt wie der eines Dates. Separate und unterschiedliche Kategorien bitte."

„Wie du willst", antwortete sie.

„Warte mal." Ich schaute sie an. „Du willst, dass ich mir für das neue Jahr vornehme, dir die Kontrolle über meine online Dating-Profile zu überlassen? Das hört sich nach einem Projekt für dich und einer Strafe für mich an."

„Es ist keine Strafe", stritt sie. „Aber nein, das ist nicht der Vorsatz, den ich mir für dich überlegt habe." Sie ließ den Gürtel wieder durch ihre Finger gleiten. „Ich möchte, dass du dich dieses Jahr verpflichtest, jemanden zu finden, der dich so sieht wie ich – nämlich als schön, schlau und wunderbar."

„Und kompostierbar", fügte ich hinzu.

„Kompost ist wie Zauberei, Mag." Ihre Mundwinkel senkten sich. „Versprich' mir, dass du es versuchst."

„Du willst nur eine Hochzeit planen und anfangen Taufkleider einzukaufen."

Ich wollte es weder vor ihr noch vor mir selbst zugeben, dass ich nach der Teilnahme an 22 Hochzeiten in den letzten sechs Jahren eigene Pläne hatte. Ich wusste, ich wollte eine Strandhochzeit an der Südostküste von Massachusetts und ich hatte einige Ideen hinsichtlich eines Buffets mit Zierkohl als zentraler Dekoration.

Sie hob ihre Schultern. „Und das ist der angenehme Nebeneffekt", gab sie zu. „Dein Glück ist das Ziel."

„Und ich finde Glück bei einem Mann? Willst du das damit sagen?"

Ein weiteres Schulterzucken. „Das Glück kommt nicht von einem Mann."

„Nein?", forderte ich sie heraus. „Woher kommt es dann in diesem Experiment?"

Meine Mutter grinste. Es war das gleiche Grinsen, das sie aufsetzte, wenn sie darauf bestand, dass sie uns schon als Embryos kannte. Sie hatte immer Recht, was uns betraf. Ashs Laune war wechselhaft, Linden könnte nicht noch introvertierter sein, wenn er es versuchte, und ich hatte hin und wieder meine dramatischen Momente.

„Du wirst es herausfinden, mein Mädchen. Du wirst es wissen."

Ich wünschte, ich würde den Optimismus meiner Mutter teilen.

KAPITEL 1

Mein Date stocherte mit einem Steak Messer zwischen den Zähnen.

Er machte es auch nicht schnell und unauffällig. Nein, rein, raus und fertig. Er verpasste sich schon fast eine Wurzelkanalbehandlung hier mitten im Restaurant.

Der beste Teil war, wenn er Erfolg hatte und ein wenig Essen heraus grub, schaute er es ganz genau an und steckte es dann wieder in den Mund. Vielleicht irrte ich mich, dass das der beste Teil war. Daran war nichts das Beste. Ich wusste nicht, was daran das Beste sein könnte, wenn es scheinbar nur eine Stufe von schrecklich war. Die Welt der Dates hatte keinerlei Verbindung zur Logik. Dies musste der schlimmste Teil sein.

Er hatte das größte Steak auf der Karte bestellt und darum gebeten, dass es „blau und muhend" serviert werden sollte. Als er die Worte sagte, zwinkerte er mir zu, als wenn seine Fähigkeit rohes Fleisch zu essen irgendetwas über die Größe seines Penis aussagen würde.

Aber die zahnärztliche Behandlung konnte ich nicht übersehen.

Ich beobachtete ihn, wobei meine Finger den Stiel meines Weinglases festhielten, während er das Ritual ganze zehn Minuten lang pflegte.

Mein erster Instinkt war, die ersten Flammen dieses Dates mit Pinot Grigio zu löschen, aber die Messerschlucker Nummer dieses Typs war irgendwie faszinierend. Ich wollte nicht kalt erwischt werden, wenn er ein Stück von seiner Zunge abschnitt.

In den zwei Monaten, seit ich mich kopfüber in das Dating-Spiel gestürzt hatte, hatte ich eins gelernt: Es sollte nicht so schwer sein. Die Menschheit hatte eine Existenz von Millionen Jahren hinter sich und es sollte nicht so kompliziert sein, einen anständigen Mann zu finden. Das war alles, was ich wollte: Einen anständigen Mann. Er musste kein Prinz, weißer Ritter, Milliardär, Athlet oder Architekt sein.

Ich hatte noch eine weitere Sache gelernt: Ich hatte keinen hohen Anspruch. Ich wollte einen Mann, der wusste, wie man eine Jeans trug, einen leckenden Wasserhahn reparierte und sonntags gern an großen Familienessen teilnahm. Ich wollte einen Mann, der Textnachrichten beantwortete, an Geburtstage dachte und niemals fragwürdige Kommentare darüber machte, dass seine Ex Freundinnen verrückte Kletten gewesen waren. Er musste nicht perfekt sein. Er dürfte seine schmutzigen Socken und Unterwäsche direkt neben der Wäschetonne liegen lassen und Pornos auf seinem Computer haben. Verdammt, ich liebte Pornos und ich besaß gar keine richtige Wäschetonne.

Und eine weitere Lektion: Ich war überzeugt, dass ich alle Männer im Großraum Boston bereits kennengelernt hatte. Da waren die umherziehenden Männer der Generation Y, die wohlhabenden Arschlöcher, die Kinder im Körper eines Mannes und die chronisch herablassenden Frauenverächter. Ich war mir nicht sicher, in welche Kategorie der Messerschlucker passte, aber ich wusste, dass seine Zahnreinigungsrituale die Kriterien für automatische Disqualifizierung erfüllten.

Der nächste bitte.

„Was machst du beruflich, Margot?", fragte er und hielt seinen Blick auf ein halb gekautes Stück von-Gott-weiß was-auf der Spitze seines Messers gerichtet.

Seit ich ihn vor einer Stunde im Restaurant getroffen hatte,

hatte er es geschafft, meinen Namen völlig zu verhunzen. Maisey, Margot, Melanie, Mackenzie. Ohne meinen Namen und mein Profilbild direkt vor sich wie überall auf der Dating-App, in der wir zusammengefügt worden waren, schien er sich im Namens-Wirrwarr völlig verzettelt zu haben.

Verdammte Dating-Apps. Wie versprochen folgte ich dem verrückten Plan meiner Mutter. Sie hatte mich angemeldet, die Fotos hochgeladen, ein knappes Profil geschrieben und atemlos darauf gewartet, dass ich den Mann meiner Träume treffen würde.

Geht doch einfach, oder?

Nicht so schnell.

Die angenommene Anonymität der vom Internet entfernten Formalität und Freundlichkeit – und Menschlichkeit und die von Algorithmen angetriebene Existenz reduzierte viele Männer – nicht alle, aber einen guten Teil – zu Vagina-suchenden Drohnen, die mit ihren Penissen führten und sich mit einer Kriegskasse voller Beleidigungen verteidigte. Trotz des Beharrens meiner Mutter, dass sie es überleben würde, ein oder zwanzig Bilder anzuklicken, hatte ich sie vor allen möglichen Nachrichten geschützt. Da draußen war der Wilde Westen.

„Landschaftsarchitektin", sagte ich mit einem Lächeln. Ich hatte ihm dies bereits bei unserem ersten Nachrichtenaustausch erzählt, aber ich dachte mir, dass er das wie all die anderen nützlichen Informationen, die ich geteilt hatte, nicht gespeichert hatte.

Wie zum Beispiel mein Name.

Er schaute mich an und wandte seine Aufmerksamkeit dann der Bar auf der anderen Seite des Restaurants zu. Er hatte die vollbusige Frau im Visier, seit wir angekommen waren. „Was ist das noch mal?"

„Ich entwerfe und baue Außenbereiche in Wohngegenden", antwortete ich. Ich konnte mir das Lächeln nicht verkneifen. Ob es ein Segen oder ein Fluch war, ich war eine Serien-Lächlerin.

„Ich habe mich auf Dachgärten und nachhaltiges Design spezialisiert.“

„Das hört sich nach viel Geld an“, sagte er. „Wie viel verdienst du im Jahr?“

Der Herr soll mir beistehen.

„Es reicht“, sagte ich und grinste meinen Teller mit Ravioli an. „Du bist im Brandmeldergeschäft, stimmt's?“

„Das stimmt.“ Er nahm einen Rosmarinzweig von seinem Teller, roch daran und warf ihn wieder zurück. „Ich war heute in Burlington. Ich habe Brandmelder auf einer ganzen Etage in einem dieser neuen Bürogebäude installiert. Bei den Bauvorschriften heutzutage kann ich dir sagen, dass alle paar Meter ein Gerät installiert sein muss. Nicht, dass ich mich beschweren würde. Mehr Geräte, mehr Geld. Und ich habe viele Geräte.“

Er neigte sich vor und wackelte mit den Augenbrauen, als wenn mein Höschen schon allein bei der Erwähnung von Geld in Brand geraten würde. Unglücklicherweise für ihn brauchte ich das Geld nur, um mein Haus, aber nicht um meine weiblichen Teile zu heizen.

„Beeindruckend“, sagte ich und zwang mich zu einem weiteren Lächeln. Ich hatte kein Problem damit, dass er stolz auf seine Arbeit war und gutes Geld damit verdiente. Es war die oberflächliche Arroganz, in die jedes Wort und jede Geste getränkt war. Er war zufrieden mit sich, aber es gab ihm mehr, wenn andere Leute zufrieden mit ihm waren. „Wirklich beeindruckend. Das ist wirklich schön für dich.“

Er drehte sein Kinn in meine Richtung und sein Mund verzog sich zu einem selbstgefälligen Grinsen. „Ja, aber ich rede nicht gerne über Geld. Das ist noch weit weg. Ich habe kein Interesse an einer Verpflichtung. Ich suche keine Frau zum Heiraten, weißt du?“ Er nahm sein Glas mit Rum und Coke und schlürfte daran, während er mich anstarrte. „Das ist doch ok für dich, oder? Du magst es doch auch lieber zwanglos, nicht wahr?“

Ein tiefer Seufzer baute sich in meiner Brust auf wie ein

ungeduldiger Donner. Ich schaffte ein schnelles: „Hmmm" und schob eine Ravioli in meinen Mund. Sie war groß, mit Käse und lecker und ich nahm mir meine Zeit. Meiner Meinung nach könnte eine leckere Pasta einen Abend mit puhlen zwischen den Zähnen, Busen glotzen und sich vor Verpflichtungen drücken aufwiegen.

Man konnte es nicht anders sagen – dies war eine Katastrophe. Ihm schien es bei seinen Botschaften gut zu gehen. Lustig und interessiert, wenn auch ein wenig mit sich selbst beschäftigt. Aber das war das Problem mit einer Unterhaltung in einer App: Jeder schaffte es hin und wieder ein paar Minuten lang eine amüsante Unterhaltung zu führen. Bei einer persönlichen Unterhaltung umgänglich und normal zu sein war eine ganz andere Sache.

Das Essen ging ohne weitere Kommentare über Geld oder Beziehungen zu Ende und ich unterband ganz schnell jegliches Gerede von Dessert. Ich traute mir nicht zu, ein Stück Schokoladenkuchen mit diesem Kerl zu teilen, ohne dass mir übel werden würde. Und ehrlich gesagt wollte ich meinen Kuchen auch nicht teilen.

Der Kellner räumte den Tisch ab, nahm Gott sei Dank auch das Steakmesser mit und brachte dann die Rechnung. Als unabhängige Frau zeigte ich darauf. „Ich übernehme das gern", sagte ich.

Mit einem flapsigen Schulterzucken schob er mir das Papier hin. „Danke", sagte er.

Während ich in meiner Tasche nach meinem Portemonnaie suchte, holte er es sich zurück und überprüfte die Rechnung.

„Ich fahre nächsten Monat nach Aruba", murmelte er, während er mit dem Daumennagel zwischen seinen Vorderzähnen arbeitete. Er brauchte dringend einen Zahnarzt. „Ich fahre mit den Jungs." Er riss seinen Blick von der Rechnung los und starrte mir in den Ausschnitt. „Warst du schon mal auf Aruba? Du bräuchtest dort keinen Bikini."

Und das war's. Schluss aus, fertig.

Ich war an und für sich nicht prüde. Ich redete nicht um den heißen Brei herum. Ich gab mir auch keine große Mühe, Menschen wissen zu lassen, dass ich sie nicht mochte. Das half niemandem weiter. Aber am liebsten hätte ich diesem Jungen auf den Kopf geschlagen und ihm gesagt, er sollte sich benehmen. Es lag nicht daran, dass ich kein Kompliment annehmen konnte, denn diese Behauptung trug keine Anzeichen eines Kompliments.

„Wow", keuchte ich und zog meine Kreditkarte aus meiner Brieftasche. Ich machte mir nicht die Mühe, meinen Pulli zurecht zu ziehen. Wenn er über meinen Körper reden wollte, war es sein Problem und nicht meins. Ich versteckte mich nicht, damit er keine Brüste im Visier hatte und keinen ekelhaften Kommentar abgeben konnte. Ich tippte mit der Karte auf den Tisch. „Ich rufe den Kellner, zahle und dann können wir uns auf den Weg machen."

„Pah, ich habe meine Meinung geändert. Ich übernehme das", erklärte er, streckte die Hand in seine Tasche und zog seine eigene Karte heraus. Er legte sie mitten auf den Tisch. „Ein Mann lässt ein Mädchen nicht bezahlen."

Ich blinzelte einige Male und verstand dieses Tauziehen nicht.

„Wir teilen", sagte ich und meine Stimme veränderte sich zu dem forschen und lebhaften Tonfall, den ich verwendete, wenn meine Kunden bei der Hälfte eines Projekts ausrasteten, weil ihr Garten nicht so aussah wie auf den Plänen. Ich hörte mich forsch und lebhaft an, aber gleichzeitig verdrehte ich meine Augen wie ein Arschloch.

Der Kellner erschien und ich gab ihm beide Karten. „Hier. Bitte sehr! Alles klar."

„Guuuut", sagte er. „Ich bin gleich zurück."

Es dauerte nicht lange, unsere Zahlungen zu bearbeiten und ich fügte noch ein großzügiges Trinkgeld zu meinem Anteil hinzu. Dieser Kerl schien der Typ zu sein, der nur ein knauseriges Trinkgeld gab und darüber meckerte, dass die Messer nicht scharf genug waren.

„Du interessierst dich für Sport, nicht wahr, Margene?", fragte er und steckte seine Kopie der Quittung sorgfältig in seine Brieftasche.

Dass er sich das gemerkt hatte, aber nicht meinen Namen, war faszinierend.

„Ein wenig, ja", antwortete ich zögerlich. Ich wollte zu nichts zustimmen.

„Um die Ecke ist eine Bar." *Oh nein*. Bei dem Kommentar hörte man seinen altmodischen Boston-Dialekt heraus. „Ein guter Ort für ein Spielchen."

Natürlich hätte ich gern ein Spielchen gemacht, aber das war keine Rechtfertigung eine weitere Minute mit diesem Kerl zu verbringen. Bei meinem Glück würde er das falsch verstehen und seine Zunge in meinen Hals stecken wollen. Das konnte ich nicht zulassen.

„Ich wünschte, ich könnte." Ich stand da und zog meinen Regenmantel über. „Mein Hund ist schon den ganzen Tag allein zu Hause. Ich muss zurück und noch mit dem Hund raus."

„Hast du einen Hund? Was für einen?"

Ich unterdrückte ein Seufzen. Mein Hund war mit mir auf meinem Foto in der Dating-App. Er war wirklich überall. Auf meinen Urlaubsbildern, auf Instagram, meinem Bildschirm-schoner, meinem Schlüsselring. Überall. „Ein Boston Terrier", sagte ich und bewegte mich in Richtung Tür. „Er ist krank und braucht seine Arznei zu bestimmten Zeiten. Darum muss ich jetzt wirklich los. Es war sehr schön, dich kennen zu lernen."

Obwohl ich mich von ihm weg bewegte, ergriff er mich an der Schulter und umarmte mich, indem er einen Arm um mich legte. „Ja, du bist ganz nett."

Ganz nett. Ich wusste nicht, ob es Sarkasmus war oder ob er seine ehrliche Meinung kundtat. „Mmm", murmelte ich und kämpfte mich aus seinem Griff. Meine Mutter würde etwas zu hören bekommen, dass sie diesen Typ ausgesucht hatte. „Vielen Dank für .... Danke."

Wir blieben vor dem Restaurant stehen, wobei ich vortäuschte, nach meinen Schlüsseln zu suchen und er eine Nachricht in sein Telefon tippte. Ich lächelte ihn an und wühlte weiter in meiner Tasche. Meine Finger hielten die Schlüssel bereits fest, aber ich wollte zuerst weg. Wir konnten unmöglich in schmerzvollem, unbehaglichem Schweigen nebeneinander her laufen, bis wir unser Ziel erreicht hatten. Das ging einfach nicht. Ich musste diesen Mann los werden und ich würde alles dafür tun, damit ich fliehen könnte.

„Okay, ja", murmelte er und machte schnell das Friedenszeichen. „Ich bin dann weg."

Er machte zwei Schritte in die Richtung, die ich einschlagen wollte. Ich unterdrückte ein Stöhnen und winkte ihm zu. „Einen schönen Abend noch."

Ein Umweg von fünf Minuten zu meinem Laster war ein geringes Opfer. Ein paar zusätzliche Schritte taten gut und ich hätte Zeit, meinen Frust abzulassen. An der Ecke kaufte ich eine Flasche Wasser mit Kirschgeschmack für die dreißig-minütige Fahrt von der Innenstadt Bostons zum Haus meiner Tante in Beverly.

Ich wohnte dort schon seit einigen Jahren, aber es war immer noch Tante Francescas Haus. Es hatte einen seltsamen Beigeschmack, wenn man mit vierunddreißig bei der Tante zur Untermiete wohnte. Dabei machte es nichts aus, dass sie nach New Mexico gezogen war und ich das ganze Haus renoviert hatte. Es gehörte mir nicht.

Es war ruhig hier in der Vorstadt und das gefiel mir. Es reichte mir, bei Tag in der Stadt zu sein und ich kam abends gern in meine ruhige Gegend zurück. Noch dazu war die Auffahrt hilfreich. In Boston zu parken war schier unmöglich und ebenso schwer wie die Herausforderungen im Film *Das große Rennen*, und es gab nichts Besseres als einen festen Parkplatz.

Als ich mich dem Bungalow näherte, fuhr ich langsamer und bemerkte eine Reihe von Kastenwagen und Pick-up-Trucks auf der anderen Straßenseite. Leute strömten in das Cape-Cod-Haus und wieder heraus und alle Lichter im Haus waren an.

Das Haus hatte fast ein Jahr leer gestanden und war zuvor schon einige Jahrzehnte vernachlässigt worden. Man würde sehr viel Arbeit reinstecken müssen. Ich wusste das, da ich gegenüber wohnte und ich hatte versucht, meinen Freund Riley, der Architekt war, zu überzeugen, es als Lieblingsprojekt zu übernehmen. Er hatte abgelehnt. Er war mit Herrenhäusern aus jahrhundertealtem Sandstein im Wert von mehreren Millionen beschäftigt und hatte keine Zeit für ein kleines Cape-Cod-Haus mit Holzverkleidung. Ich machte ihm deswegen keinen Vorwurf. Wenn ich die Wahl zwischen einem Dachgarten in Beacon Hill und einem kleinen Garten in Marshfield hätte, würde ich den Dachgarten nehmen und mich noch nicht einmal wegen der Parkmöglichkeiten beschweren.

Jetzt sah es so aus, als würde ein Bauunternehmen das Haus in Ordnung bringen. Mit etwas Glück würden sie es nicht abreißen. Immer mehr dieser Unternehmen rissen lieber ab als mit den ursprünglichen Strukturen zu arbeiten. Sie rissen dann alles ab und der Charakter und der Charme des Hauses blieb auf der Strecke.

Einer der Männer winkte vom Bürgersteig. Es war schon spät und obwohl es erst März war und der Frühling im Anmarsch hätte sein sollen, lag die Temperatur um den Gefrierpunkt. Der Mann schien mit seinen Jeans und dem Hoodie jedoch immun gegen die Temperaturen zu sein. Ich hob meine Hand als Reaktion, bevor ich in meine Auffahrt einbog.

Heute Abend hatte ich keine Kraft mehr für eine nachbarschaftliche Unterhaltung. Am Wochenende würde ich Kuchen backen und mich vorstellen. Mit ein bisschen Glück würden sie mir alles über ihre Pläne mit dem Haus erzählen.

KAPITEL 2

Dating App, Typ 1: Hallo Süße.

Magnolia: Hallo

Dating App, Typ 1: Erzähl' mir etwas.

Magnolia: Okay ... Irgendetwas im Besonderen?

Dating App, Typ 1: Was machst du in deiner Freizeit?

Magnolia: Ich stehe auf die Sox, die Pats, die Celts und die B's. Ich mag Gärtnern und Bier. Ich reise gern, aber ich tue es nicht oft.

Magnolia: Wie sieht es bei dir aus?

Dating App, Typ 1: Ich möchte meine Ladung über dein ganzes Gesicht spritzen.

Magnolia: Wie bitte?

Dating App, Typ 1: Bei deinem Gesicht muss ich an Blow-Jobs denken.

Magnolia: Ach wirklich?

Dating App, Typ 1: Du kannst nicht so süß aussehen und glauben, dass ich nicht auf deinem Gesicht kommen will.

Magnolia: Danke!

Dating App, Typ 1: Ich will außerdem an deinen dicken Titten saugen.

Dating App, Typ 1: Hallo?

Dating App, Typ 1: Süße? Wo bist du hin?
(Ich blockierte ihn)

———

Das Wochenende kam und ich vergaß zu backen. Das war wahrscheinlich ein Segen, weil mir Kuchen nur selten gelangen. Ähnlich war es mit meiner Funktionsfähigkeit als Erwachsene: Fünfzig Prozent Erfüllung von Erwartungen und fünfzig Prozent Herumdruckserei als dicke, teigige Nutzlosigkeit.

Ich war voller guter Absichten, aber ich brauchte mehr als gute Absichten. Und Enten. Es ging immer darum, Enten zu haben und sie mussten in Reih und Glied stehen. Ich wusste nicht, wer beschlossen hatte, dass wir Wassergeflügel brauchten, um den Höhepunkt unseres Erwachsenendaseins zu erreichen, aber ich hatte weder Enten noch standen sie in Reih und Glied.

Das waren jedoch nur fünfzig Prozent meiner Existenz.

So sah ich mich selbst: Teilzeit Gewurschtel und Kämpfe und Teilzeit Schufterei und mich als Selbstständige durchkämpfen. Das war genau das Problem— ich kämpfte mich nur durch. Ich hatte die Ziellinie zwar überquert, aber das allein war eine riesige Herausforderung gewesen.

Heute bedeutete mich durchkämpfen lange zu schlafen, die Erdnussbutter zum Frühstück direkt aus dem Glas zu essen und dann um den Lebensmittelladen zu kreisen. Ich wusste nicht, was ich wollte, aber anstatt darüber nachzudenken, ging ich zum Käse Probierstand.

Der Messerschlucker von vor vier Tagen hatte sich seit dem Abendessen nicht gemeldet und das war gut so. Ich könnte keine weitere Zahnuntersuchung ertragen, aber sein Schweigen traf mich doch ein wenig.

Ich wusste, es war lächerlich, ihn mit einer Hand zurück zu weisen und die andere mit der Erwartung auszustrecken, dass er mir nachlaufen würde. Das war meine verrückte Ansicht. Ich wollte gewollt werden.

Ich war mir nicht sicher, wann ich mir diese abgehobene Haltung zugelegt hatte, da meine gesamte Historie an romantischen Beziehungen einem Reigen von Mistkerlen ähnelte, die mich auf sensationelle Art und Weise zurückgewiesen hatten. Selbst, wenn wir zwei ganze Dekaden zu meinem ersten Jahr in der High School und meinem ersten *offiziellen* Freund zurück spulten, würden wir sehen, dass er mich fallen ließ, indem er mir einfach verkündete, ein anderes Mädchen würde es ihm besser mit der Hand machen. Und er mochte es, wenn man es ihm mit der Hand machte.

Er hatte mir keine Chance gegeben, meine Fähigkeiten mit der Hand zu demonstrieren und in den Wochen, in denen wir zusammen waren, hatte er noch nicht einmal angedeutet, dass er das wollte, aber das war zweitrangig. Er hatte sich bereits die Dienste einer anderen gesichert und beschlossen, dass ich nicht liefern wollte oder konnte. Er hatte mich nicht gewollt.

Alles in allem hatte mich diese Trennung nicht so sehr getroffen wie die anderen danach. Sie hatte meinen Stolz verletzt und mein Selbstvertrauen gestutzt, aber sie war eine sanfte Vorschau auf das, was vor mir lag.

Es war ähnlich wie ein Stück gereifter Cheddar, den ich vier Mal bei meiner Tour durch den Markt probierte. Bei jedem Bissen schmeckte er ein wenig kräftiger und der Geschmack blieb länger hängen.

Und ich ging immer wieder, um mir noch mehr zu holen. Während ich mir noch einen Würfel aussuchte, lächelte ich und dankte dem Verkäufer und dann überlegte ich, warum ich immer wieder etwas nahm, was an meiner Zunge klebte wie eine alte, verschwitzte Socke.

Ich wusste nicht, was ich bei diesem Ritual mit Messerschluckern und unreifen Handanlegern zu finden hoffte. Es musste mehr sein als gewollt zu werden. Ich wusste jedoch nicht, was danach kam.

Ich wusste nicht, wie es sich anfühlte, gewollt zu werden und ich wusste auch nicht, wie ich damit umgehen sollte, wenn ich es jemals heraus fand.

KAPITEL 3

Dating App, Typ 2: Lecker.

Magnolia: …?

Dating App, Typ 2: Du bist lecker.

Magnolia: Vielen Dank. Ich glaube …

Dating App, Typ 2: Ich würde deinen Arsch und deine Möse essen.

Dating App, Typ 2: Und sie zum verdammten Thanksgiving verspeisen.

(Ich blockierte ihn)

———

Dating App, Typ 3: Hey, was geht ab?

Magnolia: Nicht viel. Bei dir?

Dating App, Typ 3: Ich entspanne und versuche eine hübsche Frau zu finden.

Magnolia: Viel Glück dabei.

Dating App, Typ 3: Ich brauche kein Glück. Du bist hübsch und ich habe dich gefunden.

Magnolia: Bitte sehr.

Dating App, Typ 3: Ich habe eine Mordslatte.

Magnolia: Dabei auch viel Glück.

(Ich blockierte ihn)

———

Dating App, Typ 4: Irgendetwas an dir lässt mich glauben, dass du den weltbesten Blow-Job geben kannst.
Dating App, Typ 4: Wenn es einen Wettbewerb für den besten Blow Job gäbe, würdest du gewinnen.
Dating App, Typ 4: Du würdest den Hauptgewinn bekommen.
Magnolia: Ja? Was ist der Preis?
Dating App, Typ 4: Eine Perlenkette.
(Ich blockierte ihn)

KAPITEL 4

Mein Date trank bereits seine vierte Tasse Kaffee in nur vierzig Minuten.

Es war noch nicht einmal Eiskaffee. Das könnte ich noch verstehen. Ich hatte noch nie vier Tassen hintereinander in mich hinein gekippt, aber ich könnte einen großen Caramel Macchiato Eiskaffee unter den richtigen Umständen in einem Zug austrinken. Aber heißer Kaffee? Auf gar keinen Fall. Ich brauchte vierzig Minuten und einen Eiswürfel, um eine Tasse heißen Kaffee zu *schlürfen*.

Aber dieser Kerl war ein Anhänger der heißen und süßen Mischungen. Er hatte eine Handvoll Süßstoff-Päckchen von der Selbstbedienungstheke mitgenommen, nachdem der Barista unsere Bestellung aufgerufen hatte. Nicht nur ein paar Päckchen, sondern eine ganze Handvoll. Dann legte er sie mitten auf den Tisch, den wir uns auf der Seite des Ladens zur Bolyston Street hin ausgesucht hatten. Ich ignorierte den Berg falschen Zucker, aber jetzt schien er die ganze Menge auch verbrauchen zu wollen.

Das und eine ganze Kanne Kaffee in weniger als einer Stunde.

Das hatte ich jetzt davon, dass ich einem Vormittags-Date zugestimmt hatte. Wobei erste Dates keine richtigen Dates waren. Das waren sie nicht. Es waren Vorstellungsgespräche. Einige dieser Vorstellungstermine waren jedoch vielversprechender als andere.

Halb acht an einem Mittwochmorgen war nicht gerade eine optimale Zeit.

Er schien immun gegen die Temperatur seines Getränks zu sein und trank es wie Leitungswasser. Er blies noch nicht einmal darauf. Kein Blasen. Nur schlucken, schlucken, schlucken, weg. Dann setzte er die leere Tasse ab wie ein junger Kerl, der Bier Pong spielt.

Nach der zweiten Tasse begann ich zu lächeln und nickte mich durch die Unterhaltung. Er erzählte nichts Interessantes. Es ging um den Verkehr, das Wetter, Sport und im Wesentlichen lokale Themen aus dem Radio. Ich fragte mich jedoch, warum er keine größere Tasse bestellt hatte. In diesem Laden gab es Kaffee auch in Kannen, sodass vier mittelgroße Tassen unlogisch und eine Verschwendung von Tassen erschienen.

Außer er wollte Zeit totschlagen, indem er sich den Mund verbrannte oder dass er unter dem Vorwand, sich eine weitere Tasse zu bestellen, wiederholt den Tisch verlassen konnte in der Hoffnung, ich würde diese Nullnummer beenden.

Ich schlürfte immer noch meinen Earl Grey Latte. Ich trank meinen Tee lieber kalt und am liebsten im Sommer und hier war weder das eine noch das andere. Ich war mir nicht sicher, warum ich ihn bestellt hatte, obwohl ich heute vielleicht einen abgehobenen Eindruck machen wollte. Ein wenig vornehm wie eine Frau, die sich mit Tee so gut auskannte wie mit Weinen und die Designer Schuhe trug.

Ich hatte keine vernünftige Erklärung dafür, aber ich wollte, dass jemand mich und meinen Earl Grey Latte anschaute und sagte: „Verstehst du das nicht? Sie ist anders. Man fickt keine Frau, die einen Earl Grey Latte bestellt. Sie kennt sich aus in der Welt. Sie ist intellektuell. Schnapp' sie dir, weil es von ihnen nicht viele gibt."

Heute wollte ich diese intellektuelle Frau sein. Eine, von

denen es nicht viele gab. Ich wollte, dass sich das Dating-Hamsterrad lange genug verlangsamte, damit jemand mehr in mir sah als mein Alter, meinen Standort und meine Interessen. Ich wollte jemand sein, die es wert war sie kennen lernen zu wollen und dann wollte ich jemand sein, die es wert war, dass man sie schätzte.

Ich erlaubte mir dieses Gefühl nicht oft. Trotzdem wollte ich, dass mich jemand anschaute, als wäre ich absolut faszinierend. Ich hatte geglaubt, dieser Kerl könnte das für mich tun und ich für ihn faszinierend sein könnte.

Als wir uns Nachrichten geschickt hatten, schien eine Chemie zwischen uns zu existieren, aber davon war heute Morgen nichts zu spüren. Er schien nicht der gleiche Mann zu sein, der lustige, kokette Nachrichten geschickt hatte.

„Ich hole mir noch einen", sagte er. „Kann ich dir etwas holen?"

Ich schaute nach unten auf meine Latte und schüttelte den Kopf, wobei ich versuchte, ein Lachen zu unterdrücken. Fünf Tassen. Fünf volle Tassen Kaffee. Es war lächerlich. „Nein", antwortete ich. „Ich möchte nichts. Vielen Dank."

Er lächelte mich kurz an und marschierte dann zur Theke. Objektiv betrachtet war der Mann attraktiv. Ein gut geschnittener Geschäftsanzug, ein angenehmes Lächeln und eine anständige Frisur. Seine Fingernägel waren sauber. Alles gute Dinge. Aber er soff Kaffee und jammerte über Baustellen und hatte mir nur ein paar flüchtige Fragen gestellt, während wir auf die Bedienung warteten, dass sie unsere Bestellung aufnahm.

Wenn meine Mutter hier gewesen wäre, hätte sie mir gesagt, dass ich mich nett verhalten sollte. *Gib dem Mann eine Chance. Versuche es. Wirf' ihm einen Knochen hin*, würde sie krähen. *Lass' ihn nicht schon im Ansatz scheitern.*

Das lag daran, dass sie dachte, ich beurteilte Männer zu hart. Das war ihr neues Argument. Nach all den Jahren, in denen ich es nicht mehr versucht hatte und die Plastikstrohhalm-Behandlung akzeptiert hatte, erwartete ich jetzt oftmals ein wenig zu viel.

Sie hatte sich in den Kopf gesetzt, dass ich an meiner Launenhaftigkeit arbeiten sollte, in dem ich nach dem perfekten Mann suchte, der alle Kriterien erfüllte und ich würde keinen ertragen, der dies nicht tat. Bei unserer letzten Zusammenkunft wegen meines Liebeslebens betonte sie die Vorteile von verbesserungswürdigen Männern und dass man sich aneinander gewöhnte.

Ich war stärker und meine Erwartungen waren höher als früher. Wie meine Mutter jedoch betonte, hatte ich in der Vergangenheit weniger akzeptiert und das war genau das, was ich bekommen hatte. Ich würde diesen Weg nicht noch einmal gehen und es war mir einerlei, wenn es bedeutete, dass ich dabei beschissene Kaffee-Dates ertragen musste. Ich würde einen guten, ehrlichen, echten Mann finden, an dem nichts geändert werden musste.

Und Menschen veränderten sich nicht. Diese Lektion hatte ich gelernt, nachdem ich diesem Zweck viel zu viele Jahre harter Arbeit geopfert hatte.

„Der Verkehr auf der 95 in Needham ist unglaublich", fuhr er fort, als er zurückkam. „Sie arbeiten schon seit fast sieben Jahren an dem Projekt. Meine Schwester hat geheiratet, ein Kind bekommen und sich scheiden lassen, während all die Ausfahrten aufgerissen wurden. Unglaublich."

„Ja", antwortete ich mit einem Nicken. Ich war mir nicht sicher, aber ich dachte, die Baustelle wäre letztes Jahr fertig geworden. Ich wollte mich jetzt nicht mit ihm streiten, nicht solange ich von seinem Kaffeeverbrauch fasziniert sein konnte. „Es ist ziemlich schlimm."

„Schlimmer geht nicht", sagte er und hob die Tasse an seine Lippen. „Ich plane meinen ganzen Tag so, dass ich die Gegend meiden kann. Es ist fürchterlich." Bevor ich antworten konnte, setzte er die Tasse auf dem Tisch ab und neigte sich zu mir. „Ich weiß nicht, wie dein Terminplan aussieht, aber ich habe bis 10:00 Uhr Zeit."

Ich setzte mich weiter zurück, um dem Kaffeegeruch aus seinem Mund aus dem Weg zu gehen. „Nun ja, ich …"

Er setzte die Tasse wieder ab. „Meine Wohnung ist direkt um die Ecke."

„Das – das ist schön für dich", sagte ich verwirrt. „Mir gefällt diese Gegend. Ich habe an einem Projekt in der Nähe gearbeitet …"

Wieder setzte er die Tasse ab. „Willst du mit nach oben kommen?"

Ich blinzelte. „Wie bitte?"

Er neigte den Kopf in Richtung Fenster. „Willst. Du. Mit. Nach. Oben. Kommen?"

Bei seinem Tonfall kniff ich die Augen zusammen. Was für ein arrogantes Arschloch. „Ich habe viel zu tun heute Morgen", antwortete ich mit einem bitteren Lächeln von der Art, welches ich für meine Freundinnen reservierte, die behaupteten, dass sie oft vergaßen zu essen. *Pah.* Lügen und städtische Legenden. „Ich muss los."

„In Ordnung, wie du willst", murmelte er, als er aufstand. Er zog seinen Mantel an und steckte seine Hände in Lederhandschuhe. „Ganz klar dein Pech."

„Es tut mir leid", sagte ich lachend. „Was hast du gesagt?"

„Es sollte dir leid tun." Er machte sich nicht die Mühe, mich anzuschauen. „Du hast meine Zeit verschwendet."

Ich stand auf und verschränkte meine Arme über meiner Brust. „Ach wirklich? So ist es jetzt also? Weil ich keine Lust habe Sex mit dir um 8:00 Uhr morgens zu haben, nachdem du den Wetterbericht und die Sportnachrichten verkündet hast oder nachdem du die Süßstoffpäckchen aufgereiht hast?"

„Ich weiß nicht, was du dir hiervon erwartet hast", antwortete er, „aber die App dient nur dazu, Leute zusammenzubringen und deine Titten sind überall auf deinem Profil zu sehen. Wenn du keine Lust hast zu ficken, schickst du nur falsche Signale. Du musst jetzt nicht so beleidigt sein deswegen."

Damit keine Unklarheiten entstehen, meine Titten waren ordentlich bedeckt. Ein Mädchen konnte jeden Tag Rollkragen-pullis tragen, aber das bedeutete nicht, dass ihre Titten verschwanden. Außerdem war ich nicht beleidigt wegen irgendetwas.

Aber wichtiger noch – „Wer trifft sich an einem Mittwoch-morgen? Das ist einfach nur bizarr."

Es war bizarr und eines der vielen Probleme in der modernen Dating-Maschinerie. Beziehungen waren nicht Teil des Programms. Es ging um Ficken und nicht um Gefühle oder ein *Für-immer*.

Auf seltsame Art und Weise war das befreiend. Wenn ich einfach nur einen Schwanz wollte, gab es viele, unter denen ich wählen konnte. Ich musste nicht vortäuschen, dass ich etwas für mehr als eine Nacht – oder einen Morgen wie in diesem Fall – suchte und ich musste keine Handvoll netter, höflicher Ausflüge über mich ergehen lassen, bevor ich es bekam.

Das war alles großartig. Wirklich. Es war phänomenal, jeden Tag einen anderen Schwanz haben zu können und nicht darüber nachdenken zu müssen.

Ich war jedoch nicht auf dem Markt, um einen Schwanz zu bekommen oder sollte ich sagen, *nur* um einen Schwanz zu bekommen. Ich wollte einen Mann, der mit dem Teil verbunden war und ich wollte, dass der Mann einer von den Guten war.

Und dieser Fünf-Tassen-Joe war zumindest für mich keiner von den Guten. Irgendwo da draußen war ein aufgeregtes Mädchen, das Espresso soff und direkt danach gerne ins Bett ging und ich war mir sicher, dass er sie finden würde. Alles Gute für sie beide.

Er kicherte, als er von dem Tisch weg trat. „Der Kaffee geht auf mich."

Ich schüttelte den Kopf und steckte meine Hand in meine

Tasche. „Es war Tee und hier sind fünf Dollar. Die reichen. Lösch' meine Nummer."

Er nahm das Geld, ohne meinem Blick zu begegnen. „Kein Problem."

Ich war schon fast zufrieden, ihn los zu werden. Jedoch nur fast.

„Warte einen Augenblick." Er schaute mich finster und ungeduldig an. „Warum hast du nicht einfach einen größeren Kaffee bestellt? Warum fünf mittelgroße?"

Die Frage implizierte auch: *Warum bist du so?*

Sein Mund verzog sich zu einem zögerlichen Lächeln. „Ich wollte die Nummer der Barista", rief er durch den ganzen Laden. „Ich mag gar keinen Kaffee."

Ich wandte mich um und trennte mich physisch von ihm, wobei ich meinen Rücken zur Wand drehte. Auch wenn all dies nichts ausmachte, er machte trotzdem weiter.

Ich schaute auf den Tisch und die zerstörten Becher und Süßstoffpäckchen. Ich überlegte es dabei zu belassen, weil ich diesen Scheiß nicht kommentieren wollte. Aber ich konnte es nicht. Ich brach das Coffee-Shop-Gesetz und wollte die Ordnung des städtischen Lebens nicht durcheinanderbringen, in dem ich Unordnung hinterließ.

Mit einem langen Seufzen warf ich seinen Müll und meinen nicht ausgetrunkenen Latte weg. Als ich wieder in Mantel und Schal gehüllt war, ging ich an der Theke vorbei und zeigte auf den weiblichen Barista.

„Machen Sie sich keine Gedanken", rief sie mir zu. „Ich habe ihm eine falsche Nummer gegeben."

„Ach", murmelte ich. „Waren wir so laut oder so offensichtlich gewesen? Danke. Naja."

„Kein Problem", rief sie, nachdem sie die Bestellung fertig gemacht hatte. „Kann ich Ihnen etwas Neues machen? Es schien nicht, als hätte Ihnen der Latte geschmeckt."

Ich starrte auf die Angebotstafel. „Ja", sagte ich und nickte, als ich mein Lieblingsgetränk sah. Earl Grey machte mich nicht sonderlich intellektuell. Vielleicht sollte ich einen 0-8-15 Karamell (Macchiato) nehmen und mich nicht dafür entschuldigen. „Einen Karamell Macchiato mit Eiswürfeln"

„Kommt sofort." Ich streckte ein paar Scheine hin, aber sie winkte ab. „Der geht auf uns", sagte sie und nickte zu den anderen Baristas. „Pablo hat die ganze Sache live getwittert. Das war das Mindeste, was wir für Sie tun konnten, nachdem Sie uns während des morgendlichen Ansturms unterhalten haben."

Ich lachte, als ich von der Theke weg ging, aber ein unbedeutender Teil von mir fiel zusammen. Ich wollte nicht mehr Teil dieses Witzes sein. Ich wollte jenen guten, ehrlichen, echten Mann finden und ich wollte ihn bald finden. Ich könnte dieses Sozialexperiment keine acht Monate lang aushalten.

KAPITEL 5

Dating App, Typ 5: Denkst du jemals über die Munchkins im *Zauberer von Oz* nach und über die Oompa Loompas aus *Charlie und die Schokoladenfabrik*?

Dating App, Typ 5: Wohnten sie alle zusammen, weil sie klein waren oder waren sie klein, weil sie alle zusammen lebten? War es ein rezessives Gen, das sich in ein dominantes Gen verwandelte, weil sie eine kleine, isolierte Bevölkerungsgruppe waren oder lag es an der Inzucht?

Magnolia: Da bin ich mir nicht sicher. Ich habe noch nie darüber nachgedacht.

Dating App, Typ 5: Das ist interessant. Ich denke gern über solchen Scheiß nach.

Dating App, Typ 5: Und über Pegging. Ich bücke mich gern und lasse mich gern mit einem blauen Dildo von der Größe meines Arms pflügen.

Magnolia: Faszinierende Überleitung.

Dating App, Typ 5: Würdest du mich an einen Tisch fesseln und mich ficken?

Blockiert

———

Dating App, Typ 6: Du Schlampe.

Dating App, Typ 6: Du bist gut zum Ficken.

Magnolia: Schlampe? Wirklich?

Dating App, Typ 6: Halt die Klappe, du Nutte. Du solltest mir dankbar sein, dass ich überhaupt Nachrichten an deinen hässlichen Arsch schicke.

Blockiert

———

Dating App, Typ 7: Hallo. Wie läuft dein Tag so?

Magnolia: Ganz gut. Wie sieht es bei dir aus?

Dating App, Typ 7: Ich bin froh, dass der Schnee endlich schmilzt, haha.

Magnolia: Ja, ich habe schon fast vergessen, wie die Stadt unter dem weißen Zeug aussieht.

Dating App, Typ 7: Ich dachte, wir würden nach Saint Patrick's Day keine Schneestürme mehr bekommen. Diese Stürme müssen aufhören. #climatechangeisreal

Magnolia: Das stimmt.

Dating App, Typ 7: Ist es nicht verrückt, wie wir den Schnee jedes Jahr aufregend finden und ihn dann nach einer Zeit leid sind?

Dating App, Typ 7: Und wir warten alle auf den Sommer, aber wir schimpfen über die Hitze und die Luftfeuchtigkeit, wenn er hier ist.

Magnolia: Das stimmt auch.

Dating App, Typ 7: Was machst du sonst, wenn du nicht über den Wetterzyklus sprichst?

Magnolia: Ich bin Landschaftsarchitektin.

Dating App, Typ 7: Dann hasst du den Schnee also wirklich, haha.

Magnolia: Nach einer Weile schon.

Magnolia: Was machst du beruflich?

Dating App, Typ 7: Ich bin Zahnarzt. Vergiss die Zahnseide nicht, haha.

Magnolia: Jeden Abend!

Dating App, Typ 7: Kann ich dich etwas fragen? Oder bist du beschäftigt?

Magnolia: Ich schaue gerade zu, wie die Bruins Phoenix abschlachten.

Magnolia: Schieß los.

Dating App, Typ 7: Wie sieht deine Schambehaarung aus? Ist sie voll und buschig?

Dating App, Typ 7: Wenn nicht … Würdest du sie raus wachsen lassen?

Dating App, Typ 7: Ich mag einen großen vollen Busch. Die Art, die an den Seiten der Unterwäsche heraus quillt.

Blockiert

KAPITEL 6

Mein Date saß am Esstisch meiner Mutter.

„Dies ist Troy", sagte meine Mutter, als ich wie erstarrt in der Tür stand. Sie stand von ihrem Platz auf und kam zu mir, wobei sie ihren Arm um meine Taille legte und auf ihn zeigte. „Ich dachte, dass dies eine gute Art und Weise wäre, wie wir ihn alle kennen lernen könnten. Das macht es ein bisschen leichter für dich."

„Leichter?", sagte ich und lachte schallend. „Das soll leichter sein?"

In meinen wildesten Träumen hätte ich mir nie vorgestellt, dass meine Mutter sich so sehr in mein Liebesleben einmischen würde. Dies ging ein wenig zu weit und war ein Beweis, dass keine gute Tat ungestraft passierte. Keine einzige.

Dass ich diesem Experiment zugestimmt hatte war eine Geste gewesen, mit der ich die Sorge meiner Mutter um mich beschwichtigen wollte. Von mir aus wäre ich nicht darauf gekommen und jetzt musste ich mitmachen.

Und zwar unter Aufsicht meiner Brüder.

„Wartet", sagte mein Bruder Ash und hob seine Hand, „ich dachte, es wäre Trent. Seit wann bist du Troy?"

„Ich dachte, das wäre Trevor", sagte mein Bruder Linden

und schüttelte den Kopf, während er in sein Bier starrte. „Was zum Teufel geht hier vor?"

„Und ich dachte, ich wäre zum Mittagessen eingeladen", sagte ich. „Nicht zum Speed-Dating."

„Dies ist kein Speed-Dating", stritt meine Mutter. „Er ist der Einzige."

„Trey", brüllte Ash und zeigte auf in wie auf einen Hirsch im Scheinwerferlicht. Der Hirsch hatte das Privileg, mein Date bei der Zusammenkunft zu sein. Was für eine Ehre für ihn.

„Travis", antwortete Linden und schaute kaum von seinem Getränk hoch.

„Tristan", fuhr Ash fort und zeigte immer noch auf den Kerl.

„Triton", sagte Linden.

„Truman", antwortete Ash.

„Ihr beiden", rief meine Mutter und zeigte auf meine Brüder. „Wir haben einen Gast. Hört auf, euch wie A-löcher zu benehmen."

Eine Sache wusste ich ganz genau über diese Männer, mit denen ich einen Leib geteilt hatte. Wenn sie die Gelegenheit hatten, sich wie Arschlöcher zu verhalten, ergriffen sie sie.

„Trace", fuhr Linden fort.

„Targaryen", brüllte Ash, als wenn Teile von *Game of Thrones* diese Katastrophe amüsanter machen würden.

„Trapper", sagte Linden.

„Tracker", antwortete Ash.

„Treat", sagte Linden.

„Tremain", fügte Ash hinzu.

„Tremont", sagte Linden.

Mein Vater spazierte in das Zimmer, schaute sich die ganze Sache an und drehte sich direkt wieder um. Mein Vater war immer vorhersehbar. Meine Eltern waren wie zwei Seiten der gleichen Münze. Er war besonders introvertiert und ausdrucksstark. Er konnte tagelang mit niemandem sprechen.

„Tripp", sagte Ash.

„Tron", antwortete Linden.

„Trotsky", sagte Ash.

„Jetzt seid ihr einfach nur böse", sagte meine Mutter. Sie schaute mich mit einem mitleidigen Stirnrunzeln an. „Alles war gut, bevor du gekommen bist. Sie haben sich über Hockey unterhalten."

„Hockey. Der große Vereiner", murmelte ich.

„Trader", sagte Linden.

Das bremste meinen ältesten Bruder. „Was? Wie bei Joe?"

Mein Date hob beide Hände, als wenn er versuchen wollte, die Raubtiere in Schach zu halten „Ich heiße Troy", sagte er und warf meinen Brüdern vorsichtige Blicke zu, bevor er mich anlächelte. „Hi."

Dieses einzige Wort enthielt viele andere. Unter anderem *Verdammte Scheiße, sind sie endlich fertig?* und *Was zum Teufel passiert hier?* und *Kann es noch schlimmer werden? Bitte sag mir, dass es nicht schlimmer werden kann.*

„Hi", antwortete ich und versuchte eine Million Entschuldigungen in die lahme Begrüßung hinein zu zwängen.

„Ich bin Troy", fuhr er fort. „Ich wusste nicht, dass dies ein Familienessen sein würde und ich dachte ..." Er strich sich mit der Hand über das Gesicht. „Ich dachte, du wüsstest Bescheid. Ich dachte, ich hätte mit dir gesprochen. Es tut mir leid. Dies ist nicht ... Also es ist nicht ..."

„Es ist nicht deine Schuld", unterbrach ich ihn mit mehr Geduld, als ich eigentlich aufbringen konnte. „Das ist eine gerechte Annahme." Ich warf meiner Mutter einen zornigen Blick zu, bevor ich Troy anlächelte. „Kann ich dich bitte einen Augenblick allein sprechen?" Ich wartete nicht auf Ihre Antwort und zog meine Mutter stattdessen in das Bad, das vom Flur abging und schlug die Tür hinter uns zu. „Was zum Teufel ist hier los?"

Meine Mutter ergriff die Gelegenheit, mein Haar hinter meine Ohren zu stecken und mit ihrem Daumen voller Spucke über mein Kinn zu reiben. „Ich habe Troy auf einer der Apps gesehen und mochte sein Profil. Er schien mir eine gute Partie zu sein."

Ich hob abwehrend meine Hand und wollte mehr Informationen. „Auf welcher Grundlage glaubst du das?"

Sie hob eine Schulter und wandte ihre Aufmerksamkeit dem Absammeln unsichtbarer Fusseln von meiner Bluse zu. „Nettes Foto, gute Biografie, guter Job. Und Hunde mag er auch."

„Welchen Beruf hat er?", fragte ich.

„Immobilienmakler. Er ist erfolgreich", sagte sie mit einem selbstzufriedenen Nicken, das mir sagte, später müsste ich ihr für diese Ungerechtigkeit danken.

„Es ist ein Sonntagsessen", begann ich, „und du hast nicht gesagt, dass wir heute Gäste haben würden. Glaubst du nicht, ich hätte mich ein wenig mehr zurecht gemacht, wenn ich gewusst hätte, es kommt ein Kerl zum Mittagessen?"

Sie schaute auf mein Oberteil und die Leggings und berührte dann die ungewaschenen Enden meiner Haare. „Du bist schön und perfekt, so wie du bist." Sie leckte ihren Daumen ab und strich damit über meine Augenbrauen. „Wenn er dich nicht so mag, wie du bist, dann ist er nicht der Richtige."

Ich unterdrückte ein Seufzen. „Ich zeige meine ungepflegte Seite aber erst nach dem vierten oder fünften Date, Mama. Es ist so ähnlich wie, wenn man sich früh am Morgen sieht oder zugibt, dass jeder pupst. Das gehört nicht zum Kennenlernen."

Sie legte ihre Hände auf meine Schultern und lächelte gezwungen. „Dann ändern wir die Reihenfolge eben ein wenig. Im schlimmsten Fall prügeln sich deine Brüder wegen seines Namens und er ergreift die Flucht."

„Ich hätte es besser gefunden, wenn es irgendwo zwischen Respekt für meine Reihenfolge und der Flucht meines Dates von meinem Zuhause gewesen wäre." Ich grinste sie an wie eine Wahnsinnige. Es war ein Sieg für mich, dass ich sie nicht anschrie. „Alles gut."

„Ich weiß, was gut für dich ist", antwortete sie mit einem Schulterzucken.

„Glaube mir", sagte ich und wedelte mit dem Zeigefinger in ihre Richtung, „wenn ich eines Tages zum Essen komme und merke, dass ich eine Wettbewerberin beim *Bachelor* bin, stecke ich dich in ein Altenheim, wenn die Zeit kommt. Vielleicht schon vorher."

„Du würdest mich zu sehr vermissen." Meine Mutter öffnete die Badezimmertür und zeigte in den Flur. „Komm jetzt. Wir wollen Tiberius nicht …"

„Troy", unterbrach ich sie.

„Wie auch immer", murmelte sie. „Wir wollen ihn nicht hängen lassen. Deine Brüder können richtige Arschlöcher sein, wenn sie es wollen."

„Wo wir gerade von ihnen sprechen", sagte ich und blieb vor dem Esszimmer stehen. „Du kannst deine Heiratsvermittler Energie gern in ihre Richtung lenken."

Sie rümpfte die Nase und schüttelte den Kopf. „Sie sind noch zu unreif für ihr Alter. Sie sind noch nicht bereit für etwas Ernstes. Aber du – du bist bereit."

Mit diesen Worten schob sie mich in Richtung Esszimmer.

„Hi", sagte ich zu ihm und zog das Wort zu einer Länge von acht Silben, während ich meine nächste Handlung plante. Ich hatte den Kerl inzwischen mindestens vierzig Mal begrüßt, aber was sollte ich sonst hier tun? Ich wechselte einen Blick mit Ash und Linden und setzte mich neben Troy. Meine Brüder zuckten unschuldig mit den Schultern und grinsten als Reaktion. „Wie geht es dir?"

Mein Date neigte sich lächelnd zu mir und versuchte mich zu mustern ohne anzüglich zu wirken. Zehn Punkte für *Gryffindor*.

„Sehr gut, sehr gut", hauchte er. „Es tut mir leid wegen des Durcheinanders. Ich dachte – ich wusste wohl nicht …"

Ich hielt beide Hände hoch. „Es ist in Ordnung. Es ist nicht deine Schuld. In keiner Weise. Du hast keinen Grund, dich entschuldigen zu müssen." Ich schaute meine Mutter finster an. „Sie weiß, was sie getan hat."

„Sei still", schimpfte meine Mutter. „Wenn schon sonst nichts, wird Trevor ..."

„Troy", sagten wir im Chor.

„Wird er zumindest ein gutes Essen bekommen. Junge Leute essen heute nicht mehr genug herzhafte und gesunde Mahlzeiten. Bei all den Lieferdiensten und Selleriesaft und Chia-Samen."

„Okay. Ja. Das ist sehr gut", sagte Troy. „Sehr gut."

„Alles ist sehr gut", fügte Ash von der gegenüberliegenden Seite des Tisches hinzu. Wenn es so weiterging, würden meine Augen bei all dem finsteren Starren müde werden. „Wirklich sehr gut. Am allerbesten."

Ich warf ihm einen Blick zu, bevor ich mich wieder zu Troy wandte. „Also Troy", begann ich, „danke, dass du heute gekommen bist. Ich hoffe, es macht deiner Familie nichts aus, dass wir dich ihnen heute zum Mittagessen gestohlen haben."

„Keine Sorge", sagte er lachend. „Meine Eltern wohnen in Montana."

„Der Weg ist ein wenig weit für ein Sonntagsessen", sagte Linden.

„Das kommt darauf an ob man an der Sonntagsessen-Routine festhält", fügte Ash hinzu. „Wir tun es offensichtlich, aber uns ist klar, dass es vielleicht nicht dein Lebensstil ist."

„Angesichts des weiten Weges bei dir und so", sagte Linden.

Troy nickte, während er darüber nachdachte. „Ja, wir haben diese Tradition nie aufrechterhalten. Ich nehme an ..."

„Weil das Leben auf einer Ranch das nicht zuließ?", fragte Ash.

Troy lachte überrascht. „Oh, das ist lustig. Nein, ich bin nicht auf einer Ranch aufgewachsen. Tatsächlich komme ich aus einer der größten Städte in Montana."

„Wirklich?", fragte Linden.

„Also keine Ranch?", fragte Ash.

„Der Mann sagte, keine Ranch", antwortete Linden.

Der Herr soll mir beistehen. Es gab einen guten Grund, warum erste Dates nicht im Familienkreis stattfanden.

„Ein häufiges Missverständnis", sagte Ash. „Nicht alle Leute in Montana sind Rancher. Einige wohnen in Städten."

„Sehr viele", stimmte Linden zu.

„Vielleicht die meisten", sagte Ash.

„Es passiert", sagte Troy lachend. Irgendwie schaffte er es zu grinsen. Er hatte sich nicht einen Augenblick über diesen Angriff geärgert und ich musste es ihm lassen. Diese Umstände lächelnd zu ertragen, erforderte einen breit angelegten Sinn für Humor. Er zeigte auf meine Brüder. „Entschuldigt, dass ich frage, aber …"

„Nein. Wir sind keine Zwillinge", sagte Ash.

„Wir sind Drillinge", verkündete Linden. Er schlug sich auf die Brust und zeigte dann auf mich und Ash. „Wir drei."

„Oh toll", sagte Troy. „Das ist großartig."

„Wirklich großartig", fügte Ash hinzu.

„Das Beste", sagte Linden kichernd.

Meine Mutter kam ins Zimmer mit meinem Vater im Schlepptau und stellte mehrere Platten auf den Tisch. Mein Vater schaute auf uns vier, schüttelte den Kopf und setzte sich auf seinen gewohnten Platz. Er zeigte auf Linden, dass er ihm die Wurst reichen sollte. Ich wusste immer, was er essen würde und dann würde er gehen und diese Spaßvögel für den Rest des Tages meiden.

„Guten Appetit allerseits. Ich hole nur noch schnell den Reis", rief meine Mutter.

Wir waren keine schrecklichen Kinder, weil wir uns nicht rührten. Meine Mutter wollte das so. Sie bestand darauf zu kochen und zu bedienen und sie tat es nicht aus Pflichtbewusstsein. Nein, es war reiner Egoismus. Sie glaubte einfach, ihr Essen war besser als das, was jemand anderes gekocht hatte und sie weigerte sich *ungewürzten Müll*, wie sie es nannte, zu essen. Wir machen uns nicht mehr die Mühe, deswegen zu streiten und wir wagten es nicht, uns bei den Vorbereitungen einzumischen.

Sie würde jeden einzelnen von uns schimpfen, weil wir es falsch gemacht hätten.

Das Essen ging schnell vorbei und dafür war ich dankbar. Wir waren zu beschäftigt mit dem Essen und die Speisen meiner Mutter zu loben und hatten keine Zeit, die Rituale eines ersten Dates durch zu gehen. Außerdem war da noch das Thema, dass meine Mutter Alkohol während der Fastenzeit aufgab. Sie war keine gläubige Katholikin, aber sie befolgte einige Traditionen sehr genau. Die Aufgabe von etwas während der Fastenzeit, Adventskerzen im Dezember und der Segen für meinen Hund am Fest des heiligen Rochus. Es schien, als erhielt sie eine kleine Verbindung zu einem Glauben aufrecht, den sie kaum hatte, aber ohne den sie auch nicht konnte und ich hatte nicht vor, mich da einzumischen.

Aber ein Gläschen Wein hätte ihr nicht geschadet, insbesondere nachdem meine Mutter Troy fragte, wie viele Kinder er wollte und was er von kurzen Verlobungen hielt.

Meine Brüder brachten sich immer Bier mit, aber heute teilten sie nicht.

Manchmal waren sie wirklich A-löcher.

Als wir mit dem Essen fertig waren, zeigte meine Mutter auf meine Brüder. „Ihr seid große, starke Männer. Ihr schafft den Abwasch heute auch ohne eure Schwester."

Linden blinzelte meiner Mutter zu, bevor er mich anschaute. „Wir werden diese Schuld zu einem späteren Datum eintreiben", sagte er und stand auf.

„Keine Sorge", antwortete ich. „Irgendwann bist du dran und ich werde fröhlich gackern, während ich spüle und dein Bier trinke."

Ash drückte seine Faust an den Mund, während er vor Lachen schnaubte.

„Ich weiß nicht, was du so witzig findest", sagte ich und

warf meine Serviette in seine Richtung. „Irgendwann bist auch du dran."

„Das werde ich nicht sein", antwortete er. „Danke, in meinem Leben ist kein Platz für so einen Scheiß."

Jetzt warf Linden seine Serviette auf Ash. „Halt die Klappe", bellte er. „Du bist dran mit Abtrocknen."

Meine Geschwister nahmen sich Zeit den Tisch abzuräumen, während Troy und ich uns unbehaglich anlächelten. Es war eigentlich kein Lächeln, sondern eher ein Gesicht verziehen und zusammengepresste Lippen, die ein Zeugnis der Unbehaglichkeit dieser Situation waren.

Als sie allein waren und ich hörte, wie das Wasser in der Küche in die Spüle lief, neigte ich mich zu Troy. „Das Ganze tut mir so leid", sagte ich und streckte die Handfläche zur Entschuldigung aus. „Meine Mutter übertreibt manchmal und dann schnappt sie über."

Er strich mit einem Finger über seine Augenbrauen, während er kicherte. „Es ist alles gut. Es ist großartig. Das war großartig."

„Du lügst", platzte ich mit einem unterdrückten Lachen heraus. „Das war nicht großartig. Es ist in Ordnung, wenn man das zugibt."

Er warf einen elenden Blick über den leeren Tisch und strich sich wieder über die Augenbrauen. „Es war nicht so schlimm, wie du denkst. Ich habe schon lange kein selbst gekochtes Essen mehr gehabt."

Ich blinzelte und musterte ihn, ohne dass der Zorn wegen der Überraschung meinen Blick vernebelte. Er sah gut aus und schien angenehm, wenn auch ein wenig angespannt. Vielleicht war er nicht wirklich angespannt, aber so kam er mir in seiner Anzughemd-Krawatte-Pullunder-Kombination vor. Und vielleicht beurteilte ich ihn nach seinem Äußeren, aber was war damit nicht in Ordnung? Wenn das Äußere dem Inhalt nicht entsprach, war es das Falsche.

„Das–das ist großartig." Ich zuckte zusammen, als mir Troys

Lieblingswort über die Lippen kam. „Die Kochkünste meiner Mutter sind legendär. Sie würde dich auch sicherlich wieder einladen, wenn wir nicht ..." Ich zeigte in die Luft zwischen uns und wickelte meine Finger umeinander, als wenn das irgendwie Sinn machen würde– „Wenn wir nicht zusammen ... weil, du weißt schon. Dies ist kein ..."

„Ich verstehe. Du scheinst großartig zu sein ..."

„Du auch", stimmte ich zu.

„Aber wir müssen nicht ..."

„Oh Gott, nein. Nein." Ich stimmte viel zu herzlich zu, aber ich konnte mich nicht aufhalten. Unter anderen Umständen hätten Troy und ich vielleicht den Abend zusammen verbracht und das wäre der Anfang und das Ende für uns gewesen. Wir waren kein Paar. Was auch immer *das* war, wir waren es nicht. Uns fehlte das gewisse Etwas. „Aber ich meine es ernst, wenn ich sage, dass meine Mutter dich gern wieder zum Mittagessen einladen würde."

Er warf einen weiteren Blick auf den leeren Tisch, auf dem ein paar Körner Tomatenreis, eine Kichererbse und einige Fettspritzer von der Chorizo Wurst von unserem bescheidenen Festmahl zeugten.

Troy war ein netter Kerl. Nett und freundlich und besser als viele andere in der gleichen Situation gewesen wären. Ein netter Kerl war jedoch nicht die richtige Qualifikation für mich. Ja, ich wollte jemand Nettes, aber ich wollte auch jemand, der nach einem Blick auf dieses abgekartete Spiel meine Hand ergriffen hätte und mit mir geflohen wäre. Jemand, der meine Brüder und ihre A-loch Verhaltensweise nicht länger als zwei Minuten ertragen und es ihnen mit gleicher Münze zurück gezahlt hätte. Jemand, der erkannte, dass mir meine Familie wichtig war, aber wusste, wann ich Abstand von ihnen brauchte und verdient hatte.

Dieser Mann war Troy nicht. Wenn er diese Ahnungen gehabt hatte, hatte er ihnen entsprechend gehandelt. Ich hätte ihn mir schnappen und flüchten können. Aber ich hatte es nicht getan. Ich hatte darauf gewartet, dass er es tat und jetzt würde es nicht mehr passieren. Jetzt passierte nichts mehr.

Ich konnte nicht anders als die Lektion aus diesen Ereignissen zu lernen. Wenn ich etwas wollte, musste ich es mir selber nehmen. Auf einen Kerl zu warten, damit er meine Gedanken las, brachte mich nicht weiter. Ich konnte nicht erwarten, dass jemand meine nicht ausgesprochenen Bedürfnisse erkannte. Ich musste selbst aktiv werden.

„Vielleicht würde ich das gern tun und zum Essen kommen", fügte Troy eifrig hinzu. „Wir hatten solche Routinen nicht, als ich noch zu Hause gewohnt habe und" – er wandte den Blick ab – „und dies war großartig. Wenn ich zurückblicke, wird mir jetzt klar, die Nachrichten deiner Mutter waren sehr darauf fokussiert, dass ich gut aß und schlief. Mir hat das gut gefallen, nehme ich an. Es fühlte sich gut an." Er lachte zu sich selbst. „Verflucht. Das hört sich an, als wäre ich hinter deiner Mutter her."

Ich zuckte zusammen und sagte: „Nein, ich verstehe, was du sagen willst. Ich arbeite auch hart daran, nicht darüber nachzudenken, dass meine Mutter dir in meinem Namen Nachrichten geschickt hat. Wenn ich darüber nachdenke, muss ich Dinge verbrennen und mich mit Bleiche schrubben."

Er schüttelte den Kopf. „Ich sollte ihr dankbar sein. Ich habe ein ganz neues Segment von Mamaproblemen entdeckt, mit denen ich mich befassen muss."

Ich war mir nicht sicher, wie ich nach jenem Kommentar noch locker lächeln konnte, aber ich schaffte es. Ich schaffte es ruhig und offen zu bleiben, als ich Troy mit einer lockeren Umarmung und keinem Versprechen, ihn wieder zu sehen, verabschiedete.

Aber ich würde meiner Mutter einiges zu sagen haben.

KAPITEL 7

Dating App, Typ 8: Guten Morgen.

Magnolia: Hi. Happy Monday!

Dating App, Typ 8: Wie war dein Wochenende?

Magnolia: Gut. Ich bin froh, dass eine neue Woche anfängt. Ein Neuanfang bei vielen Dingen.

Dating App, Typ 8: Das geht mir auch so. Ja, ich bin in genau dem gleichen Boot wie du.

Magnolia: Faszinierend.

Dating App, Typ 8: Ich will offen zu dir sein. Ich habe gerade eine lange Beziehung beendet und bin ein bisschen durcheinander, aber ich bin 1,92 m groß und mein Schwanz ist ganze 20 cm lang.

Magnolia: Es tut mir leid wegen deiner Trennung.

Dating App, Typ 8: Vielen Dank.

Dating App, Typ 8: Möchtest du mir helfen die Erinnerungen an meine Ex weg zu ficken? Ganz ohne Verpflichtungen oder Erwartungen oder emotionales Gepäck?

Magnolia: Ich verstehe ja wirklich, was du durchmachst, aber ich weiß nicht, wie dies ohne emotionales Gepäck sein könnte.

Magnolia: Und ich möchte auch nicht wirklich erwartungslosen Sex.

Magnolia: Ich stehe auf Verpflichtungen und Erwartungen und Gefühle. Ich will all diese Dinge.

Dating App, Typ 8: Ich kann ganze dreißig Minuten lang hart bleiben. Ohne Scheiß.

Magnolia: Wie alt bist du?

Dating App, Typ 8: Ich bin letzten Monat achtunddreißig geworden.

Magnolia: Dreißig Minuten mit achtunddreißig? Wenn das mal nichts für den Lebenslauf ist?

Dating App, Typ 8: Ganz im Ernst.

Magnolia: Ohne zu schummeln?

Dating App, Typ 8: Ich kann ehrlich behaupten, dass ich gerade laut gelacht habe.

Magnolia: Gern geschehen.

Dating App, Typ 8: Ich weiß es zu schätzen. Ich brauchte den Lacher.

Dating App, Typ 8: Außerdem muss ich über meine Ex hinweg kommen … Wie sieht es also aus?

Magnolia: Du scheinst hier zwar der normalste Mensch zu sein, wenn das überhaupt möglich ist, aber ich bin nicht auf dem Markt als Fick-Freundin oder Trost-Fick.

Dating App, Typ 8: Ich verstehe. Ich kann über nichts Ernsteres sprechen, außer dass du cool zu sein scheinst und schön bist.

Magnolia: Bin ich cool, weil ich dich nicht blockiert habe? Innerhalb von drei oder vier Nachrichten bist du auf deine Schwanz-größe zu sprechen gekommen und für mich ist das ein blockierwürdiges Verhalten.

Dating App, Typ 8: Und doch hast du mich nicht blockiert.

Magnolia: Nein, das habe ich nicht.

Dating App, Typ 8: Warum nicht?

Magnolia: Da bin ich mir nicht sicher. Vielleicht, weil du mit einem Problem angefangen und mit Maßen aufgehört hast. Du hättest die persönliche Horrorgeschichte überspringen können.

Dating App, Typ 8: Vielleicht, aber ich muss nur meine

Probleme wegen meiner Ex weg ficken. Es ist zu zeitraubend, als dass es meine normale Herangehensweise sein könnte.

Magnolia: Meinst du den Online-Kuppelteil? Oder den Sex als Stressabbau?

Dating App, Typ 8: Verdammt, hör auf, mich dazu zu bringen, dich zu mögen.

Magnolia: Was?

Dating App, Typ 8: Sag' keine sarkastischen, verständnisvollen Dinge. Das bringt mich dazu, dass ich mit dir reden will.

Magnolia: Und ist das schlimm?

Dating App, Typ 8: Ja. Reden ist nicht Teil meines Angebots.

Magnolia: Vielleicht musst du reden. Ich bin mir ziemlich sicher, du hättest auch jemand anderes für das Hass-Ficken finden können.

Dating App, Typ 8: Warum kannst du mich mit meiner Selbsttherapie nicht in Ruhe lassen?

Magnolia: (Schau dich um), Mann. Du hast *mir* eine Nachricht geschickt.

Dating App, Typ 8: Kalt erwischt.

Magnolia: Was ist passiert?

Dating App, Typ 8: Ich möchte nicht darüber sprechen.

Magnolia: Okay. Das musst du nicht.

Magnolia: Du musst mir nicht alles erzählen. Aber ich möchte keinen anonymen Sex. Wenn du versuchst das zu finden, glaube ich nicht, dass ich die richtige Person für dich bin.

Magnolia: Ich glaube auch nicht, dass anonymer Sex für dich richtig ist, aber ich will dich nicht von deiner Selbsttherapie abhalten.

Dating App, Typ 8: Du bist ein wenig unhöflich.

Dating App, Typ 8: Ich glaube, das gefällt mir.

Magnolia: Okay.

Dating App, Typ 8: Ich weiß, es hört sich bescheuert an, da du mich gerade gebeten hast, mich zu erklären und mich dann zum Teufel geschickt hast, als ich es nicht wollte, aber ich habe ein Meeting in zehn Minuten und ich muss mich darauf vorbereiten, damit meine Karriere nicht den gleichen Weg nimmt wie meine letzte Beziehung.

Magnolia: Schon gut. Ich muss auch noch ein wenig arbeiten.

Dating App, Typ 8: Wäre es in Ordnung, wenn ich dir später heute Abend schreibe?

Magnolia: Sicher.

Magnolia: Kleiner Tipp: Rede weiter über deinen Schwanz. Es ist gut, wenn man auf etwas stolz sein kann.

Dating App, Typ 8: Was habe ich gesagt, dass du mich dazu bringst, dich zu mögen?

Magnolia: Ich glaube, das ist nicht ratsam.

Dating App, Typ 8: Das ist es nicht.

Dating App, Typ 8: Mach weiter so.

KAPITEL 8

„Ich könnte vier oder vielleicht fünf Monate schwanger sein."

Ich schaute mit einem Schulterzucken auf den nicht vorhandenen Bauch und wandte meine Aufmerksamkeit dann auf mein Handy. Mister Zwanzig cm schickte mir jetzt seit zwei Wochen Nachrichten. Heute Morgen hatte er mir von der Geburtstagsparty seiner Nichte mit dem Motto *Vaiana* erzählt. Es ist süß und ich lächelte und seufzte, dass sie ihn unter Druck gesetzt hatte, er solle sich als Maui verkleiden.

Aber glaub' mir, ich wusste, was er tat. Er erwähnte das Kind, sprach über Prinzessinnenfilme und bewies, dass er ein Herz aus Gold hatte.

Es war, als würde er das Drehbuch für *Unwiderstehlich* schreiben.

Magnolia: Hört sich lustig an.

Mister Zwanzig: Das wird es sein. Meine Schwester legt sich bei diesen Dingen wirklich ins Zeug.

Mister Zwanzig: Bevor du mir gratulierst, dass ich ein durchaus

annehmbarer Onkel bin, können wir über etwas anderes reden
…Frau Ratgeberin?

Mister Zwanzig: Ich meine, wir haben seit mindestens vier
Stunden nicht mehr über meinen Schwanz gesprochen.

Magnolia: Dein Schwanz benötigt viel Aufmerksamkeit, meine
Lieber und super viel Wartung.

Mister Zwanzig: Er würde gern mehr als deine Aufmerksamkeit ausfüllen.

Magnolia: Das war nicht einer deiner Besten.

Mister Zwanzig: Keine Angst. Ich bin ein andauernder Lerner.
Ich verbessere mich immer weiter.

Magnolia: Schön für dich.

Mister Zwanzig: Mir ist dein Sarkasmus bis jetzt noch nie so
sehr aufgefallen.

Mister Zwanzig: Wir haben noch nicht mehr als Nachrichten
ausgetauscht.

Magnolia: Reden wir schon wieder von deinem Schwanz?

Mister Zwanzig: Ich meinte Benutzernamen.

Mister Zwanzig: Perverse.

Magnolia: Klar. Ich bin diejenige, die sich mit deinem Schwanz
beschäftigt. Sicher. Okay.

Mister Zwanzig: Ich habe mir nur überlegt, ob das ein Anzeichen ist, dass du das nicht magst.

ER HATTE Recht wegen der Nachrichten. Wir hatten mehr als die
seltsamen Benutzernamen, die mit unseren Onlineprofilen
verknüpft waren, geteilt. Ich war MizMaggie19 und er war RRR
Hahn441 und es machte mir Spaß. Trotz unserer unterschiedlichen Zielsetzungen wollte ich weiterhin mit ihm sprechen.

Magnolia: Denk' das nicht.

Mister Zwanzig: Also gut, Lady. Du hast Zeit genug zum Nach-
denken gehabt. Wie lautet das Urteil?
Magnolia: Noch kein Urteil.
Mister Zwanzig: Keine Mehrheit der Geschworenen?
Magnolia: Oh mein Gott, hör' auf.
Magnolia: Das ist jetzt nicht vorteilhaft für deinen Fall.
Magnolia: Ich weiß, ich bin mir nicht sicher, ob ich deinen Fall
glauben soll. Jeder, der so viel über seinen Schwanz spricht
(räusper, räusper), muss irgendetwas kompensieren.

WAR ES FALSCH, dass ich seine Behauptung hinsichtlich seines
Schwanzes überprüfen wollte? Unmöglich. Er sprach immer
wieder davon, und es war kein Fehler weitere Informationen zu
sammeln, bevor man zu einer Entscheidung kam.

Vielleicht stimmte es nicht ganz, aber ich war noch nicht
bereit, es falsch zu nennen.

Obwohl ich tatsächlich kein Bild von seinem Schwanz haben
wollte. Solche Dinge waren schlimmer als die Kamera-App zu
öffnen und festzustellen, dass sie sich im Selfie-Modus befand.
Selbst die schönsten Menschen auf der Welt sahen aus dem
Blickwinkel aus wie Kartoffeln mit einem dreifachen Kinn.

Die Wahrheit über Schwanzbilder war, sie dienten dem
Schwanz und nicht dem Empfänger. Der Kerl war stolz auf
seine Waren und warum sollte er das nicht sein? Sie machten
alle möglichen magischen Dinge und diese pedantische, fragile,
verlängerte Haut segnete ihn mit unheimlich viel Macht in der
Welt, so, wie wir sie kannten. Natürlich würde er damit
angeben wollen.

„Weit im zweiten Trimester wie eine große runde Schüssel."

Ich steckte mein Handy wieder in meine Tasche und wandte
meine Aufmerksamkeit Andy Assani zu. Sie war Architektin in
einer der edelsten Firmen in der Gegend und wir arbeiteten

häufig an den gleichen Objekten. Nachdem ich mich von der mir selbst zugefügten Verrücktheit erholt hatte, dass ich einmal mit einem ihrer Partner zusammen gewesen war, trafen wir uns alle paar Wochen zum Mittagessen. Das war jetzt drei Jahre her und wir fanden immer neue Gründe, zusammen essen zu gehen.

Das Beste an Andy war, sie war erbarmungslos ehrlich. Sie würde es einem sagen, wenn die Jeans nicht richtig für deinen Hintern waren, der Lippenstift ein Verbrechen an deiner Haut war oder du ein unnötiges Drama veranstaltet hattest, um deinen Standpunkt klar zu machen. Sie war direkt und manchmal war das hart, aber sie machte es auf eine gute Art und Weise.

Sie starrte auf ihr Profil in einem Spiegel und strich mit der Hand über ihren perfekten flachen Bauch. „Würdest du bitte damit aufhören? Du bist so dünn wie eine Bohnenstange", sagte ich und mein Tonfall war voller vorgetäuschtem Frust. „Wirklich, Andrea. Du bist eine Bohnenstange."

Lachfalten waren zu sehen, als sie lachte. „Eine Bohnenstange?"

„Ja." Ich schob einen Teil der Kleiderbügel an dem Ständer vor mir zur Seite. „Eine dünne Bohnenstange ohne Po. Du könntest tatsächlich schwanger sein und eine große runde Schüssel verschluckt haben und immer noch aussehen wie Audrey Hepburn mit schicker Frisur. Du wirst schlank und strahlend und schön sein, wenn du schwanger bist. Wie Kate Middelton oder Amal Clooney. Bitte. Wenn ich eine Tüte Erdnüsse esse, sehe ich aus, als würde ich gleich Zwillinge gebären."

„Nein, das stimmt nicht", sagte sie lachend. „Und mein Name ist nicht Andrea."

Ich zog ein Kleid von der Stange und hielt es ihr hin. „Wenn ich dir eine Predigt halte, bist du Andrea. Sei vorsichtig, sonst überlege ich mir bei der Gelegenheit noch einen Mittelnamen für dich." Ich wedelte mit dem Kleid. „Geh' und probier' das an."

Sie schüttelte den Kopf und ihre langen dunklen Locken fielen über ihre Schultern. „Ich kann mich jetzt nicht darein quälen. Warum haben wir vor dem Einkaufen zu Mittag gegessen?"

„Wir denken mit unseren Bäuchen." Ich drehte mein Gesicht zur anderen Seite des Ladens. „Lass' uns nach fließenden Strandkleidern schauen."

„Perfekt." Sie nahm mir das Kleid ab und hängte es zurück. „Fließend ist gut. Das wird dieses Jahr mein Sommerstil. Locker und fließend."

„Sagte die frischgebackene Ehefrau im Babyfieber", sagte ich leise. Nach einer jahrelangen Verlobung war Andy letzten Monat endlich vor den Altar getreten.

Sie warf mir einen Blick zu. „Darüber reden wir jetzt nicht. Ich habe kein Interesse an einer Schwangerschaft in den nächsten zwei oder drei Jahren. Vielleicht noch später."

Sie machte es zu einfach, sie wegen dieses Themas zu ärgern. Obwohl ich wusste, wie todernst es ihr mit dem Warten war. Auch wenn ich ihre Gefühle teilte, ein Baby zu wollen uns sie dieses Baby erst in ein paar Jahren kennen lernen wollte. Andy und ich hatten jedoch unterschiedliche Ausgangspositionen, wenn es um Familiengründung ging.

Angefangen damit, dass ich immer noch einen Mann kennen lernen musste, den ich länger als einen Abend ertragen könnte.

„Babyfieber", wiederholte ich grinsend.

„Also, Magnolia, gehst du mit irgendjemand im Besonderen aus im Augenblick? Wir wollen jetzt mal über *dich* sprechen."

Meine Tasche vibrierte. Ich wandte den Blick ab, bevor ich antwortete. „Das willst du nicht wissen."

Sie reichte mir ein Strandkleid in pink und grün. „Du hast mich eine dünne Bohnenstange genannt. Wenn du über meinen

Po oder den Mangel an demselben sprechen darfst, musst du mich mit deinen Abenteuern beim Daten unterhalten."

„Abenteuer", schnaubte ich und hielt ihr ein schwarzes Kleid hin. Sie trug nicht gerne Farben. „Das ist eine interessante Art und Weise, die Sache zu sehen."

„Irgendwelche zweiten Dates? Oder etwas Vielversprechendes?"

Ich schnaubte erneut. „Keine zweiten Dates."

Wir hielten einander noch mehrere Kleider hin. „Aber etwas Vielversprechendes?"

Wieder vibrierte es in meiner Tasche. Was war schlimm daran, dass ich wollte, dass es Mister Zwanzig cm war? Vielleicht war er es. Vielleicht hatten die letzten paar Monate meine Erwartungen auf einen Punkt herunter gefahren, wo ich optimistisch hinsichtlich eines Kerls war, der freundlich und echt zu sein schien, selbst wenn er seinen Schwanz nur in jemandem zum Zweck eines Exorzismus vergraben wollte.

„Lass uns diese anprobieren." Ich schob Andy in Richtung der Umkleidekabinen. „Diese Stadt hat schon genug von meinen Scheiß-Dates gesehen und darüber getwittert. Ich will nicht, dass die Verkäuferinnen auch noch live dabei sind."

Wir ließen uns auf der Bank in der Umkleidekabine nieder, machten aber keine Anstalten uns umzuziehen.

„Hast du jemals Tage", begann ich, während ich auf die Kleider starrte, „an denen du keine Chefin sein willst?"

„Was meinst du damit?"

„Ich weiß nicht. Es ist kompliziert", gab ich zu. „Ich liebe meine Arbeit. Ich bin gern selbstständig. Ich verlasse mich gern auf mich selbst und bin froh, dass ich niemandem Rechenschaft schuldig bin. Ich liebe es. Wirklich. Aber ... Aber es gibt Tage, wenn ich es alles aufgeben und eine schlechte Feministin sein will. Manchmal überlege ich, wie mein Leben wohl wäre, wenn ich nicht so zielstrebig wäre. Wenn ich mit einem Mann verheiratet wäre, der wollte, dass seine Ehefrau zu Hause bleibt ..."

„Das würdest du niemals mitmachen. Nicht in einer Million Jahre."

„Ich weiß, ich weiß." Als sie anfing zu protestieren, fuhr ich fort: „Aber was, wenn er mir nicht sagte, was ich tun sollte, was, wenn er es mir anbieten würde oder wenn wir es wie ein gutes modernes Paar gemeinsam entscheiden würden? Würde ich immer noch die Welt erobern wollen mit einem Dachgarten nach dem anderen und mich jeden Tag beweisen wollen?"

„Ja. Vielleicht würdest du dir weniger Sorgen darum machen, dich zu beweisen, aber du würdest immer noch all diese Dachgärten haben wollen. Und du würdest da nicht aufhören. Du hast das Haus deiner Tante in deiner Freizeit renoviert, obwohl du im vergangenen Jahr Unmengen von Projekten hattest. Und du liest Bücher und gehst häufig ins Stadion. Du weißt nicht, wie man nichts tut."

Das war nicht die vollständige Wahrheit, aber ich würde Andy heute nicht über meine Vergangenheit an verschwendeter Lebensweise informieren. Der Antrieb, mich zu beweisen kam daher, dass ich so viel Zeit verschwendet hatte, als ich jünger war und zwei Mal vom College geflogen war. Dass ich fünf verschiedene Kellnerinnen-Jobs verloren hatte, weil ich vergessen hatte pünktlich zur Arbeit zu kommen. Ich hatte jahrelang gekämpft, etwas zu finden, was mich interessierte.

„Ich liebe, was ich tue, aber es gibt Tage, an denen ich mir wünsche, dass ich es nicht tun müsste", gab ich zu. „Es ist verrückt, aber ich überlege, wie mein Leben wäre, wenn ich nicht alles immer selbst machen müsste." Ich schaute sie an. „Hast du jemals das Gefühl, Hausfrau zu werden, wenn man es dir anbieten würde?"

Andy betrachtete mich einen Augenblick mit zusammen gekniffenen Augen. „Es liegt daran, dass es 14:00 Uhr an einem Dienstag ist und dass wir zu viel Wein zum Mittagessen getrunken haben. Wir haben es uns ausgesucht und jetzt müssen wir da durch und wer A sagt, muss auch B sagen."

Ich knabberte an meiner Lippe, bevor ich Andy anschaute. „Ich weiß und ich weiß auch, dass ich mein Leben für nichts in der Welt eintauschen würde. Es gibt nur Tage, an denen ich mein Telefon abstellen und mich von einem Mann umsorgen lassen möchte."

„Das kann ich verstehen", sagte sie und schüttelte den Kopf, während sich ihr Mund zu einem Lächeln verzog. „Ich verstehe es und ich sehne mich auch danach. Ich stelle jedes Wochenende mein Telefon ab und lasse mich von Patrick umsorgen. Das gilt auch für die meisten Abende unter der Woche."

„Rufen dich deine Kunden oder Lieferanten nicht abends an?"

„Das tun sie. Das bedeutet aber nicht, dass sie nicht bis zum nächsten Morgen warten können, bis ich sie zurückrufe", sagte sie kichernd. „Ehrlich. Es gibt Tage, wenn ich darüber fantasiere, meine ganze Arbeit und Sorgen beiseite zu stellen und meine Zeit damit zu verbringen, Essensbilder auf Instagram zu posten."

„Was hält dich davon ab?" Ich wollte es nur wissen, weil es Augenblicke gab, wenn nur die Angst, dass ich kein Futter für meinen Hund mehr kaufen könnte, mich davon abhielt.

„Lass' mich dir ein paar Sachen erklären. Erstens, Patrick und ich teilen ein Hirn bei der Arbeit und daher kann ich ihn nicht allein lassen. Er würde einen mentalen Zusammenbruch erleiden und das braucht kein Mensch. Zweitens, restauriere und renoviere ich am liebsten Häuser. Das mag ich mehr als alles andere und noch mehr als Essensbilder zu posten. Wenn ich diesen Beruf nicht hätte, wüsste ich nicht, was ich mit mir anfangen sollte. Und drittens, ich weiß, ich kann mich auf Patrick verlassen. Wenn ich mich zurückziehen oder meinen Fokus ändern wollte oder Zeit mit etwas Neuem verbringen wollte, weiß ich, er würde die Firma umorganisieren, damit es möglich wäre."

Alles in mir zog sich zusammen. Ich wollte einen Partner,

der die Welt für mich umorganisieren würde. Das war, was ich wollte. Das war es. Genau das war mein Ding.

Ich konnte das nicht in meine Dating-Profile setzen, aber verflucht, das war, was ich wollte.

Andy schaute mich mit über der Brust verschränkten Armen an. „Worum geht es hier eigentlich?" „Was ist los mit dir? Erzähle mir deine schmutzigen Geschichten, Santillian."

Ich lehnte mich gegen die Wand und schlug die Beine übereinander. „Dating zehrt an meiner Seele. Das ist das eine und zum anderen wird das Haus gegenüber von mir nach Feierabend renoviert. Ich höre schon Nagelpistolen in meinen Träumen."

„Du bist zu nett", murmelte sie. „Ich hätte mich den Idioten vorgestellt und sichergestellt, dass ich das Ordnungsamt im Schlepptau hätte." Sie machte eine Handbewegung, um mich dazu zu bringen, fortzufahren. „Was ist sonst noch los mit dir? Es sind doch nicht nur die Nagelpistolen."

„Es gibt einen Mann, aber er will nur einen Kumpel zum Ficken. Er versucht, über eine Trennung hinweg zu kommen."

„Erklär' es mir mal, warum du ihn überhaupt in Betracht ziehst", sagte Andy mit hochgezogener Augenbraue. Die Frau könnte ihre Augenbrauen rechtwinklig stellen, wenn sie es wollte.

Ich wollte reagieren, zögerte aber dann. Warum dachte ich überhaupt darüber nach? Es lag nicht an dem Schwanz. Es konnte nicht der Schwanz sein. Das Leben hatte mehr zu bieten als einen Schwanz ebenso, wie es mehr zu bieten hatte als Kaffee, Baseball und Hunde.

In gewisser Weise.

„Er hat etwas an sich, was ich mag", sagte ich schließlich. „Er ist anders als die anderen Kerle, die ich online kennengelernt habe. Er ist nicht wie der Rest der Arschlöcher da draußen. Ich meine, er ist überhaupt kein Arschloch. Eine heiße Minute lang versuchte er eins zu sein, aber er konnte die Rolle nicht aufrechterhalten."

„Nun, das ist ja mal positiv", antwortete Andy. „Du hast gesagt, dass er eine Trennung hinter sich hat?"

Ich nickte und murmelte zustimmend. „Eine ziemlich schlimme. Zugegebenermaßen ist er recht mitgenommen."

„Und du willst ihn wieder auf die Spur bringen."

„Ich will ihn nicht wieder auf die Spur bringen", flüsterte ich eindringlich.

„Du willst all die Jungs wieder in Ordnung bringen", antwortete Andy.

„In der Vergangenheit habe ich tatsächlich ein oder zwei Kerlen helfen wollen,", gab ich zu. „Aber diesen Kerl will ich nicht wieder in Ordnung bringen."

„Du willst sein gebrochenes Herz reparieren", sagte sie, „mit deiner Vagina."

Ich schnaubte und versuchte empört zu sein. „Ich habe nicht den Wunsch das zu tun und er hat mir auch nicht den Eindruck vermittelt, dass er möchte, dass ich irgendetwas an ihm in Ordnung bringen soll."

Andy lachte. „Nein, Süße. Er will dich zum Ficken."

„Das trifft es genauer. Wie jeder gute Mann hat er angedeutet, dass er dabei recht talentiert ist."

„So?", gurrte sie.

Ich beschloss alles zu beichten. „Er sagt, dass er mit zwanzig Zentimetern arbeitet und er schafft es mindestens eine halbe Stunde lang."

Sie neigte ihren Kopf. „Jetzt hast du meine Aufmerksamkeit."

„Ich möchte mich auf keine Situation einlassen, die zu nichts führt", sagte ich. „Aber ... ich weiß nicht."

„Es ist nicht schlimm, wenn man Sex haben will. Insbesondere, wenn hochwertiges Material eine Rolle dabei spielt." Sie zuckte mit den Schultern. „Wenn du die Erlaubnis von jemanden brauchst, dich ficken zu lassen, es zu genießen und dir keine Gedanken zu machen, dass du ihn in Ordnung bringen musst – dann erteile ich sie dir jetzt. Es ist okay, eine

Beziehung zu haben, die zu nichts führt, auch wenn du versuchst den Einen zu finden. Manchmal werden ausweglose Dinge zu Sackgassen und jeder liebt ein Straßenende. Das sind zuverlässige Immobilien."

„Das ist jetzt mal eine zuverlässige Weisheit." Ich drehte mein Kinn zu den Kleidern auf der Stange. „Sollen wir uns die Mühe machen, die Kleider überhaupt an zu probieren?"

Sie schüttelte den Kopf. „Ich will das Profil von diesem Kerl sehen. Wir stalken ihn, bevor du ihn ausziehst."

„Ich zieh' ihn jetzt aus", murmelte ich. „Okay. Das ging schnell voran."

„Tu' nicht so kokett und jungfräulich in meiner Gegenwart", schimpfte sie.

Ich zog mein Handy aus der Tasche und entsperrte den Bildschirm. Meine Nachrichten-App blinkte wegen mehrerer ungelesenen Nachrichten von RRR Hahn441. „Es sieht so aus, als wollte er heute reden."

„Hmmm", murmelte sie und schaute auf den Bildschirm.

Mister Zwanzig: Willst du ... MizMaggie, Willst du einen Beweis?

Mister Zwanzig: *Oh Gott!* Tatsächlich. Du willst wissen, ob es den Aufwand wert ist.

Mister Zwanzig: OK. Das werde ich dir nicht ankreiden, da ich es immerhin bis hier geschafft habe.

Mister Zwanzig: Verflucht. Ich bewundere es.

Mister Zwanzig: Bitte sehr!

Mister Zwanzig: (BILD IM ANHANG)

WIR NEIGTEN uns näher und keuchten gleichzeitig, als ein Foto den Bildschirm füllte. Es war sehr schön gemacht. Bekleidet, gefangen hinter einer Hose, aber unleugbar hart. Außerdem beschnitten. Kein hartes Licht oder ungelenker Griff am Ansatz. Keine hässlichen Füße oder übermäßiges Haar, um von der Sache abzulenken.

„Ich mag es, wenn ich die Glaubwürdigkeit eines Mannes identifizieren kann, bevor er seine Hose auszieht", sagte ich.

„Ja das ist doch notwendig", sagte sie und zog ihre Finger auf dem Bildschirm auseinander, um heran zu zoomen. „Das ist ein guter. Geht bis halb an seine Knie."

„Hmmm." Ich nickte und ging zurück zu seiner Nachricht.

Mister Zwanzig: „Siehst du? Keine Übertreibung.
Magnolia: Danke, dass du es stilvoll gemacht hast.
Mister Zwanzig: So bin ich, Lady.
Magnolia: Mir gefällt dein Stil.
Mister Zwanzig: Ja?
Magnolia: Ja … vielleicht könnten wir uns auf einen Kaffee treffen.
Mister Zwanzig: Ach komm schon. Ja.
Magnolia: Was? Das willst du doch, oder?"
Mister Zwanzig: Kaffee? Nein, Lady. Ich will keinen Kaffee.
Magnolia: Oh. Okay.
Magnolia: Hör' mir zu, ich will keine Beziehung. Entschuldige bitte, nein. Ich möchte eine bekleidete Unterhaltung in der Öffentlichkeit führen, vorzugsweise mit etwas zu essen und zu trinken als Ablenkung und Selbstverteidigung.
Mister Zwanzig: Oh Gott. Du dachtest, dass ich den Kaffee weglassen und direkt zum Sex kommen wollte.
Mister Zwanzig: Die Hand vor das Gesicht geschlagen.
Mister Zwanzig: Nein. Ich meinte, dass ich für mehr als ein Getränk bin. Ich möchte dich zum Essen einladen. Essen auf einem echten Teller und ein Getränk oder zwei. Echte Messer, mit denen du mich erdolchen kannst, sollte es dazu kommen.
Mister Zwanzig: Ich schwöre, dass es nicht dazu kommen wird.

Mister Zwanzig: Ich habe viel mehr zu bieten als ein Essen und Getränke, aber lass' uns mit den echten Tellern anfangen.

„Tu' es", befahl Andy. „Sag' ja und erzähl' ihm, dass du Donnerstag Zeit hast."

„Warum Donnerstag?"

„Donnerstag, weil du dann zwei Tage zur Vorbereitung und er zwei Tage Erwartungsfreude hat und wenn es gut läuft, könnt ihr Pläne für das Wochenende machen. Freitag ist zu viel Druck, Mittwoch ist schon morgen und das ist zu schnell und alle anderen Optionen sind zu weit weg. Die Chance geht dir verloren, wenn du bis nächste Woche wartest."

„Verdammt", murmelte ich. „Du hast Talent."

Sie schüttelte den Kopf. „Äußerst strategische Denkweise." Sie schaute auf mein Handy. „Donnerstag. Mach' es klar."

Magnolia: Was hältst du von Donnerstag?

Mister Zwanzig: Sieht so aus, als würde ich dich dann sehen.

Magnolia: Ja. Das wirst du.

Magnolia: Auf einen Kaffee.

Magnolia: Oder etwas Ähnlichem.

Mister Zwanzig: Ach wirklich?

Mister Zwanzig: Fängst du jetzt wieder mit dem Scheiß an?

Magnolia: Das ist edel von dir.

Mister Zwanzig: Ich gehe in ein Meeting und du brauchst nicht glauben, dass wir mit diesem Thema fertig sind.

„Oh, sieh' doch", gurrte Andy. „Er wird gereizt, wenn du frech bist."

„Ich bin nicht frech", murmelte ich. „Ich glaube einfach,

Kaffee ist im Gegensatz zu einem Abendessen der sicherere Weg."

Sie stützte ihr Kinn auf ihre Faust und fragte: „Weil du nicht gern Sex mit vollem Bauch hast? Du kannst ja auch einfach einen Salat bestellen."

„Richtig", sagte ich und nickte. „Weil vollgefressene Bäuche und Fick-Kumpel nicht zueinander passen."

KAPITEL 9

Mister Zwanzig: Was magst du?

Magnolia: ... inwiefern? Sprechen wir von herbstlichen Spaziergängen durch Kürbisfelder oder einem leichtem Würgen beim Sex?

Mister Zwanzig: Ja.

Magnolia: Das ist keine Antwort.

Mister Zwanzig: Ich frage wegen Essen, weil ich immer noch etwas gegen deinen Coffee Shop Plan habe.

Mister Zwanzig: Ich unterhalte mich jedoch gern über deine Interessen.

Magnolia: Ich mag die Kürbisfelder.

Mister Zwanzig: Und das leichte Würgen?

Magnolia: Wir wollen uns auf die Kürbisfelder konzentrieren.

Mister Zwanzig: Mit dem Heuwagen fahren, frischer Apfelsaft mit Zimt und Zucker und Donuts?

Magnolia: Wenn du jetzt noch die World Series und ein wenig Football einfließen lässt, sprichst du meine Lieblingssprache.

Mister Zwanzig: Notiert.

———

Mister Zwanzig: Kaffee oder Tee?

Magnolia: Kaffee. Du?

Mister Zwanzig: Das Gleiche.

Mister Zwanzig: Sandwich oder Salat?

Magnolia: Sandwich. Immer. Ich bin bereit darauf zu wetten, dass du auch ein Sandwicher bist.

Mister Zwanzig: Entschuldige mich bitte. Ich muss erst einmal süßen grünen Tee und Sekt von meiner Liste an Mittagessen Ideen streichen.

Magnolia: Willst du damit sagen, dass du eher einen Salat als ein Sandwich isst? Wirklich?

Mister Zwanzig: Das kommt auf die Salate und die Sandwiches an.

Mister Zwanzig: Vor fünf Jahren habe ich ein Sandwich in einem kleinen Laden auf Nantucket gegessen. Ich muss immer noch daran denken.

Magnolia: Ich habe schon öfter von den Sandwiches auf Nantucket gehört.

Mister Zwanzig: Letzten Monat habe ich außerdem einen Salat gegessen, der wahre Freude in mein Leben gebracht hat.

Magnolia: Scheinbar kann dir alles auch nur halbwegs Gute im Augenblick Freude schenken.

Mister Zwanzig: Lass uns diese Theorie bei Sandwiches überprüfen, da wir sie beide gerne essen.

Mister Zwanzig: In der Nähe meines Büros gibt es einen Laden mit fantastischen Puten-Sandwiches.

Magnolia: Das ist schön für dich.

Mister Zwanzig: Das Fleisch kommt von einer echten Pute. Sie räuchern sie im Laden. Das macht den großen Unterschied aus. Ich hasse es, wenn schleimige, dünne Scheibchen auf dem Sandwich sind.

Magnolia: Ich glaube, ich kenne den Laden, weil mein Bruder deine Hingabe für geräucherte Pute teilt und dort immer einkauft, wenn er in der Stadt ist.

Mister Zwanzig: Es ist ein guter Laden, nicht wahr?

Magnolia: Ja. Sie machen ihre eigenen Aromastoffe für Kaffee und Mineralwasser. Ich bin ein Fan ihrer Himbeere, obwohl ich für schwarze Kirsche sterben würde.

Mister Zwanzig: Dein Bruder? Wohnt er außerhalb der Stadt?

Magnolia: Linden lebt an der Südostküste in der Nähe meiner Eltern in New Bedford.

Mister Zwanzig: Nur ein Bruder?

Magnolia: Nein, einen weiteren Bruder. Ash.

Mister Zwanzig: Wer ist der älteste?

Magnolia: Ash war Baby A, ich war Baby B, und Linden war Baby C.

Magnolia: Wir sind Drillinge.

Mister Zwanzig: Wow. Das hört man nicht jeden Tag.

Magnolia: Ungefähr so oft, wie sich ein Kerl mit den Statistiken seines Schwanzes vorstellt.

Mister Zwanzig: Das hat dich aufmerksam gemacht.

Magnolia: Und was hat es mir gebracht?

Mister Zwanzig: Ich habe dir alles Mögliche an guten Sachen angeboten.

Magnolia: Jo, das stimmt.

———

Mister Zwanzig: Erzähl' mir von deiner Landschaftsarchitektur.

Magnolia: Das ist ein breites Feld.

Mister Zwanzig: Wie sieht ein typischer Tag bei dir aus? Bist du jetzt draußen, gräbst Gärten um und pflanzt Bäume?

Magnolia: Nein.

Magnolia: Okay, ja, so fing es an, aber jetzt verbringe ich die meiste Zeit damit, Vorschläge und Designs zu entwickeln, Subunternehmer zu organisieren und die Fortschritte zu evaluieren anstatt selbst zu graben.

Magnolia: Ich arbeite im Nischensegment Dachgarten. Das

macht den größten Teil meiner Arbeit für private und kommerzielle Kunden aus.

Mister Zwanzig: Dann lag ich ja voll daneben.

Magnolia: Nicht allzu weit. Als ich anfing, konnte ich mir nicht leisten, Subunternehmer zu bezahlen und machte die ganze Arbeit selbst. Ich habe fürchterlich viele Stunden gearbeitet.

Mister Zwanzig: Wann beginnt dein Arbeitstag jetzt?

Magnolia: Das kommt in erster Linie darauf an, wann und wo ich Besprechungen habe, aber in den letzten paar Wochen war es immer viel zu früh. Das Haus gegenüber wird umgebaut und sie arbeiten zu den unmöglichsten Zeiten.

Mister Zwanzig: Das ist ärgerlich.

Mister Zwanzig: Du kannst gerne in meinem Bett Zuflucht suchen.

Magnolia: Ach wirklich?

Mister Zwanzig: Natürlich. Mein Gebäude ist ungemein ruhig. Ich nehme an, das sind die Vorteile eines Neubaus.

Magnolia: Meine besten Freunde sind Architekten, die alte Bausubstanz erhalten. Sie verbringen ihr ganzes Leben damit alte Häuser zu restaurieren und versuchen Neubauten zu minimieren.

Mister Zwanzig: Okay. Ich ziehe um.

Magnolia: Einfach so?

Mister Zwanzig: Ich habe dir doch gestern Abend erzählt … ein Salat hat mir Freude gemacht. Wenn ich in einem alten Gebäude wohnen muss, damit du bei mir bist, würde ich die Umzugsfirma sofort anrufen.

Magnolia: Vielleicht solltest du damit noch ein bisschen warten. Okay?

———

Mister Zwanzig: Wirst du mir irgendwann deinen Namen sagen?

Magnolia: Okay. Wow. Du willst mich benutzen, um deine Ex zu vergessen, UND du willst meinen Namen wissen?

Magnolia: Ganz schön viel.

Mister Zwanzig: Du bist so böse zu mir.

Mister Zwanzig: Bitte, hör' nicht auf.

Mister Zwanzig: Mein Name ist Rob. Nur, falls es dich interessiert.

Magnolia: Ich dachte, dir ginge es nur um keine Verpflichtungen, kein Gepäck und keine Bindungen.

Mister Zwanzig: Du hast meinen Vorschlag mit keinen Verpflichtungen, keinem Gepäck und keinen Bindungen abgelehnt.

Magnolia: Ach. Richtig.

Mister Zwanzig: Also. Wirst du mir deinen Namen sagen?

Magnolia: Wo treffen wir uns zum Mittagessen?

Mister Zwanzig: Wenn ich das beantworte, wirst du mir dann deinen Namen sagen?

Magnolia: Wenn du es mir nicht sagst, kannst du mich nicht treffen. Daher ist mein Name bei dieser Sache nicht von Belang.

Mister Zwanzig: Ja. Ja, ich habe meine Karten schlecht gespielt.

Mister Zwanzig: Wow. Ich werde mir einen Augenblick Zeit nehmen und alles, was ich über mich und meine Verhandlungsfähigkeiten zu wissen glaubte, neu evaluieren.

Magnolia: Ich heiße Magnolia.

Magnolia: Ja, wie die Blume.

Mister Zwanzig: Noch dazu eine der ältesten Blumen der Welt. Ihre Herkunft ist 95 Millionen Jahre alt.

Magnolia: Woher weißt du das?

Mister Zwanzig: Google.

Magnolia: Hat Google erwähnt, dass Magnolien vor den Bienen da waren?

Mister Zwanzig: Ja und es ist faszinierend.

Mister Zwanzig: Es ergibt einen Sinn.

Magnolia: Inwiefern?

Mister Zwanzig: Du erscheinst mir die Art von Frau zu sein, die in einer Welt überleben würde, die nicht bereit für dich ist.

Mister Zwanzig: Du würdest warten, bis die Evolution dich einholt.

Magnolia: Glaub' mir, ich habe gewartet.

Mister Zwanzig: Triff' mich morgen bei der *Flour Bakery*. 13.00 Uhr.

Mister Zwanzig: Das Warten ist vorbei, Magnolia.

KAPITEL 10

MEIN DATE WAR IN WENIGER ALS ZWÖLF STUNDEN. ZWÖLF. Stunden. Im Augenblick hasste ich Andy Asani und ihren *Sag ihm, dass du Donnerstag Zeit hast*-Scheiß, weil mir das zwei ganze Nächte Zeit gab, noch einmal darüber nachzudenken.

Abgesehen von meinem Ausraster freute ich mich darauf, Mister Zwanzig– *Rob* – persönlich kennen zu lernen. Ich war ein bisschen aufgeregt und ein wenig nervös. Aber es ging mir gut. Ich war absolut cool und bereit für ein ruhiges Mittagessen-Date mit einem Mann, der nicht aufhören konnte, über seinen riesigen Schwanz und dessen verschiedene Talente zu sprechen.

Okay, schon gut, ich konnte weder schlafen noch mein verfluchtes Hirn abstellen. Und auch nicht die Fliesensäge gegenüber.

Mein Abend hatte recht gut angefangen. Ich hatte zu Abend gegessen und war dann mit meinen Brüdern zu einem Spiel der Celtics gegangen. Sie hatten mir das Abendessen und ein paar Bier als Wiedergutmachung für ihr Verhalten bei dem Troy-Debakel spendiert. Nach dem Spiel ging ich nach Hause und ging noch eine Runde mit meinem Hund. Dann experimentierte ich mit fünf verschiedenen Gesichtsmasken und nahm meinen Kleiderschrank auseinander auf der Suche nach der richtigen Bekleidung. Es war jedoch alles gut. Mir ging es gut. Sehr gut.

Aber dann stellten sie die Fliesensäge an.

Die Leute gegenüber, die an dem heruntergekommenen alten Cape Cod-Haus arbeiteten, verstanden das gesellschaftliche Prinzip der *Nachtruhe* nicht. Falls dem so war, zeigten sie dem Prinzip den Stinkefinger. Es gab keine andere Erklärung für ihren *No sleep till Brooklyn* Ansatz bei dieser Renovierung.

Das Haus war ruhig und leer über den Tag und wurde erst lebendig, nachdem ich abends mit meinem Hund gegangen war. Die Hämmer, Nagelpistolen und elektrischen Werkzeuge waren nervig, aber die Fliesensäge war noch viel schlimmer. Sie war zu schrill, als dass man dabei schlafen könnte und das Geräusch schien an meinen Zähnen zu rütteln und in mein Hirn ein zu dringen, wenn ich die Augen schloss.

Und mein Hund hasste es auch. Von seiner Position an der Ecke meines Bettes war er wachsam und sein kleiner Körper vibrierte mit leisem, zornigem Knurren. Er bellte ein paar Mal kurz als Warnung, um seine lauten Gegner unterwürfig zu machen und dann schaute er mich an, damit ich ihn lobte.

„Starker Versuch, aber ich glaube nicht, dass sie dich gehört haben."

Gronk fauchte und keuchte weiter, während ich mich an meinen Kissen aufsetzte und mir mit der Hand durch das Haar strich. Das Haar, für das ich morgen eine Stunde früher aufstehen wollte, um es ordentlich zu föhnen. Morgen war jedoch schon heute und meine heißen Mister Zwanzig-Kennenlern-Pläne rannten mir durch die Finger wie Sand.

Es schien, als wenn ich dieses Date mit Mister Zwanzig zu einem riesigen Martyrium machen würde. Das tat ich nicht. Ich hatte mich bereits mit der Tatsache abgefunden, dass er nicht wirklich an mir interessiert war und dabei hatte ich mir meine sonst so übliche Angst vor dem Dating genommen. Er war kein potenzieller Ehemann und daher musste ich meine potenzielle Ehefrau Routine nicht aufpolieren. Dieses Mal konnte ich mir die Selbstzweifel sparen und einfach ganz ich selbst mit frisch geföhntem Haar und makelloser Haut sein. Und ich freute mich darauf, ihn kennen zu lernen. Er war lustig und ironisch in seinen Nachrichten und ich wollte glauben, dass er auch in Wirklichkeit so wäre.

Ich wollte ihn mögen und ich wollte, dass er mich auch mochte. War das schlimm? Nein. Das konnte nicht sein. Ich würde vorwiegend bedeutungslosen Sex haben und ich wollte gegenseitige Bewunderung unter den beteiligten Parteien.

Während sich die Säge durch ein weiteres Stück Stein kämpfte, nahm ich mein Handy vom Nachtschrank und ging meine Nachrichten durch. Ein Teil von mir wollte das Lärmproblem an jemand anderen delegieren. Meine Brüder würden hierher fahren und wenn ich sie darum bat, würden sie mit meinen Nachbarn sprechen, aber für gewöhnlich wälzte ich meine Probleme nicht auf Ash oder Linden ab. Sie hielten sich an die große, kräftige und rechthaberische Brüder Routine und so gerne ich dieses Kreuz auch trug, ich rief sie deswegen sie nur an, wenn ich jemand Kräftiges brauchte, um Steine im Garten auszugraben.

Einen Augenblick lang dachte ich daran, Mister Zwanzig eine Nachricht zu schicken, um mich über meine Nacht zu beschweren. Ich tat es nicht und zwar nicht, weil ich ihn mit meinem Gejammer nicht stören wollte. Nein, ich war besorgt, dass er Ablenkung und Hilfe beim Einschlafen anbieten würde und ich war noch besorgter, dass ich sie annehmen würde.

Ich war besorgt, dass er mir wieder jene süßen Worte sagen würde und dass ich wie Zucker auf seiner sprachgewandten Zunge schmelzen würde. Ich würde jedes einzelne meiner Versprechen brechen, um eine echte, persönliche Unterhaltung mit diesem Mann zu führen, bevor ich seine Hardware ausprobierte. Ich neigte dazu zu glauben, er würde mir auch gefallen, aber das würde schwinden, wenn es vorbei war und dann würde ich eine weitere meiner Entscheidungen hinsichtlich Männer bereuen.

Außerdem waren meine Haare nicht gewaschen, meine Beine unrasiert und mein Hund würde vor Angst überallhin pinkeln, wenn ein Kerl um 2:00 Uhr morgens hier auftauchte. Ganz gleich, wie großartig Mister Zwanzig auch schien, das ging zu weit.

Die Fliesensäge kreischte erneut und ich spannte meine Schultern an. Ich hasste dieses verfluchte Geräusch. Bei Steinarbeiten blieb ich meinen Baustellen absichtlich fern. Mir war ein Presslufthammer zehn Mal lieber als die Fliesensäge.

Ich warf die Decken zurück, sprang aus dem Bett und gab meinem Hund ein Zeichen ruhig zu bleiben. „Ich bin gleich wieder da", sagte ich zu ihm und zog meine Mokassins für drinnen und manchmal draußen an. „Schön brav sein. Nicht bellen."

Er schnaubte und lief eine ganze Minute im Kreis herum, bevor er sich mit einem Knurren niederließ.

Ich zog eine lange Strickjacke über die Schultern, steckte mein Handy in die Tasche und machte mich auf den Weg zur Haustür. Es war eine milde Nacht, die dem alten Sprichwort alle Ehre machte: Der Frühling kam wie ein Löwe und ging wie ein Lamm. Ich hielt nicht an, um zu überlegen, was ich sagen würde, sondern marschierte durch meinen Garten über die Straße und hoch zur offenen Haustür des alten Cape Cod-Hauses.

Überall hingen Baulampen. Der Boden war voller Baumaterialien. Die schreckliche Fliesensäge stand in der Nähe der Küche. Oder dort, wo die Küche früher gewesen war. Dieses Haus war nur noch ein Gerüst. Mauern, Fenster und die Verkabelung waren weg.

Ein Mann bediente die Säge und sein Profil wurde von der Kapuze eines Sweatshirts geschützt, aber ich ignorierte ihn und zog den Stecker am Generator.

„Was zum Teufel?", brüllte er und wandte sich zu mir.

„Das könnte ich Sie auch fragen", antwortete ich und machte die *Was-zum-Teufel-stimmt-nicht-mit-Ihnen*-Geste. „Es ist 2:00 Uhr morgens, Kumpel. Warum zum Teufel müssen Sie die

Fliesen jetzt schneiden? Haben Sie eine Ahnung, wie laut es ist?"

„Ich bin schon halb taub, weil es so verdammt laut ist." Er schob seine Kapuze zurück, zeigte auf seine Ohren und schüttelte einmal seinen Kopf, wobei sich seine Augen weiteten. Das reine Entsetzen war in ihnen zu sehen. Das hatte ich davon, dass ich das Haus im Schlafanzug verlassen hatte. „Ja, das ist es. Ich meine, ja. Ich weiß, wie laut es ist."

„Erstens sollten Sie einen Ohrenschutz tragen", sagte ich und zwinkerte ihm zu. Er verschränkte die Arme über seiner Brust und starrte finster an die Decke. „Und wo zum Teufel ist Ihre Sicherheitsbrille? Wenn ein Stück Stein in Ihr Auge kommt, wird es Ihr geringstes Problem sein, dass Sie halb taub sind."

„Und zweitens?", fragte er und starrte immer noch an die Decke.

„Zweitens ist es schlecht, laute Reparaturen mitten in der Nacht vorzunehmen. Nicht nur brechen Sie damit die lokalen Verhaltensrichtlinien für den Bau, Sie machen ihre Nachbarn auch noch sehr unglücklich." Mein Steckenpferd war Gartenarchitektur, aber ich arbeitete Hand in Hand mit Innenarchitekten, Bauunternehmen, Handwerkern und Architekten. Ich kannte die wichtigen Grundlagen für den Bau von Häusern. „Heben Sie sich den Trockenbau, die Malerarbeiten, die Installation und letzten Schliffe für spät am Abend auf."

„Sehr gut, danke", sagte er. Dabei starrte er immer noch an die verfluchte Decke. „Ich kümmere mich sofort darum. Darf ich annehmen, dass Sie sonst keine Ratschläge für mich haben? Oder wollen Sie mich weiterhin anschreien?"

Ich schaute ihn verwirrt an. Wenn es nicht mitten in der Nacht und ich nicht so verärgert gewesen wäre, hätte ich die Situation mit mehr Raffinesse gehandhabt. Unglücklicherweise hatte ich keine Raffinesse mehr. „Stimmt etwas nicht mit Ihnen?"

Er strich sich über das Gesicht und schüttelte den Kopf. „Nö. Nichts. Überhaupt nichts."

„Sie sind ein schrecklicher Lügner", sagte ich. Kein Gramm Raffinesse.

„Zweifellos", murmelte er zur Decke. „Aber–ähm – wenn das alles ist …"

„Das ist es nicht", unterbrach ich ihn. „Die Klinge auf ihrer Säge ist falsch für den Stein, mit dem sie arbeiten und wichtiger noch, wo zum Teufel wollen Sie diese Fliese hinlegen? Bitte sagen Sie mir, Sie wollen sie nicht direkt auf den Unterboden legen. Sie brauchen eine Zementplatte zwischen dem Unterboden und den Fliesen. Es ist schon schlimm genug, dass Sie mich wachhalten, aber Sie machen diese Renovierung auch nicht ordentlich."

„Das bekomme ich also. Gemeckere. So wird es also für mich sein. Alle möglichen Arten von Gemeckere", flüsterte er zur Decke. „Können wir noch einmal von vorne anfangen? Antworten Sie nicht darauf. Wir fangen bereits von vorne an." Er warf mir einen kurzen Blick zu. „Hi. Ich heiße Bennett. Bennett Brock. Sag' einfach Ben zu mir."

„Hi Ben. Ich heiße Magnolia."

„Schön, dich kennen zu lernen, Magnolia." Er zwinkerte mir zu. „Da wir jetzt von vorn angefangen haben und eine nachbarschaftliche Unterhaltung führen, muss ich dir sagen, dein Hemd –ähm – sitzt nicht richtig."

„Mein was?"

Als ich nach unten schaute, sah ich, dass mein Oberteil nur einen kleinen Teil seiner Pflicht erfüllte, meinen Oberkörper zu bedecken. Meine linke Brust war durch das Armloch zu sehen und meine rechte Brustwarze schaute aus dem Ausschnitt heraus. Und Ben konnte das alles sehen.

„Oh Scheiße", murmelte ich, richtete mein Hemd und zog meine Strickjacke zu. „Das tut mir leid. Ich bin nicht hierher gekommen, um mich halbnackt vor dir zu zeigen."

, „Aber du bist gekommen, um mir eine Lektion in Sachen Renovierung zu erteilen?" Er begegnete meinem Blick, schaute dann aber schnell weg. Der Typ war wahrscheinlich von meiner

Peep-Show traumatisiert. Ich konnte ihm keinen Vorwurf machen.

„Hör' zu", sagte ich und zeigte auf ihn. „Du kannst um 2:00 Uhr morgens keine Fliesensäge laufen lassen. Das ist unverschämt. Stell' das Ding ab, bevor jemand bei der Stadt anruft und du eine Strafe zahlen musst, weil du die Vorschriften deiner Bauerlaubnis verletzt hast." Ich drehte mich zur Haustür, wobei ich darauf achtete, meine Jacke geschlossen zu halten. „Wo ist deine Bauerlaubnis? Sie sollte aufgehängt sein."

Ben schaute finster und kratzte sich am Nacken. „Welche Erlaubnis ist das?"

„Willst du mich auf den Arm nehmen?", rief ich. „Mann, du musst deine Baustelle unter Kontrolle bekommen."

Bens Blick wanderte über die Baumaterialien, als er nickte. „Da du ja allwissend zu sein scheinst", begann er, „darf ich fragen, wo ich deiner Meinung nach damit anfangen soll."

„Nicht mitten in der Nacht", antwortete ich. „Ich habe einen Termin morgen und ich will nicht wie ein Zombie dort erscheinen. Okay?"

„In Ordnung", murmelte er und sein Blick lag immer noch auf mir.

In dem Augenblick hätte ich mich umdrehen und nach Hause gehen sollen. Ich tat es nicht. Ich blieb dort in der Mitte dieses Gerippes von einem Haus und starrte auf Ben. Als ich ein paar Mal blinzelte, konnte ich einen Mann anstelle einer physischen Manifestierung meiner Ärgernisse erkennen.

Er war all die Dinge. Jedes Einzelne von ihnen. Er war groß, breit und ungepflegt, hatte dichtes, welliges, dunkles Haar. Eine seltsame Narbe verlief über seine Wange und seine Lippen waren zu einem Grinsen verzogen. Seine Hände waren riesig und seine Augen dunkel wie Mitternacht. Er trug abgetragene Jeans und seine Oberschenkel sahen so stark aus, als dass siehätten Steine knacken können.

Und ich hatte ihm gut fünfundsiebzig Prozent meiner Brüste

gezeigt, während ich ihm die Grundlagen des Bauwesens zugebrüllt hatte.

Oh Gott. Dies ist mein echtes Leben.

„Ja, okay", murmelte ich.

Gleichzeitig sagte er: „Die Sache ist so. Ich kann nur nachts arbeiten. Ich arbeite zurzeit Tagschichten. Von zwölf bis zwölf an den meisten Wochentagen."

„Das erklärt einen Teil von dieser Verrücktheit", murmelte ich. „Ich verstehe."

„Ja", antwortete er mit einem Nicken. „Ich habe samstags, sonntags und montags frei. Vielleicht kannst du dieses Wochenende kommen und mir erzählen, was ich noch nicht weiß."

Ich schnaubte vor Lachen. „Sicher, solange du mir versprichst, dass du aufhörst, mitten in der Nacht mit elektrischen Werkzeugen zu arbeiten.

Ben musterte mich zuerst langsam, als wenn er nicht wüsste, was er finden würde, wenn er mich länger als eine Sekunde anschaute. Er schaute dieses Mal jedoch nicht weg. „Abgemacht. Wie wäre es mit Samstag?"

Bevor ich antworten konnte, überkam mich ein breites, hässliches Gähnen. In meinem Hals gluckerte es und ich bekam wässerige Augen und mein Kiefer hakte sich aus. Ben beobachtete das Ganze, starrte mich mit hochgezogenen Augenbrauen an und sein Grinsen war erstarrt.

„Entschuldige bitte", murmelte ich und drückte meine Faust an meinen Mund, um ein weiteres Gähnen zu unterdrücken. Es war äußerst unangenehm, aber ich versuchte, meine Würde wieder zu erlangen. „Ja. Samstag. Hervorragend. Wir sehen uns dann." Ich zeigte auf ihn. „Bleib' von den Werkzeugen weg, Bennett Brock. Verstanden?"

„Ja, Madam", sagte er und sein Grinsen verwandelte sich in ein Lächeln. „Verstanden. Ich werde vor Samstag nichts anrühren."

Mit einem Nicken ging ich zurück zu meinem Haus. Erschöpfung überkam mich, als ich die Tür hinter mir abschloss und ins Schlafzimmer ging. Mein Hund lief an der Seite meines Bettes auf und ab. „Es ist alles gut", sagte ich zu ihm. „Du kannst dich jetzt entspannen."

Er reagierte, indem er sich auf seinen Rücken fallen ließ und seine Pfoten hoch streckte.

„Anmutig wie immer", murmelte ich, als ich meine Schuhe auszog. „Ich mache dich dieses Wochenende mit dem Kerl bekannt, der hinter all dem Krach steckt. Er ist ein besonderer Typ." Ein Bild seiner großen Hände stieg vor mir auf. Was für ein Schatz. „Ein ganz Besonderer."

Der Hund drehte sich, wandte sich zu mir, neigte seinen Kopf und jaulte leise.

„Mach dir keine Sorgen wegen des lauten Nachbarn", sagte ich und klopfte auf das Bett neben mir. Gronk kroch zu mir und legte seinen Kopf in meine offene Handfläche. „Du wirst immer der wichtigste Mann in meinem Leben sein."

KAPITEL 11

Es war jedoch kein Date. Dies war nicht wie meine anderen Dates. Dies war ein Treffen von zwei Leuten, die über eine physische Beziehung nachdachten, aber das hörte sich zu sehr nach einem Bewerbungsgespräch für ein Call-Girl an und daher ordnete ich dieses Ereignis der Einfachheit halber der Date-Kategorie zu.

Abgesehen von diesem Durcheinander, ob dies nun ein Date war oder nicht, gab ich mir große Mühe, angesichts Mister Zwanzigs Verspätung ruhig zu bleiben. Sich Mühe zu geben bedeutete nicht, dass ich Erfolg hatte. Alle paar Minuten schaute ich auf mein Handy und drehte mich auf meinem Platz, um zur Eingangstür der Bäckerei zu schauen. Ich überlegte, den Platz zu wechseln, damit ich einen besseren Blick auf die Tür hätte, aber ich wusste, dass Mister Zwanzig in dem Augenblick herein spazieren würde, wenn ich mich neu organisierte und ich musste den Unbehaglichkeitsfaktor nicht noch erhöhen.

Wir wussten alle, dass er kommen würde, während ich in dieser seltsamen halb stehend und halb sitzenden Position wäre, wobei mein Hintern ausgestreckt und meine Hände mit allem möglichen Blödsinn gefüllt wären. Er würde da sein und mich entsetzt anstarren, wenn ihm das ganze Ausmaß meines

Durcheinanders klar wurde und ich würde mich unter dem Tisch verkriechen wollen.

Ich beschloss, die Vernunft in den Wind zu schlagen und suchte mir einen neuen Platz.

Ich ging das Ganze strategisch an und nahm mein Handy und meine Tasche, bevor sich der Stuhl drehte. Ich war schnell und ein kurzer Blick zur Tür sagte mir, dass ich es vermieden hatte, Mister Zwanzig mit dem Hintern zuerst zu begegnen.

Die Frauen, die neben mir saßen und gesteppte Westen mit farblich abgestimmten MacBooks trugen, beobachteten mich, als wenn ich Stückchen meiner Tortilla Chips aus meinem BH fischen und sie essen würde.

Nicht, dass ich das nicht getan hätte, aber ihre verurteilenden Gesichter waren völlig unnötig heute Mittag.

Ich warf mein Haar über meine Schulter und schaute wieder auf den Eingang. Von diesem Aussichtspunkt könnte ich Mister Zwanzig sogar auf der Straße sehen. Der Plan hatte nur einen fatalen Makel. Ich wusste nicht, wie er aussah. Auf seinem Profil waren ein paar Bilder, aber auf ihnen trug er eine Baseball-Kappe mit Sonnenbrille oder einen Skihelm und wieder andere Sonnenbrillen auf anderen Bildern.

Im Wesentlichen wusste ich nur, dass er ein Mann mit einem großen Schwanz war, der gerne Sonnenbrillen trug. Die weiteren Details kannte ich noch nicht.

Ich überprüfte wieder mein Handy und fand eine Nachricht von Andy.

Andy: Wirst du nach dem Mittagessen Sex mit ihm haben? Wie soll das funktionieren? Gibt es dafür ein Protokoll? Geht man danach zurück zur Arbeit? Oder war's das für den Tag?
Magnolia: Irrelevant. Das ist ein Kennenlern- und kein nacktes Mittagessen.
Andy: Hast du dir die Beine rasiert?

Magnolia: Es ist Frühling. Ich rasiere mir die Beine an den Tagen, wenn ich ein Kleid ohne Strumpfhose tragen will.

Andy: Also ja.

Magnolia: Ja.

Andy: Hast du also über die Idee nachgedacht, ihn heute zu ficken.

Magnolia: Nachgedacht? Sicher. Ich habe auch darüber nachgedacht, mir meine Brustwarzen piercen zu lassen und mir ein Arschgeweih in Form eines Gummibaums tätowieren zu lassen.

Andy: Warte, ein Gummibaum?

Magnolia: Es ist eine Art Sukkulent.

Andy: Nur weniger seltsam, aber okay.

Magnolia: Du musst es ja wissen. Du hast eine Tätowierung, wie Harry Potter im Motorboot über deine Brüste fährt.

Andy: Das … das stimmt nicht ganz.

Magnolia: Es ist nur ein Date zum Mittagessen. Auch, wenn ich meine Beine rasiert und mein Haar geföhnt habe.

Andy: Sag mir Bescheid, wenn du morgen früh Kleider zum Wechseln brauchst bzw. wenn ich dich vor unangenehmen Abgängen heute Nachmittag retten soll.

Magnolia: Ich werde dir für das Angebot nicht danken.

„MAGNOLIA?"

Ich drückte mein Handy gegen meine Brust und hob meinen Kopf. „Hier. Ich meine ja, ich bin Magnolia. Hi", sagte ich und blinzelte hoch zu dem Mann neben meinem Tisch. Er war ein Traum in einem dunklen Anzug und meine Worte flogen wie Schmetterlinge im Wind. Die Drehstuhlnummer mit dem ausgestreckten Arsch wäre eleganter als das gewesen. „Mister Zwanzig–ähm, nein –Rob. Wir nennen dich Rob. Richtig? Du bist Rob? Wenn nicht, wie wäre es, wenn du lügst und so tust, als wärst du Rob? Das würde es für uns alle einfacher machen."

„Ich muss nicht lügen." Er nickte und drückte seine Lippen

zusammen, um ein Lachen zu unterdrücken. Er hatte mit Lippenbalsam gepflegte Lippen. Ich wusste ein bisschen was über Feuchtigkeitspflege. „Ich weiß nicht, wem du gerade eine Nachricht geschickt hast oder um was es ging, aber du hast ein süßes Gesicht gemacht und deine Lippen bewegt, als wenn du die Worte sagen würdest, während du sie getippt hast. Es war der beste Anblick, den ich heute gesehen habe."

Ich starrte zu ihm hoch und war mir nicht sicher, wie ich darauf reagieren sollte. Wie lange hatte er mich schon beobachtet? War es seltsam, dass er mich beobachtete oder seltsam, dass ich es nicht bemerkt hatte? Schließlich sagte ich: „Ich habe mit Andy gesprochen."

„Andy?", wiederholte er und runzelte die Stirn. „Nun, er hat Glück, so viel von deiner Aufmerksamkeit zu bekommen."

„Sie", antwortete ich. „Sie. Sie ist eine von jenen A-N-D-Y-S, die sich nicht um das Patriachat und seine Buchstabierweisen schert, aber wir arbeiten in gewisser Weise manchmal zusammen und wir sind Freundinnen. Ich meine, wir haben zuerst zusammengearbeitet und sind dann Freundinnen geworden. Zu Beginn standen wir uns nicht sehr nahe. Es war eine seltsame Situation, die ganz meine Schuld war und ich koche immer noch vor Entsetzen, aber sie hat mich gerade gefragt, ob ich …" Ich hielt inne und das war eine ziemliche Leistung angesichts des vielen Geschwätzes, das aus meinem Mund kam. „Nicht wichtig."

Man musste Rob zugutehalten, dass er mich angrinste, als wäre ich entzückend amüsant statt wahnsinnig. „Es tut mir leid, dass ich zu spät komme", sagte er und stand immer noch. Aber der Anzug. Er war nachtblau mit einem sehr unauffälligen Streifen und süßer als alles andere, was die Bäckerei anzubieten hatte. Er war perfekt geschnitten und saß hervorragend an seinen dicken Oberschenkeln und breiten Schultern. *Genau richtig.*

„Ich musste mich den ganzen Morgen um Probleme

kümmern und dann kam auch noch eine höllische Telefonkonferenz. Sie nahm einfach kein Ende."

„Es scheint, als hättest du alle Hände voll zu tun", sagte ich. „Ist es ein schlechter Termin? Möchtest du ihn verschieben?"

Rob strich sich grinsend mit der Hand durch sein dunkelbraunes Haar. „Auf keinen Fall." Er zeigte auf einen leeren Platz. „Darf ich? Oder möchtest du lieber, dass ich stehe?"

„Oh Gott, nein – ich meine, ja. Setz' dich. Setz' dich. Bitte setz' dich", bellte ich.

Mit einem überraschten Lächeln machte er es sich auf dem Stuhl bequem. Er war groß, aber noch normal groß und nicht so groß, dass er sich in der Dusche hätte bücken müssen. Er hatte Sommersprossen und Lachfalten und die kleinen Falten zwischen seinen Augenbrauen zeigten an, dass er Ende dreißig war und viel Zeit mit Nachdenken verbrachte. Oder sich Sorgen machte – oder beides.

„Danke", sagte Rob und strich seine Krawatte glatt.

Es gab keinen vernünftigen Grund dafür, aber ich liebte diese Geste. Ich *liebte* sie. Ein Mann kam zur Sache, wenn er das tat. Oder so wollte ich sie gern interpretieren.

„Hast du schon bestellt?" Rob betrachtete den leeren Tisch. Ich schüttelte den Kopf. Verdammt, seine haselnussbraunen Augen waren hübsch und funkelten gold und grün wie ein Edelstein. „Nein, offensichtlich nicht. Ich habe seit sechs Uhr heute Morgen nichts mehr gegessen und bin fast soweit, dass ich mein Jackett anknabbere. Was möchtest du?"

Er bewegte sich zur Theke und oh je, es war herrlich, wie sein weißes Hemd sich über seinem Rücken spannte. Während ich die Schönheit seiner Brust in mir aufnahm – und weiteres Glätten seiner Krawatte – wurden mir zwei Dinge klar. Zum einen hatte ich wie eine Wahnsinnige angefangen und er hatte die Situation wie ein Profi beherrscht. Und zweitens, was zum Teufel sah er in mir?

Nein, wirklich. Auch wenn ich mich sehr liebte, aber zwischen mir und Mister Zwanzig lagen Welten. Er war hier und glättete seine Krawatte und hatte Lippen, in die man am liebsten reinbeißen würde und ich brauchte einen Putzlappen, um mein verbales Erbrochenes aufzuwischen.

„Ich nehme ein Sandwich", sagte er und strich mit seinen Fingern über sein stoppeliges Kinn.

Das leichte Kratzen war wie ein ASMR-Video. Ich konnte ein Seufzen gerade noch unterdrücken. „Die geräucherte Pute."

Rob wandte sich zu mir und hatte die Stirn gerunzelt. Daher kamen die Falten und der Gesichtsausdruck. Seine Lippen verzogen sich zu einem Hauch von einem Lächeln und er beobachtete mich, als wenn er nicht wegsehen könnte oder als wenn Speisereste zwischen meinen Zähnen kleben würden. Ich bemerkte diese Dinge, nachdem ich meinen Blick von seiner gravierten Gürtelschnalle abgewendet hatte. *RRR*. Entweder waren es seine Initialen oder das Geräusch, das Frauen machten, wenn er seinen Gürtel abnahm. Beides schien gleichermaßen wahrscheinlich.

„Ja", sagte er. „Habe ich dir das erzählt oder bist du ein Sandwich-Flüsterer?"

„Sandwich-Flüsterer", antwortete ich und wackelte mit dem Kopf. „Klar. Das klingt viel besser, als dass ich mich erinnere, dass du von geräucherten Puten-Sandwiches gesprochen hast, als du darauf bestanden hast, hierher zu kommen."

Er tippte zwei Mal mit dem Zeigefinger auf den Tisch und nickte. „Stimmt", sagte er. „Das war, als du auf ein Mittagessen-Date bestanden hast, obwohl ich dich zum Abendessen mit vollem Service, Stoffservietten und viel Alkohol einladen wollte."

„So ähnlich war es, ja."

Er schaute sich in der Bäckerei um. „Und warum war das so, Magnolia? Hast du etwas gegen Abendessen generell oder ist Abendessen mit mir ein Problem?"

Mein Handy summte weiter – entweder Andy oder jede Menge winzige Krisen erforderten meine Aufmerksamkeit – aber ich warf das Handy in meine Handtasche. „Ich habe einen vollen Terminplan. Ich muss mir meine Zeit genau einteilen. Es tut mir leid."

Rob faltete seine Arme auf dem Tisch und neigte sich zu mir. Seine Fingerspitzen strichen gegen mein Handgelenk. „Du bist ein wenig unhöflich."

„Ich kann kein so großes Problem sein, weil du immer noch hier bist", sagte ich nachdenklich. Ich hatte nicht so viel Selbstvertrauen, aber es war einfacher, es vorzutäuschen, da es hier nicht um meine Zukunft ging.

„Nur, weil ich nicht weiß, was du zum Mittagessen magst", antwortete er. „Sag' es mir jetzt oder ich bestelle von jedem eins."

Ich betrachtete ihn, wobei ich ein Lachen nicht unterdrücken konnte. An seiner Stirn war ein Hauch von silbergrau und rechts an seiner Nase sah man den Schatten eines lange vergessenen Piercings. Wer war dieser Kerl und was wollte er mit mir? Ging es ihm nur um Sex? Ich konnte nicht die einzige verfügbare Vagina sein.

„Mortadella", sagte ich.

„Kommt sofort, Lady", sagte Rob und stand auf. „Ich hole außerdem noch einen von jeder Sorte Cookies. Es gibt mindestens neunzehn Sorten. Ich teile keine Cookies. Das solltest du über mich wissen. Möchtest du welche? Schon gut, ich hole einfach ein paar extra für dich."

Er wartete nicht auf eine Antwort und ging stattdessen zur Theke, wobei er mir eine tödliche Ansicht seines Hinterns gewährte. *Herr je.* Als wenn nicht schon so viel an ihm wunderbar war, sein Hintern war ein Kunstwerk. Ich beobachtete, wie er sein Portemonnaie aus der Gesäßtasche nahm und diese Bewegung war fast so herrlich wie das Glattstreichen seiner Krawatte. Ich brauchte diese Bewegung als GIF-Datei.

Als er sich von der Theke weg bewegte, verachtete ein Teil von mir die Effizienz der Bedienung. Ich hätte mich über ein paar weitere Minuten des Studiums seines schlanken Körpers und des unleugbaren Selbstvertrauens aus der Ferne nicht beschwert.

„Die Sandwiches kommen gleich." Rob stellte einen Karton der Bäckerei und zwei Getränke auf den Tisch, bevor er sich setzte. Er zeigte auf die Plastikbecher und sagte: „Wasser mit Himbeergeschmack. Du magst lieber schwarze Kirsche, aber die hausgemachte Himbeere wird dir schmecken. Habe ich das richtig gemacht oder habe ich etwas verwechselt?"

Ich bin schon mit einigen Kerlen in den letzten zwanzig Jahren ausgegangen. Mit einigen über mehrere Jahre und mit einigen ernsthafter als mit anderen. Ich habe schon zu mehr als einem Mann „ich liebe dich" gesagt. Aber in der ganzen Zeit hatte kein Mann sich jemals an meine Wassergeschmacksrangliste erinnert. Verdammt, aber die meisten konnten sich noch nicht einmal ohne Hilfe von Facebook an meinen Geburtstag erinnern.

„Ja, das stimmt", sagte ich steif. „Vielen Dank."

„Gern geschehen." Er legte seine Finger um seinen Becher. „Ich will dich dauernd Miz Maggie nennen", sagte er und bezog sich auf meinen Benutzernamen in der Dating-App. „Ich muss mich immer noch daran gewöhnen, dich als Magnolia zu sehen." Er streckte die Hand aus. „Es ist wirklich schön, dich endlich kennen zu lernen. Ich heiße Rob Russo."

„Magnolia Santillian." Ich ergriff seine Hand, aber ich musste mich zusammenreißen, dass ich ein neutrales Gesicht machte, als sich unsere Handflächen begegneten. Seine Berührung war nach außen nichts Fantastisches, aber sie wärmte mich bis in meine Zehenspitzen. Ich schaute auf mein Spiegelbild im Fenster, um zu sehen, ob meine Wangen so gerötet waren, wie sie sich anfühlten.

Er nickte, als wenn diese Information eine der großen Mysterien der Welt entschlüsselte. „Magst du lieber Magnolia oder Maggie?"

„Ich werde alles Mögliche gerufen", sagte ich und zog eine Schulter hoch.

„Wie zum Beispiel? Erzähl' es mir", sagte er und sein Kinn neigte sich beim Sprechen nach oben.

Scheiße. Einfach ... Scheiße. Dieser Mann war energisch. Er war nicht beängstigend oder aggressiv energisch, sondern angenehm selbstbewusst und mir kam der Gedanke, dass ich seine Version von energisch mochte. Im Besonderen mochte ich sie an Rob.

Und ... ich mochte Rob.

„Natürlich Magnolia", begann ich und zählte den Namen an meinem Fingern ab, „und meine Familie ruft mich Magnolia oder Mag oder Maggie. Dann sind da noch *Dachgarten-Girl* und *Gigi* als Anlehnung an *Garten-Girl*. Zuerst gefiel mir Gigi gar nicht, aber jetzt schon. An der Arbeit rufen mich alle Gigi. Das gilt auch für die meisten meiner Freunde."

„Du hast Recht. Das sind ganz schön viele Namen", antwortete er. „Ich habe dich gefragt, welchen du am liebsten magst. Darauf hast du mir noch keine Antwort gegeben."

„Es ist nicht so wichtig", sagte ich und winkte ab. Wo zum Teufel blieben die Sandwiches? Ich musste etwas mit meinen Händen tun—und mit meinem Mund— aber wichtiger noch musste ich dafür sorgen, dass Rob mich anstarrte. „Ich komme, wenn ich gerufen werde."

Er stützte sein Kinn auf seine geballte Hand und sein Blick war auf meine Lippen konzentriert. Bis jetzt hatte ich noch keinen so heißen Blick erlebt. Er war heiß wie Sonnenbrand.

„Das glaube ich." Sein Knie berührte meins unter dem Tisch und dann stupste er es und spreizte meine Beine. Ich war mir nicht sicher, ob es Absicht oder ein glücklicher Zufall war. *Schließe deinen Mund, unhöfliche Lady. Du gibst mir Ideen, die beim Mittagessen nichts zu suchen haben.*

Meine Wangen waren gerötet und mein Herz raste, aber ich schaffte ein belangloses Schulterzucken. „Ich bin mir sicher, dass du sie für ein anderes Mal aufheben kannst."

„Ich habe versucht, die Frage für das Abendessen aufzuheben, aber das wolltest du ja nicht." Er musterte mich mit zusammen gekniffenen Augen und geschürzten Lippen. Nach einer Pause fragte er: „Wann kann ich dich wiedersehen?"

„Du siehst doch jetzt genug von mir", sagte ich.

„Und ich erzähle dir schon seit Wochen, dass ich gern mehr von dir sehen würde", sagte Rob.

Ich schüttelte den Kopf und probierte mein Getränk. Perfekt wie immer und ohne den Himbeer-Geschmacksverstärker-Scheiß. „Und ich erzähle dir schon seit Wochen, dass ich dich kennenlernen muss, bevor noch mehr passieren kann. Du musst mir nichts über deine Grundschullehrerin erzählen, aber ich weiß nicht, was du beruflich machst oder wo du wohnst und ich bin mir noch nicht einmal sicher, ob ich dich mag."

„Du magst mich", stritt er und sein Knie drückte gegen die Innenseite meines Oberschenkels. „Du magst mich genug, um mich zu beleidigen. Das muss doch etwas bedeuten."

„Weniger, als du glaubst", antwortete ich mit einem Grinsen.

Rob lehnte sich zurück, als die Verkäuferin mit unseren Sandwiches kam, aber er hielt den Blick auf mich gerichtet. Ich war diese Art von Aufmerksamkeit nicht gewöhnt. Ich war es gewöhnt, dass Männer sämtliche Titten in ihrem Blickfeld mit den Augen streichelten und sich nicht länger als fünf Minuten auf eine Unterhaltung konzentrieren konnten, ohne nach ihrem Handy zu greifen und darauf zu schauen. Da ich diese Art von Verhalten gewöhnt war, erwartete ich es jetzt.

Diese Erwartungshaltung sorgte dafür, dass ich überlegte, was dieser Mann mit mir wollte.

Als die Sandwiches auf dem Tisch standen und die Verkäuferin außer Hörweite war, verkündete er: „Investment Banker."

Ich schüttelte den Kopf und war mir nicht sicher, wo ich diese Worte in unserer Unterhaltung platzieren sollte. „Wie bitte?"

„Ich arbeite als Investment Banker", sagte er und zeigte mit seinem Getränkebecher auf mich. „Ich hätte es schon früher sagen sollen. Wenn du Banker natürlich hasst, würde ich etwas ganz anderes angeben."

„Ich habe kein Problem mit Bankern", sagte ich lachend. „Ich bin Landschaftsarchitektin und es ist mir völlig egal, ob du Architekten hasst oder nicht. Das wäre ein persönliches Problem und du müsstest es alleine bewältigen."

Wasser sprühte aus Robs Mund, als er lachte. Nachdem er sich mit einer Serviette über den Mund und seine Krawatte gewischt hatte, sagte er: „Es tut mir so gut, wenn du fies zu mir bist."

Ich biss von meinem Sandwich ab, während ich über seine Worte nachdachte. „In Sachen Realismus kannst du auf mich zählen."

Er betrachtete mich und seine seltsamen bernstein-smaragd-farbenen Augen funkelten und seine Lippen verzogen sich zu einem Lächeln. „Du bist eine herrliche Dosis Wirklichkeit, Magnolia." Danach war alles andere einerlei. Er hätte mir sagen können, dass er in einem Auto am Fluss lebte und ich würde immer noch auf seinen Worten schweben. „Ich wohne in South End. Es ist eine ordentliche Gegend und mir gefällt die Atmosphäre dort, aber ich bezahle mehr für meine Garage als ich für das Auto bezahlt habe und das gefällt mir nicht. Sag' mir, was du noch von mir wissen musst, damit ich dich wieder sehen kann."

„Du kannst mich wieder sehen", begann ich, „aber ich bin mir nicht sicher, was für ein Arrangement du willst. Ich brauche ein paar mehr Mittagessen, bei denen du anbietest, wegen anderer Dinge zu lügen, falls ich sie hasse. Ich möchte eine Erklärung für deine Cookie-Heißhunger-Neigungen, weil ich mehr Informationen darüber brauche. Ich muss dich kennen, bevor irgend … irgendetwas anderes passieren kann."

Er kaute auf seinem Sandwich, während er darüber nachdachte. „Ich muss über deine Bedingungen nachdenken. Ich bin okay und habe alles im Griff", sagte er und zeigte mit einer Hand auf seine Brust, „aber ich bin auch kaputt. Der Gedanke, es erneut zuzulassen, dass eine andere Person mich kennt, verursacht einen Hautausschlag bei mir. Sogar wenn jemand so wirklich und schön und interessant wie du ist."

Wirklich und schön und interessant und oh Gott. Ich musste mir Mühe geben auf meinem Stuhl sitzen zu bleiben und mich nicht in seine Arme zu werfen. Irgendwie schaffte ich es gleichgültig mit den Schultern zu zucken. „Ein weiteres persönliches Problem."

Robs Schultern bebten, als er lachte, was sein Hemd auf herrliche Art und Weise spannte. Ich wollte den Schneider kennenlernen, der es geschafft hatte diesen göttlichen Körper in Baumwolle zu packen. „Ich werde es versuchen", sagte er zögerlich. „Aber nur, wenn du unhöflich bleibst."

Wir starrten einander einen Augenblick an, während wir über unseren Einsatz nachdachten. Wir hatten uns zu oft verbrannt, um dem Feuer zu vertrauen. Gefühlsmäßig waren wir völlig kaputt. Und trotzdem saßen wir hier und verhandelten über eine Vereinbarung, die zu nichts führte. In meinem Kopf blinkten Warnsignale, aber mein Herz schlug heftig bis in meinen Hals und gierte nach mehr.

Ich wusste es besser, aber ich konnte es nicht besser.

„Da ich viel Material habe, mit dem ich arbeiten kann, wird das kein Problem sein." Ich zog eine Schulter hoch und lud ihn ein, mir zu widersprechen. Er grinste mich nur an und schon war es um mich geschehen. „Ich wohne in Beverly in einem alten Cottage aus Stein mit ausreichend Parkplätzen. Das ist einer der Gründe, warum ich es liebe. Meine Tante und ihr Partner haben sich in New Mexico zur Ruhe gesetzt und das Haus mir überlassen. Und wenn ich *alt* sage, meine ich auch *alt*. Das ganze vergangene Jahr habe ich alte Teppiche und avocadogrüne Tapeten abgerissen. Es gibt jedoch einen großen Garten und das ist für mich der schönste Teil des Grundstücks. Auch wenn er mit Unkraut und wildem Wein und einem Dutzend anderer Probleme überwachsen ist."

„Brauchst du Hilfe dabei?", fragte Rob.

Ich hob eine Augenbraue. „Hast du nicht zugehört, als ich

sagte, dass ich Landschaftsarchitektin bin? Ich komme schon mit einem dschungelartigen Garten zurecht, danke."

„Das habe ich schon gehört", sagte Rob und er lächelte. „Ich habe dir meine kostenlose Arbeitskraft angeboten. Ich bin in der Stimmung, wilden Wein raus zu reißen."

„Aber nur, wenn du es mit freiem Oberkörper machst." Ich wurde knallrot, als mir klar wurde, was ich gesagt hatte. Mein Blick flatterte zwischen seinen Armen und seiner Brust hin und her, weil es mir völlig unmöglich war, jetzt seinem Blick zu begegnen.

Rob neigte sein Kinn nach unten und schmunzelte. Er strich wieder mit der Hand über seine Krawatte und ich konnte mich kaum davon abhalten zu schnurren. „Gerne", antwortete er. „Wenn ich einen Nachmittag in deinem Garten verbringen darf, trage ich – oder trage ich nicht – was du willst."

Ich starrte auf meinen Teller und konzentrierte mich auf die Lagen meines Sandwiches. Ich versuchte die Röte in meinem Gesicht zu beruhigen und mein Geschwätz unter Kontrolle zu bekommen.

Als ich hochschaute, strömte eine Gruppe Männer durch die Tür. Sie trugen enge marineblaue T-Shirts mit *Engine 10* auf dem Rücken und jeder in der Bäckerei drehte sich um, als sie hereinkamen. Einen Augenblick lang beobachtete ich sie über Robs Schulter hinweg und war ebenso fasziniert wie alle anderen von dieser Gruppe Männer.

Ich wollte gerade etwas zu Rob sagen, dass er dieses Wochenende in meinen Garten kommen sollte, aber ich hielt inne, als ich spürte, wie mich jemand anstarrte. Ich brauchte eine Minute, bis ich den Betrachter bei all den dunkelblauen T-Shirts identifiziert hatte und als ich es tat, hatte er sich bereits abgewandt.

„Hallo, Miss Magnolia", sagte er und stemmte seine Hände in seine schlanken Hüften. „Ich hätte nicht gedacht, dich innerhalb von zwölf Stunden zwei Mal zu sehen."

„Wie bitte?" Rob schaute von mir zu diesem unwillkommenen Gast.

„Ben", brachte ich heraus und neigte meinen Kopf, um meinem lauten Nachbarn einen finsteren Blick zu zuwerfen.

„Wer zum Teufel ist Ben?", fragte Rob.

Ben schaute auf mein Date. „Wer zum Teufel ist dieser Kerl?"

KAPITEL 12

Mein Date war wütend.

Ich will nicht lügen, aber es war ziemlich heiß.

Ich meine, ich mag keine Männer mit Wutproblemen. Ich brauchte keine giftige Männlichkeit in meinem Leben, vielen Dank. Dies fühlte sich jedoch nicht wie ein Wutproblem für mich an. Es fühlte sich an, als würde mein lauter Nachbar ein ansonsten schönes Date unterbrechen und seine Andeutung, ich hätte ihn spät letzte Nacht noch *gesehen* hörte sich seltsam an.

Ja, ich hatte ihn *gesehen*. Tatsächlich hatte er viel mehr von mir gesehen als ich von ihm, aber das tat nichts zur Sache. Wir waren letzte Nacht nicht *zusammen* gewesen. Er hatte die Ruhe gestört und ich war eine besorgte Bürgerin gewesen, die ihn und seine Fliesensäge zum Schweigen gebracht hatte.

Und ich hatte versprochen, ihm am Wochenende bei seinen Restaurierungsbemühungen zu helfen.

Herr je, da war ich aber in eine ganz besondere Situation geraten, nicht wahr?

„Magnolia", sagte Rob mit einer gewissen Schärfe in seiner Stimme, die Gänsehaut an meinen Armen verursachte. Schlimme und interessante Gänsehaut. Mit einer solchen Gänsehaut könnte ich mit ihm ins Bett gehen. Vielleicht jetzt nicht gerade mitten in der Bäckerei, aber irgendwann in der potenziell nackten Zukunft. „Kennst du diesen Kerl?"

„Das habe ich mich auch gerade gefragt", fügte Ben hinzu und zeigte auf Rob. Ich schaute ihn an und verfluchte, dass die Shirt-Nummer funktionierte. Der Hoodie, den er gestern Nacht getragen hatte, hatte all die Waren verborgen. „Wer ist der Typ im Anzug?"

„Also gut, hört mir zu", fing ich an und hielt beide Hände hoch. „Ich esse zu Mittag mit Rob. „Er ist ein– ein Freund von mir."

„Ich würde sagen, dass wir schon weiter sind als Freunde", stritt Rob mit gerunzelter Stirn. Dieser Typ konnte über nichts anderes als unverfänglichen Sex reden, aber zog sich in sein Schneckenhaus zurück, wenn man nur von Freundschaft sprach. Verflucht empfindlich. „Nach allem, was wir geteilt und was du – ähm – gesehen hast."

Ich hielt meine Hände immer noch hoch und warf ihm einen vernichtenden Blick zu. „Keine Angst, Liebling. Eines der vielen wunderbaren Dinge, die du über mich wissen musst, ist, dass ich nichts vergesse." Er wollte anfangen zu streiten, aber ich schüttelte den Kopf und sagte: „Ruhe jetzt. Jetzt rede ich."

„Ich kann es kaum abwarten, das zu hören." Ben verschränkte die Arme über seiner Brust – mein Gott, wie bekam man so sehnige Unterarme? –und er stellte sich auf seine Fersen. Aber wirklich, diese Unterarme kamen direkt von Gaston aus *Die Schöne und das Biest*.

„Und was ihn hier betrifft", sagte ich und neigte meinen Kopf in Bens Richtung. „Dies ist der Kerl, der das Haus gegenüber von mir renoviert." Ich sah Robs stählernen Blick. „Ich habe dir davon erzählt. Weißt du noch?"

„Ich glaube schon", murmelte er und musterte Ben.

Wenn ich mich nicht so sehr über Bens Störung und die Unfähigkeit meines Hirns, Bens nackte Unterarme und Robs Brust zu verarbeiten, geärgert hätte, hätte ich diesen Augenblick genossen. Ich hätte mich zurück gelehnt und darüber gefreut, dass zwei Männer metaphorisch gesprochen darum kämpften, wer mich als sein Eigentum markieren dürfte.

Augenblicke wie diese passierten mir sonst nicht. Ich war die pummelige Freundin, die seltsame Freundin oder die Freundin mit den heißen (so habe ich es mir erzählen lassen) Brüdern. Ich war immer die *Freundin*. Niemals diejenige, die jeder wollte.

„Ich habe dir allerdings nicht erzählt, dass er die ganze Nacht durchgearbeitet und die Toten mit seiner Fliesensäge geweckt hat", fuhr ich fort.

Robs finsterer Blick wurde weicher, als er mich anschaute. „Du hättest mir davon erzählen sollen. Ich hätte …"

„Nö", unterbrach ich ihn. „Ich hatte alles unter Kontrolle."

Rob schaute mich wieder an. „Ich kann mich nicht entscheiden, ob das ärgerlich oder verdammt großartig ist."

„Wir sind für großartig", sagte ich und schaute zurück zu Ben.

„Ich würde ärgerlich sagen", murmelte Ben.

„Klar", antwortete ich. „Du hast im letzten Monat hart gearbeitet und dabei eine Scheißarbeit geleistet." Ich zeigte auf Ben, wobei ich versuchte Robs Blick zu erhaschen. „Ich bin mitten in der Nacht über die Straße gegangen …"

„Ärgerlich", murmelte Rob.

„Und ich habe ihn höflich gebeten, seine Anstrengungen ein wenig einzustellen", fuhr ich fort und ignorierte Rob, der seine Hände hoch warf und den Kopf schüttelte.

Ben drehte sich zu Rob. „Mann, sie hat den Stecker von meiner Säge gezogen und mich dann zehn Minuten lang angebrüllt, wie man ein Haus renoviert", sagte Ben. „Da war nichts Höfliches. Es war sogar ziemlich unanständig."

„So bin ich, Kumpel", antwortete ich. Dieses Mal warf ich ihm einen vernichtenden Blick zu. „Und wenn du möchtest, dass ich dir mit deinen Projekten helfe, wirst du …"

Robs Stuhl kratzte über den Boden, als er aufstand. „Hilfst du ihm?"

Wenn es noch irgendjemand in der Bäckerei gab, der unserer Unterhaltung nicht folgte, dann war er jetzt dabei. Verflucht, ich wollte nicht schon wieder das Thema eines live getwitterten Dates sein.

„Ja", antwortete ich so ruhig und gelassen wie möglich. Auch wenn ich ihm am liebsten gesagt hätte, dass er die Klappe halten und sich setzen sollte. „Es macht mich wütend, wenn unerfahrene Handwerker schlechte Arbeit leisten und die Häuser, die sie quasi mit Klebeband zusammen geschustert haben, für teures Geld verkaufen."

„Ich bin nicht unerfahren", verkündete Ben und hob sein Kinn in meine Richtung.

Seine Geste beinhaltete eine Herausforderung. Irgendetwas flüsterte mir zu: *Probier's doch.*

Und jene verfluchten Unterarme. Sie erforderten Aufmerksamkeit und waren eine Herausforderung für jeden, der sie sah. *Versuch' doch deine Hände um mich zu legen*, höhnten sie.

Rob starrte auf mich herab, er hatte die Stirn gerunzelt und seine Hände lagen an seiner schlanken Taille. „Magnolia, ich ....", er schwieg, warf Ben einen säuerlichen Blick zu und schaute dann wieder mich an.

Verdammte Scheiße. Ich war die Marmelade in einem Rob-und-Ben-Sandwich. Nicht, dass ich ein Sandwich wollte. Ein offenes vielleicht. Aber kein Panini.

„Brock", dröhnte eine Stimme von der anderen Seite der Bäckerei. „Zeit zu gehen."

Ben schaute über seine Schulter auf die Mannschaft Feuerwehrmänner, die auf ihn wartete. „Wir sehen uns am Samstag", sagte er. Dann wandte er sich zu Rob und sagte: „Scheinbar werde ich Sie dann auch sehen."

„Darauf können Sie wetten", antwortete Rob und strich seine Krawatte glatt, als er sich wieder setzte.

Ben lachte, nickte und lächelte mich kurz an. „Samstag."

„Genehmigungen", rief ich, als er weg ging. Als Ben und die anderen Feuerwehrmänner die Bäckerei verließen, schaute ich zu Rob. „Das tut mir leid. Es war so seltsam letzte Nacht, als ich zu seinem Haus ging und merkte, dass er jede einzelne Renovierungssünde, die im Bauhandwerk bekannt ist, begangen hatte. Da musste ich einfach einschreiten."

Ich ließ die Sache mit meinem freigelegten Busen weg. Das schien nicht relevant zu sein.

Rob lehnte sich zurück und faltete seine Hände in seinem Schoß. Er lächelte mich auf seltsame und fast amüsierte Art und Weise an, sodass ich zum zweiten Mal an diesem Nachmittag überlegte, ob ich Mohnsamen an meinen Zähnen hatte.

„Was ist?", fragte ich.

„Nichts." Er schüttelte den Kopf. „Ich wollte – ich musste nur über meine Ex hinweg kommen. Sie hat mich richtig fertig gemacht und ich bin … Ich weiß nicht, was ich bin."

„Was ist passiert?", fragte ich. „Was hat sie getan, dass du so traumatisiert bist?"

Rob schüttelte erneut den Kopf. Zum ersten Mal bekam ich einen Blick hinter seine Fassade und konnte in die trostlose Leere schauen, in der seine Beziehungen einst gelebt hatten. Ich verstand seine Verzweiflung diesen Raum füllen zu wollen, koste es, was es wolle. „Ich möchte nicht darüber sprechen. Nichts Schreckliches. Nur Leute, die unterschiedliche Erwartungen und unterschiedliche Definitionen von Loyalität hatten", sagte er. „Aber ich dachte, ich würde eine heiße Frau suchen, die überhaupt nicht wie meine Ex aussah" – dabei krähte ich innerlich – „und dann würde ich die Erinnerungen weg ficken. Stattdessen habe ich dich getroffen."

Ende des Gekreisches.

„Nun ja, das tut mir leid", sagte ich und stolperte über jedes Wort. „Vielleicht sollte ich – einfach – jetzt gehen."

„Nein, nein, nicht – nein." Seine ganze Existenz schien zusammen zu stürzen. „Das habe ich falsch gesagt. Ich meinte, dass ich eine sehr eng gesteckte Zielsetzung hatte."

„Mmhmm."

Er steckte einen Finger unter seinen Kragen und zog den

Stoff von seinem Hals weg. Ich konnte es nicht erklären, aber ich wollte – ich wollte ihn dort lecken. „Ich habe nicht erwartet, irgendetwas zu fühlen."

„Mmhmm", wiederholte ich.

„Ich dachte, dass meine Ex mir mein Herz mit einem Lötkolben herausgerissen und verödet hatte und ich nicht in der Lage wäre, etwas anderes zu tun als langsam zu verbluten."

Wieder „Mmhmm."

Er schaute mich an, runzelte die Stirn und seine Lippen verzogen sich zu einem leichten Grinsen. „Aber ich wollte den Kerl eben verprügeln."

„Und das ist etwas Gutes? Ich würde das nicht als Fortschritt bezeichnen, Rob."

Er lachte. „Es ist immerhin etwas. Es ist viel mehr, als ich seit Monaten geschafft habe." Er legte seine Finger an die Schläfen und sein Lächeln geriet ins Wanken. „Aber du solltest wissen, dass ich nicht teile. Ich kann nicht. Nicht, nach dem, was sie – nein, wir werden diese Luft nicht mit der Geschichte vergiften."

„Ich helfe Ben auf dem Bau, weil ich nicht will, dass er versehentlich den Strom in meiner Gegend ausschaltet", sagte ich. „Aus keinem anderen" – das Bild der Unterarme kam mir in den Kopf, bevor ich es mit einem ungeduldigen Verdrehen meiner Augen weg fegte – „Grund."

Rob drückte beide Handflächen gegen seine Augen und stöhnte. Das Geräusch war tief und sexy. „Aber ich mache mir keine Sorgen um dich, Magnolia. Es ist die Art und Weise, wie der Kerl dich angesehen hat."

Er zog die Hände weg von seinen Augen und stand auf. Traurigkeit stieg in mir auf, als ich merkte, dass er aufbrach. Trotz unserer seltsamen Historie hatte ich eine Schwäche für Rob und sein ganzes persönliches Drama. Ich wollte ihn nicht wieder gesund pflegen, aber ich genoss den Mann.

Anstatt zu gehen, kam Rob um den Tisch herum und zeigte auf mich. „Steh' auf", befahl er.

Ich stand auf, fragte aber: „Wie bitte?" So tickte ich – ich befolgte Anweisungen, während ich noch wegen ihnen stritt.

„Komm' – komm' einfach nur hierher", sagte Rob und ergriff mich am Ellbogen. Er zog mich näher und legte eine Hand an meinen Nacken und in mein Haar. Er schaute auf mich herab, wobei er sich auf meine Lippen konzentrierte. „Ich weiß nicht, ob ich es dir übel nehmen sollte, dass ich wieder Gefühle entwickle oder ob ich dich dafür lieben sollte." Bevor ich reagieren konnte, fuhr er fort. „Sag' nichts. Ich weiß es schon."

Dann küsste er mich.

Lippen, Zunge, Hände, Hitze, Seufzen – alles auf einmal. Alles um uns herum löste sich auf. Die Bäckerei, diese Stadt, die verschnörkelten Voraussetzungen für unser Mittagessen-Date. Nichts davon existierte, als ich meine Hände auf seinen Rücken drückte und ihn näher zu mir drängte.

Ich bin mir sicher, er hatte nicht danach gesucht, aber irgendwo zwischen dem Punkt, wo er mich in die Arme zog und meinen Mund eroberte, stolperte er über meine trostlose Leere.

KAPITEL 13

Mein Date war eine Katastrophe.

Ben wusste nichts über Renovierungen, zumindest nichts, was wissenswert gewesen wäre. Trotzdem schwang er seine Werkzeuge, als wüsste er schon alles.

„Stopp, Stopp", brüllte ich und winkte mit den Händen, um seine Aufmerksamkeit zu bekommen. Er schnitt gerade Sperrholz, um Teile des Unterbodens im Wohnzimmer zu ersetzen, aber selbst aus einer Entfernung von fünf Metern konnte ich sehen, dass er es falsch machte.

Ben schaltete die Säge ab und schob seine Sicherheitsbrille nach oben auf die Stirn. „Was ist denn jetzt schon wieder?"

Ich ging zu ihm und betrachtete die langen schmalen Streifen Sperrholz auf der Sägebank. „Was … was machst du da?"

Er machte eine-*Ist-das-nicht-offensichtlich*-Handbewegung. „Ich schneide das Holz für den Boden zurecht, so wie du es mir gesagt hast."

Ich starrte lange auf die Bretter. „Aber warum? Angesichts der Größe des Zimmers solltest du nur ein paar Stücke zurecht schneiden müssen. Der Rest kann so festgenagelt werden, wie er ist."

Ben schaute von der Sägebank zu mir und presste die

Lippen zusammen. „Wie du meinst", murmelte er. „Ich dachte nur, es würde besser aussehen, wenn sie alle die gleiche Größe hätten. Etwas schicker, weißt du?"

Ich hob meine behandschuhte Faust an meine Lippen, um ein Lachen zu unterdrücken. Das war immer noch besser als zu weinen – wie ich am liebsten reagiert hätte, nachdem ich Bens Arbeit genauer betrachtet hatte – aber ich wollte nicht grausam sein.

„Okay, aber dieses hier ist nicht der eigentliche Boden", sagte ich und ließ beide Hände auf die Bretter fallen. „Das ist der Unterboden. Wir legen diesen Unterboden, um die eigentliche Bodenoberfläche eben und gerade zu halten. In anderen Worten, wir werden etwas auf diese Konstruktion legen. Etwas Schickes."

Ben schaute mich eine Sekunde lang an, bevor er die Brille von seinem Kopf riss und sie quer durch das Zimmer warf. „Ich hasse diesen verfluchten Scheiß", brüllte er. „Ich *hasse* ihn."

Bevor ich Ben an diesem Morgen traf, hatte ich beschlossen, dass ich unser Treffen in der Bäckerei nicht erwähnen würde. Ich wollte diese Gefühle nicht wieder aufkommen lassen und ich wollte weder mich noch Rob verteidigen. Ich wollte auch nicht in das alternative Universum zurückkehren, in dem er auf gewisse Art und Weise mit mir flirtete. Wenn meine Titte nicht gerade im Wind flatterte, verstand ich die Motivation dafür überhaupt nicht. Und selbst wenn er mit mir flirtete, fehlte mir der Platz im Gehirn, um zwei Männer unterzubringen. Wenn Geschichte als Beweis dienen konnte, musste ich zugeben, dass ich kaum die Fähigkeit hatte, einen einzigen Mann unterzubringen.

Stattdessen schlüpfte ich in meine Lieblings Arbeitsjeans und ein T-Shirt, schnürte meine Stiefel und spielte mich als Chefin auf. Ich verschwendete keine Zeit mit dem Austausch von Höflichkeiten. Ich ratterte eine Liste grundsätzlicher Aufgaben runter und beauftragte Ben, einige der dringenden Probleme auf der Baustelle in Ordnung zu bringen. Ich fragte ihn nicht nach seinen Absichten hinsichtlich dieser Renovierung oder warum zuvor mehrere Leute hier gewesen waren, aber nur noch er jetzt hier arbeitete. Nö, ich ging direkt zum Schaltschrank und prüfte dann, ob das Wasser abgestellt war und ich beauftragte Ben das Baumaterial zu sortieren und etwas Sperrholz zu zuschneiden.

Aber während ich ihn jetzt mit in die Hüften gestemmten Händen im Zimmer auf und ab gehen sah, schien es, als hätte ich einen Fehler gemacht. Es war noch viel Arbeit zu erledigen, aber warum war er allein? Warum machte er dies? Ich war besonders neugierig deswegen, wenn man bedachte, dass er noch nicht einmal mit einem Schraubenzieher umgehen konnte. Ich hatte es ihm fünf Minuten lang erklärt, wie er die Schraube mit einem Dreh nach rechts fest zog und nach links löste.

„Warum setzen wir uns nicht einen Augenblick?" Ich zeigte auf eine große Kühltasche, die ich heute Morgen neben der Eingangstür abgestellt hatte. „Ich habe ein paar Getränke und Sandwiches dabei. Falls du dich wunderst, ich habe sie nicht selbst gemacht. Meine Mutter hat sie gemacht. Ich habe ihr erzählt, dass ich heute an einem Projekt arbeiten würde und sie hat all das Essen vorbei gebracht, weil sie denkt, ich lebe sonst nur vom Lieferservice. Wenn du sie kennen würdest, würdest du einsehen, dass das ein Problem für sie ist."

Ben hörte auf, auf und ab zu gehen, hielt seine Hände jedoch in die Hüften gestemmt. Er hatte seine Ärmel über seine Ellbogen hochgeschoben und seine sehnigen Unterarme entblößt. Unter seinem Hemd in der Nähe seines Ellbogens war außerdem eine Tätowierung zu sehen. Ich konnte sie nicht richtig erkennen.

Oh Gott, diese Unterarme. Ich brauchte einen Ventilator.

„Von was um Himmels Willen sprichst du?"

„Essen. Ich habe Essen mitgebracht. Lass' uns eine Pause machen und essen", sagte ich. „Vielleicht draußen? Es liegt kein Schnee mehr und es regnet nicht und auf dem Weg hierher habe ich gesehen, dass ein oder zwei Sonnenstrahlen durch die

Wolken schienen. In anderen Worten, ein perfekter Frühlingstag in New England."

Ben sagte nichts, aber schob mich beiseite, als ich die Kühltasche holen wollte. Er hob sie hoch und folgte mir in den Garten. Das Haus befand sich auf einem großen Grundstück mit einem lange verlassenen Garten und überwachsenen Bäumen. Wir setzten uns auf den Rand der Backstein Terrasse an eine Stelle, die von der Sonne gewärmt wurde.

Ich wühlte in der Kühltasche und legte in Folie gepackte Sandwiches, Obst und Getränke zwischen uns. Ben öffnete ein Wasser mit Schwarzkirsche Geschmack und trank es aus. „Verdammt, das ist eklig. Es ist, als wenn man fruchtiges Haarspray trinken würde. Nein, das nehme ich zurück. Es ist noch nicht einmal fruchtig. Es ist höchstens von einer Frucht inspiriert." Er streckte seinen Arm aus und betrachtete die Dose. „Kirsche. Ach. Es schmeckt, als wäre es fünf Minuten lang *in der Nähe* einer einzigen Kirsche gewesen."

„Du sprichst verächtlich über mein Lieblingsgetränk", sagte ich.

„Vielleicht solltest du die Wahl deiner Getränke neu evaluieren. Dies ist das Schlimmste, was ich jemals in meinem Mund hatte." Danach vernichtete er ein Schinken und Käse Sandwich mit drei Bissen. „Das war gut", verkündete Ben seufzend. „Hast du noch eins?"

Ich zeigte mit der Hand auf die zwischen uns ausgebreiteten Sachen. „Ich habe noch ein Dutzend mehr."

„Das meine ich", sagte er und hielt jedes Päckchen hoch, um die genaue Schrift meiner Mutter auf der Folie zu lesen.

Ich wartete, bis Ben sein zweites Sandwich halb gegessen hatte, bevor ich etwas sagte. Er schien halb verhungert zu sein und ich brauchte Zeit, um mir zu überlegen, wie diese Unterhaltung laufen sollte. Das war die schlaue Vorgehensweise: Zu wissen, wo ich hin wollte und uns dorthin bringen.

Mein einziges Problem bei der schlauen Vorgehensweise

war, dass ich es immer, *immer* versaute. Aber ich arbeitete hart daran, es heute zu vermeiden.

Heute, diesen Monat, für immer.

„Ich möchte mich gern mit dir über dieses Haus unterhalten", sagte ich und zeigte mit meinem Becher auf das Haus und den Garten. „Nicht, dass du nach meiner Meinung hinsichtlich des Gartenbaus gefragt hättest, aber ich würde einen Steingarten anlegen um die ebene Fläche zu unterbrechen und wieder Lebensräume für Bestäuber und andere lokale Spezien zu schaffen. Etwas, was ein wenig Tiefe hinzufügen würde, und das Wachstum von Moos und Flechten fördern würde. Sie überleben nicht besonders gut auf Rasenflächen am Stadtrand. Ich würde außerdem trockenheitsverträgliche Pflanzen priorisieren. Funkien, Fetthenne, Eberesche, Winterbeere und vielleicht ein wenig amerikanische Stechpalme. Wenn du an den Seiten Forsythien pflanzt, hättest du einen natürlichen Sichtschutz zur Straße. Das sind nur ein paar Ideen, aber sie sind effizienter und benötigen weniger Wartung als die aktuelle Gestaltung. Darüber könntest du nachdenken, wenn du deine Wochenenden nicht im Garten verbringen willst."

„Ich habe nicht nach deiner Meinung zur Gartengestaltung gefragt", murmelte er. „Süße, ich glaube nicht, dass ich dich nach deiner Meinung zu irgendetwas gefragt hätte, aber das hat dich bis jetzt noch nicht aufgehalten."

Ich betrachtete ihn. „Soll ich meine Meinungen— und meine Sandwiches nehmen— und gehen?"

„Denk' gar nicht daran, deinen Hintern weg zu bewegen", antwortete er. „Bleib' da sitzen und stänkre ruhig über all die Dinge, die ich falsch mache."

„Es ist nicht stänkern, wenn es stimmt."

„Und das Sprudelwasser; dieser Albtraum mit Beeren, ist ekelhaft." Er hob eine Augenbraue. „Wir werden diese Meinungsverschiedenheit überleben."

„In Ordnung. Gut. Warum hast du dich für dieses Haus entschieden? Was willst du damit machen?"

Er starrte mich an, während er einen weiteren Schluck trank. „Was ich damit machen will?", wiederholte er und Bitterkeit schwang in seinen Worten mit. „Es los werden und ein bisschen was von meinem Geld zurück bekommen. Das ist es, was ich will. Ich will hiermit kein großes Geschäft machen."

„Warum hast du es dann gekauft?", fragte ich.

Er musterte mich von Kopf bis Fuß und zurück. Dann zuckte er zusammen und schaute weg. Er starrte auf den Garten und fragte: „Was läuft da zwischen dir und dem Anzugträger?"

„Wir reden vom Haus", sagte ich.

„Er schien mir ein Trottel zu sein", fuhr Ben fort und schaute mich an. „Warum solltest du dich für einen Trottel interessieren?"

Es war faszinierend, wie Ben scheinbar nach Belieben seine Ansichten änderte. Er war ungeduldig und zornig, wenn er mit Renovierungsproblemen konfrontiert war, arrogant und ungestüm, wenn er mit Rob konfrontiert war und freundlich und anständig, wenn er mit meinen Brüsten konfrontiert war.

„Nicht, dass es dich etwas angeht, aber er ist kein Trottel", sagte ich. „Und damit du es weißt; zu sagen, er sei ein Trottel, weil er einen Anzug zur Arbeit trägt, ist äußerst fantasielos. Wenn du ein vernünftiges Argument vorbringen kannst, höre ich zu. Ansonsten heb' dir das für jemanden auf, der einfache Beleidigungen mag."

Ben ignorierte mich und fuhr fort: „Du solltest dich schnell aus der Situation befreien."

„Vielen Dank für den Tipp", murmelte ich.

„Ich kann dir mehr als den Tipp geben, Süße", antwortete er und fuhr fort, „einen ganzen verfluchten Haufen mehr. Und du wirst es mehr genießen, als das, was der Trottel für dich bereithält."

Ich wollte den Mund öffnen, als mein Gesicht und mein Hals knallrot wurden. „Ich kann dir helfen oder du kannst Scheiße reden", entgegnete ich. „Aber nicht beides."

„Ich habe niemals um deine Hilfe gebeten."

„Das ist komisch", antwortete ich. „Es ist wirklich komisch, weil du mich in dieses heiße Durcheinander eingeladen hast, als du beschlossen hast, die Fliesensäge mitten in der Nacht laufen zu lassen, Kumpel." Ben zuckte mit den Schultern und ballte seine Hände zu Fäusten. „Du kannst meine Hilfe annehmen, oder du kannst warten, bis das Bauamt der Stadt oder des Kreises an deine Tür klopft." Ich warf einen übertrieben finsteren Blick auf das Haus. „Ach, warte. Du hast ja gar keine Tür im Augenblick, weil du glaubst, dass es eine großartige Idee wäre, den Türrahmen herauszureißen. Ich nehme an, die Beamten werden durch das verfluchte Fenster steigen müssen, wenn sie deine Baustelle schließen."

Er zuckte mit den Schultern. „Was auch immer."

„Weißt du, was noch lustiger ist? Du sagst lieber unhöfliche Dinge und machst plumpe Annäherungsversuche als meine Hilfe anzunehmen. Wenn du die Art von Person bist, die Frauen gerne unbehaglich macht, dann gehe ich jetzt." Er warf die geballte Folie quer durch den Garten. „Sehr witzig, Ben. Ich wusste, du bist ein Schwätzer, aber ich wusste nicht, dass es so sein würde."

Ohne in meine Richtung zu schauen sagte er: „Ich versuche nicht, dass du dich unbehaglich fühlst. Es tut mir leid. Ich hätte das nicht sagen sollen." Er schaute zur Seite und fluchte leise. „Zumindest nicht *alles*."

Ich stand auf und ging los, um die Folie einzusammeln und kam dann zurück zur Terrasse. „Was versuchst du dann zu tun?"

„Ich–" er hielt inne und ließ die Schultern hängen. „Ich weiß nicht. Ich kann mich im Augenblick mit gar nichts befassen und alles an diesem Haus macht mich verrückt und ich weiß nicht, wie sich deine normale Stimme anhört, weil du mich immer anschreist."

„Wie ich schon sagte" – ich zeigte mit mehr Gnädigkeit auf ihn als ich fühlte – „du kannst diesen Scheiß sagen oder ich gehe."

„Ich würde dich rausschmeißen, aber ich bin mir sicher, dass du eine sehr fähige Multi-Taskerin bist."

„Das stimmt", gab ich zu, „wir konzentrieren uns darauf dieses Haus zu renovieren, damit ich nicht die ganze Nacht Fliesensägen hören muss."

„Das ist vielleicht deine Zielsetzung, aber ich konzentriere mich darauf, diesen Trottel von deinem Mittagessen-Date zu jagen und ihm zu sagen, dass er seine schicken Anzüge von dir fernhalten soll. Nun komm' schon. Du würdest ihn über dein Knie legen, nicht wahr? Du kannst mir die Wahrheit sagen."

„Wir reden hier nicht über Rob und seine Anzüge", sagte ich und scheiterte daran, ein schockiertes Lachen zu unterdrücken. Ich hatte noch nicht über Rob über meinem Knie nachgedacht. Ich wollte nicht daran denken. „Und du hast keinen Grund ihn zu *jagen*. Er ist ein netter Kerl und ich mag ihn und das sollte alles sein, was du über die Situation wissen musst."

Ben täuschte vor zu würgen. „Erst das Sprudelwasser und jetzt das. Warum zum Teufel bist du mit ihm zusammen, Süße?"

Ich drehte mich, um ihm in die Augen zu sehen. „Warum hast du dieses Haus gekauft, wenn du Renovierungen hasst?"

Er biss in ein weiteres Sandwich. Ich hatte nicht gezählt, aber es schien sein drittes zu sein. „Ist dies eine der Situationen, wo ich deine Frage beantworten muss, bevor du meine beantwortest?"

„Nein", rief ich lachend. „Dies ist eine der Situationen, wo wir uns nicht über Rob unterhalten, weil meine Beziehung zu ihm dich nichts angeht."

„Ach, aber dass ich dieses Haus gekauft habe, geht dich etwas an?", entgegnete er.

Ich hob meine Arbeitshandschuhe vom Gras auf und schlug ihm auf die Schulter damit. „Ja! Ich arbeite hier in dem verdammten Haus. Ich habe es verdient zu wissen, warum du dies tust."

Ben zuckte mit den Schultern, antwortete aber nicht und wandte seine Aufmerksamkeit wieder dem Sandwich in seiner

Hand zu. Nach einigen ruhigen Minuten sagte er: „Meine verfluchte Großmutter."

Ich wäre fast an einem Stück Apfel erstickt. „Wie bitte?"

Er schaute mich nicht an, als er sagte: „Meine verfluchte Großmutter. Ich habe dieses kleine Haus gekauft, weil ich dachte, dass ich es renovieren könnte und es ihr besser gefallen könnte als das scheiß Altersheim, in dem sie gewohnt hat. Ich hatte ein paar Jungs von der Feuerwehr, die mir zuerst geholfen haben und es lief richtig gut."

Das müssen diejenigen gewesen sein, die die Rohre verlegt hatten, denn das war das einzige Element dieses Projekts, das keine Katastrophe war.

„Aber sie ist gestorben", fuhr Ben fort. „Meine Großmutter ist gestorben und jetzt habe ich dieses Haus, das Unsummen verschlingt und ich hasse alles daran."

Seine Worte waren wie ein Bad im Eis und ich spürte, wie mir Tränen in die Augen stiegen. *Oh verdammt.* Ich hatte den armen Kerl wegen Unterböden und Fliesen und Genehmigungen angeschrien und dabei hatte er um seinen Verlust getrauert.

„Oh Gott. Ben", sagte ich und legte meine Hand auf seinen Unterarm. „Es tut mir leid."

„Sag' das nicht", fauchte er und wedelte mit dem Zeigefinger in meine Richtung. „Sag' mir nicht, dass es dir leid tut. Ich will es nicht hören." Er schaute über seine Schulter, starrte in Richtung Garten und wischte eine Träne aus dem Gesicht. „Jetzt bist du dran. Was ist mit dem Anzugträger, der vielleicht ein Trottel ist oder auch nicht?"

„Er ist kein Trottel", sagte ich leise. „Rob ist ...", ich hielt inne und war mir nicht sicher, wie ich meine Beziehung zu Rob beschreiben sollte. „Er ist ein netter Kerl, der im Augenblick eine schwere Zeit durchmacht."

Ben schaute in meine Richtung, begegnete jedoch meinem Blick nicht. „Bedeutet das, dass ihr Freunde seid? Mehr nicht? Mehr läuft da nicht?"

„Es bedeutet, dass wir zusammen sind." Ich zuckte mit den Schultern. „Es gefällt mir. Er ist lustig und interessant und …"

„Und er hat viel Geld", unterbrach Ben.

„Das ist nicht Teil meiner mentalen Berechnungen", antwortete ich. „Außerdem haben wir noch nie darüber gesprochen."

„Ich mag ihn immer noch nicht", sagte Ben leise.

„Das ist gut", antwortete ich. „Du bist ja auch nicht mit ihm zusammen."

„Das stimmt nicht ganz, denn wir hatten im Wesentlichen ein dreifaches Mittagessen Date", antwortete Ben. „Wir sollten das wiederholen. Es war unterhaltsam."

„Wie du das sagst, hört es sich an wie eine Drohung", sagte ich und zeigte mit meinem Apfelkerngehäuse auf ihn.

Ben sammelte die leeren Dosen und die Alufolie ein und mied immer noch meinen Blick. „Nö. Ich mache keine Drohungen, nur Versprechen."

KAPITEL 14

MEIN DATE WAR GEREIZT.

Er hatte die Weinkarte von vorne bis hinten gelesen und beiseite gelegt. Seine Krawatte und die Tischdecke glatt gestrichen und das Wasserglas ausgerichtet. Dann las er die Weinkarte erneut, schaute finster und schüttelte den Kopf, als wenn die Seiten seine Herkunft und seine ethnische Zugehörigkeit beleidigen würden. Als er damit fertig war, schaute er sich im Restaurant um. Dies war nicht die Art von Restaurant, in die ich oft ging und ich wusste nicht, was er suchte.

Ich war damit beschäftigt, Stück um Stück zu sterben, weil wir in einem neuen, sehr schicken Restaurant in Black Bay waren und ich trug ein Strickkleid. Wahrscheinlich hatte es nicht mehr als zehn Dollar gekostet. Es ging immer noch als einfaches, schwarzes Kleid durch, aber darum ging es nicht. Ich hatte nicht gewusst, dass wir in ein so schickes Lokal gehen würden, und ich war froh, dass ich vorher zumindest meine gelben, hohen Gummistiefel ausgezogen hatte.

„Wollen wir uns eine Flasche Rotwein teilen?", fragte Rob und sein Zeigefinger war auf die Weinkarte gedrückt. „Magst du ...magst du Rotwein?"

Das war ein Riesenfortschritt in unserer Unterhaltung. Seit ich ihm bei diesem Restaurant getroffen hatte, hatte er es nur geschafft, mich zu fragen, wie es mir ging, wie mein Tag war und jetzt, ob ich die Hälfte von irgendeinem Bordeaux trinken würde. Das und all die finsteren Blicke, das Glattstreichen der Tischdecke und seiner Krawatte und seine Blicke von der Seite.

„Ist alles in Ordnung, Rob?" Ich legte meine Hände an meine Hüften. Ich hatte ihn seit dem Mittag in der Bäckerei nicht mehr gesehen und er war in der letzten Woche auf Geschäftsreise gewesen und daher hatte er nur wenige Nachrichten geschickt. Als er gestern Abend nach Boston zurückgekehrt war, hatte er darauf bestanden, dass wir uns zum Abendessen treffen sollten. Ich hatte sofort zugesagt, weil ich ihn auch sehen wollte. „Du bist heute Abend nicht du selbst."

Er wollte antworten, öffnete den Mund und runzelte dann die Stirn, als wenn er etwas sehr Tiefgründiges sagen wollte. Dann schloss er den Mund und drückte beide Handflächen an seine Augen.

„Mir fällt es schwer zu akzeptieren, dass du mit dem Feuerwehrmann arbeitest", sagte er von hinter seinen Händen. „Im Augenblick macht es mir sehr zu schaffen."

Ich verdrehte die Augen und trank einen Schluck Wasser. Es wäre der perfekte Augenblick gewesen, den Wein zu servieren. An Wochenenden musste ich ertragen, wie Ben sich über Rob beschwerte und jetzt beschwerte sich Rob über Ben. In all meinen Fantasien, in denen ich das Objekt doppelter Zuneigung war, hatte ich nicht einmal die Zeit und Energie berücksichtigt, die ich einsetzen müsste, um diese Zuneigung zu managen.

Und dann war es noch nicht einmal wirklich doppelte Zuneigung. Ben war ein monumentaler Flirt und nicht mehr. Er redete viel und war sehr prahlerisch, aber wie bei seinen Renovierungskenntnissen glaubte ich, es steckte nicht viel dahinter. Er trauerte und seine periodischen Anzeichen von Besitzgier waren wahrscheinlich ein Teil davon. Er wollte sich an etwas festhalten. Es brach mir das Herz.

Bei Rob war es eine andere Geschichte. Ich war mir sicher, er mochte Herausforderungen und er interpretierte meine Weigerung, dass er seine Ex bei mir weg ficken könnte, als genau das. Er wollte mich, weil er mich nicht haben konnte – zumindest nicht so, wie er es wollte. Er mochte es, wenn ich ihn bei seinen Spielchen erwischte und ihn wegen seines Geschwätzes zurück wies und ich würde lügen, wenn ich behaupten würde, dass es mir nicht auch gefiel. Rob hatte etwas, was Klick bei mir machte. Andy beharrte darauf, dass es mein Bedürfnis sei, ihn zu heilen, aber wenn jemand von den beiden geheilt werden musste, dann war es Ben.

„Warum?", fragte ich. „Warum ist es ein Problem, meinem Nachbarn bei einem Projekt an seinem Haus zu helfen, wenn ich zum einen gut bei der Arbeit bin und es gerne mache und zum anderen geht es dabei nicht um dich?"

Rob faltete seufzend die Arme auf dem Tisch. Es war ein raues, gebrochenes Geräusch, das darauf schließen ließ, dass diese Unterhaltung – dieses spezifische Thema – ihm einigen Schmerz verursachte. „Du wirst mich dazu bringen, über meine Belastungen und meine Probleme zu sprechen." „Tust du das nicht sowieso?"

Männer. Sie hatten den Nerv darauf zu bestehen, dass Frauen das schönere Geschlecht waren. Ausgerechnet diejenigen, die durch den Nebel ihrer Hormone nichts sehen konnten. Die sehr emotionalen. Diejenigen, denen man das Parken und den Nahkampf nicht zutrauen und keine Kreditkarten- und Atombomben-Geheimzahlen anvertrauen konnte.

Verfluchte Männer.

Nicht, dass ich mich darum sorgen sollte, aber jetzt machte ich mir keine Gedanken mehr wegen meines Strickkleides.

Ich zeigte auf den Tisch im Restaurant. „Möchtest du heute Abend lieber etwas anderes machen? Ich brauche das hier alles nicht. Ich muss meinen Freundinnen nicht auf Instagram zeigen, dass ich in diesem schicken Restaurant war. Aber es ist mir wichtig, dass mein Abendessen-Date die Probleme, über die er normalerweise spricht, erträgt oder die Klappe hält. Also Rob" – ich schaute ihn an – „was soll es sein?"

Er neigte den Kopf. Es war nur eine ganz leichte Bewegung, aber sie verwandelte sein Gesicht von schmollend zu ernsthaft sexy. „Da du jetzt gefragt hast, gibt es etwas, was ich lieber tun würde", sagte er und sein Blick war auf meine Lippen fixiert. „Ich würde es hier an Ort und Stelle tun, wenn wir allein wären."

Okay. Ja. Das war ernsthaft sexy, aber es funktionierte nicht bei mir. Ich gehörte nicht zu den Frauen, die bei einem Neigen des Kopfes von total genervt zu total angeturnt wechseln konnten.

„Da wir das Restaurant nicht für uns haben und ich darauf warte, dass sich dieses Wasser in Wein verwandelt – übrigens ein Pinot Grigio – warum erklärst du mir nicht, warum du über etwas angesäuert bist, was überhaupt keiner Säure bedarf?"

Der Kellner wählte diesen Augenblick, an unseren Tisch zu kommen und uns etwas über jedes Gericht und seine Zutaten zu erzählen. Die Möhren waren gewaltfrei gewachsen, der Bacon kannte seine Großmutter und der Chefkoch war den ganzen Weg an die Küste von Malabar gereist, um die Pfeffer-körner von Hand zu pflücken. Es war eine große Sache. Währenddessen musterten Rob und ich uns in einer weiteren Runde von *Schau doch mal, wie viele Probleme wir haben und auf welche seltsamen Arten und Weisen sie sich manifestieren.* Da war Rob mit seiner Unfähigkeit, ohne riesige Opfer sein Inneres zu offenbaren und ich mit meiner Unfähigkeit Geheimnisse oder Schatten zu ertragen, weil ich für mich immer das Schlimmste erwartete.

Wir bestellten zwei Flaschen – rot und weiß – und ich hörte meine Mutter schon fast, wie sie fragte: „Was? Willst du das alles allein trinken? Du lässt den Gang mit dem Hund besser ausfallen. Außer, du willst dein Bild auf dem Titelblatt der Zeitung sehen, weil du entführt und getötet wurdest."

Ich unterdrückte ein hysterisches Kichern bei dem

Gedanken und winkte Robs neugierige Miene weg. „Es ist nichts", sagte ich. „Ignoriere mich."

Er schüttelte den Kopf. „Das kann ich nicht."

„In Ordnung." Ich zeigte auf ihn. „Wo waren wir stehen geblieben?"

„Du hast etwas wegen angesäuert gesagt. Ich bin nicht angesäuert?"

„Du bist äußerst angesäuert", antwortete ich und öffnete die Arme weit. „So sehr."

„Nein", antwortete er. „Nicht so sehr."

„Du bist saurer als eine Kiste Zitronen", antwortete ich, „und eine Kiste Limetten."

„Zusammen oder jedes für sich?"

Ich neigte mich vor und legte meine Hände flach auf den Tisch. „Beides."

„Sprechen wir von edlem Balsamico oder einfachem Essig?", fragte er.

„Ach, von einem ganz einfachem", antwortete ich. „Niemand lässt seine Handwerkskunst an dir spielen oder träufelt dich über Schokolade oder Karamell."

„Das ist enttäuschend", murmelte er.

„Wirklich", antwortete ich. „Du bist einfach eine Flasche Essig, mein Freund. Wenn ich an dir lecken würde, müsste ich den Geschmack mit einer ganzen Flasche Tequila hinunter spülen."

Er zeigte auf seinen Oberkörper. „Er gehört ganz dir."

Ich winkte ab und betrachtete die Tische um uns herum. „Ich lecke keine Männer, die ihren Scheiß nicht auf die Reihe kriegen", sagte ich. Ich sagte nicht: *Nicht mehr*. Ich dachte daran. Ich verkniff es mir jedoch. „Oder Männer, die glauben, dass sie mir vorschreiben können, wie und mit wem ich meine Zeit verbringe."

Der Kellner kam zurück mit unserem Wein und präsentierte jede Flasche mit großem Brimborium, entkorkte sie, schenkte einen Probierschluck ein und wartete auf unsere Genehmigung

– wer zum Teufel schickte Wein zurück? – und dann schenkte er uns ein. Er band süße, kleine Stoffservietten um die Flaschen und stellte sie in silberne Behälter. Es war viel Mühe nur für Wein. Ich verstand, dass es verschiedene Qualitätsstufen gab, aber mir reichten die Schraubverschlüsse und einfache Becher.

Rob erhob sein Glas und wartete, dass ich es auch tat. Als ich es tat, sagte er: „Meine Ex hat mich betrogen, während ich auf Geschäftsreise war. Nicht nur einmal. Sie hat mich zwei Jahre lang betrogen. Mit meinem besten Freund. Der Kerl, mit dem ich aufgewachsen bin. Ich wollte ihr einen Antrag machen und ich wollte ihn bitten, mein Trauzeuge zu sein."

Ich starrte ihn an und blinzelte einige Male. Dann schaute ich weg und wollte diese Information aufnehmen, ohne dass er mir dabei zusah. Das war echt Scheiße und ausgerechnet von den beiden Menschen, denen man am meisten vertraute.

Nach einer Pause, die so lang war, dass sie unangenehm war, fragte ich: „Und trinken wir darauf?"

Er schaute auf unsere Gläser, die wir immer noch hoch hielten und seine angespannte Miene verzog sich zu einem kurzen Lachen. „Nein. *Verflucht* nein", sagte er. „Es ist nur, ich hasse es, diesen Scheiß laut aus zu sprechen. Ich hasse es, dass es passiert ist. Ich hasse es, dass es mir passiert ist. Manchmal hasse ich es, dass ich es herausgefunden habe, weil es nicht zu wissen, mich nicht so fertig gemacht hat. Und dann hasse ich es, dass ich so kaputt bin deswegen und die Stadt nicht verlassen kann, ohne …"

Rob stellte sein Glas ab und schaute weg.

„Ohne zu denken, die Person, die du zurückgelassen hast, wird dich wieder betrügen", sagte ich. *Verflucht*. Ich hatte nicht gewusst, dass ich mit dem Spruch direkt in die Schlangengrube gestürzt war, aber jetzt war ich mit Robs Königskobras konfrontiert. „Auch wenn es unvernünftig ist, kannst du nicht anders." Er nickte und starrte immer noch quer durch das Restaurant, ohne etwas zu sehen. „Wenn es dir irgendwie hilft, ich bin auch kaputt."

„Du bist nicht kaputt", antwortete er und sein Mund war zu einem Halblächeln verzogen. Es war traurig und süß und ich sehnte mich nach ihm. „Du bist perfekt."

Mein Bauch zog sich zusammen. Von den Umständen mal abgesehen, aber ich konnte einem halb gelächelten „Du bist perfekt" nicht widerstehen. Nö. Ich war auch nicht zu stolz, es zuzugeben.

„Dessen bin ich mir nicht so sicher", sagte ich. „Ich kann meinen Hund bei keinem Mann lassen, mit dem ich ausgehe. Noch nicht einmal fünf Minuten lang. Ich rufe ihn, damit er mir folgt, wenn ich den Raum verlasse, weil ich nicht mit der Möglichkeit umgehen kann, dass mein Hund verletzt wird. Das geht jetzt schon seit drei Jahren so. Ja, drei Jahre diesen Sommer und ich kann meinen Hund nicht bei einem Kerl lassen, ohne in Panik zu geraten."

Robs Blick schweifte über mich, als wenn er mit seinen Blicken meine empfindlichen Stellen finden könnte. „Hat jemand deinem *Hund* etwas angetan?"

Ich legte meine Finger um den Stil meines Weinglases und drehte das Glas auf der Tischdecke. „Mein Ex hat meinen Hund gestohlen. Er hat noch mehr gestohlen, aber mein Hund war das Wichtigste davon. Einige meiner Freunde mussten bei ihm einbrechen, um Gronk zurückzuholen."

„Ich finde es schön, dass du ihn Gronk getauft hast. So ein großer Name für einen kleinen Hund", sagte Rob und sein Mund war immer noch zu einem Halblächeln verzogen. „Hat er den Gronkowski-Mut?"

„Oh ja", antwortete ich und grinste bei dem Gedanken an den früheren New England Patriots Football-Star. „Äußerst angriffslustig. Außer, dass er nicht weiß, dass er ein kleiner Hund ist. Er glaubt, er ist ebenso groß und stark wie sein Namensvetter."

„Das ist faszinierend", murmelte Rob. „Aber ich hasse deinen Ex. Ich würde ihn am liebsten umbringen."

„Ich hasse deine Ex und auch meinen Exfreund. Ich bin kein

gewalttätiger Typ, aber ich hoffe, Schwalbenwurz überwuchert ihre Gärten. Das ist eines der schlimmsten Unkräuter in der Gegend. Es ist unmöglich, es wieder los zu werden."

Wir musterten einander und der Augenblick zog sich immer länger und angespannter, während wir die Struktur und Form der Kriegsverletzungen des anderen einschätzten. Davon waren einige noch so roh wie an dem Tag, als wir sie erlitten hatten. Und doch waren wir hier und stellten uns für eine weitere Schlacht auf, als wenn wir ausreichend gewappnet wären, dass wir dieses Mal sicher und unbeschadet bleiben würden.

„Ich fühle mich wie ein Arschloch, das zu sagen aber es geht nicht um dich, sondern um mich", sagte Rob. „Ich will damit nicht sagen, du würdest so handeln wie sie oder ich würde dir nicht vertrauen. Hier geht es nur um meine Probleme und ich kann es nicht ändern."

Ich konnte jene Worte endlich hören, ohne den Drang zu verspüren, Ausreden zu erfinden oder mich zu entschuldigen. Das hatte ich schon einmal gemacht. Es ging nicht um mich. Ich war es nicht, aber lass' mich all die Gründe aufführen, wie ich hätte besser sein können.

Dieses Mal entschuldigte ich mich nicht, weil ich schon fast wieder soweit in Ordnung war, wie ein kaputtes Mädchen sein konnte. Teile von mir waren weg und in früheren Beziehungen verloren gegangen. Die Lücken und Löcher, wo meine Naivität einst gewohnt hatte, waren mit starkem, ledrigem Narbengewebe gefüllt.

„Ich weiß", sagte ich. „Und ich weiß, du willst das nicht hören, aber bist du sicher, dass du bereit bist, mit einer bedeutungslosen Affäre über sie hinwegzukommen?"

„Zu jenem Zeitpunkt schien das ein guter Plan zu sein", sagte er und runzelte die Stirn. Ein Augenblick verging, bevor sich ein warmes Glühen über ihm ausbreitete, als wenn er aus der Dunkelheit getreten wäre. „Aber das hier ist nicht bedeutungslos, Magnolia. In keiner Weise bedeutungslos. Nicht mehr, seit du ein Bild von meinem Schwanz wolltest, Liebling."

Mein Bauch zog sich wieder zusammen. Dieser Kerl. Er hörte nicht auf. Selbst, wenn er es sollte, weil ... er sich zwanzigtausend Meilen unter dem Meer mit seinen Vertrauensproblemen befand.

„Dann solltest du vielleicht einen neuen Plan machen", sagte ich schulterzuckend.

„Darauf sollten wir trinken", sagte Rob lachend. Er hob sein Glas. „Auf neue Pläne. Von der bedeutungsvollen Art."

Ich griff nach meinem Glas und hielt inne, bevor ich es hob. „Impliziert dieser bedeutungsvolle Plan, dass du die Erinnerungen an deine Ex nicht mehr weg ficken willst?"

„Das möchte ich immer noch tun", gab er zu.

Ich legte meine Finger fest um den schmalen Stil des Weinglases. „Sind die Bedingungen die gleichen?"

„Das weiß ich noch nicht." Er streckte die Hand über den Tisch und stieß mit mir an. „Ich kann keine Versprechen geben."

„Ich will keine Versprechen."

„Was willst du dann?", fragte er.

Ich hob das Glas an meine Lippen und lächelte, während ich trank. „Das weiß ich noch nicht."

KAPITEL 15

Mein Date verschlang Donuts, als wäre er kurz vor dem Winterschlaf.

„Du isst diese Dinger", begann ich und zeigte auf das *Blackbirds* Donuts Paket zwischen uns, „und du nimmst kein Pfund zu, oder?"

Andy leckte sich Johannisbeermarmelade vom Daumen, die von ihrem dritten Donut an diesem Morgen stammte. Sie warf mir einen verlegenen Blick zu, bevor sie sich wieder ihrem Gebäck zuwandte.

„Ich würde dich hassen, aber das scheint mir aussichtslos zu sein", murmelte ich.

„Völlig aussichtslos", antwortete sie. „Bei wem würdest du dich darüber beschweren, dass Männer hinter dir her sind, wenn du mich nicht hättest?"

„Ich habe nie behauptet, dich los werden zu wollen", antwortete ich und schaute in die Schachtel. „Ich bin nicht in der Lage dich zu hassen, solange du meine Freundin bist."

Ich hatte schon einen mit Vanille gefüllten und mit *Blackbirds* Spezial Vanille überzogenen Donut gegessen und dachte jetzt über einen mit *Boston Bismarck Crème* nach. Ich liebte *Boston Crème* und ich hätte keinen genommen, wenn diese Bäckerei nicht so unglaubliche Vanille Donuts machen würde. Ich hätte gern zwei genommen, aber ich wollte heute Nachmittag fit sein und nicht in ein Kohlehydrate-Zucker-Koma fallen.

Andy nickte und sagte: „Frauen sind kompliziert."

„Nur die menschlichen", antwortete ich. „Du, meine Freundin, bist nicht menschlich. Du bist irgendeine Art von Fee oder Kobold. *Tinker Bell*, aber in Gothic."

Sie legte ihren Donut ab, wischte sich die Hände an einer Papierserviette ab und hob den Zeigefinger. „Ich bin gleich zurück."

Ich nahm an, dass sie ein weiteres Dutzend holen wollte. Stattdessen ging sie zu der Theke mit Besteck, Strohhalmen und Kaffeezubehör. Sie nahm ein paar Sachen und betrachtete die Theke bedeutungsvoll. Sie dachte über ein weiteres Dutzend nach. Ich wusste es. Als sie zum Tisch zurückkam, nahm sie ein Plastikmesser und schnitt den Bismarck in der Mitte durch.

„Iss' das und erklär' mir das Problem mit deinen Jungs noch einmal", befahl sie und winkte mit dem Messer in meine Richtung.

„Ich glaube, es ist kein Problem an sich", sagte ich und nahm meine Hälfte des *Boston Crème* Donuts. Verdammt, ich liebte *Boston Crème*. Kuchen, Donut, Duftkerze, egal was es war, ich wollte es. Es gab nichts Besseres auf der Welt als Schokolade, Kuchen und Pudding in einem Bissen. „Es ist nur, dass da diese beiden Männer sind und sie sind beide … Ich weiß nicht. Sie sind im Augenblick beide *da*."

„Willst du, dass sie beide da sind?" Sie wischte sich die Finger ab und griff nach ihrem Eistee. „Auf der Grundlage dessen, was du in letzter Zeit erzählt hast, scheint es mir, als würdest du sie beide amüsant finden. „Stimmt's?"

„Amüsant könnte man es auch nennen", sagte ich lachend. „Zuerst einmal ist da Rob und ich bin wirklich gern mit ihm zusammen. Ich bin mir nicht sicher, was es ist, aber er ist – er ist lustig und schlau und angenehm und ich mag all diese Dinge. Ich mag sie so sehr. Als wir zuerst angefangen haben zu chatten, war es, als wenn wir uns schon seit ewigen Zeiten kennen würden. Ich muss ihm nie meinen Humor erklären und es gab keine unangenehmen *oh Scheiße-was-habe-ich-denn-da-gesagt-*Augenblicke. Er hat noch ein paar Probleme von seiner Ex Freundin und sie sind ziemlich signifikant, aber – aber er sieht mich an, als wenn er alles hören wollte, was ich zu sagen habe."

Andy nickte und stellte ihre Teetasse ab. „Es hört sich an, als würdest du den Kerl wirklich mögen."

„Das tue ich. Er muss einigen Scheiß aufarbeiten, aber das muss ich auch. Wenn du über dreißig und ledig bist, hat jeder Leichen von Ex Freunden und Ex Freundinnen aus der Vergangenheit im Keller."

„Da hast du nicht ganz Unrecht", sagte Andy und ihr Blick fiel auf die restlichen sieben Donuts in der Schachtel. „Und was ist dann mit Ben? Warum ist er noch im Bild, wenn Rob ein Modell an kaputter Perfektion ist?"

„Er ist im Bild, weil ihm das Haus gegenüber von mir gehört", antwortete ich.

„Ist er der Renovierer?"

„Ja, er und das Haus, was er gekauft hat", antwortete ich. „Andy, du wärst gestorben, wenn du gesehen hättest, wie er das Haus renovieren wollte. Er hatte beim Abriss sowohl den Strom als auch das Wasser nicht abgestellt und er hatte keine Genehmigungen von Bedeutung. Er wollte Fliesen ganz ohne Mörtelplatte auf den Unterboden legen."

„Mein Gott", flüsterte sie und hob ihre Hand an ihren Mund.

„Ich weiß."

„Ja, das ist tragisch", antwortete Andy. „Aber dieser Ben, der schlechte Handwerker, schaut er dich an, als wollte er alles hören, was du zu sagen hast?"

Ich wollte antworten, zögerte aber dann. Ich wusste nicht wirklich, wie Ben mich anschaute. „Ich glaube nicht. Ich bin mir nicht sicher."

Andy verschränkte ihre Arme. „Was soll das heißen, du weißt es nicht?"

„Ich meine, ich bin mir bei ihm nicht ganz sicher", antwortete ich und betonte jedes Wort. „Jedes Mal, wenn ich ihn sehe, muss ich ihn wegen irgendetwas anbrüllen. Zuerst war es die Fliesensäge um 2:00 Uhr morgens und dann, als er mein Mittagessen Date mit Rob gestört hat und dann, weil er alles, was er in seinem Haus angerührt hat, falsch gemacht hat."

Sie zeigte auf die letzten Donuts. „Das hört sich nach viel Arbeit an. Das hört sich wie alle Kerle an, mit denen du schon früher ausgegangen bist. Einen im Besonderen."

Ich streckte die Hand in die Schachtel. Zucker und ich – wir würden heute untergehen. „Ich verstehe, wie du auf den Vergleich kommst, aber Ben ist einfach nur ein schlechter Renovierer und ich habe keine Geduld für solchen Scheiß. Er ist kein großes Baby, das am liebsten auf seiner Couch wohnt, Hunde klaut, keine Motivation hat und egoistisch ist."

„Ich bin froh, dass wir es nicht mit einem weiteren erwachsenen Baby zu tun haben", antwortete Andy. „Er hört sich jedoch trotzdem nach viel Arbeit an."

„Da hast du Recht", gab ich nach. „Und ich bin mir nicht hundertprozentig sicher, ob er nicht da ist und anzügliche Kommentare macht, weil er das Spielchen einfach gern spielt."

„Oh nein", jammerte Andy. „Keinen der Spielchen spielt. Wir sind keine zweiundzwanzig mehr."

„Glaub' mir, ich weiß. Das ist einer der Gründe, warum ich mir bei Ben nicht sicher bin", gab ich zu. „Ich bin mir nicht sicher, was er wirklich will. Ich bin mir nicht sicher, was passieren würde, wenn ich nicht mehr zu ihm gehen würde, verstehst du?"

„Nein. Erklär' es mir", sagte Andy und schnitt weitere Donuts durch.

„Ich traf ihn das erste Mal, als ich mitten in der Nacht über die Straße ging, wobei ein Großteil meiner Titten heraus hing, um mich wegen seiner Fliesensäge zu beschweren. Dann bin ich noch einmal hingegangen und habe seine Baustelle buchstäblich in Ordnung gebracht und mir seine Probleme angehört.

Abgesehen davon, dass ich ihn getroffen habe, als ich mit Rob in der Bäckerei war, habe ich nichts anderes gemacht."

„Schreibt er dir?", fragte sie.

„Nicht wirklich", antwortete ich. „Ich nehme an, es hat etwas mit seinem Beruf als Feuerwehrmann zu tun, aber ich habe bislang nur" – ich hob meinen Finger, während ich in meinem Handy scrollte – „drei Nachrichten von ihm erhalten. In einer hat er mir mitgeteilt, dass er auf dem Weg zum Haus ist an dem Wochenende, als wir uns dort getroffen haben und dann noch eine, in der er mir gedankt hat, dass ich ihm mit dem Haus helfe und eine, in der er mich gebeten hat, ihm zu zeigen, wie man eine Trockenwand baut."

„Ein Trockenwand-Date", sagte Andy nüchtern. „Entzückend."

„Aber wenn ich mit ihm zusammen bin, scheint er ... Ich weiß nicht. Er ist immer ein Arschloch, aber er ist kein Mistkerl, wenn das einen Sinn ergibt."

„Es ergibt einen Sinn. Ich kenne sogar einige Arschlöcher, die keine Mistkerle sind." Sie griff nach ihrem Tee und zeigte mit der Tasse auf mich. „Du musst irgendetwas wegen dieser Männer unternehmen."

„Dessen bin ich mir bewusst", sagte ich.

„Schlafe einfach mit allen beiden", schlug sie vor. „Separat oder zusammen. Wie auch immer."

Ich wäre fast an meinem Eiskaffee erstickt. „Sie haben sich einmal im gleichen Raum befunden und wollten einander in Stücke reißen. Es hatte nichts mit mir zu tun, sondern mit dem Überschreiten der zulässigen Testosteronmenge in einem kleinen Raum. Sie hätten sich bei jedem beliebigen Paar Eierstöcke genauso verhalten. Ihre Köpfe würden explodieren, wenn ich auch nur einen Dreier vorschlagen würde. Diese Jungs sind keine Schmusebären."

Andy tippte mit ihren Fingern einen Augenblick lang an ihre Lippen. „Es ist interessant, dass *du* dich nicht gegen meinen Vorschlag geäußert hast."

Herrje.

„Ich will keinen Dreier", flüsterte ich und schaute zu den Donut-Essern um uns herum. „Und glaube mir, Rob und Ben wollen das auch nicht."

„Dann musst du eine Testfahrt mit beiden Modellen machen", meinte Andy. „Stimmt's? Das ist die Richtung, die wir einschlagen müssen."

„Mädchen, wo ist dein Mann?", fragte ich und schaute mich in der Bäckerei um, als wenn Patrick Walsh sich in einer dunklen Ecke verstecken würde. Es stimmte jedoch, Patrick war dafür bekannt, ein Auge auf Andy zu haben, wenn sie einkaufen ging. Er war schon an seltsameren Orten aufgetaucht, insbesondere an Feiertagen.

„Warum? Möchtest du seine Meinung hören?", fragte Andy. „Ich habe so eine Ahnung, welche Seite er wählen würde."

Das fehlte mir gerade noch. Dass Patrick sich mit meinem Sekt oder Selters Dating-Leben beschäftigte.

„Ich brauche nichts dergleichen", sagte ich und beschäftigte mich mit meiner Serviette. „Ich bin mir nicht sicher, ob ich überhaupt eine Testfahrt machen will."

„Ach, lüg' mich nicht an. Versuch's noch nicht einmal."

Ich begegnete ihrem Blick, schaute aber schnell weg. Natürlich hatte ich darüber nachgedacht. Über beide. Wie ich es in Einklang bringen könnte, mit zwei Männern gleichzeitig zusammen zu sein und Sex mit zwei Männern zu haben, wenn auch nicht gleichzeitig, aber nah genug dran. Wie ich meine Gefühle lange genug entwirrte, um einen plausiblen Plan zu erstellen, weil ich mir nicht vorstellen konnte, dass mein Kopf und mein Herz ein solches Experiment ohne gemeinsame Bemühungen schaffen würden.

„Ich lüge nicht", sagte ich ruhig. „Ich bin mir nicht sicher, ob ich es kann. Mit beiden." Einen Augenblick später fügte ich hinzu: „Separat."

Andy hob eine Schulter. „Du musst es nicht tun. Du musst nur das tun, was du willst."

Von hinter mir hörte ich: „Komisch, dich hier zu treffen."

Ich drehte mich auf meinem Platz und erwartete Patrick zu sehen. Wie ich bereits sagte, er tauchte gern überraschend auf. Es war jedoch nicht Patrick.

Oh. Oh Scheiße.

Es war Rob.

KAPITEL 16

Viel zu sehr. Andy– das Mädchen, das bei normalen Unterhaltungen nicht viel lächelte – kämpfte gegen ein Grinsen, das so breit wie der Mississippi war und versuchte sich hinter einem weiteren Donut zu verstecken.

„Oh. Hi", sagte ich. Er legte seine Hand auf die Rückenlehne meines Stuhls und lächelte mich herzlich an, bevor er zu Andy schaute. „Ach Rob, das ist meine Freundin Andy. Andy, das ist Rob."

Sie antworteten gleichzeitig: „Ich habe viel von Ihnen gehört."

„Oh Gott", flüsterte ich.

„Setzen Sie sich doch einen Augenblick", forderte Andy Rob auf. „Ich esse Donuts vielleicht ein oder zwei Mal im Jahr und daher werde ich diese wahrscheinlich nicht mit Ihnen teilen. Aber ich hoffe, das hindert Sie nicht daran, sich zu uns zu setzen."

Rob schaute in die Schachtel und dann wieder zu Andy. „Ein oder zwei Mal im Jahr? Ich habe gehört, dass Sie ein wenig streng sind, aber diese Art von Entspannung ist irrsinnig."

„Streng?", wiederholte Andy und schaute mich mit erhobener Augenbraue an. „Du hast gesagt, dass ich streng bin?"

„Streng ist gut", antwortete ich. „Es ist toll. Wir wollen alle streng sein."

Andy musterte Rob einen Augenblick lang. „Es ist nicht irrsinnig", antwortete sie. „Ich mag keine Süßigkeiten. Hin und wieder esse ich Donuts oder ein Eis oder Schokolade für mein Hirn. Wenn ich das tue, hören die Gelüste sofort auf."

Rob schaute auf die halbleere Schachtel und sagte: „Offensichtlich."

„Was führt Sie heute hier her?", fragte sie.

„Rob hat einen süßen Zahn", antwortete ich. „Als wir uns das erste Mal zum Mittagessen getroffen haben, hat er sich zwei Dutzend Cookies bestellt."

„Es waren keine zwei Dutzend", stritt er. „Achtzehn. Vielleicht neunzehn. Höchstens zwanzig. Aber auf gar keinen Fall zwei Dutzend."

„Das ist immer noch mehr als der durchschnittliche Cookie-Verbrauch erwachsener Menschen", sagte Andy. „Da befinden Sie sich im Reich der Elfen."

„Wie bitte? Was?", fragte er und schaute von mir zu Andy.

„Sie spricht von Hexen und Zauberern und Hobbits", sagte ich. „Mach dir deswegen keine Gedanken."

„Was, wenn ich mir deswegen Gedanken machen möchte?", fragte Rob und stupste meinen Arm mit seinem Ellbogen an.

Ich reagierte, in dem ich mich zu ihm neigte und meinen ganzen Arm gegen seinen drückte. Verdammt, seine Augen waren faszinierend. Das Verhältnis von Bernstein zu Smaragd schien sich je nach Tageszeit, Licht oder Mondphase zu ändern. Und er roch unglaublich. Ich konnte es an nichts genau festmachen, aber ich wusste, er roch frisch. Dass man dies bei dem himmlischen Duft von frischen Donuts und Kaffee roch, war bemerkenswert, aber dass es so subtil und natürlich passierte, war außerordentlich.

„Nur zu", sagte Andy. „Ignoriert mich."

Ich war immer noch auf Rob konzentriert und antwortete: „Keine Sorge. Das werden wir."

Das T-Shirt, das er trug, war ein Beweis, dass die Engel und die Heiligen mich liebten. Tatsächlich wollten sie, dass ich meine Beine in einer Bäckerei zusammendrückte, weil seine nackten Unterarme mir einen kleinen Orgasmus gaben. Ein Hauch von einem Orgasmus, der gerade ausreichend war, dass ich meinen Mund öffnete und mein ganzer Körper heiß wurde.

Er griff nach meinem Eiskaffee und bei der Bewegung strich sein Arm über die Seite meiner Brust. Ohne um Erlaubnis zu fragen, legte er seine Lippen um meinen Strohhalm und trank. Die Art und Weise, wie er mich anschaute, als sein Hals sich bewegte, war intim und schon fast überwältigend.

Winziger Orgasmus Nummer zwei, vielen Dank.

Er stellte die Tasse ab und murmelte: „Danke." Mit der Rückseite seiner Hand strich er über meinen Arm und das reichte. Das reichte, damit mich ein drittes Pulsieren durchfuhr.

„Gern geschehen," antwortete ich. „Obwohl ich mich nicht erinnere, es dir angeboten zu haben."

Sein Mund verzog sich zu einem Lächeln. „Das hast du nicht."

„Du solltest fragen." Dann fügte ich hinzu, „nett."

„Ich frage, wenn es wichtig ist." Er betrachtete mich immer noch und zog eine Schulter hoch. „Ansonsten nehme ich mir, was ich will."

„Das ist gut", antwortete ich.

„Das ist eigentlich Schwachsinn", berichtigte ich mich. „Vielleicht." Er strich mit den Fingerspitzen über mein Handgelenk, meinen Puls und meine Handfläche. Dann legte er seine Finger um meine. „Was willst du deswegen unternehmen?"

Darauf hatte ich eine Antwort und noch dazu eine richtig gute. Aber meine Welt geriet ins Wanken und meine Gedanken verflogen, als ich Bens unverwechselbare, raue Stimme von der anderen Seite der Bäckerei hörte. Ich war mir sicher, er war es. Seine Stimme war sehr rau. Ich musste ihn nicht sehen, um zu wissen, dass er es war. Ich fühlte es, als wenn ein Eimer voll Schweiß über meinen Rücken laufen würde.

Herrje, es hörte sich lächerlich an. Wirklich lächerlich. Und ich hatte keine Zeit für Eimer voller Schweiß, wenn Rob geduldig darauf wartete, dass ich ihm auf die Finger schlug.

„Ich möchte dich wissen lassen, ich ähm", stotterte ich. „Möchtest du nicht wissen, was ich tun würde."

„Mmhmm." Rob grinste mich an und Andy grinste mich ebenfalls an. „Doch."

Ich wollte meinen Blick nicht von Rob abwenden und ich wollte diese Blase nicht platzen lassen. Ich musste jedoch wissen, ob der Schweißausbruch von Ben kam oder – ich von seiner Stimme geträumt hatte, während Rob mein Handgelenk streichelte.

Ich flehte darum, dass es Ersteres war, denn warum sollte mein Unterbewusstsein die Sache noch komplizierter machen? War meine ganze Existenz nicht eine einzige Komplikation? Warum konnte es nicht einmal einfach sein in meinem verfluchten Leben? Einen netten Mann kennenlernen, zu normalen Verabredungen gehen, befriedigenden Sex haben, heiraten und bis in alle Ewigkeit glücklich leben. Ich hatte heute nichts davon anvisiert, aber ich genoss die Flirterei und die winzigen Orgasmen.

Was war daran falsch? Nichts. Und warum musste alles so schwierig sein? *Nein.* Es war nur schwierig zu entscheiden, ob ich mir die Stimmen von Männern vorstellte, ohne dass es jemand merkte.

Ich wusste, ich bewegte mich nicht in Zeitlupe, aber so empfand ich diesen Augenblick. Es war, als wäre jede Sekunde voller Herzschläge und jeder Atemzug beinhaltete eine Wahl, während ich mich in die Richtung wandte, von wo ich seine Stimme gehört hatte.

Rob und Andy schwanden an meinen Bildrand und ich sagte mir, dass ich nicht im Begriff war eine Wahl zu treffen. Ich wählte hier nichts—und niemanden. Ich wollte nur wissen, woher die Stimme kam. Wenn ich Recht hatte und es war Ben, bedeutete das nichts. Es bedeutete etwas, aber es bedeutete nicht, dass mein innerer Kompass in seine Richtung neigte. Ich war in keiner Position, eine Wahl zu treffen.

Sexuelle Anspielungen und Längen- und Umfangvergleiche waren keine Angebote. Das waren Spielchen, die Jungen mit einer zu großen Meinung von sich selbst und die nur leere Versprechen anbieten konnten, spielten. Sie boten kein Glücklich-bis-in-alle-Ewigkeit. Es war nicht klar, was Ben anbot—wenn überhaupt—aber Rob stand nur für eine kurze Ablenkung zur Verfügung. Nichts weiter als winzige Orgasmen in Donut-Läden. Und vielleicht war das die Wahrheit hinter meinem Tagtraum. Rob erfüllte nicht die richtigen Kriterien. Es gab keine Zukunft für uns jenseits von Sex ohne Verpflichtungen.

Auch wenn Rob mich zufällig in diesem Donut-Laden getroffen hatte, ich musste weiter suchen und weiter jagen.

Ich drehte mich ganz *langsam, langsam, langsam* auf meinem Stuhl. Ich tat dies jedoch nur in Gedanken und sah Ben auf der anderen Seite des Ladens. Da stand er wie eine verdammte Manifestierung meiner biologischen Uhr mit vom Schlaf zerzaustem Haar und müden Augen. Wenn ich nicht gewusst hätte, dass die dünne Linie auf seiner Wange eine Narbe war, hätte ich angenommen, es wäre eine Falte seines Kopfkissens. Ich hätte sie mit meinem Zeigefinger nachgezogen, während ich mich an seine schläfrige Wärme gekuschelt hätte.

Biologische Uhren — von wegen.

Ben schaute mich jedoch nicht an. Er hörte kein lautes Ticken von irgendwelchen Uhren.

Seine dunkle, olivfarbene Haut glühte wie in einem Werbespot des Sonnenschutzherstellers *Coppertone* und sein Bizeps prüfte die Weite seines T-Shirts und seine Hand lag tief auf dem Rücken einer schönen Blondine. Ihre Finger waren um seinen dicken Unterarm gelegt und ihre langen Wimpern – das mussten Verlängerungen sein – flatterten, als sie ihn anlächelte. Seine Lippen strichen über ihre Wange und er flüsterte ihr etwas zu, was sie zum Lachen brachte und sie nickte.

Und ich stand da und starrte sie an. Ich verdrehte meine Augen bei all dem Manifestierungs-Scheiß, den ich eben noch gedacht hatte, aber das hielt mich nicht davon ab zu starren. Ben erfüllte die Kriterien auch nicht.

Als wenn er das Gewicht meines Blickes auf seinen Schultern spüren würde, bewegte sich Ben in meine Richtung. Er blinzelte zwei Mal und schüttelte den Kopf. Ohne den Blick von mir abzuwenden, sprach er mit seiner Begleitung. Er hob einen Finger, als wenn er mich sprechen wollte, aber dann formten seine Lippen ein deutliches *Nein*. Es gab noch weitere Worte, aber ich konnte sie nicht verstehen und dann—dann bewegte er sich auf mich zu.

Andy schüttelte ihren Becher und das Geräusch der Eiswürfel lenkte meine Aufmerksamkeit von Ben ab. „Ich brauche mehr Tee", verkündete sie. „Tut mir einen Gefallen und sprüht eure Pheromone nicht auf meine Donuts."

„Wage es nicht, jetzt zu gehen", zischte ich. Im Geiste berechnete ich die Sekunden, die Ben bis zu unserem Tisch brauchen würde und dieser Vormittag änderte sich von zufällig zu wahnsinnig. „Setz dich auf deinen dünnen Hintern und iss' noch einen Donut."

„Hast du meine Einladung wieder im Posteingang verloren?", fragte Ben und zog einen Stuhl an den Tisch. Er begrüßte Rob mit einem scharfen Blick und sah unbeeindruckt aus, dass wir Händchen hielten und dann wandte er seine Aufmerksamkeit zu Andy. Er streckte die Hand aus. „Hi. Ben Brock. Schön, Sie kennenzulernen."

„Hm." Andy spielte wie immer die Eiskönigin und nahm sich die Zeit, ihre Finger erst einmal an einer Papierserviette abzuwischen und musterte dann den Feuerwehrmann, bevor sie seine Hand ergriff. „Andy Asani. Es ist unverschämt von Ihnen, sich unaufgefordert einfach hin zu setzen."

Bens Gesicht verzog sich zu einem beschämten *Oh, tut mir leid, Madam*-Lächeln. „In meinem Beruf freuen sich die meisten Menschen, wenn ich einfach herein marschiere."

„Hm." Sie musterte ihn erneut mit geschürzten Lippen. „In meinem Beruf freuen sich die meisten Menschen, wenn ich Wände einreiße, aber zu gesellschaftlichen Anlässen mache ich nichts kaputt."

„Ich glaube, die Dame möchte Ihnen sagen", – Rob zeigte auf Andy – „dass ein paar Manieren Sie nicht umbringen würden, Brock."

Ben ignorierte Rob und wandte sich zu Andy. „Meine Schuld, meine Schuld. Ich habe nur gerade meine Nachbarin gesehen" – er warf mir ein Lächeln zu, dass die ganze Stadt verbrannt hätte – „und ich musste kommen. Ich nehme an, Sie kennen das Gefühl, Russo."

Rob knurrte ... Und ja, das war das Passwort, was meine Brustwarzen aktivierte. Ich befreite meine Hand, verschränkte meine Arme am Tischrand und wollte die Situation entspannen, aber Ben reagierte auf die Geste mit einem Grinsen.

Gab es irgendetwas, was der Kerl nicht bemerkte? Nein. Wahrscheinlich nicht. Wenn ich hätte wetten müssen, hätte ich gesagt, dass er unter all dem welligen, dunklen Haar ein weiteres Auge hatte und das war sein fataler Makel. Das Auge und sein Mangel an grundlegenden Handwerkerkenntnissen.

„Bist du nicht in Begleitung?", fragte ich und streckte meinen Hals, um die Blondine zu finden, die in der Schlange wartete. Sie betrachtete das Brett mit dem Menü, wobei sie ihre Finger an ihre Lippen gedrückt hielt.

„Sara? Sie soll meine Begleitung sein?", fragte er und seine Augenbrauen zuckten, als wenn ich gefragt hätte, ob er mit einer Schafherde gekommen sei. „Nein, nein, Mann, nein. Sie ist die Schwester von meinem Kumpel. Sie kommt aus Georgia und ist gerade erst in die Stadt gezogen. Ich habe sie vor ein paar Monaten bei seiner Hochzeit kennengelernt und ihr gesagt, sie soll mich anrufen, wenn sie sich eingelebt hätte. Ich habe ihr angeboten, ihr die Stadt zu zeigen. Völlig neutrales Territorium. Sie ist ein wenig zu" – er verzog das Gesicht, bevor er die passenden Worte fand – „überspannt. Richtig? Sie ist nett, aber sie erzählt seltsamen Scheiß. Du, liebe Nachbarin, du bist in jeder Beziehung richtig."

„Auch wenn es faszinierend ist", begann Rob, „es hört sich an, als wenn Sie wahrscheinlich besser zurück zu Sara gehen sollten. Ich glaube nicht, Ihr Kamerad würde es gut finden, wenn Sie seine Schwester hängen ließen."

Ben wandte sich zu Rob. Sie starrten einander einen unangenehm langen Zeitraum an. Es war wie die extrem langen Pausen, bevor jemand eine Reality-Show im Fernsehen verlassen muss. Diese Art von lang und unangenehm. Ich hätte den Tisch verlassen sollen, eine weitere Schachtel Donuts bestellen und die meisten in der Zeit essen sollen, in der sie einander anstarrten.

Das Starren wurde erst abgebrochen, als eine weitere Stimme über meiner Schulter erklang. „Da bist du."

Sofort drehten sich Rob und Ben, um den Mann, der neben mir stand, finster anzustarren. „Wer zum Teufel ist dieser Kerl?", fragte Ben.

„Wer zum Teufel sind Sie", antwortete er.

„Was zum Teufel läuft hier?", fügte Rob hinzu.

„Er gehört nicht zu mir", brüllte ich über das Testosteron hinweg.

Sofort witzelten Rob und Ben: „Was?"

Patrick zeigte auf Andy. „Meine." Dann zeigte er auf mich. „Nicht meine." Er bewegte sich an Ben vorbei, um sich zu Andy auf die Bank an der Wand zu setzen. „Ich suche dich schon seit einer halben Stunde. Meine Find-my-Phone-App funktioniert nicht so gut in dieser Gegend."

„Sag' das noch mal, ohne dass du dich wie ein Widerling anhörst", sagte Andy.

„Kann ich nicht", antwortete Patrick. „Werde ich auch nicht."

„Solltest du", sagte Andy.

„Frau", antwortete Patrick.

„Widerling", forderte Andy ihn heraus. Sie lachte, als er

beide Hände um ihr Gesicht legte und sie küsste. „Ehemänner können Widerlinge sein."

„Stimmt nicht", flüsterte er. „Ich habe es nachgelesen."

Ich unterdrückte ein Lachen und beschäftigte mich damit, die Schokoladenganache der letzten Hälfte mit der *Boston Crème* zu verdrücken.

Ben schaute mit offenen Händen zu Rob. „Lassen Sie uns das als kleinen Sieg verbuchen."

„Ja, einen Augenblick lang fühlte es sich an wie der Präsidentenwahlkampf", antwortete Rob.

„Ich weiß." Ben nickte zustimmend. „Mit Ihnen komme ich zurecht, aber wenn da jetzt noch ein Arschloch dazu kommt, ist das einfach zu viel für mich."

„Eine Sekunde lang habe ich überlegt, wie viele es verflucht noch mal gibt?", bemerkte Rob. „Es gibt einen Unterschied zwischen einem Fünf km Lauf und einem Ironman, wenn Sie verstehen, was ich meine?"

„Oh, ich verstehe schon", sagte Ben. Er streckte seine Faust über den Tisch und stieß gegen Robs Faust.

Dieses Mal lachte ich laut. Es war auch ein Prusten dabei und es war nicht süß. Ehrlich gesagt verstand ich nicht, warum diese Männer gegeneinander kämpften – und eine seltsame Kameradschaft schmiedeten – und alles wegen mir.

„Gigi, was ist hier los?", fragte Patrick und wedelte mit dem Zeigefinger zwischen diesem unwahrscheinlichen Männer-Duo in meinem Leben hin und her.

„Das ist Rob und das ist Ben." Ich zuckte mit den Schultern. „Sie sind, ich meine, sie sind hier. Mit mir. Sie sind einfach gekommen. Ich habe sie nicht eingeladen. Aber sie sind hier mit mir und es ist … es ist kompliziert."

„Können wir uns jetzt sofort entscheiden, es viel weniger kompliziert zu machen?", fragte Ben.

„Ja", stimmte Rob zu und drückte sein Knie gegen meinen Oberschenkel. Ich bin mir sicher, dass er mein Keuchen als Reaktion auf ihn interpretierte, aber es war sein Knie und dass

Ben gleichzeitig seine Hand auf meine Kniescheibe gelegt hatte. So war es immer. Rob, dann Ben und dann verlor ich die Fassung. „Gehen Sie und finden Sie Sara und verschwinden Sie von hier. Keine Komplikationen mehr", sagte Rob.

Ben warf ihm einen unbeeindruckten Blick zu. „Das hatte ich nicht so gemeint, Blödmann, und ich glaube, Sie wissen das."

Ich streckte meine Handflächen aus, als wenn ich sie beide in ihren Ecken zurück halten wollte. „Hört zu, hört zu. Ich kann mich nicht mit Euch beiden gleichzeitig befassen."

„Dem Herrn sei Dank dafür", murmelte Ben. „Ich möchte nicht in der Nähe seines Schwanzes sein."

Jetzt war es an mir, unbeeindruckte Blicke zu werfen. Es war mir einerlei, dass seine Finger die empfindliche Rückseite meines Knies quälten. Er hatte einen finsteren Blick verdient. „Das meinte ich definitiv nicht damit, aber danke, Ben. Das war besonders hilfreich."

„Ich glaube nicht, dass sie irgendwelche Beschwerden wegen meines Schwanzes haben wird", sagte Rob und hob sein Kinn. „Sie weiß bereits, was unter der Haube ist."

Ben wandte sich zu mir und hob die Augenbrauen. „Ich merke, dass ich aufholen muss." Sein Blick fiel auf meine Brust und blieb dort hängen. Die Vertrautheit in seinem Blick war unverkennbar. „Aber beantworte mir diese Frage: Bin ich der Einzige, der hinterher hinkt? Oder habe ich einen Vorsprung, wo es wirklich wichtig ist?"

Ich würde nie wieder mitten in der Nacht in einem lockeren Oberteil über die Straße marschieren oder einen Kerl um Bilder seines Schwanzes bitten.

Oder irgendetwas tun, was diesen Taten irgendwie ähnlich war.

Rob drückte sein Knie gegen meinen Oberschenkel. „Magnolia, von was zum Teufel spricht er gerade?"

„Andy, ich verstehe nicht, was hier los ist", sagte Patrick. „Um was geht's?"

Sie reichte ihm einen Schokoladen Donut und sagte: „Iss' den und schau' zu. Ich erkläre es dir später."

Ich legte meine Finger an meine Schläfen und rieb sie. „Ben. Rob. Es wäre gut, wenn ihr beide still wärt. Hört einfach auf zu reden und sagt nichts mehr. Das wäre perfekt."

Ben versuchte seinen Zeigefinger in den Tisch zu bohren. „Nein, so wird es nicht funktionieren."

Ich lachte erneut, aber dieses Mal war es steif und ein wenig gereizt. Ich schlug seine Hand von meinem Bein. Er legte sie sofort wieder zurück. Ich schlug sie wieder weg und dieses Mal verstand er die Botschaft. „Du wirst die Bedingungen meines gesellschaftlichen Lebens nicht diktieren", sagte ich zu ihm. „Das ist keine deiner Optionen. Versuch's noch einmal."

„Geh mit uns beiden aus", sagte Rob und lehnte sich auf seinem Stuhl zurück. Er verschränkte die Arme über seiner Brust. Bei der Bewegung glitten seine Knie höher an meinem Oberschenkel. „Wir können nicht dauernd untereinander kämpfen. Wenn du nicht gewillt bist, einen von uns heute weg zu schicken, schlage ich vor, du gehst eine Zeitlang mit uns beiden aus."

„Rob, nein", stritt ich. Wie könnte er damit fertig werden? Es machte ihn ja schon verrückt zu wissen, dass ich Ben bei seinem Haus behilflich war. Ich konnte mir nicht vorstellen, wie er reagieren würde, wenn er wusste, dass wir miteinander ausgingen. Ich wollte ihm das nicht antun, nachdem er entdeckt hatte, dass seine Ex die schlimmste Frau auf dem Planeten war. „Das ist nicht fair ..."

„Es ist fair. Ja. Keine Geheimnisse, keine Lügen, kein Versteckspiel. Ich bin noch nicht bereit, dich gehen zu lassen, Magnolia", antwortete Rob.

„Aber Rob ..." Meine Worte verstummten. Ich wusste nicht, was ich sagen sollte. Warum wollte er das freiwillig tun? Warum war er immer noch hier? Er wollte seine Ex vergessen, aber anstatt jemand zu finden, die ihm dabei helfen könnte, meldete er sich für diesen Unfug an. Ich verstand es nicht.

„Es wird nicht einfach sein", antwortete er.

„Nein", stimmte ich zu und das Wort kam dröhnend aus mir heraus. „Du hast verdammt Recht, es ist nicht einfach."

„Sie könnten einfach gehen und es leichter machen", sagte Ben leise.

Rob hielt seinen Blick auf mich gerichtet, während er auf Ben zeigte. „Ich werde diesen feindseligen Mistkerl in Stücke reißen, wenn wir nicht schnell ein paar Regeln festlegen."

„Ich will Sie beide in Stücke reißen und ich bin erst seit zehn Minuten hier", sagte Patrick.

„Pssst, Liebling. Wir schauen nur zu", flüsterte Andy.

Ich zeigte auf Ben. Ein Teil von mir überlegte immer noch, ob es alles nur Gerede ohne Taten und nur ein Spiel für ihn war. Dass ich ihm nicht zu Füßen lag – abgesehen von seinen Unterarmen – und dass das der Grund war, warum er mich wollte. Oder ob er diese Ablenkung von der Trauer genoss. Sein Schweigen zu diesem Zeitpunkt in der Diskussion ließ mich innehalten. „Was hältst du davon?"

Ben strich sich mit den Fingern durch sein Haar und atmete tief durch. „Ich kann damit leben", sagte er. „Mir wäre es zwar am liebsten, wenn du ihn jetzt wegschicken würdest –"

„Mir wäre es lieber, wenn Sie nach Sara suchen würden", unterbrach Rob. „Was zum Teufel ist bloß los mit Ihnen? Mit einer Frau frühstücken zu gehen und sie dann an der Tür zurück zu lassen? Das ist verdammt unhöflich."

Ich verstand Rob schon nicht, aber Ben stand auf einer ganz neuen Stufe von unverständlich. Er wollte eine Fluchtmöglichkeit, um den Verlust seiner Großmutter zu verdauen, glaubte aber, er würde sich schon bald an der Grenze seiner Flucht befinden.

„Sara geht es gut", antwortete Ben. „Machen Sie sich keine Sorgen um sie."

Plötzlich schauten wir alle zu Sara. Sie stand an der Theke mit dem Rücken zu uns und sprach mit dem Verkäufer und zeigte auf den Kuchen in der Theke.

Patrick räusperte sich. „Wollen wir sie hierher bitten?"

„Oh Gott", flüsterte ich zu mir selbst.

„Patrick, Liebling", begann Andy, „wir können mit vielen Dingen fertig werden, aber eine weitere Person würde unsere Fähigkeiten vielleicht übersteigen." Sie neigte ihren Kopf zu Ben. „Sind Sie sicher, dass Sie hier sein sollten, junger Mann?"

„Ja, Madam." Ben nickte. „Ich will nicht respektlos sein, aber ich glaube nicht, dass Sie mich mit achtunddreißig noch als einen *jungen Mann* bezeichnen können."

Patrick zeigte auf ihn. „Sie wird Sie einen widerlichen Schneemann nennen, wenn ihr danach ist."

Ben dachte darüber nach und nickte. „In Ordnung, Mann. In Ordnung. Schauen Sie. Ich bin vielleicht ein Arschloch, aber ich würde die Schwester meines Kameraden nicht im Stich lassen."

„Ich bin froh, dass wir die Tatsachen festgestellt haben", murmelte Rob.

„Müssen Sie immer so ein Arsch sein?", fragte Ben. „Ist das so eine Art Ehrenkodex oder so?"

„Wo Sie jetzt davon sprechen –" Rob sprach nicht weiter, als er bemerkte, dass ich mit großen Augen und offenem Mund über seine Schulter starrte. Er drehte sich um und schaute in die Richtung. Leise murmelte er: „Oh. Klasse."

Sara kam an unseren Tisch und hatte zwei große Schachteln mit Backwaren dabei. „Hi", zwitscherte sie und versuchte eine Hand frei zu bekommen, um uns zuzuwinken. „Es schien eine gute Idee zu sein, als ich hierherkam, aber jetzt ist mir klar, dass ich achtzig Prozent von Ihnen überhaupt nicht kenne und keine bedeutungsvolle Beziehung zu den restlichen zwanzig Prozent pflege. Ich gebe einfach den Donuts die Schuld." Sie schaute nach unten auf die Schachteln. „Ich habe von jedem einen gekauft, aber das erscheint mir jetzt übermäßig viel zu sein. Ich weiß nicht, was ich mit achtundzwanzig Donuts tun soll."

Die Männer begannen gleichzeitig zu sprechen, aber Andy brachte sie mit einem tödlich ruhigen *Stopp* zum Schweigen. Sie musterte Sara einen Augenblick und fragte dann: „Gehen Sie gern auf Bauernmärkte?“

„Theoretisch ja“, antwortete sie. „In der Praxis ist es so, dass ich eine seltsame Ansammlung von Dingen kaufe, von denen ich nicht weiß, wie ich sie zubereiten soll und dann bestelle ich etwas vom Lieferdienst.“ Sie zuckte mit den Schultern. „Seit sechs Wochen steht ein Spaghetti Kürbis auf meiner Küchentheke. Er verwirrt mich.“

Andy winkte ab. „Das können wir in Ordnung bringen. Geben Sie mir Ihre Nummer.“

Rob tippte mit der Faust gegen sein Kinn und sagte dann: „Ich bin ja kein Experte, aber ich glaube, es ist an der Zeit den Kürbis zu entsorgen, bevor er kompostiert.“

Patrick zeigte auf ihn. „Das ist ein guter Ratschlag.“

Sara antwortete mit einem kurzen Kopfschütteln. „Mir macht Kompostierung von Flora und Fauna nichts aus.“ Sie schaute zur Seite und summte ein wenig. „Oder bei Menschen.“

„Hochspannung“, sagte Ben, wobei er hustete.

„Ja, geben Sie mir Ihre Nummer“, beharrte Andy. Ihre Daumen flogen über den Touchscreen ihres Handys, während Sara die Zahlen herunter ratterte. „Da Sie ja jetzt hier sind, können Sie etwas für uns klären?“

„Hat es etwas mit menschlicher oder pflanzlicher Kompostierung zu tun?“, fragte sie.

Andy machte weiter und ließ sich von Saras blödsinniger Antwort nicht beirren. „Weder noch. Hat sich dieser Herr angemessen in Ihrer Gesellschaft verhalten?“

Sarahs Blick wanderte zwischen Andy und Ben hin und her. „Wie bitte?“

„Hat er Sie eingeladen und dann sitzen gelassen?“, fragte Patrick.

Stirnrunzelnd musterte Sara Ben einen Augenblick. „Oh nein. Nein. Er hat mich gefragt, ob ich seine Nachbarin kennenlernen wollte. Ich bin mir nicht sicher, wer von Ihnen das ist, aber ich muss mich mit all den neuen Dingen hier erst zurechtfinden. Ich glaube, deswegen habe ich all diese Donuts gekauft. Bewältigungsmechanismus." Sie ging neben Ben in die Hocke. „Hier. Nimm' die obere Schachtel. Ich nehme die andere mit zur Arbeit."

Ben nahm die Schachtel und sagte: „Ihr habt die Lady gehört."

„Ja, also", begann Sara und schaute sich am Tisch um, „ich sollte jetzt gehen."

„Entsorgen Sie den Spaghetti Kürbis", sagte Rob.

Während Sara sich vom Tisch Weg bewegte, rief Andy ihr zu: „Ich schicke Ihnen eine Nachricht wegen des Bauernmarktes."

„Was soll das mit dem Bauernmarkt?", fragte Ben.

Patrick öffnete die neue Schachtel. „Fragen Sie nicht."

„Fragen Sie doch", stritt Andy. „Hören Sie nicht auf ihn. Ich habe mir Gedanken über die besten Märkte in und um die Stadt gemacht."

Während Andy ihren Vortrag über die landwirtschaftlichen Produkte der Region und ihrer Vermarktung begann, zog ich mich etwas zurück. So war es einfacher. Und ich musste aus dieser Wirklichkeit heraustreten, um meine Gedanken zu hören. Wie könnte ich sonst damit einverstanden sein, sowohl mit Rob als auch mit Ben auszugehen?

Es erschien nicht wirklich zu sein und ich konnte nicht entscheiden, ob ich wollte, dass es Wirklichkeit wurde. Ob ich wollte, dass Rob seinen Vorschlag zurück nahm oder ihn herunter spielte. Das war weniger riskant als mir vorzustellen, wie ich als Frau eine Beziehung zu zwei Männern hätte.

Es waren jedoch nicht die Männer, die dies riskant machten. Es war die Illusion des Überflusses. Ich hatte den ganzen Winter damit verbracht, durch das Death Valley des Datings zu wandern und ich wusste, das war meine Realität. Das hier –Rob und Ben und all das – war ein Trugbild. Eine optische Illusion. Zwei atmosphärische Bedingungen, die meine größten Bedürfnisse und Wünsche aufeinander prallen ließen.

Ich wusste, dass dies eine Illusion war, aber das hielt mich nicht auf.

„Wenn wir das tun", begann ich und schaute Ben und Rob an, „werden wir höflich miteinander umgehen. Diese Feindseligkeit war eine heiße Sekunde lang süß und jetzt bin ich darüber hinweg."

„Ich kann höflich sein", antwortete Rob.

„Ich lasse mir *höflich* überall tätowieren, wo du es willst", fügte Ben hinzu.

„Wenn wir das tun", fuhr ich fort, „werden wir aufhören, uns so wie jetzt zufällig zu begegnen."

Rob verschränkte die Arme auf dem Tisch und lachte. „Ich wohne in einem neuen Gebäude um die Ecke", sagte er und zeigte zur Straße. „Und ich habe dir erzählt, ich mag diesen Laden."

„Die besten Donuts in Boston schon seit einer Million Jahre", sagte Ben. „Wohin sollte ich sonst mit einem neu zu gezogenen Mädchen in der Stadt gehen?"

Ich schwenkte meinen kalten Kaffeebecher in ihrer beider Richtung. „Wie auch immer. Es ist mir gleich, wie es passiert ist, aber wir werden sicherstellen, dass es nicht wieder passiert. Keine Gruppen-Dates mehr."

Andy hob ihre Hand. „Schließt mich das auch ein? Weil ich dieses soziale Experiment sehr gerne beobachten würde."

„Das gilt auch für mich", fügte Patrick hinzu.

Ich verdrehte die Augen und stellte die Frage beiseite für einen Zeitpunkt, wenn Ben und Rob mich nicht anstarrten. „Keine Spielchen. Kein Suchen nach Schlupflöchern. Seid ehrlich oder verschwindet." Ben begann zu sprechen, aber ich hielt ihn auf und fügte hinzu, „wenn es nicht höflich ist, sag' es nicht."

„Arschloch", murmelte er. „Ich werde mir vor dem Mittag noch meine verfluchte Zunge abbeißen."

Rob lächelte mich an und sagte: „Meine Zunge ist völlig in Ordnung."

Er erfüllte die Kriterien nicht. Er wollte keine emotionale Bindung oder Intimität. Aber verflucht, er wusste, wie er mich mit knappen Berührungen, Blicken und Worten erhitzen konnte. „Vielen Dank für die Aktualisierung."

Ben schloss die Augen und drückte seine Faust an den Mund. „Ein Zeitlimit", brachte er heraus. „Wir brauchen ein verfluchtes Zeitlimit bei diesem Experiment."

„Ja, bitte", fügte Rob hinzu.

Ich schaute mich in der Bäckerei um und hoffte eine Antwort irgendwo zwischen Teig, Hefe und Zucker zu finden. Ich fand keine, sondern nur eine leichte Erinnerung in Form einer Tafel, dass die Spezialität der Saison, der mit Erdbeeren und Rhabarber glasierte Donut, bald im Angebot sein würde und es erinnerte mich, dass es schon fast Sommer war. Die Erdbeersaison war fürchterlich kurz. Die meisten der Anbauer vor Ort schafften nur eine Ernte über zwei oder drei Wochen.

Ich könnte mehr als das schaffen. *Richtig? Ja.* Ich brauchte mehr als das und ... Ich durfte entscheiden.

„Diesen Sommer", sagte ich. „Ich gebe euch beiden den Sommer über Zeit."

Ich war mir nicht über viele Dinge sicher, aber ich wusste, das hier war nicht das, was meine Mutter gewollt hatte.

KAPITEL 17

Meine Dates—Dates im Plural, da es jetzt zwei waren—verschwendeten keine Zeit. Ich hatte sie gerade aus dem Donut-Laden komplimentiert, als die Textnachrichten einschlugen wie Raketen während der Schlacht um England. Ich hielt mein Handy hoch, damit Patrick und Andy die Nachrichten überprüfen konnten, aber die beiden waren zu sehr mit den Geschmacksrichtungen der übrig gebliebenen Donuts beschäftigt, als dass sie etwas anderes bemerkt hätten.

„Seht ihr das?", fragte ich und mein Arm hing immer noch über dem Tisch.

„Ich liebe es, wenn du dich über gewisse Dinge richtig aufregst", überlegte Andy. „Das ist ähnlich unterhaltsam wie, wenn mich alle bei E-Mails an Patrick auf Blindkopie setzen, weil sie irrtümlicherweise glauben, ich wüsste nicht, was er für ein Tyrann ist. Und sie glauben auch noch, ich würde mich bei ihm für sie einsetzen."

„Es ist noch unterhaltsamer, wenn ich neben dir sitze, wenn diese E-Mails ankommen", sagte Patrick, während er einen Donut mit Himbeere und Limette betrachtete. „Ich liebe es, wenn du deinen Bildschirm angrinst."

„Und du darfst mich dabei beobachten, weil du dich an

meinem Schreibtisch nieder gelassen und vergessen hast, dass du einen eigenen hast."

Patrick hob seine Augenbrauen und zuckte mit den Schultern, während er in den Donut biss. „Und?"

„Und ihr habt den ganzen Tag und jeden Tag, um euch zu lieben, wohingegen ich irgendwie in ein Universum geraten bin, in dem ich mit zwei Männern ausgehe", sagte ich und streckte die Hand nach einer Papierserviette aus. Ich zerknüllte sie und nahm noch eine. „Beide. Zwei verschiedene Männer. Gleichzeitig. Wie konnten es zwei werden? Ich brauche wirklich nur einen. Nur einen einzigen."

Du hattest die Gelegenheit, einen von beiden los zu werden", sagte Patrick.

„Dies ist nicht der richtige Ort für eine Eliminierungs-Zeremonie", antwortete ich. „Außerdem ist mein Leben keine Reality-Dating-Show."

„Du willst keinen von beiden los werden", sagte Andy. „Ich erinnere mich, wie Rob zuerst mit dir gematcht wurde. Du warst süchtig nach ihm. Dann hast du eine Nacht einen süßen Feuerwehrmann angebrüllt und schon warst du auch nach ihm süchtig. „Du willst keinen von beiden los werden."

„Wie bitte", sagte Patrick und drehte sich auf seinem Platz, um ihr in die Augen zu sehen. „Welcher süße Feuerwehrmann?"

„Ich bin verheiratet." Andy hielt ihm ihren riesigen Ring unter die Nase. „Nicht tot. Da gibt es einen Unterschied." Patrick murmelte etwas leise vor sich hin und widmete sich dann wieder seinem Donut. „Und du, meine Liebe", sagte sie und zeigte mit ihrem Eistee auf mich. „Du hast das hier verdient, Gigi. Du hast alle Frösche geküsst. Und außerdem noch ein paar Kröten. Jetzt hast du die Wahl zwischen nicht-amphibischen Wesen."

Sie hatte Recht wegen der Frösche und der Kröten. Ich hatte Männern, denen ich ziemlich egal war, zu viel Zeit gewidmet. Ich hatte mich mit nichts zufrieden gegeben und mich selbst überzeugt, dass das alles war. Ich hatte die Warnzeichen weg gelächelt und nicht annehmbares Verhalten ignoriert. Ich hatte das Unentschuldbare verziehen – Lügen, Betrug und sogar Diebstahl – und mir gesagt, es sei das Beste, was ich bekommen würde.

Ich hatte oft schlecht gewählt und es zugelassen, in schlechten Situationen hängen zu bleiben. Ein entführter Hund und eine Predigt von einer meiner besten Freundinnen – und dann ein Rückfall mit einem weiteren Taugenichts und eine weitere Predigt– waren nötig gewesen, aber jetzt erkannte ich Trottel und Arschlöcher. Und ich wusste, ich hatte mehr verdient als das.

Es war ein komisches Gefühl, mit sich selbst zufrieden zu sein. Ich gewöhnte mich immer noch daran. An den meisten Tagen musste ich mich immer noch daran gewöhnen, während andere um mich herum gar nicht mehr daran dachten.

„Während du tief in Gedanken versunken bist, werde ich den letzten Donut essen", sagte Andy.

„Wirst du ihn mit mir teilen?", fragte Patrick. „Ich fände es schön, wenn du ihn mit mir teilst."

Andy begegnete seinem Blick und biss in den Donut. „Aber nur, weil du süß bist", sagte sie und reichte ihm das Gebäck.

Anstatt zuzuschauen, wie sie sich beim Essen mit Blicken fickten, wandte ich mich meinem Handy zu.

Ben: In Revere Beach gibt es ein cooles Lokal. Es wurde noch nicht von Hurricanes oder Schickimickis heimgesucht. Gutes Bier, gutes Essen. Ich glaube, das würde dir gefallen. Lass' uns heute Abend hingehen.
Rob: Ich habe gerade bei *Talhulla* angerufen und ihnen gesagt, sie sollen einen Tisch für zwei um acht reservieren. Ich habe gehört, ihr umgedrehter Pfirsichkuchen soll wahnsinnig gut sein. Passt dir die Zeit?
Ben: Oder ich kann etwas zu essen holen und zu dir kommen.

Ein ruhiger Abend auf der Terrasse wäre auch gut, wenn du willst.
Rob: Wenn du keine Lust auf ein Restaurant hast, können wir uns etwas zu essen holen. Was möchtest du lieber?
Ben: Deine Wahl, Baby.
Rob: Ich richte mich ganz nach dir.

Im Geiste voller Transparenz und einem starken Wunsch Eifersüchteleien zu vermeiden, begann ich eine Gruppennachricht an Rob und Ben zu schreiben.

Magnolia: Hey Jungs. Ich gehe heute Abend mit meinen Brüdern zum Spiel in Fenway. Ein anderes Mal. Okay?
Ben: Viel Spaß. Bis bald.

Natürlich hatte er zuerst geantwortet. So ein wetteifernder kleiner Scheißer.

Rob: Falls es in die Verlängerung geht und du in der Stadt bist, bist du immer bei mir zu Hause willkommen.
Ben: ABGEPFIFFEN
Ben: FOUL
Ben: Nimm' wieder Aufstellung, Junge.
Rob: Ruhig. Das war kein Foul. Kein Foul.
Magnolia: Jungs. Wirklich. Beruhigt euch.
Rob: Wie du sicherlich sehen kannst, bin ich völlig ruhig.
Ben: Du wüsstest nicht, was ruhig ist, wenn du buchstäblich gefroren wärst.

Magnolia: Wenn ihr beide nicht so amüsant wärt, wärt ihr so nervig wie Scheiße.

Ich steckte mein Handy in meine Tasche und mein Mund verzog sich zu einem Lächeln. Andy hatte Recht. Ich war süchtig nach den beiden.

KAPITEL 18

Ben: Ich werde deinen Rasen mähen.

Magnolia: Ist das irgendeine Art von sexueller Anspielung?

Ben: Nein. Ich mähe deinen Rasen.

Magnolia: Mit ... einem Rasenmäher?

Ben: Ja.

Magnolia: Entschuldige, aber weißt du überhaupt, wie man einen Rasenmäher bedient?

Ben: Natürlich.

Magnolia: Ich möchte das so gern glauben.

Ben: Es wird fantastisch. Warte es nur ab.

Magnolia: Oder vielleicht findest du noch ein anderes Projekt?

Ben: Es macht keine Umstände.

Magnolia: Mmhmm. Okay. Es ist jedoch nicht wirklich ein Rasen und daher muss er nicht gemäht werden.

Ben: Was zum Teufel ist es?

Magnolia: Immergrünes Moos mit niedrigwachsendem Spielrasen.

Ben: Warum?

Magnolia: Dafür gibt es mehrere Gründe.

Ben: Wie zum Beispiel ...?

Magnolia: Rasenflächen verschwenden über drei Billionen Gallonen an Wasser und weitere hunderte Millionen Gallonen

Treibstoff für das Mähen und Pestizide. Diese Pestizide können das Wasser Ökosystem mit giftigem Regen-Abwasser zerstören.
Magnolia: Rasen vertreiben außerdem Bestäuber und heimische Tiere und Pflanzen.
Ben: Okay. Ich werde dein Moos nicht mähen.
Magnolia: Vielen Dank.
Magnolia: Und vielen Dank für das Angebot.
Ben: Wir wollen es nicht übertreiben.

—————

Rob: Das Spiel der Sox heute Abend. In Fenway.
Magnolia: Ja, Sir.
Rob: Hast du ein Date?
Magnolia: Lol, immer … Weil ich mir die Saison Karten mit meinen Brüdern teile.
Rob: Ach. In Ordnung. Viel Spaß.
Rob: … Wenn du jedoch in der Stadt übernachten willst, komm bei mir vorbei.
Magnolia: Hast du auch ein Zimmer für Linden? Er ist ungefähr so groß wie du, aber wahrscheinlich 30-40 Pfund schwerer.
Rob: Ich besorge Linden ein sehr bequemes Zimmer im Hotel.
Magnolia: Ich glaube, das wird nicht nötig sein, aber ich halte dich auf dem Laufenden.

—————

Ben: Ich habe deine Mülltonnen vom Bürgersteig reingestellt.
Ben: Nachdem sie geleert waren.
Magnolia: Danke – und eine gute Erläuterung.
Ben: Das ist das mindeste, was ich tun kann ohne dein Moos zu zerstören.
Magnolia: Ich weiß es zu schätzen.
Ben: Aber dein Hund. Er mochte es nicht, dass ich auf deinem Hof war.

Magnolia: Wenn es dich tröstet, er bellt meine Brüder auch so
an, wenn sie zu Besuch kommen. Jeder außerhalb des Hauses
ist der Feind.
Ben: Kluger Junge.

———

Ben: Erklär' mir noch einmal, warum wir nicht ein Zimmer
nach dem anderen machen können.
Magnolia: Weil du die Wände, Böden und Fenster rausgerissen
hast und wir müssen diese Dinge zuerst in Ordnung bringen.
Magnolia: Du kannst erst schicke Duscharmaturen kaufen,
wenn du Wände hast. Du brauchst Wände.
Ben: Willst du damit sagen, dass ich aufhören soll, Dinge zu
kaufen.
Magnolia: Unter anderem, ja.
Ben: Kannst du mir erzählen, was du noch sagen willst, weil ich
nicht in der Lage bin zwischen den Renovierungszeilen zu
lesen.
Magnolia: Du musst dir im Klaren sein, was du mit dem Haus
machen willst. Wenn du dich entschieden hast, ob du die Reno-
vierung machst, um das Haus zu verkaufen oder um selbst
darin zu wohnen oder ob du es verkaufen willst, wie es jetzt ist,
beantworten sich die anderen Fragen von selbst.
Ben: Ich bin nicht bereit es zu verkaufen. Ich weiß es nicht. Ich
kann noch nicht damit abschließen.
Magnolia: Das verstehe ich.
Ben: Nein. Es ergibt keinen Sinn.
Ben: Aber ich sollte es verkaufen. Ich will gar kein Haus in
Beverly.
Magnolia: HEY.
Ben: Es tut mir leid.
Ben: Ich will wirklich kein Haus. Ich will die Verantwortung
nicht.
Magnolia: Und du willst es nicht verkaufen.

Ben: Noch nicht.

Magnolia: In dem Fall solltest du keine weiteren Duscharmaturen kaufen.

Magnolia: Gar keine weiteren Armaturen. Überhaupt keine.

Ben: Ich weiß nur nicht, wann ich aus dieser Sache wieder herauskomme. Ich muss mit meinem Leben weiter machen.

Magnolia: Ich glaube, du musst es nehmen, wie es kommt und dein Bestes geben. Das ist nicht die Art von Sache, die man überstürzen sollte.

Ben: Ich versuche es.

Magnolia: Ich weiß, Liebling.

Magnolia: Möchtest du darüber sprechen? Du kannst mir von deiner Großmutter erzählen.

Ben: Nein.

Magnolia: Okay.

———

Rob: Mein Tag ist so scheiße gelaufen.

Rob: Um Mitternacht hatte ich ein Telefongespräch mit Osaka und um 4:00 Uhr morgens ein weiteres mit Brüssel und manchmal hasse ich meinen Job, weil er mich erschöpft.

Magnolia: Das ist schlimmer als mein Tag.

Rob: Was läuft bei dir?

Magnolia: Nichts Wichtiges. Nur Probleme mit Subunternehmern und Materialien und Terminen und Budgets und auch das Wetter.

Rob: Ja, also nicht viel.

Magnolia: Nö.

Rob: Hast du zu Mittag gegessen?

Magnolia: Mittagessen? Was ist dieses Mittagessen, von dem du sprichst?

Rob: Wo bist du?

Magnolia: Back Bay. Warum?

Rob: Ich schicke dir Mittagessen.

Magnolia: Das musst du nicht tun.

Rob: Ich möchte es.

Rob: Mortadella und Wasser mit Himbeergeschmack, stimmt's?

Magnolia: Nur wenn du für dich Cookies mit einem Salat mit geräucherter Pute nimmst.

Rob: Schick mir deine Adresse.

Magnolia: Willst du das Mittagessen persönlich liefern?

Rob: Das kommt darauf an. Möchtest du mich sehen?

Magnolia: Ich würde dich und deine Cookies nicht wegschicken.

Rob: Das ist das Netteste, was du jemals zu mir gesagt hast.

Magnolia: Es ist das erste Mal, dass du angeboten hast, mir mein Mittagessen persönlich zu bringen.

Rob: Wir können das zur Gewohnheit machen.

Magnolia: Lass uns sehen, wie das hier läuft, bevor wir irgendwelche Gewohnheiten anfangen.

Rob: Nun komm schon! Du weißt, wie es laufen wird. Wir essen Cookies und ich bringe meinen Schwanz in die Unterhaltung ein und danach wird dein Tag besser sein.

Rob: Außerdem möchte ich sehen, wie du Leute herumkommandierst.

Magnolia: Wirklich?

Rob: Ja. Ich muss meinen Fantasien ein wenig Struktur und Größe geben.

Magnolia: Da es für einen guten Zweck ist … Das Stadthaus aus braunem Sandstein zwischen der Beacon und Marlborough Straße.

KAPITEL 19

Mein Date war eine Renovierungskatastrophe.

Ich wusste nicht, wo ich die Geduld finden würde, mit Bens Fehlern mitzuhalten. Als er die Winkel der Leiste, die ich ihm aufgetragen hatte zu schneiden, verkehrt machte, überlegte ich, ob er es absichtlich machte. Er musste es absichtlich machen. Wie konnte man etwas so Einfaches sonst falsch machen?

Er machte es jedoch nicht absichtlich. Ich beobachtete ihn, während ich das Esszimmer maß, während ich ein Auge auf die Wand und das andere auf Ben gerichtet hielt. Er versuchte, es richtig zu machen. Er musterte jedes Brett und ich überlegte, ob es zu ihm sprach. Dann positionierte er die Gehrungssäge und überprüfte dann wieder den Winkel, den ich auf der Rückseite des Bretts geschrieben hatte und dann richtete er die Gehrungssäge erneut aus. Es hätte eigentlich richtig sein müssen.

Aber das *war es nicht*. Überhaupt nicht.

Als ich sah, wie er die Säge anstellte, ließ ich das Maßband fallen. Es wickelte sich auf, als ich das Zimmer durchquerte. „Warte, warte, warte", rief ich und winkte mit den Händen, um seine Aufmerksamkeit zu erregen.

Er schaute mich durch seine Sicherheitsbrille an – einer meiner kleinen Siege bei diesem Projekt –und runzelte verwirrt die Stirn. „Ich habe doch noch gar nichts gemacht", sagte er. „Wie kann es jetzt schon falsch sein?"

In der Woche, seit ich mich entschieden hatte, diese wilde Sache zu machen und sowohl Rob als auch Ben gleichzeitig zu daten, hatte Ben sich immer die größte Mühe gegeben. Er schickte die erste Nachricht am Morgen und die letzte am Abend. Er arbeitete hart für den goldenen Stern, den Preis, für die Validierung – die Ablenkung – zu gewinnen.

Er tat all diese Dinge, aber Rob ... Rob war subtil. Er fragte nach meiner Arbeit, meinem Hund und meiner Familie. Er machte kleine, aber wichtige Gesten, die bewiesen, dass er aufmerksam war. Es war eine seltsame Art der Umwerbung, aber ich mochte diese Dinge. Ich wertschätzte diese Dinge.

Ich wusste, dass ich Rob Vorteile einräumte und es ärgerte ihn, dass Ben mehr Zeit mit mir bekam, weil ich physisch nicht in der Lage war, dieses Haus verfallen zu lassen. Aus Gründen, die ich nicht verstand, aber trotzdem ernst nahm, war Ben nicht im Wettbewerb, während wir an dem Haus arbeiteten. Hier verdiente er sich sicherlich keinen goldenen Stern. Er verhielt sich dreist und draufgängerisch, wenn er seine Handschuhe und Sicherheitsbrille anzog. Kein Gerangel und keine liebevollen Worte, um sich einen weiteren Punkt auf dem Gewinnerbrett zu verdienen.

Es war hilfreich, dass ich es nicht als Ben-und-Magnolia-Zeit ansah, weil ich mich bei meiner Arbeit im Gigi-Territorium befand. Hier war ich kein Mädchen, ich war Chefin. Ich war niemand, um den man werben konnte.

„Es ist immer noch falsch, Kumpel." Ich streckte die Hand an ihm vorbei, um die Säge abzustellen. „Glaub' mir, es ist möglich."

Knurrend schob Ben seine Sicherheitsbrille nach oben auf den Kopf. Er stemmte die Hände in die Hüften und nahm eine gereizte Haltung an, die an drei Dingen abzulesen war.

Erstens: Hände an den Hüften. Dies beinhaltete auch oft, dass er die Ärmel bis zu den Ellbogen hoch gekrempelt hatte, aber heute trug er keine langen Ärmel. Nö. Keine Ärmel. Ben trug ein Muskelshirt, das ihm passte wie ein Sonnenbrand. Ich wiederhole: *Keine Ärmel.*

Zweitens: Finsterer Blick. Dazu gehörte nicht nur ein Schmollmund. Diese Miene beinhaltete zusammen gekniffene Augen, ein Stirnrunzeln, ein zuckender Kiefer unter den Bartstoppeln von ein oder zwei Tagen. Die Narbe auf seiner Wange schien tiefer und dunkler dabei zu werden.

Drittens: Breitbeinige Stellung. Er stand da mit den Beinen schulterbreit auseinander und sein ganzer Körper war angespannt, als wenn er einem Tornado trotzen wollte, damit dieser ihn nicht von der Stelle bewegen könnte. Heute wurde diese Stellung noch von seiner schmalen Taille und der Art und Weise, wie seine Jeans dort wie eine Parabel hingen, betont. Der Knopf am Scheitelpunkt zwang meine Aufmerksamkeit nach unten, *tief nach unten.*

Es war lustig, dass der Fokus im kartesischen Koordinatensystem in einer positiv geöffneten Parabel oberhalb des Scheitelpunktes lag. Im Ben-Brock-System des Scheiterns an einfachen Aufgaben, während man enge Jeans trug, waren der Scheitelpunkt und der Fokus fast gleich. Und das brachte mich dazu, über seine Länge nachzudenken. Wenn der Scheitelpunkt und der Fokus in dieser seltsamen Welt, in der ich mit zwei Männern gleichzeitig ausging – und mit einem von ihnen ein Haus renovierte – was war dann die Länge? Vernünftige Frage, nicht wahr? Ich kannte bereits Robs, ähm, Länge. Ich könnte zumindest Bens berechnen.

Wenn der Scheitelpunkt dieser Parabel am Ansatz war und wenn es sich in die positive y Richtung öffnete, dann brauchte man nur $y = x2 \; / \; 4f$ *lösen.*

Trigonometrie. Immer nützlich.

„Du starrst schon wieder auf meinen Schritt", sagte er.

Ich winkte ab, hielt meinen Blick aber auf seine Taille gerichtet. *Wieder.* Als wenn ich es extra machte. „Ich versuche f aufzulösen."

„Ja, ich auch."

Er zog seine Handschuhe aus und warf seine Sicherheitsbrille auf die Arbeitsbank. Er kam auf mich zu, aber mir wurde nur peripher bewusst, dass der leuchtende Scheitelpunkt, wo die Marke seiner Jeans gestempelt war, näher kam. Ich verlor den Punkt aus dem Blick, als er beinahe bei mir war, wobei seine nachtblauen Augen immer noch sehr gereizt schienen.

Bens Hände legten sich um meine Hüften und schoben mich rückwärts, bis mein Po die Wand berührte. „Ich habe", begann er, während seine Fingerspitzen sich in mein weiches Gewebe drückten, als wenn er etwas von unter der Oberfläche holen wollte, „ich habe genug, Magnolia."

Ich schaute hoch über seinen Hals, sein Kinn, seinen finsteren Blick und die Narbe. Und ich begegnete seinem Blick. Er war immer noch sehr gereizt, aber da war mehr. Etwas, was ich sortieren musste, ohne dass er mich festhielt und ohne, dass seine Brust sich bei jedem Atemzug hob und senkte.

„Ebenso wie ich. Gutes Baumaterial zu verschwenden ist lächerlich", sagte ich. „Ich bin außerdem dagegen, Energie einzusetzen, weil jemand hier die Anweisungen nicht befolgt."

Er schloss die Augen und neigte seinen Kopf ein wenig, als wenn das Gewicht meiner Worte ihn nach unten ziehen würde. Aber dann zuckte er nach oben und seine raue Wange strich über mein Kinn. „Weißt du, was es mich kostet, vor deinen Augen zu scheitern? Wie sehr ich es hasse, es falsch zu machen, von Beweisen umgeben zu sein, weil ich nichts richtig kann?", flüsterte er. Der Griff an meinen Hüften wurde fester. Es tat nicht weh. Das war der Vorteil, wenn man dort gut gepolstert war. „Ich sage mir immer wieder, dass ich es richtig machen werde und dann – dann werde ich es verdienen."

„Was verdienen?

„Aber ich mache es nicht", fuhr er fort und ignorierte meine Frage. „Ich mache es nicht richtig. Hast du eine Ahnung, wie sehr ich es tun will, obwohl es zu spät ist, wie sehr ich deine Anweisungen befolgen und deine Erwartungen erfüllen will und wie sehr ich es dann genieße, wenn du keinen Scheiß von mir duldest?"

„Ach, du genießt es?" Ich schürzte meine Lippen vor übertriebenem Ärger. „Das war mir nicht bewusst."

„Es gibt so viele Dinge, die du nicht weißt", flüsterte Ben und seine Stoppeln kratzten über meine Wange. „Ich sage das nicht wie ein Besserwisser-Arschloch. So hat mich meine Großmutter nicht erzogen." Er drückte seine Augen zu und atmete aus. „Aber du weißt nicht, was es mit mir macht, wenn du in deinem kleinen T-Shirt, den Jeans und dem Handwerkergürtel Befehle brüllst, als würdest du direkt aus der *Mädchen auf dem Bau* Ausgabe des *Playboys* kommen."

„Der März '92 Ausgabe?", scherzte ich. „Oder der vom August 2011?"

Er drückte seine Zähne an mein Kinn und knurrte. „Beide."

„Mmhmm" war meine einzige Antwort. Was gab es dazu zu sagen? Ich hatte schon alle meine frechen Antworten für diese Unterhaltung aufgebraucht und ich war berüchtigt schlecht, wenn es darum ging, herrlich heiße, gespannte Interaktionen wie eine normale menschliche Frau zu handhaben. Stattdessen entschied ich mich für obskuren Humor (schließlich hatte ich über Trigonometrie gesprochen) und unbeholfene Kommentare oder – besser noch – Schweigen.

Wieder war es keine Überraschung, dass ich Single war.

„Magnolia?", fragte er und drückte seinen Körper gegen meinen. Er fühlte sich großartig an. Der schönste Fels und härteste Ort auf der Welt.

Ich strich mit meinen Händen über seinen Rücken und ließ sie auf seinen Schultern liegen. Meine Finger schlüpften unter sein Hemd und ich spürte seine Haut. „Ja, Ben?"

„Ich werde dich küssen", sagte er. „Wenn du das nicht willst, sag' es mir jetzt."

Er ließ eine Hand auf meiner Hüfte liegen und strich mit der anderen über meine Taille, meine Seite und meine Schulter. Als er mein Gesicht erreichte, strich er mit seinen Handknöcheln über meinen Kiefer, bevor er einige lose Haare hinter mein Ohr steckte.

„Sag' es mir jetzt", wiederholte er.

Ich begegnete seinem Blick und blinzelte. Ich sagte nicht *Nein* und ich wollte es auch nicht.

Ben küsste mich, als wenn der Sand fast durch das Stundenglas gelaufen wäre und dieser Augenblick schwinden würde. Wild, unnachgiebig und fieberhaft. Seine Zunge strich über meine wie ein Befehl, der ebenso scharf und genau war wie meiner und ich kapitulierte bei ihm. Ich wollte es.

„Ich brauche das schon so lange", murmelte er an meiner Wange. Er drückte einen Kuss auf meinen Mundwinkel. Es war süß und vielleicht sogar ein wenig schüchtern. Es war so gar nicht wie die Hitze, die zwischen uns pulsierte, aber es war richtig. „Verflucht, es ist schon so lange her."

„Nicht so lange", antwortete ich. „Wir haben uns erst vor ein paar Wochen kennengelernt."

„Ja, und du bist mit freigelegten Titten hierher gekommen, Süße", sagte er und die Hand an meiner Hüfte bewegte sich zu meinem Hintern. „Ich wäre dir in jener Nacht fast über die Straße gefolgt."

„Aber nur fast, oder?"

„Ich stand da und starrte auf die Tür und überlegte, wie ein kleines Ding wie du kommen und meine ganze Welt ins Wanken bringen konnte." Ben nickte und wieder kratzten seine Bartstoppeln an meiner Haut. Entlang meinem Hals, meinem Kinn und hinter meinem Ohr. „Direkt in mein Territorium. Ich habe dich von der Haustür beobachtet, nachdem du mich vierzig Minuten lang angeschrien hast."

„Nicht mehr als fünf Minuten."

„Ich habe dich beobachtet, wie du nach Hause gegangen bist und die Lichter ausgemacht hast. Ich dachte darüber nach, wie du mit dem losen Hemd ins Bett gehst. Oh Gott. Ich hielt mich so sehr am Türrahmen fest, dass ich das verdammte Ding abgerissen habe."

„So ist das also passiert?"

„Ja", antwortete er lachend. „Ich werde dich wieder küssen. Die Leisten müssen warten. Wir machen das jetzt. Okay? Antworte mir dieses Mal. Ich will es hören."

„Okay", sagte ich.

An diesem Morgen musste ich f nicht auflösen –schon gar nicht, wenn die Länge direkt gegen meinen Bauch drückte.

KAPITEL 20

Als ich dies bemerkte, kamen mir zwei Gedanken.

Erstens, das Verspeisen einer doppelten Portion Gelato sollte eine olympische Disziplin sein und zweitens, seine Zunge hatte einige Fähigkeiten.

„Schmeckt dir das Pistazieneis nicht?", fragte Rob, als er zwischendurch Luft holte.

Seine Lippen glänzten. Sie erinnerten mich an ...*mmm*. Als wenn ich diese Erinnerung bräuchte. Jedes Mal, wenn ich mit Rob zusammen war, fühlte sich mein Körper wie eine Harfensaite an, die zu fest gespannt worden war.

Sie wartete nur darauf, dass jemand an ihr zupfte.

Ich war schon seit Ewigkeiten nicht mehr gezupft worden. Und ich meine, wirklich Ewigkeiten. Ich wusste schon kaum noch, wie ein gutes Zupfen funktionierte, aber ich wusste, glänzende Lippen bedeuteten für gewöhnlich, dass wir einen guten Anfang gefunden hatten.

Ich schaute nach unten auf die kleine Schale in meinen Händen. Ich hatte sie nicht angerührt. Das ging mir immer so, wenn Rob in der Nähe war. Ich vergaß zumindest einige Minuten lang alles, außer dem erwartungsvollen Beben zwischen meinen Beinen. „Ach nein. Es ist gut. Ich mag Pistazien. Ich liebe Pistazieneis. Es ist großartig. Wenn ich eine Rangliste an Nüssen aufstellen müsste, wäre die Pistazie ganz oben …"

Rob wirbelte seine Zunge um die innere Kante des Waffelhörnchens, während er mich anstarrte und ja, ja, dies bedeutete, dass einem der Slip direkt abfiel. Für ein Mädchen mit Hüften wie meinen war das eine Art von Magie.

„Hör auf damit", sagte ich stöhnend. Ich streckte die Hand nach ihm aus und legte meine Finger um seinen Unterarm. „Du hast keine Ahnung, was du gerade tust."

Ich schaute mich auf der Hanover Street um und erwartete, dass jemand auf diese obszöne Zurschaustellung seiner starken Zunge starren würde. Vielleicht würde eine Mutter die Augen ihres Kindes bedecken oder ein Polizist einen Strafzettel für grob unsittliches Verhalten schreiben. Ich sah jedoch nur, wie das Pistazieneis in meiner Hand schmolz.

„Keine Ahnung?", wiederholte er grinsend. „Was glaubst du denn?"

Meine Augen weiteten sich. Dieser Mann. *Der Herr sollte mir gnädig sein, dieser Mann.* „Dann machst du das absichtlich?"

Er steckte seine Zunge in das Eis und schaufelte damit etwas hoch. Es war ekelhaft. Wir hatten die letzten zwei Stunden damit verbracht, durch das North End zu spazieren und über alles Mögliche zu reden, bis wir beschlossen ein Dessert zu essen.

Aber jetzt verstand ich. Jetzt war es kein Spiel mehr.

Für Rob war dies das Vorsprechen. Nicht die Zeit, die wir damit verbracht hatten, über unsere Familien – meine Brüder und seine Schwester – unsere Arbeit und unsere langen Wege von der Kindheit, als wir nicht wussten, was wir machen sollten, über die Studienzeit mit Aushilfsjobs bis hin zu unserem vorwiegend erfolgreichen Erwachsenendasein. Wir sprachen über die Katastrophenfilme, die wir mochten, wie *Volcano, Deep Impact* und *2012* und unsere Hoffnung, dass die Welt sich nicht selbst von einer Klippe stürzte sowie unsere jeweilige Unfähigkeit einfach nur zuzuschauen, während wir an den Rand trieben.

All das war nur die Aufwärmphase. Das Eis war die Vorstellung.

Er griff nach meinem Eis, nahm es mir aus den Händen und stellte es auf die Bank neben sich. Dann griff er nach meiner Hand – die mit dem geschmolzenen Pistazieneis auf der Stelle zwischen meinem Daumen und Zeigefinger – und nahm sie in den Mund. Er leckte. Und saugte. *Sauuuuugte.*

„Was – was machst du da?", stotterte ich. Er strich mit der Zunge über meine Haut und der Stoff, der zuvor mein Slip gewesen war, war weg. *Vom Winde verweht.* „Wir sind hier auf der Straße. Dies ist eine Straße, Rob. Mit Menschen. Es sind Leute um uns herum und du – du – was machst du überhaupt?"

„Nur ein Vorgeschmack, Liebling", murmelte er, als seine Zähne über meine Hand kratzten.

Ich hatte nicht darüber nachgedacht, zu Rob nach Hause zu gehen, als er mich an diesem Abend auf einen Spaziergang eingeladen hatte, aber das war das Problem mit diesen Jungs. Sie verdrehten dauernd einfache, unschuldige Augenblicke in Situationen, wo meine Unterwäsche, meine Hemmungen und meine Absichten aus dem Fenster flogen.

Nicht, dass ich meine Unterwäsche für einen der beiden Männer in meinem Leben ausgezogen hatte, aber ich hatte darüber nachgedacht. Oh ja. Ich hatte überlegt und scharf nachgedacht, mein Handy weg gelegt und viel nachgedacht. Das war genau der Punkt.

Ich konnte kaum an etwas anderes denken bei der Art und Weise, wie er meine Hand neckte. Oh, es war wirklich seltsam. Kein Mann hatte jemals an meiner Hand gesaugt.

„Wir sind nicht am richtigen Ort für einen Vorgeschmack, Rob", sagte ich und musste bei den Worten keuchen.

Er lachte und schüttelte den Kopf, als sich seine Zähne wieder gegen meine Haut drückten. Verflucht, das war gut. Ich wusste nicht warum, aber es war *gut*. „Das ist wohl kaum ein Problem", antwortete er. „Nimm mein Handy. Linke Gesäßtasche."

Ich bewegte mich nicht. Ich konnte mich nicht bewegen. Mit seinen Lippen auf meiner Hand und dem Versprechen von etwas *mehr*, das in der Luft hing.

Rob drückte die Reste der Waffeln einen Augenblick später in meine freie Hand. „Halte das", befahl er.

Als ich meine Finger um das Waffelhörnchen legte – verflucht, dies war ein *seltsames* Vorspiel – zog er sein Handy aus der Tasche. Ich beobachte, während er die Pin vor meinen Augen eingab. Er neigte das Handy nicht von mir weg und machte keinen Versuch, die Zahlen vor mir zu verbergen. Dann warf er mir ein *Sieh-doch-was-ich-jetzt-gemacht-habe*-Lächeln zu. Er wollte, dass ich es wusste. Dieser Mann, der mich mit dem Gedanken weich gekocht hatte, dass er nichts Ernsteres wollte, als eine hässliche Trennung verarbeiten, bot mir einen Zugriff auf sein digitales Leben an.

Was passierte hier gerade?

„Da wir nicht am richtigen Ort hierfür sind, werde ich meinen Chauffeur rufen", sagte er. „In Ordnung?"

„Du hast einen Chauffeur?", fragte ich und konzentrierte mich auf all die richtigen Dinge. „Keiner von diesen Diensten wie *Uber* oder *Lyft*, sondern einen richtigen Chauffeur, den du anrufen kannst?"

Rob zog eine Schulter hoch, gab jedoch keine andere Antwort. Er protzte nicht mit seinem Geld. Das mochte ich an ihm. Darüber hinaus mochte ich seine Reife und seine Selbstsicherheit. So, wie er gewusst hatte, wer er war, als er zuerst Kontakt mit mir aufnahm mit seinen Leistungsstatistiken und er hatte keinen Versuch unternommen, über seinen Wert zu diskutieren. Er kannte ihn und ließ ihn für sich selbst sprechen. Das reichte.

„Das ist bequem", murmelte ich.

„Stimmt", antwortete er. „Ich benutze ihn nicht allzu oft,

aber wenn ich schnell irgendwohin muss oder mit jemandem zusammen sein möchte, macht er das sehr schnell möglich. Das weiß ich zu schätzen."

Ich nickte und fragte: „Wenn du diesen Chauffeur-Service anrufst, was passiert dann?"

„Was auch immer du willst." Er rührte sich und bewegte seine Lippen von meiner Hand zu meinem Hals. „Ja, ich möchte, dass dies hier intimer wird. Keine Erwartungen. Wir können in meine Wohnung fahren und die Schlagzeilen vermeiden, wenn du willst, einen Film schauen oder einfach mit etwas Wein draußen sitzen. Es ist mir peinlich, aber auf meiner Terrasse gibt es nicht sehr viele lebende Dinge." Als ich verwirrt zu ihm hochschaute, fuhr er fort. „Ich dachte, es wäre besser, es dir jetzt zu erzählen, als die Tatsache zu verbergen."

„Glücklicherweise kenne ich jemanden, die das in Ordnung bringen kann", sagte ich lachend.

Wollte ich mit Rob nach Hause gehen? Zu diesem Zeitpunkt war ich mit keinem der beiden Männer auf meiner Tanzkarte in einem geschlossenen Raum gewesen. Die Zeit, die ich in Bens Renovierungsobjekt verbrachte, zählte nicht. Das war fast nur Arbeit und hin und wieder ein Augenblick, wenn er mich gegen die Wand drückte, während er mich küsste und es gab keine weichen Oberflächen, auf denen wir es hätten weiter gehen lassen können. Vielleicht nahm ich es zu genau oder ich zog wankende Linien, aber das war der schöne Teil, wenn man die Regeln selber aufstellte. Ich war zufrieden mit meinen Entscheidungen und das war das Einzige, was wichtig war.

Und ich war zufrieden mit Rob in geschlossenen Räumen.

„Okay", sagte ich. „Lass' uns zu deiner Wohnung fahren."

———

ROB WOHNTE in einem neuen Gebäude im South End. Überall war Beton, offen gelegte Leitungen und riesige Fenster. Die Möbel waren männlich – ein Ledersofa, ein riesiger Fernseher und keine Gardinen. Irgendwie fühlte sich dieser offene Raum trotzdem gemütlich an. Das hatte wahrscheinlich etwas mit dem Vintage Teppich auf dem Boden, den Büchern in den Regalen und dem Haufen Kissen auf dem Boden und unter dem Sofatisch zu tun.

Deckenhohe Glastüren boten einen Panoramablick auf die Stadt und der Blick ähnelte den langen, schmalen Fotos, die auf dem *Quincys Market* verkauft wurden. Aber der echte Blick war immer besser. Die rahmenlosen Türen führten auf eine Terrasse, der es ernsthaft an grün mangelte.

„Dass hier ein Mangel an lebendigen Dingen herrscht, war kein Scherz deinerseits", sagte ich und neigte mein Kinn in Richtung Terrasse. Sie war grau. Einfach ... grau. Wer auch immer das maskuline, aber gemütliche Innere entworfen hatte, war an der Außenanlage gescheitert.

„Was würdest du mir empfehlen?", fragte Rob. Er war auf der anderen Seite des Zimmers und steckte das Ladekabel seines Handys in die Steckdose.

„Wenn du meine Empfehlung möchtest, musst du mein Büro anrufen und einen Termin vereinbaren", sagte ich eher scherzend. „Meine Assistentin erklärt dir dann meine Beratungsgebühren. Ich warne dich, sie sind hoch."

„Und sicherlich jeden Cent wert", antwortete er.

„Das ist wirklich traurig", sagte ich und schaute mir die Terrasse noch einmal im Ganzen an. Sie war mindestens neun Meter lang und wahrscheinlich zehn Meter breit, völlig karg und ein Ödland aus Beton. „Die Lage ist richtig für ein paar große Container mit Stauden. Gräsern und vielleicht Blumen. Lavendel würde passen, wenn dir die Bienen nichts ausmachen. Das wäre einfach etwas, um die Bestäuber vor Ort zu beschäftigen. Dazu vielleicht ein japanischer Ahorn oder ein Kirschbaum. Du hast allerdings auch Platz für beides. Wir können hier kein Regenwasser sammeln, aber wir können ein schlaues Bewässerungssystem ausarbeiten."

Seine Hände landeten auf meinen Hüften. Mir gefiel das

Gefühl von Stärke, Kompetenz und Sicherheit. Ich mochte ihn. Ich brauchte weder seine Hände noch seine Zunge, um das zu bestätigen.

Ich lächelte zu ihm hoch. „Aber nur, wenn du mehr als traurigen, leeren Beton möchtest."

„Ich bin vor noch nicht allzu langer Zeit hier eingezogen." Er blinzelte den Spaß des Augenblicks weg und ersetzte ihn durch ein ernstes Stirnrunzeln. Es dauerte nur einen Augenblick, aber ich sah, wie jede kalte, blutlose Erinnerung seiner Ex Freundin durch ihn hindurch blies. In jenem Augenblick spürte ich das vernichtende Gefühl, dass man sich zum Affen gemacht hatte. Sie hatten zusammengelebt. Sie hatten sich verloben und heiraten wollen. Und jetzt war ich hier und seine Terrasse war ein Ödland, weil darauf nichts existierte. Er blinzelte erneut, zwang sich zu einem Lachen und zeigte auf das Wohnzimmer. Ich bin nicht lange genug zu Hause, um aufzuräumen."

Er zeigte auf sein weißes Anzughemd. Man musste ihm zugestehen, er wusste, wie man ein Hemd trug. Besonders, wenn der Kragen offenstand und die Manschetten bis zu seinen Ellbogen hoch gekrempelt waren. *Mmmmmm.* Oh Gott. Hochgekrempelte Ärmel erregten mich jedes Mal. Fast so gut wie das Glattstreichen der Krawatte.

„Du bezahlst jemanden, der deine Hemden wäscht und bügelt", sagte ich und legte meine Hand auf seine Brust. „Wahrscheinlich bezahlst du auch jemanden, der hier putzt. Du kannst jemanden bezahlen, der sich um ein paar Topfpflanzen kümmert."

„Stimmt alles", sagte er. „Ich rufe morgen dein Büro an."

„Mach das", scherzte ich lachend. „Lass' uns ein bisschen Wein trinken und …" Ich schaute mich um und wusste nicht, in welche Richtung diese Aktivitäten gehen sollten. „Und ähm …"

„Lass' uns mit dem Wein anfangen", sagte er und neigte seinen Kopf in Richtung Küche.

Als ich nickte, legte er seinen Arm um meine Taille und führte mich durch den offenen Raum. Seine Kücheninsel glänzte und glitzerte vom Edelstahl und weißen Marmor und darauf lag ein kleiner Berg Post. „Was ist hiermit?", fragte ich.

Rob hockte vor dem Weinkühlschrank und hatte bereits zwei Flaschen in der Hand, während er das Etikett einer weiteren überprüfte. „Ich komme einfach nicht dazu. Alles, was ich brauche, ist online und daher verpasse ich nichts."

„Das fällt mir sehr schwer zu glauben." Ich schüttelte den Kopf und fing an die Post zu sortieren. Wenn der Kerl mir die genauen Spezifikationen seiner Anatomie sagen und meine Hand im North End saugen konnte, konnte ich seine Post organisieren. Das war in Ordnung.

Magazine auf einen Stapel und Kataloge auf einen weiteren. Verschiedenen Müll in die leere Obstschale. Rechnungen zur Seite. Alles, was im Entferntesten persönlich aussah, auf die andere Seite. Rob beobachtete mich, während ich dies tat und er grinste, als er den Wein öffnete, Gläser auf die Theke stellte und sie füllte. Er hörte nicht auf zu grinsen.

„Irgendetwas Gutes dabei?", fragte er und schob ein ballonförmiges Glas in meine Richtung.

„Es ist einerlei, ob es gut ist", antwortete ich. „Du musst diese Dinge durchgehen. Was, wenn eine Geburtstagskarte von deiner Großmutter dabei ist oder eine Erinnerung von deinem Zahnarzt?"

„Das wäre ein Wunder, da meine Großmutter seit zwölf Jahren tot ist."

„Aber vergiss den Zahnarzt nicht."

Fast ganz unten in dem Haufen fand ich einen dicken, weißen Umschlag. Er bestand schon fast nicht mehr aus Papier, sondern aus Stoff. Mitten drauf stand Robs Name in eleganter Handschrift. Ich drehte ihn und schaute auf den Absender, als wenn mir das etwas nützen würde. Das tat es nicht.

„Sieht wichtig aus", sagte ich und reichte ihn an Rob.

Stirnrunzelnd riss er ihn auf. Er starrte die flache Karte lange an, atmete tief durch und zog sie dann seufzend ganz aus dem Umschlag.

„Ich nehme an, das ist nicht von deinem Zahnarzt", sagte ich.

Er schüttelte den Kopf und ließ Karte und Umschlag fallen. Er legte die Hände flach auf die Theke und starrte an die Decke.

Ich hob die Karte auf und überflog den Text

WIR LADEN SIE ZUR VERLOBUNGSFEIER VON MR. EDWARD HUNZERT UND MISS MIRANDA LASALLES EIN.

ICH ERKANNTE DIE NAMEN NICHT, aber ich brauchte diese Einzelheiten nicht, um die Situation zu verstehen. Die Braut war Robs Ex. Er musste es mir nicht erzählen; seine Reaktion reichte. Und der Bräutigam war Robs früherer bester Freund.

Ich las weiter und merkte mir die Schlüsseldaten. Ritz-Carlton. Nächsten Monat. Smoking optional. Registriert bei *Bloomingdale's*.

Verfluchter Laden.

„Wir gehen hin", verkündete ich, wobei ich immer noch auf die Karte starrte. Sie war dicker als die meisten Papierteller. Ich hätte ein Sandwich von dieser Einladung essen und den Umschlag als Serviette benutzen können.

„Wir machen verdammt noch mal *was*?", fauchte er und sein Blick begegnete meinem zum ersten Mal, seit er den Umschlag geöffnet hatte.

„Wir gehen hin", wiederholte ich. „Du und ich, Smoking optional. Wir gehen, weil A *sie* verflucht sein soll. Und B, *er* verflucht sein soll. Und C, sie sich ins Knie ficken können."

Rob starrte mich lange von der anderen Seite der Kücheninsel an. Es war die Art von langem Augenblick, bei dem ich überlegte, ob ich etwas falsch gemacht hatte. Das war so eine Angewohnheit von mir. Die schlimmste Entscheidung treffen und mit Volldampf voraus gehen, obwohl mein Bauch voller

Zweifel war. Wenn es eine schlechte Entscheidung gab, dann fällte ich sie. Dies fühlte sich jedoch nicht wie andere Male an.

Dies fühlte sich völlig richtig an.

Rob kam um die Mücheninsel herum und bedrängte mich, bis mein Hintern gegen den harten Marmorrand stieß. Seine Hände gingen zu meinem Gesicht und er strich mir mit den Fingern durch mein Haar. So hielt er mich, drückte seine Stirn gegen meine und betrachtete mich. Dann küsste er mich. Es begann mit süßen, zarten Küssen auf meinen Lippen. Aber dann wurde es wild und hungrig mit Beißen, Stoßen und Drücken. Aber gut. All diese Dinge waren gut, sehr gut sogar.

Er hob mich auf die Insel, trat zwischen meine Beine und ich legte meine Knöchel um seine Taille und er stieß gegen meine Mitte, wobei er stöhnte, als seine Länge meiner Hitze begegnete.

„Du", sagte er an meinen Lippen und zog seinen Finger von meinem Ohr entlang meines Kinns über meinen Hals und der hervor stehenden Stelle meines Brustbeins. „Du bist gefährlich."

„Warum?" Ich strich mit meinen Fingern durch sein braunes Haar, während ich überlegte, ob ich sein Hemd aufreißen könnte, sodass die Knöpfe durch die Gegend flogen wie ich es immer gewollt hatte und ob ich wohl den Wein umstoßen würde, wenn ich mich zwei Zentimeter nach hinten bewegte.

„Du bringst mich dauernd dazu, Dinge zu tun, die ich eigentlich nicht will.", sagte er. „Es begann damit, dass ich dich gedated habe und dann, dass ich dich mit dem Feuerwehrmann teile und jetzt, dass wir zu der Verlobungsparty gehen. Ich wollte das alles nicht. Nichts davon. Aber jetzt bin ich hier, esse Eis und rede mir ein, dass ich den anderen Kerl nicht hasse und– ich erwäge ernsthaft, Eddie und Miranda bei ihrer verfluchten Verlobungsparty zu sehen. Und zwar wegen dir, weil du es willst und weil ich nicht anders kann als alles zu tun, was du willst. Ich weiß nicht warum, Magnolia. Warum mache ich das? Sag' es mir, bitte, Liebling. Sag' mir, wie du mich wieder gesund machst, weil ich es wissen muss."

Ich streckte meine Hände nach seinen Knöpfen aus. Ich wollte sie einen nach dem anderen aufknöpfen. Keine dramatischen Shows für mich. Nur Schritt für Schritt in den Raum schlüpfen, wo er weder mich noch sonst jemand jemals wollte. Ein Teil davon fühlte sich falsch an, als wenn ich ihn zwingen würde einen Weg zu gehen, den er nicht gewählt hatte und den er mir schließlich übel nehmen würde.

Der andere Teil von mir sagte jedoch, dass es richtig war, dass dies richtig war. Rob und ich waren zumindest im Augenblick richtig.

„Ich habe dich freundlich gebeten", antwortete ich. „Ich habe gefragt und das hat gereicht." Ich öffnete seine Gürtelschnalle. Als ich seinen Reißverschluss nach unten zog, wurde sein Blick verschwommen. „Gern geschehen."

Seine Finger legten sich um mein Handgelenk und hielten mich auf, den Reißverschluss weiter nach unten zu ziehen. „Wenn ich" – er hielt inne, knurrte und fluchte leise – „wenn ich warten will, verändert das alles?"

Ich legte meine Lippen an sein Schlüsselbein und küsste ihn gerade genug, dass er erschauderte. „Überhaupt nichts", antwortete ich. „Um wenn du keine Lust mehr auf das hier hast …"

„Oh ich habe Lust *auf das hier*", unterbrach er mich. „Ich werde noch wahnsinnig, wie viel Lust ich darauf und auf dich habe." Er lehnte sich ein wenig zurück und trennte mich von der Neigung seiner Schultern, wo er wie ein Kräutergarten roch. „Aber ich hatte Unrecht. Zu Anfang hatte ich wegen allem Unrecht und ich glaube – ich weiß – ich will das richtig machen, Magnolia. Ich will …"

„Das Schwanzbild, das du mir geschickt hast, war in Ordnung. Das war okay." Nein, es war mir nicht möglich, eine Unterhaltung zu führen, ohne sie A befremdlich, B sarkastisch, C anzüglich oder D zu einer lächerlichen Mischung aus befremdlich, sarkastisch und anzüglich zu machen. Unmöglich.

Er runzelte die Stirn, Falten erschienen an seinen Augenwinkeln und er öffnete den Mund. Er sagte nichts. Stattdessen musterte er mich, als würde er mich zum ersten Mal sehen. Ich begegnete seinem Blick und die Sekunden wurden zu Minuten und mir kam der Gedanke, dass dies das erste Mal war.

Irgendwo zwischen dem Mittagessen bei *Flour* und der Einladung zur Verlobungsparty hatten wir beide einen Teil unserer Rüstung abgelegt. Meine Haare waren nicht geföhnt und er war nicht von dem Plan besessen, über seine Ex hinweg zu kommen, indem er mit einer Neuen anonym fickte. Und wir versteckten unsere Kriegsverletzungen nicht und polierten sie nicht auf, als wenn wir sagen wollten: *Sieh doch, ich bin geheilt! Mir geht es jetzt gut*, weil wir uns nichts mehr vormachen mussten.

„Wirst du mir sagen, was du denkst, oder muss ich mir meine eigene Erklärung zusammen reimen? Ich sage dir, meine Erklärungen sind verrückt. Ich bin völlig übergeschnappt."

Rob lachte leise. „Ich überlege gerade, ob du von dem Bild anfangen wirst, wenn wir ..." Er strich sich mit der Hand über den Mund, blinzelte und wandte den Blick mit geweiteten Augen ab. „Es tut mir leid. Ich habe gerade eine Sekunde lang den Faden verloren. Ich habe gerade gedacht, wie viel Glück ich hatte, dass du mich auf der App nicht blockiert hast."

Das war es nicht. Er hatte etwas über uns und unsere Zukunft sagen wollen. Ich wusste es. Aber ich wollte ihn auch nicht drängen. Was auch immer er hatte sagen wollen könnte warten. Wenn ich es hören sollte, würde der Tag kommen, wenn er es mir sagte. Wenn dieser Tag kam, würde mein Magen hoffentlich nicht herum hüpfen, als wenn er sich schon allein bei der Erwähnung von Zukunft nicht zwischen Schmetterlingen und Seekrankheit entscheiden könnte.

„Ich muss nach Hause zu meinem Hund", sagte ich.

Rob trat einen Schritt zurück und dann einen weiteren und ließ mich in der herrlichen Position mit gespreizten Beinen und meinem Kleid bis zu meiner Taille hoch geschoben zurück. Einfach herrlich.

„Ja." Er nickte. „Natürlich. Du solltest …"

„Hör' auf. Lass' mich ausreden." Ich hüpfte von der Kücheninsel und verdrehte meine Hand in seinem offenen Hemdzipfel. „Ich muss nach Hause und Gronk füttern. Ich muss einen langen Spaziergang mit ihm machen. Außerdem läuft heute ein Abendspiel. Die Sox spielen in Seattle." Ich zeigte hinter uns auf die geschlossenen Flaschen. „Und dann ist da all der Wein. Ich würde ihn nicht verschwenden wollen."

„Bittest du mich, mit dir nach Hause zu gehen?"

Ich grinste seine Brust an, deren Haare in einer dichten Linie bis hinunter zu seinem Nabel reichten. „Wenn dich diese Art Abendgestaltung interessiert, ja."

„Das tut sie", antwortete er.

„Würde es dich auch interessieren, die Nacht mit mir zu verbringen?"

„Auch das." Er schaute weg und lachte. „War das alles, was ich tun musste? Dich bitten zu warten und dann" – er schnippte mit den Fingern – „bekomme ich eine Einladung in dein Bett?"

„Das ist vielleicht eine zu starke Vereinfachung der Dinge", antwortete ich. „Und du solltest wissen, dass du das Bett mit mir und Gronk teilst."

„Ich bin mir der Hierarchie in deinem Leben bewusst", sagte er. „Keiner rangiert über diesem Hund."

„Vollständig richtig, ja." Ich tippte mit dem Finger gegen sein Brustbein. „Interpretiere diese Bitte aber nicht so, dass du aufhören sollst über deinen Schwanz zu sprechen. Ich weiß nicht, was ich ohne die andauernden Erinnerungen an seine Spezifikationen und Fähigkeiten tun würde."

Rob strich mir mit seinen Händen über den Rücken. „Ich weiß nicht, ob du gerade ernst oder höhnisch bist."

„Das ist meine Magie."

KAPITEL 21

MEIN DATE VERSCHRÄNKTE DIE ARME ÜBER DER BRUST UND verkündete: „Blödsinn."

„Was ist Blödsinn?", fragte ich und hatte meine Hände flach auf die Bartheke gelegt. „Was? Warum?"

Riley Walsh schüttelte den Kopf und starrte auf die Fernseher, die über der Bar hingen. Wir hatten uns seit Monaten nicht mehr zu einem Spiel und ein paar Bier dazu getroffen, aber heute standen die Sterne günstig. Die *Red Sox* waren in Tampa und ein Sommersturm hatte eine Decke aus dunklen Wolken und Nebel über die Stadt gelegt. Tampa war im Begriff, die *Sox* haushoch zu besiegen und die Bar war fast leer. Somit wurden zwei Bedingungen erfüllt und ich konnte meine Abenteuer beim Dating hinterfragen.

„Du bist mit zwei Kerlen zusammen – zur gleichen Zeit – und du versuchst mir zu sagen, dass sie beide anständig sind. Da kann ich nur sagen *Blödsinn*."

„Und ich frage, warum du es *Blödsinn* nennst?", sagte ich mehr als ein wenig entrüstet.

Riley schüttelte weiter den Kopf, als wenn er vor Frust gar nicht mehr damit aufhören wollte. „Weil, Gigi, Süße, ich dich seit fast fünf Jahren kenne und du hast mir nicht einmal einen Grund gegeben, warum ich den Kerlen, die du anschleppst, vertrauen sollte. Wenn überhaupt, hast du mir Grund gegeben, sie auf einen langen Spaziergang auf einem kurzen Anlegesteg zu schicken."

Nur wenigen Leuten war es erlaubt, meine Vergangenheit auf den Prüfstand zu stellen, ohne dass sie einen vernichtenden Blick ernteten. Riley war einer davon und Andy die andere Person.

„Sie sind anders", merkte ich an. „Ich weiß ich habe das schon früher einmal gesagt, aber dieses Mal stimmt es."

„Du hast mir erzählt, Peter sei anders." Er hob den Zeigefinger, was ein sicheres Zeichen war, dass er eine Liste für mich parat hatte. Der Herr sollte mir beistehen und weg mit den Listen. „Dann entdecken wir, dass Peter Frau und Kind hat und auf seinen Prozess wegen Geldwäsche wartet. Wurdest du jemals für die letzten Penthouse Dachgärten bezahlt?"

Ich stöhnte. „Die Polizei hat sein Vermögen beschlagnahmt."

„So so. Ja." Er schüttelte weiter den Kopf. „Werden sie dich als Zeugin aufrufen?"

„Er wird auf schuldig plädieren", antwortete ich. „Kein Prozess."

„Das ist ja mal ein Lichtblick am Horizont." Er schaute hoch zum Spiel und dann zurück zu mir. „Du hast mir erzählt, der Mistkerl, der deinen Hund gestohlen hat, hätte sich geändert. Das hast du gesagt, kurz bevor er deinen Hund gestohlen hat, Gigi."

„Und ich hatte Unrecht", gab ich zu. „Ich weiß, ich habe ein paar schlechte Entscheidungen getroffen, Riley."

Er streckte die Hand nach seinem Bier aus und schüttelte wieder den Kopf. „Wirklich schlechte Entscheidungen", murmelte er. „Ich weiß nicht, ob ich es mit zwei Kerlen aufnehmen kann, wenn das hier in die Hose geht."

„Falls", stritt ich. „*Falls* es in die Hose geht."

„In Ordnung, falls", sagte er mit einem weiteren Kopfschütteln. „Also gut. Erzähl' mir. Was macht diese beiden so anders?

Warum werde ich einen von ihnen nicht eines Tages zusammenschlagen?"

„Weil sie – weil sie anders sind, Riley", stritt ich.

Er bewegte sich auf seinem Hocker und wandte sich zu mir. „Ich möchte dir glauben. Wirklich. Und ich zweifle nicht an dir. Eher an ihnen."

Ich wandte meine Aufmerksamkeit wieder dem Spiel zu. Ich wusste nicht, wie ich erklären sollte, dass Rob und Ben ganz anders als die Männer in meiner Vergangenheit waren. *Anders* schien nicht aussagekräftig genug zu sein. Rob und Ben waren jedoch nicht die einzigen Unterschiede. Ich war auch anders.

Ich war nicht die gleiche Frau, die trotz einer Million Warnsignale mit einem Kunden ausging.

Ich war nicht die gleiche Frau, die zu ihrem Ex zurückging, nachdem dieser sich ihre Sozialversicherungsnummer *geliehen* hatte, um Kreditkartenkonten zu eröffnen und Schulden zu machen.

Ich war nicht die gleiche Frau, die eine berufliche Zusammenarbeit als hardcore-Flirt interpretiert und Rileys Bruder Sam verbal angegriffen hatte.

Irgendwo entlang des Weges zwischen Hundeentführung und Anklageschriften und dem online Dating-Traumschiff hatte ich mich verändert. Ich hatte endlich gelernt, dass ich besser war als Männer, die meinen Namen vergaßen und Halbwahrheiten erzählten und niemals als erstes eine Nachricht schrieben. Ich war besser als all das und ich konnte auch etwas Besseres verlangen.

„Ich mag Mineralwasser mit dem Geschmack von schwarzer Kirsche", sagte ich.

„Das hast du bereits erwähnt", antwortete Riley und hob eine Augenbraue. Er blinzelte mich an, bevor er zum Spiel schaute.

„Es gibt eine Marke, die ich mag, die es nur im Automaten gibt", sagte ich. „Das muss ich irgendwann Rob erzählt haben."

„Ich nehme an, du willst uns damit etwas sagen." Er hob seine Hand in meine Richtung. „Erzähl' weiter."

„Rob hat die Abfüllfirma und den Händler gefunden und ein paar Kisten meines Lieblings Mineralwassers mit dem Geschmack von schwarzer Kirsche gekauft."

Riley nickte. „Rob hört sich an wie ein Mann, der auf Details achtet. Prost auf ihn und seine Details."

„Ich versuche nicht, ihn dir schmackhaft zu machen", sagte ich. Das tat ich nun wirklich nicht. Ich wollte, dass er verstand, diese Männer waren Lichtjahre von den Trotteln entfernt, mit denen ich früher ausgegangen war. Es schien unbedeutend zu sein, aber ein Mineralwasser aus einem Automaten zu besorgen war mein Beweis. Es bedeutete Arbeit. Es nahm Zeit in Anspruch. Ja, vielleicht hatte er die Aufgabe an einen von seinen Assistenten oder Untergebenen übertragen, aber er war derjenige, der mit dem leckeren Getränk wie ein Superheld in mein Büro marschiert war. Wenn ich alle Männer anrief, mit denen ich jemals ausgegangen war und sie fragte, welches mein nicht-alkoholisches Lieblingsgetränk war, war ich überzeugt, keiner von ihnen würde überhaupt Mineralwasser nennen. Schon gar nicht die Sorte mit dem Geschmack schwarzer Kirsche. Es war ein winziger, fehlbarer Beweis.

„Ben hat ein Haus zum Renovieren gekauft", fuhr ich fort. „Er wollte, dass seine Großmutter in das Haus einzieht. Sie starb, bevor er mit der Arbeit fertig war."

Meine letzten paar Freunde hätten das niemals getan. Peter hätte vielleicht ein Gebäude gekauft und seiner Großmutter eine Wohnung darin geschenkt, aber er hätte keinen Finger krumm gemacht, um diese passend für sie zu machen. Und der Kerl davor … Nun ja, der schenkte niemandem etwas.

„Es tut mir leid wegen Bens Großmutter", antwortete er.

„Sie sind gute Männer, Riley", sagte ich. „Sie sind gute Männer, aber das muss ich dir nicht beweisen. Mir ist in den letzten paar Monaten einiges klar geworden. Ich glaube, ich verstehe es jetzt und … ich glaube nicht, dass du dir noch

Sorgen um mich machen musst. Ich glaube nicht, dass ich jene Fehler wiederholen werde. Es ist wahrscheinlich schwer für dich zu glauben, da du beobachten konntest, wie ich so oft gescheitert bin und mich verbrannt habe, aber ich glaube dieses Mal fest daran."

Riley lehnte seinen Arm auf die Bar und legte seinen Kopf in seine Handfläche. Er starrte mich lange Zeit an und sein Kinn zuckte, während er mich musterte. „Haben deine Brüder diese Kerle schon kennengelernt?"

Ich biss mir auf die Unterlippe und brummte. Er fragte nicht nach Ash und Linden als Übung patriarchischer Zustimmung. Er wusste, meine Brüder würden es außerordentlich amüsant finden und ihre Spötteleien würden sich über Jahrzehnte ziehen. „Nein. Ich weiß nicht, wie ich es meiner Familie erklären soll und daher habe ich es noch nicht getan."

Er neigte seinen Kopf zur Seite, während er darüber nachdachte. „Diese Entschuldigung lasse ich gelten, aber wenn du es deiner Familie erzählst, lass' mich bitte dabei sein, damit ich zusehen kann, wie sie wie Piñatas aus Papier platzen."

„Nur wenn du mir versprichst, mich da rauszuholen, bevor mein Vater fragt, ob ich Verhütungsmittel benutze", sagte ich lachend. „Denn das wird sein einziger Kommentar sein und du weißt es."

„Abgemacht." Er griff nach seinem Bier und fragte: „Ist deine Mutter immer noch im Internet für dich aktiv?"

„Mmhmm." Ich nickte und verzog das Gesicht. „Ja. Es macht ihr sehr viel Spaß und daher habe ich sie noch nicht aufgehalten. Ich spreche mit keinen neuen Männern mehr. Ich habe mit diesen beiden genug zu tun."

Er zuckte zusammen und sagte: „Ich möchte lieber nicht darüber nachdenken, Gigi."

„Es tut mir leid", antwortete ich. Es tat mir nicht leid. In erster Linie amüsierte mich Rileys neue Unfähigkeit, über Sex zu sprechen, ohne dass er dabei verlegen wurde. Das Leben in einer festen Beziehung hatte ihn verändert.

Er hatte das Glas an seinen Mund gehoben und hielt inne. „Einen Augenblick. Wissen sie über einander Bescheid oder sind sie ahnungslos?"

„Sie wissen voneinander." Ich konnte es mir nicht verkneifen die Augen zu verdrehen. „Sie haben sich bereits kennengelernt. Wir haben uns andauernd an den gleichen Orten getroffen und daher habe ich ein paar grundlegende Regeln festgesetzt. Manchmal schicke ich eine Nachricht an alle und sage Ihnen, dass ich Zeit für mich brauche. Ich meine, ein Mädchen muss auch mal waschen, eine Packung Makkaroni mit Käse essen und *Real Housewives* schauen. Dafür brauche ich sie nicht um mich herum. Aber wenn ich ihnen das sage, bekomme ich andauernd Nachrichten, in denen sie sich nach mir erkundigen, weil sie sich Sorgen wegen etwas Lächerlichem machen." Immer noch mit dem Glas in der Hand lächelte er mich an. Es war nicht sein normales Riley Lächeln, das Schalkhaftigkeit und Spott beinhaltete. Es war überrascht und vielleicht ein wenig … stolz? Das war seltsam und verwirrend. Ich war mir nicht sicher, ob ich wollte, dass er stolz auf mich war. So war unsere Beziehung nicht. „Was? Was ist das für ein Gesicht?"

„Du bestimmst das Spiel", sagte er. „Du … *du* hast es dieses Mal im Griff."

„Ja, stimmt", sagte ich, als wenn das nichts Besonderes wäre. „Es ist nichts Besonderes."

„Du sitzt nicht an meiner Stelle, Gigi", antwortete er leise.

Der Augenblick ging vorbei und ein Gewicht schob sich über uns wie die schweren, schwarzen Wolken draußen, die den Himmel nach unten in die Stadt drückten. Riley und ich führten keine tiefsinnigen Gespräche. Wenn wir es taten, dann nur mit einer dicken Lage Humor. Keine großen, emotionalen Augenblicke und keine entblößten Seelen. Wir schlossen unerhörte Wetten beim Sport ab und stritten über Renovierungen und Sandwiches. So funktionierten wir nicht und ich wollte, dass es aufhörte.

Wenn es nicht sofort aufhörte, würde ich mich umdrehen

müssen und mich dem Jahrhundertwachstum stellen müssen, das ich in die letzten paar Monate gequetscht hatte. Ich war noch nicht bereit auf den Weg hinter mir zurück zu blicken. Ich war noch nicht bereit für eine Frontalansicht meiner Fehler und falschen Schritte.

„Hey, du bist verlobt!" brüllte ich und tätschelte seinen Arm, um den Zauber zu durchbrechen. „Du heiratest! Darüber haben wir noch gar nicht gesprochen!"

„Ist es schon so lange her, seit ich dich das letzte Mal gesehen habe? Das sind Nachrichten von gestern", sagte er.

„Erzähl' mir die ganze Geschichte eurer Verlobung und nicht nur die süßen Bilder und Überschriften, die Alex auf Facebook gepostet hat. Sie ist übrigens entzückend."

„Das ist sie wirklich", stimmte er zu. Sie ist dieses Wochenende bei irgendeiner Ärztekonferenz. Sie hat gesagt, ich könnte mitkommen, aber ich wollte nicht versehentlich Fotos von Operationen oder Blut sehen. Aber jetzt wünsche ich mir irgendwie, ich wäre mitgefahren"

„Toll", sagte ich nüchtern. „Ich freue mich, dass du mich so unterhaltsam findest."

„So habe ich das nicht gemeint", stritt er.

„Ich weiß", sagte ich. „Okay, ich möchte die Geschichte hören. Wann hast du ihr den Antrag gemacht?"

„Beim Eröffnungsspiel in Fenway", antwortete er mit einem Nicken. Das war nicht der Plan, aber es gab mildernde Umstände, die mich dazu zwangen." Er blinzelte hoch zum Spiel. „Es lag an der Batman-Unterwäsche. Ein Batman-Slip zwang mich zu handeln. Ich bedaure es jedoch nicht. Es war Zeit und ich bin glücklich."

„Habt ihr schon einen Termin festgelegt oder Pläne gemacht oder ..." – mein Blick wanderte zur Tür, als sie sich öffnete und der Raum sich mit dem Geräusch von Donner und prasselndem Regen füllte. Eine Gruppe durchnässter Männer kam herein, die den Regen von ihrer Kleidung schlugen und sich über denselben beschwerten. Gerade, als ich die Einzelheiten für die Hochzeit aus Riley herauskitzeln wollte, zog einer der Männer die Kappe von seinem Kopf. Er schaute hoch und unsere Blicke begegneten sich quer durch die Bar.

Ben.

Ich hatte nicht gemerkt, dass ich ihn diese Woche bis jetzt noch nicht gesehen hatte. Obwohl er klatschnass war, verzog sich sein Mund zu einem warmen Grinsen. Ich winkte ihn herüber, aber er war bereits unterwegs in unsere Richtung, wobei seine nassen Schuhe beim Gehen quietschten.

„Hörst du mir überhaupt zu, wie ich mich über diesen Mumpitz beschwere? Ihre Familie glaubt ernsthaft, wir fahren nach Nevada und heiraten in irgendeiner halbwegs bedeutsamen Kapelle, obwohl Alex das nicht tun möchte. Es ist eine Riesensache und ich fange langsam an zu glauben, dass meine Schwester Shannon es richtig gemacht hat, dass sie einfach durchgebrannt ist." Riley hielt inne und wandte sich um, um meinem Blick zu folgen. Er sah Ben und hob beide Augenbrauen. „Was ist hier los?"

„Was für eine Art von Zauber hast du, hübsches Mädchen?", fragte Ben, als er näher kam. „Ich habe gerade an dich gedacht und schon bist du hier."

Er trat zwischen mich und Riley und neigte sich, um mich auf die Schläfe zu küssen. „Sieh dich nur an", murmelte ich und strich ihm das feuchte Haar aus der Stirn.

„Bitte", antwortete er. „Ich habe wirklich gerade an dich gedacht. Ich wollte dich anrufen, wenn ich aus dem Sturm gekommen wäre. Und ich wollte fragen, ob ich dich heute Abend ausführen darf. Abendessen, Kino, was auch immer du willst."

Riley räusperte sich. „Welcher ist das hier?"

Ich legte meine Hand auf Bens harte, aber klatschnasse Brust und schob ihn ein wenig zurück. „Ben, dies ist einer meiner besten Freunde und gelegentlicher Geschäftspartner Riley Walsh. Riley, dies ist Ben Brock. Er renoviert das Haus gegenüber von meinem. Wenn er nicht zu jeder Tages- und Nachtzeit die Fliesensäge in Betrieb hat, löscht er Feuer."

Die Männer schüttelten Hände und betrachteten einander mit äußerster Skepsis. Ich fand es klasse.

„Riley hat mir gerade von seiner anstehenden Hochzeit erzählt", sagte ich. „Er hat den Antrag beim Eröffnungsspiel gemacht. Ich kann mir nichts Besseres vorstellen."

Das war es. Bens Grinsen kam zurück und er nickte und sagte: „Es gibt nichts Besseres als das Eröffnungsspiel."

„Nun ja, nichts Besseres, als das richtige Mädchen zu finden", murmelte Riley. Er streckte die Hand in seine Gesäßtasche und zog ein paar Scheine aus seinem Portemonnaie. Er warf sie auf die Theke und schaute mich an. „Ich mache mich jetzt auf den Weg nach Hause." Er wandte sich zu Ben und schlug ihm mit der Handfläche auf die Schulter. „Es gibt viele Orte in dieser Stadt, wo man eine Leiche begraben kann und ich habe immer eine Schaufel in meinem Auto. „Verstehen Sie mich, mein Junge?"

„Das können Sie aber glauben", antwortete Ben.

Riley erhob sich von seinem Barhocker und schlug Ben erneut auf den Rücken. „Gut", antwortete Riley. Er zeigte auf mich. „Schreib' mir diese Woche. Ich brauche deinen Rat bei meinem North End-Projekt. Es stimmt hinten und vorne nicht."

„Andy hat mir bereits davon erzählt", antwortete ich. „Ich glaube, ich habe am Mittwoch Zeit reserviert, um es mir anzusehen."

„Mittagessen?", fragte er.

„Natürlich", sagte ich. „Bleib' trocken da draußen."

Riley hob seine Hand um zu winken und ließ uns in der Bar zurück. Ben streckte die Hand nach meinem Bier aus, trank davon und schaute mich dann an.

„Habe ich bestanden?", fragte er.

Ich zuckte mit den Schultern. Riley wäre nicht gegangen, wenn er nicht zugestimmt hätte. Natürlich brauchte ich seine Genehmigung nicht, aber so funktionierte es bei Freunden. Er wäre bis zum bitteren Ende als drittes Rad am Wagen geblieben, wenn er Probleme mit Ben gehabt hätte. Zumindest hatte er nichts dagegen und das war schon etwas. „Vielleicht."

Ben nahm einen weiteren Schluck und stellte das leere Glas auf die Bar. „Er hat gedroht mich zu töten", überlegte er laut. „Ich mag ihn."

„Gut", sagte ich lachend. „Er ist einer meiner besten Freunde und bevor du fragst, nein, unsere Beziehung war nie mehr als freundschaftlich. Wir gehen ins Stadion und trinken Bier und arbeiten zusammen an alten Häusern. Das ist alles. Mehr war es nie."

„Was für ein Glück", murmelte er. „Kann ich dich heute Abend ausführen, mein hübsches, bezauberndes Mädchen?"

Ich strich mit der Hand über Bens Arm und wischte noch etwas Regenwasser weg. „Nein, nicht heute Abend", sagte ich und schüttelte entschieden meinen Kopf.

„Oh. Also gut", sagte er und seine Schultern sanken ein wenig.

„Aber ich kann dich mit nach Hause nehmen und deine nasse Kleidung in den Trockner werfen, wenn du willst", schlug ich vor. „Vielleicht können wir uns etwas zu essen bestellen und noch ein Spiel anschauen."

Ben starrte mich an. Auf der anderen Seite der Bar zerbrach ein Glas. Ein Donner knallte über uns und die Lichter flackerten. Regen lief ihm über die Stirn, um seine Nase herum und entlang der Narbe auf seiner Wange. Er starrte mich weiter an.

Dann legte er seine Finger in mein Haar und neigte seine Lippen zu meinen. „Ja", flüsterte er und drückte einen winzigen Kuss auf meinen Mundwinkel. „Nimm mich mit nach Hause, mein hübsches, bezauberndes Mädchen.

KAPITEL 22

Mein Date war klatschnass. Mir ging es nicht viel besser.

„Ähm, okay." Ich beobachtete, wie sich das Regenwasser zu Bens Füßen sammelte. Die Fahrt von der Bar zu meinem Haus hatte seine Kleidung nicht trocknen lassen und jetzt gab es eine Überflutung in meinem Eingangsflur. Hurricane Ben war auf Land getroffen. „Du musst deine Kleidung ausziehen."

„Du nimmst mir die Worte aus dem Mund", sagte Ben.

Ich strich mir mit der Hand durch mein feuchtes Haar. Der Sturm wütete immer noch und selbst der kurze Sprint vom Hof zur Tür hatte dafür gesorgt, dass mein T-Shirt an meiner Haut klebte. Ich legte meinen Arm über meine Brust, damit das Muster meines BHs nicht durch den jetzt dünnen Stoff zu sehen sein würde.

„So wirst du dir den Tod holen", sagte ich und zeigte vage auf seine Brust. „Und – und nasse Jeans sind äußerst unbequem. Ich bin schon oft genug durch den *Canobie Lake Park* gegangen, nachdem ich vom Floß gefallen bin, um zu wissen, wie unangenehm nasse Jeans sein können. Ich erinnere mich noch sehr genau an einen Schulausflug in der achten Klasse, als ich auf einer Bank saß und meine Freundinnen verfluchte, weil sie darauf bestanden hatten, dass wir zuerst mit dem Floß fahren sollten und wie ich mir gewünscht habe, meine Hose wäre trocken." Eine weitere vage Geste. „Du musst sie ausziehen."

Ben zeigte auf seinen Körper. „Ich will mir völlig im Klaren darüber sein, dass du vorschlägst, dass ich mich nackt in deinem Wohnzimmer ausziehe, weil ich das zwischen uns nicht wegen eines Missverständnisses kaputtmachen will", sagte er. „Du bittest mich, mich auszuziehen, hübsches Mädchen. Das willst du? Genau hier? In diesem Augenblick?"

Mein Hund Gronk, der Faulpelz, wählte diesen Moment, gähnend aus meinem Schlafzimmer zu kommen. Er betrachtete mich mit geringem Interesse und einem halbherzigen *Ach, du bist zurück? Hast du jetzt endlich vor mich zu füttern?* Er schnaubte und dann sah er Ben und begann zu bellen.

„Hey, Kumpel", rief Ben dem Hund zu. „Erinnerst du dich an mich von gegenüber? Wir haben uns vor ein paar Wochen kennengelernt. Du hast an ungefähr zwanzig Stellen auf meinem Hof gepinkelt und ich habe dir Möhren gegeben. Ich dachte, wir wären Freunde."

Eine Sekunde lang hörte Gronk auf zu bellen, sein Körper vibrierte und seine kleinen Pfoten tapsten auf dem Boden, während er Ben betrachtete.

„Freund", sagte ich zu Gronk und hielt meine Hand an Bens Brust gedrückt. „Beruhige dich. Du musst die Festung vor diesem Mann nicht beschützen."

Das hielt Gronk nicht auf. Er schnaubte und fauchte und bebte bei jedem Bellen.

„Ich verstehe schon, Kumpel. Du willst nur deine Mama beschützen", sagte Ben. Er ging in die Knie und streckte seine Handfläche zu Gronk hin. Der Hund starrte Ben an und sein Bellen wurde zu einem leisen Knurren. Dann kroch Gronk näher. „So ist es richtig, Kumpel. Komm her, rieche an mir und lecke mich ab." Gronk schleckte Bens Handfläche ab. Dann knurrte er vor Freude, als Ben anfing, seinen Kopf zu kraulen. „Wir können Freunde werden, nicht wahr?"

„Normalerweise mag er keine Männer", sagte ich und

schützte immer noch meinen BH vor seinem Blick. Es war typisch für mich, einen süßen gestreiften BH im Matrosen-muster unter einem weißen T-Shirt an einem stürmischen Tag zu tragen. Prima. „Er hat ein paar schlechte Erfahrungen gemacht."

„Nein, wir werden gute Freunde", stritt Ben und drehte ihn auf seinen Rücken. Er kraulte den Bauch und den Kopf des Hundes gleichzeitig und er verzauberte Gronk wie ein Hunde-flüsterer mit Speck in seiner Tasche. „Dieser Kerl und ich sind im gleichen Team."

Ben kraulte Gronk am ganzen Körper, bevor er aufstand. Der Hund lag auf der Seite und seine Zunge hing raus, während er vor völliger Glückseligkeit keuchte.

Gronk war nicht die Art von Hund, der auf billige Tricks wie das Streicheln seines Kopfes reinfiel. Nein, Gronk ließ Leute arbeiten, um seine Zuneigung zu gewinnen und nur selten gewährte er sie Männern. Nach der Sache mit meinem Ex – dem Hundeentführer – hatte Gronk jedem mit einem Penis den Rücken gekehrt. Ich machte ihm deswegen keinen Vorwurf. Ich hatte es zum größten Teil auch gemacht.

„Willst du immer noch, dass ich mich ausziehe?", fragte Ben, wobei er seinen Daumen an seine Gürtelschnalle gelegt hatte.

Ich streckte die Hand nach ihm aus und legte eine Sekunde lang meine Handfläche auf seine Brust, als wenn ich sicher-gehen müsste, ob er tatsächlich nass war. Fertig. Bestätigt. Aber ich zog meine Hand nicht zurück. Nein, ich rieb sie über ihn, als wenn ich Fleisch marinieren würde.

„Du musst dich abtrocknen. Du bist kalt und nass und das ist nicht gut, wenn du ein Spiel schauen willst."

„Eine schreckliche Art, um ein Spiel zu schauen." Er grinste, als er seine Schuhe auszog. Er zeigte über meine Schulter zum hinteren Ende des Hauses. „Hast du da hinten ein Bad mit einer Dusche und ein paar Handtüchern? Ich rieche wie eine nasse Zeitung und das ist nicht besonders angenehm."

Verdammt. Ich war eine schreckliche Gastgeberin. Schrecklicher ging gar nicht. Wenn meine Tante da gewesen wäre, hätte sie mir mit einem Geschirrtuch auf den Hintern geschlagen und gleichzeitig ein paar gefüllte Pilze in den Ofen geschoben, einen Krug mit *Manhattans* gebracht und gefragt, ob Ben Kristalle sammelte. Ich wusste nicht, wie man Pilze füllte und ich bezweifelte, dass Ben welche von mir wollte und ein Krug mit *Manhattans* stand außer Frage, denn was zum Teufel waren überhaupt *Manhattans*? Und ich würde das Thema Kristalle nicht bei ihm anschneiden.

Es fing schon damit an, dass ich kein Rezept für *Manhattans* zur Hand hatte. Wichtiger noch, meine Tante war gar nicht hier. Es gab nur mich und Ben – und ein verrückter Hund – und die ganze Nacht vor uns.

„Komm schon", sagte ich und zeigte auf Ben. „Wir wollen dich aufwärmen."

Mit seiner freien Hand, weil er unmöglich aufhalten konnte, meine Aufmerksamkeit von seinem Daumen weg zu lenken, der seinen Hosenbund unanständig tief nach unten zog, ergriff er meinen Ellbogen. Er drückte ihn nur ein wenig. „Ja. Lass' uns das tun."

Er folgte mir den Flur entlang zur Rückseite meines Hauses, wobei er seine Finger lose um meinen Ellbogen gelegt hatte. Ich wusste nicht, was ich tun würde, wenn wir das Bad erreichten. Würde ich ihm zuschauen, wie er sich auszog und dann unter die Dusche ging? Würde ich mit ihm unter die Dusche gehen?

Ich widmete der Beantwortung dieser Fragen nicht allzu viel Energie; stattdessen öffnete ich die Tür und schaltete das Licht an. Bevor ich den Duschvorhang zurückziehen konnte, legte Ben seinen Arm um meine Taille und zog mich fest an seine Brust.

„Ich dusche mich ab", sagte er und legte seine Lippen auf die Seite meines Halses. Die Stelle war gefährlich. Einfach richtig gefährlich. Wenn ich dort berührt wurde, verlor ich meine Vernunft und mein räumliches Bewusstsein. „Ich werde dich nicht bitten, mit mir zu duschen, aber ich werde dich nicht weg schicken, wenn du dazu kommst."

Seine Lippen strichen über die empfindliche Stelle und in meinem Kopf hörte ich Kenny Loggins *Danger Zone*. Er bewegte sich um mich herum und streckte die Hand in die Duschkabine. Das Geräusch von fließendem Wasser erfüllte den Raum. Die Szene in der Umkleidekabine aus *Top Gun* stieg vor mir auf, aber statt Tom Cruise und Val Kilmer war Ben da.

„Ich bestelle etwas zu essen. Und ich hole dir auch ein Handtuch", sagte ich und trat zurück. Entfernung war das einzige Mittel, das mich davon zurückhielt, mit ihm unter die Dusche zu steigen und im Augenblick stand ich zu nah bei ihm. Nackt und zusammen duschen war ein riesiger Schritt. „Ich mache das jetzt. Lass' deine Kleidung einfach im Waschbecken liegen. Ich werfe sie in den Trockner, wenn ich zurückkomme."

Ich überquerte die Schwelle, wobei ich meine Hand um den Türgriff gelegt hatte. Ben grinste weiter, während er seine Jeans öffnete. Er wusste, dass ich über nackte Haut und heißes Wasser nachdachte. Er wusste es. So war es bei Ben. Er konnte meine Gedanken aus einer Entfernung von fünf Metern lesen.

Er zog sein T-Shirt über den Kopf und ließ es mit einem nassen *Platsch* ins Waschbecken fallen. Dann stand er da mit freiem Oberkörper.

Eine Linie mit dunklem Haar verlief von der Mitte seiner muskulösen Brust nach unten und seine dunkle, olivfarbene Haut leuchtete unter dem Deckenlicht.

Auf seinem Bizeps war eine Tätowierung zu sehen. Eine weitere verlief von seiner Schulter nach unten zu seinem Ellbogen. Ein Pfeil.

Die Muskeln seines Oberkörpers schienen auf seinen Schritt zu zeigen.

Seine Jeans hing tief und explizit weit unten.

Er legte eine Hand an seinen Hosenbund und die andere an den Reißverschluss. „Medium rare. Wildreis. Extra Käse. Keine Sardellen", sagte er.

„Bitte was?", stotterte ich und mein Blick war auf die Stelle unter seinem Nabel gerichtet. Ich versuchte noch nicht einmal nach oben zu schauen.

„Was auch immer du bestellst", antwortete er kichernd. „Ich möchte meinen Burger medium rare mit extra Wildreis oder extra Käse, falls dir danach ist und keine Sardellen."

„Ich verstehe." Ich starrte immer noch. Ich wartete immer noch, dass der Reißverschluss nach unten gezogen wurde. „Ich verstehe", wiederholte ich. „Keine Sardellen auf den Burger mit Wildreis."

Der Reißverschluss ging ein wenig nach unten, aber seine hellblaue Retro-Unterhose hielt die Waren unter Verschluss. „Danke Magnolia", sang er. Sein Grinsen war in seiner Stimme zu hören.

Schließlich schaute ich hoch und begegnete Bens saphirblauem Blick. „Ich bin gleich wieder da mit dem Handtuch."

Ich schloss die Tür, ließ meine Hand jedoch noch eine Minute auf dem Griff liegen. Vielleicht sogar länger. Ich brauchte jede einzelne Sekunde, um zu Atem zu kommen, während ich mir vorstellte, wie Ben unter die Dusche ging, das Wasser über ihn strömte und durch die Rillen seines Körpers lief. Als ich hörte, wie der Duschvorhang zugezogen wurde, hielt ich den Türgriff noch fester. Ich überlegte, ihn runterzudrücken, den Vorhang zurückzuziehen und ihn anzuschauen, während er sich wusch. Ich müsste noch nicht einmal in die Kabine gehen, um dies zu genießen. Die visuelle Wirkung würde mir reichen.

Sie wäre völlig ausreichend.

Ich schüttelte jedoch den Kopf und ging zum Wäscheschrank. Ich wollte ihm ein Handtuch bringen, seine nasse Kleidung holen und Essen bestellen – keine Sardellen – und dann könnte ich mich an Ben erfreuen. Wenn er sauber, trocken und bekleidet war.

Vielleicht war es albern, sich auf diesen Punkt zu konzentrieren, aber in meiner Dusche hatte noch nie ein Mann gestanden, zumindest nicht dieser und nicht hier. Der Hundeentführer und ich hatten zusammengelebt wie alle sich langsam bewegenden Zugunglück-Tragödien es tun sollten. Peter weigerte sich, die Vorstadt zu besuchen, weil alles an ihm ein Warnsignal war. Nur Rob hatte mich je in diesem Haus besucht.

Ich zog ein Handtuch aus dem Schrank, drückte es an mein Gesicht und kreischte in das Frottee. So eine Mischung aus Frust, Hunger und Glück. All diese Dinge stiegen in einem Schrei in mir auf, der irgendwohin musste. Er musste raus oder ich wäre geplatzt.

Der Duschvorhang kratzte wieder über die Stange und verflucht, ich musste das Ding ölen.

„Ich habe das gehört", rief Ben über das Geräusch des Wassers hinweg.

„Was gehört?", brüllte ich die Badezimmertür an. „Ich habe nichts gesagt und hier spukt es nicht. Du stellst dir Dinge vor, Brock."

„Komm' einfach rein", sagte er mit einem Lachen, das dem Befehl die Schärfe nahm.

Ich öffnete die Tür ein paar Zentimeter und schaute nach drinnen. Ben lehnte sich aus der Duschkabine und seine Schultern sahen aus wie die breite Seite einer Scheune und sein schwarzes Haar klebte an seiner Stirn.

„Brauchst du etwas?" Ich winkte mit dem Handtuch in seine Richtung, bevor ich es auf dem geschlossenen Toilettendeckel ablegte.

Er atmete scharf ein und sein Blick erhitzte mich wie ein flüssiger Sonnenstrahl. „Ja", antwortete er und neigte seinen Kopf ein wenig. „Ja, hübsches Mädchen. Ich habe mir geschworen, ich würde dich nicht bitten, aber ich brauche dich hier drinnen."

„Ich werde keinen Sex mit dir da drinnen haben."

„Jetzt aber schön langsam. Wer hat denn etwas von Sex in der Dusche gesagt?" Es war nett von ihm, dass er so tat, als wäre er beleidigt. „Ich war es ganz bestimmt nicht."

Ich strich mir über den Halsausschnitt meines T-Shirts. „Was hast du dann von mir erhofft, wenn ich mich mit dir da hinein quetschte? Weil es gemütlich ist."

Er senkte seinen Blick und neigte seinen Kopf nach unten. „Ich will nur in deiner Nähe sein", antwortete er. „Nur für eine kurze Zeit. Okay?"

Ich wusste nicht, wie es passierte. Ich wusste nicht, wie ich von meinem Beobachtungsposten durch den Türspalt dazu kam, dass ich mein T-Shirt über den Kopf oder meine Shorts auszog. Ich wusste nicht, woher ich das Selbstvertrauen nahm, auf ihn zuzugehen, während ich meinen Slip fallen ließ und meinen BH öffnete und meine Brüste befreite und er jeden Zentimeter von mir aufsaugte. Ich wusste nicht, wie ich die andauernd präsente Angst vor Verletzung, Ausnutzung und Verlassen werden beiseite schob. Ich wusste nicht, wie ich den Vorhang zurückzog und zu ihm unter das heiße Wasser ging.

Ich wusste es nicht und es war mir egal, weil ich es tat. Ich nahm, was ich wollte und dafür war keine Erklärung nötig.

Ich machte den Sprung.

KAPITEL 23

Meine Dates liebten ihre *Mimosas*.

Ich meine, *liebten* ihre *Mimosas*. Ehrlich gesagt liebte ich sie auch.

„Okay, okay", sagte Tiel Walsh und winkte mit ihren Händen über den Brunch Tisch, als wenn sie die durcheinander Unterhaltungen, die zwischen uns und ihren Schwägerinnen, Andy, Shannon Halsted und Lauren Walsh liefen, weg winken könnte. „Fang' noch einmal an. Von Anfang an. Die ganze Geschichte. Wie kam es, dass du mit zwei Männern ausgegangen bist?"

„Das ist nicht so ungewöhnlich", sagte Shannon. „Leute tun das. Dating ist nicht mehr wie früher und das ist wahrscheinlich in Ordnung so."

„Ich glaube nicht, dass Leute daten, basta", stritt Andy. „Sie tun sich zusammen und manchmal tun sie sich immer wieder mit den gleichen paar Leuten zusammen."

„Das ist deprimierend", murmelte Tiel. „Aus vielerlei Gründen."

„Weil du vor deiner Hochzeit niemals mit mehreren Männern zusammen warst?", fragte Lauren. „Wenn es dir ein Trost ist, ich auch nicht. Shannon und Andy haben es getan, aber sie haben ein besseres Spiel am Laufen als wir."

„Ich finde, dein Spiel ist in Ordnung, sagte ich zu Lauren.

„Du hast mich nicht gekannt, als ich Single war", stritt sie lachend. „Mein Spiel existierte gar nicht. Mein Spiel war *Bambi-im-Wald*."

„Oh Gott", murrte Shannon. „Du und das zarte Reh schon wieder. Nur, weil du in deinen Single-Tagen nicht wie eine Schlampe um die Häuser gezogen bist, bedeutet das nicht, dass du unschuldig warst. Ich habe die Dinge gehört, die du meinem Bruder erzählt hast und ich habe mehr als ein paar Nachrichten gelesen. Du bist kein Bambi."

„Können wir das Wort *Schlampe* weglassen?", fragte Andy. „Frauen dürfen sich Sexpartner suchen, dann Sex haben und ihn genießen. Das macht sie nicht zu Schlampen. Darüber sollte man sich kein Urteil erlauben. Es ist ein normaler, gesunder Teil des Lebens und sollte keinen Werturteilen unterliegen."

„Du hast Recht", sagte Shannon und wackelte mit ihrer leeren Champagnerflöte in Richtung eines Kellners. „Selbst, wenn man es nur zum Spaß macht – und es den Schlampen-Beschämern wegnimmt und es sich zu eigen macht und die Fähigkeit eliminiert, sich beschämen zu lassen – hat es doch einen faden Beigeschmack, weil niemand den Kerl auf der anderen Seite von all dem Sex sieht und ihn eine männliche Schlampe nennt."

„Vielen Dank", sagte Andy „Ich versuche nicht, puristisch zu sein. Ich will nicht kontrollieren, wie Menschen sprechen, aber ich hasse, wie Worte manchmal gegen Frauen wie Waffen verwendet werden. Ich hasse es, wie alles als Waffe gegen Frauen eingesetzt wird, wenn es anderen passt. Ich bin in dieser Sache zurzeit ein wenig empfindlich."

„Du darfst empfindlich sein", sagte Shannon. „Du darfst Gefühle haben. Du darfst sie auch in Champagner ertränken, solange du mir nichts von den Dingen erzählst, die du mit Kokosnussöl machst, wenn du mit meinem Bruder allein bist."

„Was ist mit den Dingen ohne Kokosnussöl?", fragte Andy und hob ihre Augenbraue wie in der Werbung für *Sephora*.

„Ich möchte auch nichts davon hören", sagte Shannon mit einem übertriebenen Erschaudern.

Lauren wandte sich mir zu. „Du musst einen Favoriten haben. Oder eine leichte Vorliebe. Ich meine, bei deinen Jungs, nicht bei Kokosnussöl. Stimmt's?"

Sie war die Einzige, die nüchtern am Tisch saß, da sie hochschwanger war. Nach meiner Berechnung musste sie inzwischen mindestens im siebzehnten Monat sein. Es musste so sein. Sie war schon seit Ewigkeiten schwanger. Wenigstens, seit Nixon Präsident gewesen war.

„Wie lange bist du schon schwanger?", fragte ich. Ich lallte ein wenig. Es hörte sich an wie: „Wie lange schwanger?" Und endete mit einem Schluckauf.

Man muss ihr zugutehalten, dass sie lächelte. Das war das Beste an Matt Walshs Frau. Sie sorgte dafür, dass sich jeder behaglich fühlte. Sie war gut zu Leuten, auch wenn diese ihre Güte nicht verdient hatten.

„Ungefähr acht Monate. Dieses Kind hat noch ein paar Wochen Zeit."

„Okay, gut", murmelte ich und nickte so heftig, dass mein Pferdeschwanz mir ins Gesicht schlug.

„Zurück zum Thema", verkündete Andy und schnippte mit den Fingern. Ich war mir nicht sicher, aber ich hatte den Eindruck, dass sie diese Bewegung von Patrick übernommen hatte. Er war ein Fingerschnipper wie er im Buche stand.

Shannon lehnte sich mit ihrer Champagnerflöte in der Hand zurück. „Darf ich die wichtigsten Punkte zusammenfassen, Chefin. Zwei Männer. Beide lustig und gut aussehend. Coole Typen. Großes Event mit einem von ihnen demnächst. Habe ich etwas vergessen?"

„Ich habe mit dem Feuerwehrmann letztes Wochenende geduscht", gab ich zu. „Das war, ähm, illustrativ."

„Weil du die Ware in die Hände bekamst?", fragte Lauren.

Ich murmelte zustimmend.

„Lustige Zeiten", meinte Tiel.

„Ja, meistens." Ich hielt beide Hände hoch, als wenn ich etwas abwägen wollte. „Meine Dusche ist nicht groß genug für zu viel Spaß. Es war eher wie folgt: Ach hey. *Du bist nackt und ich bin nackt und wir sind beide glitschig und das ist aufregend, aber wir können hier nur stehen und zusammen nackt sein.*" Ich ließ meine Hände fallen und zuckte mit den Schultern. „Und dann haben wir beim *Beverly House of Pizza* etwas zu essen bestellt und das Spiel der *Yankees* gegen die *Dodgers* geschaut und ich habe ihm Angst gemacht, als ich den Fernseher angeschrien habe."

„Es ist mir ein Rätsel, egal wie klein es ist, wie kannst du mit jemandem duschen und keinen Sex haben?", fragte Tiel. „Ich bin mir nicht ganz sicher, aber ich glaube, ich wurde in der Dusche geschwängert."

„Will spricht davon, dass er mich beim Sex in der Dusche schwängern will, aber ich glaube nicht, dass es bei uns funktioniert", sagte Shannon.

„Die Chancen stehen gut, dass Sex unter der Dusche hierfür verantwortlich ist", sagte Lauren und tätschelte ihren Bauch.

„Es ist ja nicht so, als wenn ihr es nicht auf jeder verdammten Oberfläche in eurer Wohnung, in Matts Büro und der ganzen Stadt versucht hättet", sagte Shannon zu ihr.

Lauren zuckte mit den Schultern. „Man weiß ja nie, ob es funktionieren wird."

„Zurück zum Thema", wiederholte Andy.

„Du sagst das doch nur, weil du keinen Sex unter der Dusche magst", bemerkte Lauren.

„Da hast du Recht", antwortete Andy. „Ich mag es nicht. Ich habe kein schönes, glänzendes, blondes Haar wie manche Leute. Mein Haar ist kompliziert. Mein Haar benötigt ein gewisses Verfahren und eine Routine. Und ich weigere mich Sex mit einer Badekappe auf dem Kopf zu haben."

„Das ist in Ordnung", sagte Tiel. „Und ich könnte nichts sagen, was auch nur im Entferntesten anzüglich ist, während ich eine Badekappe trage."

Shannon verdrehte die Augen und schaute zur Decke. „Ich muss nichts über das Sexleben meiner Brüder hören, danke."

„Und mein Interesse an schwanger werden ist geringer als null", fuhr Andy fort und ignorierte Shannon. „Wenn sich jede in der Dusche schwängern lässt, werde ich die Badezimmertür hinter mir abschließen."

„Da bin ich deiner Meinung", antwortete ich. „Das letzte, was ich brauche, ist schwanger zu werden, während ich überlege, was ich mit diesen Männern tun soll."

„Das würde die Entscheidung entweder sehr leicht oder sehr schwierig machen", sagte Tiel.

„Schwierig", antwortete ich. „Es wäre schwierig. Dessen bin ich mir sicher. Und abgesehen davon bin ich noch nicht bereit ein echtes Baby von einem dieser Männer zu bekommen."

„Okay", sagte Tiel. „Zu was bist du bereit?"

Ich blinzelte sie an, öffnete den Mund und die Worte lagen mir auf der Zunge. Aber ich sagte nichts. Ich konnte die Töne nicht bilden. Stattdessen schluckte ich sie mit einem Mundvoll, mit Alkohol versetztem Orangensaft.

„Magnolia braucht zwei Dinge von uns", sagte Andy und sprang für mich in die Bresche. „Sie braucht Hilfe, ein schickes Kleid zu finden und einige objektive Meinungen über die Schwänze, mit denen sie gerade jongliert."

„Ich jongliere keine Schwänze", stritt ich. „Ich reibe sie nur unter Duschen."

„Ach, gab es also mehr als eine Dusche?", fragte Tiel.

„Und mehr als einen Schwanz?", fragte Lauren.

„Da war eine Übernachtung", sagte ich und stellte mein Glas ab. „Nehmt den Champagner weg. Ich werde ungenau."

„Also weiter", murmelte Shannon. „Du brauchst ein Kleid. Da kennen wir uns aus."

„Was ist das für ein Anlass?", fragte Tiel. „Nicht, dass ich besonders hilfreich in Sachen Mode bin, aber für was ziehen wir dich an?"

„Du bist sehr hilfreich", stritt ich und zeigte auf ihr Boho-style Sommerkleid. „Du hast einen fantastischen Stil."

„Es ist wirklich erstaunlich, dass ihr beide Freundinnen seid", überlegte Shannon laut. „Von all den unwahrscheinlichen Paarungen."

„Wir sind alle unwahrscheinlich", sagte Andy. „Und das Beste ist, wir mögen einander."

„Die Jungs sind gut. Sie sind wirklich gut", sagte Tiel. „Sie sind großartig, aber Freundinnen sind die besten."

„Ihr seid zu nett zu mir", sagte ich und griff nach meiner Serviette. Ich spürte, wie Tränen in mir aufstiegen und ich musste bereit sein. Magnolia plus Champagner gleich weinerliche Überschwänglichkeit. „Ernsthaft, ihr seid zu nett zu mir. Ich dachte, ihr würdet mich jetzt für immer hassen."

Das entsprach der Wahrheit. Als ich den riesigen, epischen Fehler gemacht hatte, Sam zu küssen glaubte ich, der Grund dafür wäre, weil ich nur so seine Aufmerksamkeit bekommen könnte. Ich dachte, ich wäre kühn und forsch und würde die Führung übernehmen wie Andy, Shannon und Lauren es taten. Sie verfolgten das, was sie wollten, und ließen sich von nichts zurückhalten und ich wollte einmal so wie sie sein.

Ich dachte, ich hätte seine Aufmerksamkeit, nachdem eine kurze Ewigkeit der Flirterei scheinbar über seinen Kopf hinweg zu schweben schien. Aber sie war nicht über seinen Kopf geschwebt. Er hatte meine Annäherungsversuche ignoriert, weil er sich in Tiel verliebt hatte. Und Tiel hatte uns erwischt, als ich meine Zunge in seinen Mund rammte.

Ich wollte es, aber ich wusste noch nicht einmal, was genau ich wollte. Ich war nicht in Sam verliebt. Ich flirtete mit ihm, weil er da war. Er war eine Konstante in meinem Leben – ein Single, der mich als Landschaftsarchitektin ernst nahm – und ich war zu kaputt, als dass ich gemerkt hätte, dass er nicht für mich bestimmt war. Oh Gott, überhaupt nicht. Ich hatte keine tiefen Gefühle von Lüsternheit und Sehnsucht nach ihm. Ich fand ihn verschroben und faszinierend und wir teilten die Liebe zur Lösung von architektonischen Problemen. Er war zu dem Zeitpunkt, als ich verzweifelt jemand brauchte, der mir seine Aufmerksamkeit widmete, ein fester Bestandteil meines Lebens, um meine Kompetenz in meinem Handwerk zu validieren und mich als verführerische Frau zu sehen.

Ich dachte, Sam könnte das alles für mich tun. Ich irrte mich jedoch gewaltig.

Der Kuss war eine lächerliche Kreuzung sehr schlechter Dinge. Er ruinierte Sam und Tiels Beziehung über Monate hinweg. Er tötete meine berufliche Partnerschaft mit Sam. Eine Zeitlang zerstörte er meine berufliche Partnerschaft mit dem ganzen Walsh Associates Unternehmen. Was sie betraf, war ich eine *Persona non grata*.

Die einzige Ausnahme war Riley. Der jüngste Walsh im Unternehmen wusste, ich hatte niemals beabsichtigt, Beziehungen zu zerstören oder jemandem Schaden zuzufügen. Riley war derjenige, der sie beschwichtigte und ihnen klar machte, dass ich nicht versuchte Sam und Tiel auseinander zu bringen. Ich versuchte nur ein Mädchen zu sein, das zielstrebig war. Er zwang sie einzusehen, dass ich nicht wirklich etwas falsch gemacht hatte. Nicht absichtlich, außer mich selbst zu demütigen.

Es war eine schwierige Zeit für mich. Ich schämte mich für meine Handlungen und die Gegenreaktionen verletzten mich. Ich kämpfte, mein Geschäft über Wasser zu halten. Es war schwierig, Kunden meine Dienste anzubieten, als ich mich so verflucht wertlos fühlte. Dies war eine kleine Stadt und das bedeutete, dauernd über die Schulter zu schauen und zu hoffen, einem Walsh oder einem ihrer Verbündeten aus dem Weg zu gehen. Ich hatte die ganze Zeit Angst. Ich war besorgt und beschämt und am Boden zerstört, weil ich so hart gearbeitet hatte und ich im Begriff war alles zu verlieren, weil ich einen Mann geküsst hatte, der mich nicht wollte.

Irgendwo entlang des Weges wurden Andy und ich Freundinnen. Zuerst war sie distanziert, aber das war Andy mit jedem. Eiskalt und distanziert war ihr Ding. Aber so allmählich, wie ein Setzling zu einem Baum wächst, der so dick ist, dass man die Arme nicht mehr um ihn legen oder sich erinnern kann, wann er kein tiefwurzelnder Anker in deinem Leben gewesen war, wurde sie zu einer meiner besten Freundinnen und sie brachte eine ganze Horde weiterer Freundinnen mit.

Wenn ich über die Schritte nachdachte, die ich genommen und den Berg, den ich erklommen hatte, damit ich mit mir ins Reine kam, hatten Andy und ihre Freundinnen den Weg für mich geebnet und mir die Hände gehalten. Ich hätte es nicht bis hierher geschafft und es würde keine zwei Männer geben, die um meine Zuneigung buhlten, wenn diese Frauen nicht gewesen wären. Einst waren sie so hart zu mir gewesen und das war der hässliche Teil davon – Frauen behandelten einander oft unnötig hart. Aber wenn sie sich einem zuwandten, machten sie das ganz und gar. Sie zogen einen so engen Kreis um mich, dass sie mich wieder zusammensetzten und die Dunkelheit heraus gepresst hatten.

Es war völlig unwahrscheinlich. Es war auch das beste Ergebnis einer sehr schlimmen Sache.

„Wir haben größere Probleme, als dich zu hassen", sagte Lauren. „Wie beispielsweise die Tatsache, dass mein Haus noch keine Böden hat und wir Ende des Monats aus der Wohnung ziehen und direkt danach ein Baby bekommen. Das sind echte Probleme. Böden sind Probleme."

Shannon grub in ihrer Tasche und zog ihr Handy heraus. „Sag mir, wen ich anbrüllen soll und dann werde ich brüllen."

Andy streckte die Hand über den Tisch und nahm das Handy aus Shannons Hand. „Das machen wir nicht, meine Liebe." Sie neigte sich näher zu Lauren und legte ihren Arm um ihre Schultern. „Du hast Unterböden. Ich weiß, sie sind nicht aus dem Altholz, das Matt dir versprochen hat, aber es wird schon bald eingebaut. Es wird fix und fertig sein, auch, wenn ich den Boden selbst verlegen muss."

„Und ich werde für dich auspacken", fügte Tiel hinzu. „Ich

weiß, Riley arbeitet daran, ein Wandbild im Kinderzimmer zu malen."

„Und ich werde mit meiner Peitsche da sein und sie bei Bedarf schwingen", sagte Shannon.

„Und ich werde den Garten gegen Ende der Woche fertig haben", sagte ich. „Ich komme am Umzugstag vorbei. Ich kann einen Feuerwehrmann und einen Investmentbanker mitbringen, falls du noch starke Männer brauchst. Sie haben beide genug Muskeln."

„Oh Gott, das wäre fantastisch", rief Tiel. „Wir können sie begutachten!"

„Ich liebe es, Männer zu begutachten", meinte Shannon. „Objektivierung ist ein wichtiges Element in der Beseitigung der Patriarchie."

„Ich bin mir sicher, dass das einen Sinn für dich ergibt", sagte Lauren zu ihr.

„Weißt du, was seltsam ist?", fragte Andy. „Mein Handy verbessert automatisch *verflucht sei die Patriarchie* auf *verflucht sei Patrick*. Darin ist eine Botschaft versteckt, aber ich habe noch nicht entschieden, welche."

„Uuuund du wurdest unterbrochen", sagte Lauren und nahm Andys Champagnerflöte.

„Bewertungskarten", fuhr Shannon fort und ignorierte ihre Schwägerin. „Rangfolgekriterien." Summend nickte sie. „Es ist außergewöhnlich. Lasst es uns umsetzen."

„Es ist ja nicht, als wenn ich keinen Plan hätte, dein Haus fertig zu stellen und dich einziehen zu lassen", bemerkte Andy. „Aber sicher, wir sollten Gigis Freunde zu einer Fleischbeschau einladen. Das ist viel besser als meine strategischen Fristen und kritische Schwellenwertplanung."

„Ich weiß, du hast einen Plan", antwortete Lauren. „Und ich kann dir kaum erklären, wie sehr ich deinen Plan und alles, was du getan hast, um mir und Matt zu helfen, wertschätze. Es ist nur, ich verspüre ein wenig Druck."

„Sprechen wir von einem tiefen, verzehrenden Druck oder

meine-Seele-sagt-mir-ich-soll-ein-Nest-bauen-Druck?", fragte Shannon. „Weil es da einen Unterschied gibt und falls es Ersteres ist, müssen wir einen Terminplan für die ganze Sache aufstellen."

„Es ist nicht Ersteres", sagte Lauren lachend. Sie tätschelte wieder ihren Bauch. „Dieses Kind sitzt noch bombenfest. Es will noch nirgendwohin."

„Wir wollen die Möglichkeit nicht außer Acht lassen", sagte Tiel. „Du sprichst mit zwei Frauen, die ihre Babys innerhalb von zwanzig Minuten auf die Welt gebracht haben."

„Ja, ich weiß. Ich möchte jetzt nicht wirklich etwas davon hören", sagte Lauren. „Können wir jetzt wieder über mein Haus sprechen und wie Andy den Tag gerettet hat?"

„Ich springe am liebsten auf Projekte auf", sagte Andy, „obwohl es nur daran liegt, dass Matt seinen Terminkalender in den letzten Monaten so voll gedonnert hat und keine Zeit mehr hat zu schlafen, zu essen oder zu atmen. Er hat es gemacht, damit er flexibler ist, wenn das Baby kommt und dafür kann ich ihm nicht die Schuld geben. Auch, wenn er während der Besprechung am Montagmorgen eingeschlafen ist."

„Das faszinierende ist, zwei Stunden, nachdem die Besprechung fertig war, schlief er immer noch", fügte Shannon hinzu. „Er saß einfach dort auf seinem Stuhl, hatte die Arme über der Brust verschränkt und bekam nichts mehr mit."

„Wartet. Von was sprechen wir?", fragte Tiel.

„Viele Dinge", antwortete ich. „Es ist alles gut."

Lauren nahm ihrer Schwägerin die Champagnerflöte weg. „Du bekommst nichts mehr."

„Dieser Anlass, zu dem du gehst", begann Shannon, „um was geht es da? Ich habe ein paar Geschäfte im Kopf, aber ich möchte sicherstellen, dass ich mit den richtigen Voraussetzungen arbeite."

Ich nickte. „Der Investmentbanker Rob ..."

„Der mit dem großen Schwanz", fügte Andy hinzu.

„Ja. Der." Ich grinste sie an. „Robs Ex und sein früherer bester Freund geben eine Verlobungsparty. Sie wollen heiraten."

Shannon atmete aus. „Ich habe eine Ahnung, warum sie seine Ex sind."

„Ja" Ich starrte auf meinen Teller und das halb aufgegessene French Toast, das darauf lag. Warum essen, wenn man mit den besten Frauen in der Stadt sprechen konnte? „Es geht ihm gut, aber es ist eine verzwickte Situation. Definitiv nicht ideal. Er braucht es, dass diese Party gut läuft."

„Und du brauchst ein Killer-Kleid", sagte Andy. „Etwas Tödliches."

„Wir sollten April anrufen", murmelte Shannon und sie drehte ihr leeres Glas zwischen ihren Fingern. „Tödlich ist ihre Muttersprache, ihr mittlerer Name und ihre letzte bekannte Adresse."

„Ich kenne April nicht", sagte ich. „Ich habe das Gefühl, dass das vielleicht etwas Gutes ist."

„Die Freundin bzw. Lebensgefährtin des Geschäftspartners meines Mannes", antwortete Shannon, als wenn das einen Sinn ergeben würde. „Ich glaube nicht, dass ich dir erzählen darf, dass sie eine Auftragsmörderin ist. Ich glaube nicht, dass ich das überhaupt wissen darf."

Lauren zeigte auf Shannons Glas. „Das reicht. Du bekommst nichts mehr."

„Kann ich mein Handy zurückhaben, damit ich April anrufen kann?", fragte sie.

Sie wedelte mit dem Zeigefinger in Shannons Richtung. „Nein. Iss' etwas, bitte. Ich möchte nicht, dass sich dein Mann wieder beschwert, wir hätten dich abgefüllt. Er war nicht besonders glücklich an dem Abend, als er uns von der Pediküre abgeholt hat."

Shannon schüttelte den Kopf. „Nö, er schwängert mich dann wieder. Er denkt schon darüber nach. Ich weiß es."

„In der Dusche?", fragte Tiel.

„Sind das Versprechen oder Drohungen?", fragte Andy.

Shannon spießte ein Stück von meinem French Toast von meinem Teller auf und steckte es in den Mund. „Ja und beides."

„In Ordnung, also werden wir April, die Auftragsmörderin, nicht anrufen", sagte ich lachend. „Die Kleiderordnung ist Smoking und ich will, dass seine beiden Ex genau wissen, was sie verloren haben, als sie ihn betrogen haben. Wie die Szene in *Pretty Woman*, als Julia Roberts zurück zu der Boutique geht, wo die Verkäuferinnen sie nicht bedienen wollten."

„Großer Fehler", sagte Lauren und zitierte aus dem Film.

„Großer, riesiger Fehler", fügte Tiel hinzu.

„Du magst den mit dem Schwanz", sagte Shannon.

Ich drückte meine Hand an meine Brust, während ich lachte. „Nur für die Akten, sie haben beide einen Schwanz."

„Der mit dem beeindruckenden Schwanz", verdeutlichte sie. „Und erzähl' mir nicht, dass sie beide beeindruckend sind. Ich bin mir sicher, der Feuerwehrmann weiß, wie man mit dem Schlauch umgeht."

Ich nickte und errötete. Das tat er. Das tat er wirklich. „Ja, ich mag den mit dem beeindruckenden Schwanz."

„Und du magst den Feuerwehrmann auch", sagte Lauren.

Ein weiteres Nicken. „Ja."

Shannon hob die Hände und ließ sie dann in ihren Schoß fallen. „Du könntest einfach zwei Männer haben. Mach' dich nicht verrückt, indem du versuchst zu wählen. Auch wenn ich die Aussicht auf eine Fleischbeschau und einige Beurteilungskriterien aufregend finde, bedeutet das nicht, dass du eine Entscheidung treffen musst."

„Ich habe mit jedem für sich alle Hände voll zu tun", gab ich zu. „Ich könnte sie mir nicht zusammen vorstellen. Das würde in einer atomaren Wolke voller Testosteron enden."

„Nein, ich wollte nicht vorschlagen, sie zusammen zu haben", antwortete Shannon. „Hab' einfach zwei Freunde. Daran ist nichts verkehrt. Viele Leute tun das oder etwas Ähnliches. Wenn wir hier überhaupt irgendetwas bewerten, dann würde ich sagen, ist es eine Verbesserung statt dich wahllos durch Dating-Apps zu ficken. Es ist jedoch nicht verkehrt, wenn du wahllos fickst, wenn das für dich funktioniert."

„Ich habe schon darüber nachgedacht, zwei Freunde zu haben. Es ist mir diese Woche durch den Kopf gegangen", sagte ich. „Ich dachte, ich würde mich im Konflikt und schrecklich fühlen, wenn die Dinge mit beiden *fortschreiten* würden. Ich habe es jedoch nicht gefühlt. Ich mag sie beide. Ich bin gerne mit jedem von ihnen zusammen. Ich möchte keinen von ihnen aufgeben. Der Gedanke schmerzt mich, dass einer vielleicht nicht mehr in meinem Leben wäre."

„Dann mach' weiter so", meinte Tiel. „Mach' dein Ding, Mädchen. Verstehst du?"

„Das werde ich, aber ... aber ich will es nicht für immer tun", sagte ich. „Noch nicht einmal weit über den Sommer hinaus. Ich mag sie beide und ich hasse den Gedanken, einen von beiden aufzugeben, aber dies ist Projektmanagement. Ich mache das den ganzen Tag. Sie sind schwer zu jonglieren."

„Schwänze *sind* schwer zu jonglieren", murmelte Shannon. „Eier sind einfacher."

„Ich bringe dauernd Dinge durcheinander", fuhr ich fort. „Ich vergesse, was ich zu wem gesagt habe. Ich vergesse, wen ich zum Abendessen treffe oder ob ich sie schon nach ihrer Arbeit gefragt habe. Es macht Spaß, aber ich eigne mich nicht langfristig für mehrere Beziehungen gleichzeitig. Ehrlich gesagt gilt das auch für sie. Sie sind ein wenig ungezügelter, wenn sie sich daran erinnern, dass sie nicht der einzige Mann in meinem Leben sind."

„Das ist ihr Problem", sagte Tiel. „Nicht deins. Sie müssen sich in den Griff bekommen, ohne dich unter Druck zu setzen und ihr Gepäck bei dir abzuladen."

„Das tun sie", sagte ich. „Wirklich, das tun sie. Etwas Gepäck ist Teil der Vereinbarung. Ben kann nicht vergessen, dass seine Großmutter gestorben ist. Rob kann nicht vergessen, dass die Menschen, die ihm am nächsten standen, ihn verraten haben. Ich kann nicht vergessen, wie oft ich mich verbrannt habe, als dass ich einem Feuer vertrauen könnte."

„Ich weiß alles über Verbrennungen", antwortete Tiel. „Ich weiß, wie schwer es ist Hitze auszuhalten."

Ich starrte auf ihr kinnlanges schwarzes Haar, während sie einen Rhythmus auf den Tischrand trommelte. Machte sie einen Kommentar über mich und wie ich sie ins Feuer gezwungen hatte? Oder war dies ein weiteres Beispiel dafür, wie ich das Schlimmste annahm und glaubte, alles drehte sich nur um mich?

„Das hört sich nach viel Arbeit an", meinte Shannon.

„Ja", stimmte ich ihr zu. „Sie sind auch nicht für so eine mehrfache Situation geeignet. Sie haben das auch nicht wirklich gewählt. Keiner von uns hat das getan. Wir sind da einfach hineingeraten und jetzt versuchen wir zurecht zu kommen. Die ganze Sache ist verfahren. Sie wird verfahren sein, bis sie endet und wird es danach wahrscheinlich immer noch sein."

„Ich glaube, du weißt es vielleicht", sagte Lauren leise. „Ich glaube, du weißt es und du wappnest dich gegen den Schmerz und den Aufruhr, die deine Wahl mit sich bringen werden."

Andy zeigte auf Lauren, während sie mich anschaute. „Sie ist wahnsinnig schlau bei diesen Sachen. Sie versteht Beziehungen und weiß, was als nächstes passieren sollte. Du solltest ihr zuhören."

„Ich verstehe es", sagte Lauren lachend. „Aber nur, wenn es sich um die Beziehungen anderer handelt."

„Ich hoffe, die Wahl ergibt sich von allein", gab ich zu. „Es ist wahrscheinlich albern, aber ich warte auf ein Zeichen. Etwas, was mir hilft, herauszufinden, wie ich weiter mache, ohne jemand anderen oder mich selbst zu verletzen."

Lauren, Andy, Shannon, und Tiel waren einen Augenblick still. Sie musterten die Teller vor sich, die leeren Gläser, die Lauren beaufsichtigte, und das Gefäß in der Mitte des Tisches mit den schönen Päonien. Sie schwiegen, während ihnen die Realität dieser verrückten, sexy und lustigen Situation klar wurde und sie verstanden, dass sie mehr als alles andere herzzerbrechend war.

Es war wunderbar, dass diese Männer um meine Gunst buhlten. Es war ein wahr gewordener Traum. Aber es war auch kompliziert und jemand würde verletzt werden. Vielleicht mehr als einer.

Und in meinem Hinterkopf machte ich mir Sorgen, ich würde die falsche Wahl treffen. Ich machte mir Sorgen, ich würde mein Leben lang über den nachdenken, den ich aufgegeben hatte.

Ich musste mir sicher sein. Wenn ich es nicht war, konnte ich keinen von ihnen wählen. Und das war ebenso schmerzhaft.

Shannon räusperte sich. „Du wirst ein Killer-Kleid brauchen, aber du wirst uns auch brauchen. Bringe sie mit zu Matt und Laurens Haus am Umzugstag. Wir werden dir helfen." Sie zuckte mit den Schultern. „Im schlimmsten Fall schicken wir meinen Ehemann, um sie zu verhören. Oder wir zwingen sie zu einigen Übungen. Die können sie mit nacktem Oberkörper machen und wir gehen nach Hause und greifen uns dann unsere Männer. Das wird fantastisch. Jeder hat etwas davon in dem Szenario."

Lauren ließ ihren Kopf hängen. „Oh Gott. Shannon."

Auch wenn ich nicht mehr in der Grundschule war, hob ich meine Hand. „Ich würde das gut finden."

KAPITEL 24

Ben: Hey, Süße. Hast du vielleicht Platz in deiner Dusche für mich?

Rob: Nahe meinem Gebäude gibt es jetzt einen Laden, der *Poke Bowls* verkauft. Hättest du Lust, ihn aus zu probieren?

Magnolia: Seid gegrüßt, Freunde.
Ben: Nicht der Gruppentext des Todes.
Ben: Bitte.
Ben: Ich möchte lieber den Stinkefinger-Emoji.
Rob: Bist du fertig?
Ben: Ich bin mit dir fertig.
Magnolia: Jaaaaaaa. Also verbringe ich den Abend mit meinem Hund und Netflix. Ich melde mich später bei euch beiden.
Rob: Du weißt, wo du mich findest.
Ben: Sie weiß, wo sie uns beide findet, Blödmann. Das Finden war nie das Problem.
Rob: Vielen Dank für die Erklärung, Brock. Sehr hilfreich.
Magnolia: Gute Nacht!

———

Ben: Ich weiß, ich habe gesagt, ich wollte heute Abend am Haus arbeiten, aber ich habe keine Lust.

Magnolia: Das ist in Ordnung. Schon gut.

Magnolia: Ist alles in Ordnung?

Ben: Ja.

Magnolia: Ich werde nicht bohren, Brock.

Ben: Heute Morgen wurde der Grabstein für meine Großmutter gesetzt und seitdem bin ich auf dem Friedhof.

Magnolia: Ach, meine Lieber.

Ben: Nein, es ist nichts. Ich habe im Augenblick nur keine Lust auf Blödsinn.

Magnolia: Ich verstehe.

Magnolia: Die Sox spielen heute Abend. Hast du Lust, Pizza zu bestellen und das Spiel bei mir zu schauen? Gronk wird seine Heimspielschleife tragen.

Ben: Hast du keine Karten?

Magnolia: Mein Bruder hat einen Kunden zum Spiel eingeladen.

Ben: Was macht er beruflich? Und von welchem Bruder sprechen wir?

Magnolia: Ash ist Buchhalter. Er und mein Vater arbeiten zusammen. Linden ist Baumarzt.

Ben: Wer hat die Karten?

Magnolia: Ash. Linden würde dir erzählen, dass seine Kunden Bäume sind.

Ben: Okay, damit ich das richtig verstehe. Du bist Landschaftsarchitektin und einer deiner Brüder ist Baumarzt? Wie kam es, dass ihr so geerdet seid?

Magnolia: Ich hoffe, du hast *geerdet* gerade mit Liebe geschrieben.

Ben: Immer.

Magnolia: Wir sind die Kinder echter Hippies. Meine Eltern

hielten schon Hühner, als es noch nicht cool war und mit fünf
konnten wir alle Ukulele spielen.
Ben: Das ist etwas Besonderes.
Magnolia: Ja. Damals hatte ich unterschiedliche Meinungen
darüber, aber jetzt weiß ich, es war eine gute Art und Weise,
aufzuwachsen.
Ben: Okay, sag' mir die Wahrheit. Dein Buchhalter-Bruder ist
der langweilige, oder?
Magnolia: Ich würde ihn nicht langweilig nennen. Er hat andere
Interessen und Prioritäten. So wie Linden und ich ist er auf
seine Arbeit fokussiert und glaubt an das, was er tut. Auch
wenn er sich ein wenig wichtig nimmt.
Ben: Hey. Hör' zu. Ich muss für heute absagen. Ich wäre keine
gute Gesellschaft heute Abend. Entschuldige mich bitte bei
meinem Kumpel Gronk.
Magnolia: Ich werde es ihm sagen.
Ben: Wir sprechen uns nach meinen nächsten paar Schichten,
okay?
Magnolia: Pass auf dich auf, Brock.

Rob: Ich habe einen Artikel gelesen, dass eine Art Wandermotte
die Gegend befällt. Hat so etwas Auswirkungen auf deine
Arbeit?
Magnolia: Ähm, ja. In gewisser Weise.
Rob: Findest du dieses Thema interessant?
Magnolia: lol, interessant? Es ist wahrscheinlich interessanter
für mich als Gerüchte über eine Rezession für dich.
Rob: Verflucht, nein, wir werden nicht darüber sprechen.
Magnolia: Es ist schlimm genug und man sollte es im Hinter-
kopf behalten.
Rob: Absolut. Es ist gefährlich, solche Gedanken überhaupt ins
Bewusstsein zu lassen.

Rob: Ich habe einen Artikel über eine Neuzüchtung von Hortensien gelesen. Ist das sicherer?
Magnolia: Wo zum Teufel bekommst du deine Nachrichten her?
Rob: Lehnst du die Unterhaltung über Hortensien also auch ab?
Magnolia: Guter Versuch, Russo. Das muss ich dir zugutehalten.

———

Magnolia: Wie hast du die Narbe auf deiner Wange bekommen?
Ben: Ich bin mit neun über den Fahrradlenker geflogen. Dabei habe ich das Pedal ins Gesicht bekommen. Ich habe ganz schön was abbekommen. Ich habe mir damals die Augenhöhle gebrochen.
Magnolia: Oh je. Das hört sich schrecklich an. Es tut mir leid.
Ben: Schon gut. Es ist fast dreißig Jahre her.
Magnolia: Aber du erinnerst dich noch gut daran.
Ben: Als wäre es gestern gewesen.
Ben: Ich nehme an, so mancher Scheiß bleibt an einem hängen.
Magnolia: Stimmt.

———

Ben: Du bist eine der kompetentesten Menschen, die ich kenne und daher glaube ich du hast eine Antwort hierfür.
Magnolia: Kompetent. Da legst du die Messlatte aber sehr hoch.
Ben: Es ist ein Kompliment.
Magnolia: Ja. Wie nur du eins machen kannst.
Magnolia: Wie kann ich dir helfen?
Ben: Kennst du einen Anwalt, der sich mit Testamenten und Eigentumsrecht auskennt? Weil ich verflucht noch mal nicht weiß, was ich tue und ich habe das Gefühl, ich muss mich jedes Mal erbrechen, wenn ich versuche, allein damit klar zu kommen.
Magnolia: Ich kenne eine Anwältin, aber sie hat sich auf Immo-

bilien spezialisiert. Ich bin mir aber sicher, sie kann mir ein paar Empfehlungen geben.

Ben: Vielen Dank.

Magnolia: Jederzeit.

Ben: Warum machst du das? Warum hilfst du?

Magnolia: Warum nicht?

Ben: Weil die Menschen schrecklich sind und dich hintergehen werden.

Magnolia: Ganz gleich, was passiert, ich werde dich nicht hintergehen.

Ben: Warum nicht? Du könntest es tun.

Magnolia: Weil ich es nicht tun werde. Weil ich dir oder einem anderen das nicht antun will. Weil ich hintergangen wurde und ich werde das nicht wiederholen.

Ben: Du solltest unausstehlich sein mit deinem Helfersyndrom. Stattdessen bist du verflucht wertvoll.

Magnolia: Danke.

Ben: Verflucht. Es tut mir leid. Ich bin wütend und lasse es an dir aus.

Magnolia: Ich weiß.

Ben: Es tut mir leid.

Magnolia: Das weiß ich auch.

———

Magnolia: Ich habe eine zweiteilige Frage.

Rob: Ja und ja.

Magnolia: Mein Lieber, leider sind das keine gültigen Antworten, aber äußerst stimmig.

Rob: Ich nehme jeden Punkt mit, den ich bekommen kann.

Magnolia: Komisch, dass du das sagst.

Rob: Welcher Teil?

Magnolia: Über die Punkte. Ich führe keine Ergebnisliste.

Rob: Ja, ich weiß. Ich meinte auch keine tatsächlichen Punkte.

Magnolia: Ich weiß. Es ist komisch, weil ich nur selten denke, dass du um der Punkte willen arbeitest.

Rob: ... Wenn das eine Behauptung ist, dass ich ein toller Kerl bin, nehme ich es an.

Rob: Wenn das eine Behauptung ist, dass Brock für seine Punkte arbeitet, werde ich vortäuschen, dass ich das nicht gesehen habe, weil ich glaube, es ist besser, nicht mehr zu wissen als die gröbsten Grundlagen.

Magnolia: Du bist ein toller Kerl, Rob Russo.

Rob: Da hast du verdammt Recht.

Magnolia: Sagt man Toll? Ist das eine Eigenschaft?

Magnolia: Und wenn schon. Für uns ist es eine.

Rob: Ich liebe es, wenn du wild entschlossen bist.

Magnolia: Hmm. Das hört sich wie eine Behauptung über meine Unentschlossenheit an.

Rob: Warum würde ich das tun?

Rob: Igitt. Das hört sich passiv-aggressiv an. Es tut mir leid. Ich bin erschöpft, ich habe noch nicht einmal für die Reise nach New York gepackt und ich verhalte mich wie ein Arschloch.

Magnolia: Fährst du nicht schon morgen früh?

Rob: Um sechs Uhr morgens.

Magnolia: Geh' und pack'!

Rob: Das hört sich an, als würdest du dir Sorgen um mich machen.

Rob: Ich möchte lieber wissen, was du mich fragen wolltest.

Magnolia: Geh' und pack'.

Rob: Erst, wenn du mir die zweiteilige Frage stellst.

Magnolia: Nein. Reiß dich zusammen.

Magnolia: Schicke mir keine Nachrichten mehr, bis du morgen durch die Flughafen Sicherheitskontrollen gegangen bist.

Rob: Warum nicht?

Magnolia: Du hast es selbst gesagt. Du bist müde. Du bist morgen unterwegs und musst den ganzen Tag arbeiten. Ich bin mir sicher, du bist gestresst. Mach' dich für deinen Tag bereit, verhalte dich wie ein Erwachsener und geh' ins Bett.

Rob: Komm' mit.

Magnolia: Wohin?!?

Rob: Überall hin, aber zuerst ins Bett. Wenn du bei mir bist, schlafe ich besser.

Rob: Das letzte Mal, als wir zusammen genächtigt haben, war ich der perfekte Bettpartner.

Rob: Wie wäre es hiermit: Ich packe jetzt und komme dann zu dir. Nur zum Schlafen. Versprochen.

Rob: Sollte ich dein Schweigen als Desinteresse an meinem Vorschlag interpretieren?

Magnolia: Nur zu deiner Information, ich habe mich mit Gronk beraten. Er hat ein Mitspracherecht bei Übernachtungen.

Rob: Wie hat sich dein felliger Freund entschieden?

Magnolia: Solange es dir nichts ausmacht, dein Kopfkissen mit ihm zu teilen, wäre er einverstanden.

Rob: Und du? Bist du einverstanden?

Magnolia: Ich habe mich mit dem Hund beraten, also ... Ja. Beweg' deinen Hintern hierher.

———

Magnolia: Ich habe meine zweiteilige Frage noch gar nicht gestellt! Und jetzt habe ich eine weitere Frage.

Rob: Warte. Was? Welche zweiteilige Frage?

Magnolia: Von letzter Woche! Bevor du nach New York abgereist bist! Du hast Zeit geschunden und ich wollte das Verhalten nicht belohnen.

Rob: Ich habe keine Zeit geschunden.

Magnolia: Es hörte sich so an.

Rob: Stelle mir deine drei Fragen zwischen meinen Besprechungen und dann kann ich dich nicht mit meiner Zeitschinderei beleidigen oder um eine Einladung in dein Bett betteln.

Magnolia: Okay, dann machen wir das so.

Magnolia: 1 – wann hast du dir die Nase piercen lassen?

Rob: Als ich neunzehn und sehr dumm war.

Magnolia: War es so schlimm?

Rob: Nicht das Piercen, sondern ich. Damals war ich ein selbstsüchtiger Vollidiot. Ich bin tatsächlich zusammengezuckt, als ich über die Version von mir nachdachte.

Magnolia: Im Gegensatz zu dem Zusammenzucken, das passiert, wenn du dich daran erinnerst, wie du dich mir vorgestellt hast, indem du mir deine Größe, Gewicht und deine Länge mitgeteilt hast?

Rob: Ja. Ganz anders als das.

Rob: Nächste Frage.

Magnolia: 2– wann hast du das Piercing rausgenommen?

Rob: Vor meiner Prüfung, um die Aktienhändler Lizenz zu bekommen. Das war vor etwas mehr als zehn Jahren. Es schien der richtige Zeitpunkt zu sein.

Magnolia: Vermisst du es?

Rob: War das die dritte Frage?

Magnolia: Nein, aber du hast dich traurig angehört.

Rob: Ich bin nicht traurig. Ein bisschen sentimental wegen meiner Dummheit in meiner Jugend, aber nein, ich vermisse den Nasenring nicht.

Rob: Meine Eltern auch nicht.

Magnolia: 3– ich habe mir Gedanken über diese Sache gemacht, seit wir uns das erste Mal kennengelernt haben. Ich hatte gedacht, RRRHahn 441 wäre nur ein derber Scherz, aber auf deiner Gürtelschnalle war RRR graviert … Wie lautet dein Mittelname, Rob Russo?

Rob: Es war wirklich nett, dich kennengelernt zu haben.

Magnolia: Was? Du wirst es mir nicht sagen?

Rob: Ehrlich gesagt mache ich mir Sorgen um den dann folgenden Streit. Es ist gut, dass ich die ganze nächste Woche an der Westküste sein werde. Ich werde nicht versucht sein, bei dir aufzutauchen und Peter Gabriel laufen zu lassen.

Magnolia: So schlimm kann es nicht sein. Du solltest es mir sagen.

Rob: Es ist Richard.

Magnolia: Ja, und ...?

Magnolia: Oh Gott, es ist Dick oder Schwanz. Dein Mittelname ist DICK. Das erklärt so viel!

Rob: Ja.

Magnolia: Der Dick oder der Schwanz. Das bist du.

Rob: Ich habe von Anfang an versucht, dir das zu sagen.

Magnolia: Ja, aber dies ist die nächste Stufe, mein Freund.

Rob: Noch Fragen?

Magnolia: Sie sind mir gerade ausgegangen. Vielen Dank, dass du mir nachgegeben hast.

Rob: Kann ich mich jetzt in dein Bett einladen?

Magnolia: Kein Schwanz.

Rob: Ich werde die nächsten fünf Stunden damit verbringen, aus dieser verdammten Antwort schlau zu werden

Magnolia: Viel Spaß!

Magnolia: DICK! Oh Gott. Ich kann nicht glauben, wie perfekt das ist.

KAPITEL 25

Mein Date zerbrach sich den Kopf wegen Orangerot.

„Ich weiß es einfach nicht", sagte meine Mutter mit einem übermäßig langen Seufzen. „Beißen die sich? Ich werde es hassen, wenn sie sich beißen."

Sie hielt die Nagellackfläschchen hoch, wobei einer orangerot und der andere himbeerfarben war, damit ich sie inspizieren konnte.

„Ich glaube nicht, dass du dir Sorgen machen musst, weil sich die Farbe deiner Zehen mit der deiner Finger beißt", sagte ich. „Sie sind weit genug auseinander." Ich zuckte mit den Schultern in einer Geste, die Töchter für ihre Mütter reserviert hatten.

„Ich finde, du solltest dir ein wenig mehr Gedanken machen. Männer mögen es, wenn Frauen sich zurecht machen und das beinhaltet eine koordinierte Mani- und Pediküre."

„Merken sie es überhaupt?", fragte ich ungläubig. Meine Mutter hielt normalerweise nicht an so antiquierten Werten fest.

„Das tun sie. Es sind die kleinen Dinge, die den Unterschied machen", sagte sie. „Sie mögen es auch, wenn Frauen Schuhe mit Absätzen tragen."

„Besitzt du noch etwas Höheres als die Stummelabsätze? Damit es klar ist, deine Gartenschuhe zählen nicht."

Sie hob ihr Kinn und murmelte etwas. „Ich habe ein Paar süße Espadrilles. Ich habe sie vorletztes Wochenende gekauft. Wenn du da gewesen wärst, hättest du sie gesehen."

„Das sind keine Absätze", stritt ich und übersprang das schlechte Gewissen. Das Jonglieren zwischen Ben und Rob bedeutete, dass ich einige Dinge vernachlässigte. Mittagessen sonntags zu Hause, Waschtage, meinen Verstand. „Nicht wirklich. Wichtiger noch, wenn Männer meine Nägel und Schuhe nicht mögen, ist das ihr Problem."

„Es muss überhaupt kein Problem sein", antwortete sie. „Jetzt sag' mir, was du von diesen Farben hältst. Sind sie ein Verbrechen gegen die Gesetze der Farbräder?"

„Du solltest jemand anderen fragen. Ich kenne mich nicht genug mit Nagellackregeln aus."

Sie warf mir einen unbeeindruckten Blick zu, der mich selbst mit Mitte dreißig zum Schweigen brachte und mir sagte, ich sollte mein Zimmer aufräumen. „Ich weiß nicht, warum ich mir die Mühe mache, Mädchenzeit mit dir zu verbringen, wenn du noch nicht einmal eine einfache Frage über Farbkoordination beantworten kannst."

„Ich auch nicht", antwortete ich. „Eine Maniküre hält bei mir höchstens zwei Tage. Meistens schaffe ich es noch nicht einmal bis zum Auto ohne alles kaputtzumachen."

Meine Mutter schaute finster, schniefte und schaute hinter sich auf die Auswahl an Farben.

Verflucht. Verfluchte schlechte Laune. Verfluchte Woche mit Katastrophen an der Arbeit, seltsamen Träumen und Stress mit Männern. So viel Stress mit Männern. Ich drückte meine Fingerspitzen gegen meine Augenlider. „Ich weiß es zu schätzen, dass du regelmäßig Zeit mit mir verbringen willst."

Ohne von ihrer Schüssel voller Nagellacke weg zu schauen, sagte sie: „Wenn ich es nicht täte, würde ich dich niemals sehen. Es ist Ewigkeiten her, seit du zum Sonntagsessen bei uns warst."

„Ich bin mir sicher, Ash und Linden genießen das", antwortete ich. „Sie wollten schon immer so tun, als wären sie Zwillinge."

Sie nahm ein Fläschchen mit hellblauem Nagellack und stellte ihn mit einem vorwurfsvollen Blick zurück. Meine Mutter lebte nach einem Übereinkommen mit von der Saison inspirierten Mani- und Pediküren. Im Sommer musste es ein Feld voller Mohnblumen sein, im Frühling sah es aus wie ein Osterei und der Herbst war ein Erntefest. Blau musste auf die kalten Tage im Januar warten.

„Ach", sagte sie, „sie sind jetzt aus der albernen Zwillingsphase raus", sagte sie. „Sie vermissen dich auch."

Mir lag ein weiterer aufsässiger Kommentar auf der Zunge, aber ich schluckte ihn. Ich zwang mich ihn zu schlucken und überlegte mir eine bessere Alternative, weil meine Mutter meine schlechte Laune heute nicht verdient hatte. Unsere Beziehung war nicht angespannt oder kompliziert, aber wir drängten und zerrten aneinander. Wir diskutierten und machten spitze Bemerkungen. Sie mischte sich ein und ich zog mich zurück. Zum Schluss vertrugen wir uns immer wieder und machten weiter.

„Es tut mir leid, dass ich in letzter Zeit nicht bei dir war. Meine Wochenenden waren ..." Meine Stimme wurde leiser, als wenn ich nach der richtigen Beschreibung für die letzten Monate suchen würde. Hektisch? Zu viele Termine? Überwältigend? Alles davon. „Beschäftigt. Es tut mir leid. Ich war beschäftigt und ich weiß, dir ist bewusst, dass die Fahrt von Beverly nach New Bedford viel länger ist, wenn man den Verkehr, der sich von hier aus zum Cape bewegt, mit einberechnet."

„Deswegen besuche ich dich gern unter der Woche", antwortete sie. „Weniger Verkehr."

„Mmhmm."

Sie schlug ein zitronengelbes Fläschchen gegen ihre Handfläche, bevor sie es gegen das Licht hielt. „Wenn du deine Nägel nicht machen lassen willst, kannst du hier sitzen und mir

Gesellschaft leisten, während ich meine machen lasse. Vielleicht kannst du mir erzählen, was gerade in deinem Leben passiert, da ich sonst nichts mehr von dir höre."

„Oh Gott", murmelte ich zu mir selbst und verdrehte die Augen.

„Das habe ich gehört." Sie starrte auf die drei Fläschchen, schüttelte den Kopf und stellte sie zurück ins Regal. Dann wählte sie das ursprüngliche orangerot und die Himbeerfarbe und ging zu der Angestellten, die an ihrer Station wartete.

Ich griff die erste Flasche dunkelrot, die mir ins Auge fiel, und folgte ihr. „Es tut mir leid. Noch einmal", sagte ich und setzte mich auf den Pedikürestuhl neben ihr. „Ich hatte viel um die Ohren."

„Nicht so viel. Du hast dich seit Monaten nicht bei deinen Dating-Konten eingeloggt. Ich weiß das, weil du keine der neuen Matches oder Nachrichten geöffnet hast."

Ich hätte nicht überrascht sein sollen, dass sie mich kontrollierte. „Ich sollte die wirklich deaktivieren."

Sie schüttelte den Kopf und seufzte. „Wenn du schon aufgegeben hast, dann solltest du sie deaktivieren. Das ist besser, als die Männer, die mit dir gematcht werden, in die Irre zu führen."

Ich blinzelte sie an und ignorierte die Frage der Angestellten hinsichtlich der Wassertemperatur. Nach fünf oder sechs Millionen Blinzlern fragte ich schließlich: „Würdest du das bitte wiederholen?"

Sie warf mir einen scharfen Blick zu, bevor sie sich wieder der alten Ausgabe des *People* Magazins auf ihrem Schoß zuwandte. „Du hast *versprochen*, du würdest es dieses Jahr versuchen. Du hast gesagt, du würdest es selbst tun. Aber du versuchst es ja gar nicht, wenn du noch nicht einmal die Nachrichten öffnest."

Ich lachte tief und laut und das passte so gar nicht zu diesem Ort des stumm geschalteten *Home and Garden TV*, den ruhigen Unterhaltungen und der Illusionen von Entspannung.

Ich bemerkte eine Handvoll empörter Blicke und noch mehr von der Seite. „Glaube mir, ich versuche es."

Meine Mutter starrte mich dann an, wobei ihre Mundwinkel nach unten zeigten und sie ihre Stirn runzelte. „Es ist unhöflich, Magnolia. Es könnten durchaus nette Herren dabei sein und du machst dir noch nicht einmal die Mühe, das anzuerkennen. Es ist unhöflich, die Nachrichten zu ignorieren …"

„Sie können verflucht noch mal warten", fauchte ich.

Danach lachte ich hysterisch und daraufhin drehten sich alle Köpfe in meine Richtung. Hier passierte es nun. Genau hier in einem Nagelstudio in der Mall. Hier verlor ich meinen verfluchten Verstand. Um im Beisein von entzückend überheblichen High-School Mädchen und erschöpften Müttern aus der Vorstadt als meine Zeuginnen verwandelte sich das Lachen in ein wildes, ansteckendes Kichern und ich konnte nicht mehr aufhören. Ich war mir nicht sicher, was die Tränen auslöste – das unkontrollierbare Kichern oder der Spruch, dass ich diese Dating-Initiative aufgegeben hätte. Wahrscheinlich waren es die Männer. Diejenigen, die mir etwas bedeuteten und die ich vor Verletzung schützen wollte.

Ich lachte jedoch weiter und weinte und zitterte bei dem riesigen Ausmaß dieser Gefühle. Ich war ein kochender Kessel, der piepte und dampfte, während alle zuschauten. Sie boten mir Taschentücher und Wasser und Schokolade und sogar eine Valium an. Es gab jedoch nur einen Weg, einen Kessel zu beruhigen und ich wusste nicht, wie ich die Hitze nach unten regeln könnte.

„Magnolia", flüsterte meine Mutter. Sie schaute mich mit großen Augen an. „Magnolia, was ist los?"

„Du-du-du-du", stammelte ich zwischen dem Lachen, „du g-glaubst, ich versuche es nicht, aber du hast keine Ahnung, was ich durchmache."

„Dann erzähle es mir." Sie streckte die Hände aus, als wäre es so einfach. Und vielleicht war es das. Vielleicht war ich schon zu weit auf diesem Weg gegangen, dass ich das Licht nicht mehr sehen konnte, aber es fühlte sich weit entfernt von einfach an. „Erzähl mir, was du durchmachst. Vielleicht kann ich helfen."

Ich schüttelte den Kopf und spürte bereits, wie Kopfschmerzen begannen. „Ich habe aufgehört, die App zu benutzen", begann ich mit einem Schniefen, „weil ich glaube, mich verliebt zu haben und mein Leben ein völliges Du-du-du-durcheinander ist."

Meine Mutter stand der Mund offen. Sie erholte sich schnell und fragte: „Ist er verheiratet? Bitte sag' nicht, er ist verheiratet. Du solltest es besser wissen als dich wieder in eine solche Situation zu bringen."

Wieder.

Ich hätte weiter gelacht, wenn ich nicht so sehr damit beschäftigt gewesen wäre mich über das Wort zu ärgern.

Wieder.

Ich hatte einige Fehler gemacht. Das wusste ich auch ohne die Erinnerung. Ich hatte Fehler gemacht und ich brauchte länger als andere, um aus ihnen zu lernen. Aber das heraus zu finden war die schwierige Seite, wenn man seinen eigenen Scheiß leid war. Zu lernen, sein fehlerhaftes, zerbrechliches Selbst zu lieben erforderte ein dickes Fundament an Fehlern und eine rücksichtslose Hingabe, damit man sie nie wieder machen würde.

Wieder.

„Das ist nicht fair", sagte ich. „Ich wusste nicht, dass Peter verheiratet war. Sicherlich habe ich einige Warnzeichen übersehen, aber ich habe mich nicht wissentlich mit einem verheirateten Mann eingelassen, Mama. Das würde ich nicht tun."

„Also ist er nicht verheiratet?"

Ich verdrehte die Augen und lachte bellend. „Nein. Nicht verheiratet."

Sie zuckte mit den Schultern und wartete auf eine Erklärung.

Ich hatte so oft darüber nachgedacht, wie ich Rob und Ben

meiner Familie präsentieren würde. In meinem Kopf fand es immer nach dem Sommer und dem Ende unserer Vereinbarung statt. Nachdem ich gewählt hatte.

Aber die Realität, dass ich eine Wahl zwischen Rob und Ben treffen würde – einen Sieger krönen würde – lag in meinem Bauch wie ein Stein. Dies war kein Saisonfinale und diese Männer nahmen an keinem Wettbewerb teil und ich machte keine langen, nachdenklichen Spaziergänge auf einem verlassenen Strand, während ein Kamerateam jeden meiner Blicke einfing. Dies war mein echtes Leben und einen dieser Männer zu wählen bedeutete, eine Beziehung auf unebenem Grund aufzubauen.

Die ganze Macht lag in meinen Händen. Eine Zeit lang hatte es Spaß gemacht. Es hatte sich schön angefühlt, verehrt und geschätzt zu werden und etwas Besonderes zu sein. Ich war noch nie etwas so Besonderes gewesen, zumindest nicht auf die Art und Weise, die wichtig war. Aber ich sollte diese Macht nicht behalten.

„Bekommst du deine Tage? Geht es darum? Fühlt es sich ein wenig nach PMS an?"

Ich legte meine Handflächen über meine Augen. „Oh Gott. Mama. Nein. Einfach ... nein."

Sie atmete schnaufend aus. „Das ist eine faire Frage", sagte sie. „Du bist normalerweise nicht *sooo* dramatisch und glaube mir – Hormone können einen verrückt machen."

„Danke", murmelte ich. „Das ist wirklich hilfreich."

Sie bewegte sich zu mir und ihr Arm strich gegen meinen. „Wenn er nicht verheiratet ist, was ist dann das Problem?"

„Es gibt zwei von ihm", antwortete ich. „Das ist das Problem."

„Okay. Er ist ein Zwilling", überlegte sie laut. „Dann bekommst du wahrscheinlich auch Zwillinge, aber deswegen muss man nicht weinen."

„Das ist die einzige Art und Weise, wie dies noch schlimmer sein könnte", sagte ich. „Wenn sie Zwillinge wären." Ich erschauderte bei dem Gedanken, dass meine Brüder mit der gleichen Frau ausgingen. Herrje. „Keine Zwillinge. Zwei verschiedene Männer. Ich gehe mit zwei Männern aus, die keine Zwillinge sind."

Meine Mutter hob beide Augenbrauen. „Machst du Witze?"

„Sieht es so aus, als würde ich Witze machen?" Ich zeigte auf mein Gesicht. Ich brauchte mein Spiegelbild nicht zu sehen, um zu wissen, dass ich ein aufgedunsenes, rotes Durcheinander war. „Sieht irgendwas hiervon wie ein Witz für dich aus?"

Es war unwichtig, ob ich laut sprach oder nicht, weil alle bereits zuhörten. Natürlich taten sie das. Nichts passierte mir im stillen Kämmerlein. Jeder kritische Moment in meinem Leben entfaltete sich mit einem Publikum. Dabei kam mir der Gedanke – wenn kein Urteil über mich gefällt wurde, passierte es überhaupt? Ich war mir nicht sicher, aber ich war mir ganz sicher, mit alledem fertig zu sein. Den Urteilen, den hochgezogenen Augenbrauen, dem *wieder* und dem andauernden Gefühl, es immer noch nicht richtig zu machen.

Ich war verflucht noch mal fertig damit.

„Nein, Mama, ich scherze nicht", fuhr ich fort. „Ich gehe jetzt seit einigen Monaten mit zwei Männern aus." Ich schüttelte den Kopf und versuchte mich an den Augenblick zu erinnern, als alles begann. „Es sind zwei unterschiedliche, nicht miteinander verwandte Männer, die weder Zwillinge noch verheiratet sind."

Sie beobachtete mich einen Augenblick, runzelte die Stirn und ignorierte die Bitte der Angestellten ihren Fuß wieder in das Bad zu stellen. Dann: „Ein paar Monate? Das geht schon seit ein paar Monaten? Glaubst du nicht, dass ich so etwas wissen möchte?"

„Ja, ein paar Monate und ich bin nicht hier, um mir deine Beschwerden deswegen anzuhören", antwortete ich noch voller Selbstgerechtigkeit. „Ich hatte nicht das Ziel, zwischen zwei Männern gefangen zu sein und ich würde dieses Chaos niemandem wünschen. In allererster Linie brauche ich niemanden, der mich daran erinnert, dass ich früher einmal dumme Dinge getan habe. Ich habe unglaublich dumme Dinge getan und alle Warnungen in den Wind geschlagen." Ich stieß mit einem Finger auf meine Brust. „Ja, so war das mit mir. Aber was glaubst du, wie viele Male muss ich zuschauen, wie mein Leben auseinandergerissen und als Müll verkauft wird, bevor ich die Dummheiten hinter mir gelassen habe? Was glaubst du, wie viele Male muss mir mein Hund gestohlen oder meine Geschäftsbeziehungen kaputt gemacht oder Strafanzeigen gegen mich gestellt werden, bevor ich das dumme Mädchen in mir getötet habe?"

„Magnolia, ich meinte nur ..."

Ich hob beide Hände und brachte sie zum Schweigen. „Ich muss es nicht hören. Ich brauche niemanden, der mir sagt, ich hätte die schlechte Angewohnheit auf das falsche Pferd zu setzen. Es stimmt. Ich habe es zu viele Male gemacht und für jedes Mal bezahlt. Ich habe einen so hohen Preis bezahlt. Weißt du, was es mich gekostet hat? Weißt du, wie viele meiner Freundinnen geheiratet, Babys bekommen haben, Häuser gekauft und Karriere gemacht haben und sie haben all diese Dinge gemacht, die jeder machen sollte, während ich verloren und verwirrt umhergeirrt bin und gehofft habe, eines Tages den Einen kennenzulernen? Das war alles, was ich wollte. Aber ich bin umhergeirrt und war dumm und habe alles verpasst. Manchmal überlege ich, ob ich das je wieder aufhole und ob ich jemals dran bin." Ich wischte mir eine Träne von der Wange. „Aber ich wette nicht mehr auf Pferde, Mama. Ich wette jetzt auf mich."

Ich bewegte mich auf meinem Stuhl und starrte aus den Fenstern des Studios. Es war strahlend hell und die Art von Sonnenschein, die *Sommerrrrrr!* brüllte und innerhalb von wenigen Minuten würde ich draußen Sommersprossen bekommen. Draußen gingen Leute auf dem Bürgersteig und fuhren auf der Straße. Sie gingen ihrem Leben nach. Sie waren nicht zwischen einer Historie schlechter Entscheidungen und einem verzweifelten Verlangen, es einmal in ihrem verfluchten Leben richtig zu machen gefangen. Oder vielleicht waren sie es. Vielleicht litten und kämpften sie, scheiterten und machten alles falsch. Vielleicht litten und kämpften wir alle, aber wir konnten es erst sehen, wenn wir näherkamen und jemanden wirklich anschauten.

„Wie gefällt Ihnen die Farbe? Ist es gut so?", fragte die Angestellte.

Ich nickte ohne hin zu schauen. Es machte nichts aus, ob sich die Farbe meiner Zehennägel mit der meiner Finger biss oder ob ich Absätze trug oder etwas anderes tat als den richtigen Weg in dieser Sache zu finden – ob ich einen Mann wählte oder wir einander wählten – weil ich jetzt endlich dran sein wollte. Ich hatte es verdient.

„Es tut mir leid", sagte meine Mutter leise. „Was ich über dich und verheiratete Männer gesagt habe, tut mir leid. Ich dachte, wir könnten darüber lachen, aber jetzt verstehe ich, dass es nicht sehr lustig war." Aus dem Augenwinkel sah ich, wie sie auf mich zeigte. „Du bist stark, Magnolia. Du bist stärker als die Jungs. Das warst du schon immer. Ich glaube, wir machen es dir deswegen so schwer. Wir glauben, du wirst damit fertig. Du kannst es, aber das bedeutet nicht, dass du es müssen solltest."

Ich schaute sie an. „Es ist in Ordnung."

„Es ist nicht in Ordnung", widersprach sie. „Wir haben dich wegen diesen Entscheidungen verhöhnt und haben nicht gemerkt, dass es dich so sehr verletzt hat, dass du angefangen hast, uns wichtige Dinge vorzuenthalten. Sogar vor *mir*."

„Ich wusste nicht, was ich sagen sollte", gab ich zu. „Ich dachte, du würdest diese Situation nicht befürworten und ich wäre nicht damit fertig geworden, das zu hören. Es ist schon Stress genug, Gefühle für zwei Personen zu empfinden. Ich brauchte Zeit für mich selbst, um damit klarzukommen, bevor ich die Meinungen von allen hörte."

Sie neigte sich vor und schaute einen Augenblick lang auf den Nagellack auf ihren Zehen. „Es ist das Recht einer Mutter eine Meinung über alles zu haben, was ihre Babys machen, selbst wenn sie keine Babys mehr sind", sagte sie. „Dir wird es auch so ergehen. Eines Tages wirst du mich anrufen, wenn dein Baby darauf besteht in einem Partykleid und Regenstiefeln zum Lebensmittelladen zu gehen und ich werde dir sagen, dass das Beste noch kommt."

Ich lachte dieses Mal ein bisschen weniger hysterisch. „Das scheint eine unglaublich ferne und unwahrscheinliche Zukunft zu sein."

Meine Mutter sah aus, als wollte sie eine freche Antwort darauf geben, aber sie bremste sich. Sie schaute auf meine Zehen und sagte zu der Angestellten: „Wenn sie aufgetragen ist, ist die Farbe zu hell. Sie braucht eine zweite Farbschicht." Dann leise: „Ich kann meine Meinung ein paar Minuten lang für mich behalten. Sogar noch länger, wenn eine neue Episode von den *Super-Maklern* kommt." Sie lächelte mich albern an. „Erzähl' mir von ihnen."

„Ich brauche noch eine Minute." Ich griff nach meiner Tasche und wühlte in dem schwarzen Loch nach meiner Wasserflasche. Ich trank sie leer, während ich auf mein Handy schaute. Vier Nachrichten.

Andy: Hast du Zeit am Donnerstag mit mir Mittag zu essen? Ich möchte mit dir über ein paar Projekte sprechen, die ich gerade für Q4 terminiere.
Andy: Es ginge auch Freitag, aber dann kommt Patrick mit. Er ist wunderbar, aber er ist nicht besonders hilfreich, wenn es darum geht, Nachrichten von Männern zu entschlüsseln und ich liebe es, Nachrichten mit dir zu entschlüsseln.

Rob: Was muss ich tun, um dich heute Abend zu sehen? Ich bin bis um acht beschäftigt, aber ich möchte dich heute Abend sehen.

Ben: Hypothetische Frage: Wenn jemand Farbe auf Beton verschüttet, wie sollte er das reinigen?

ALL DIESE FRAGEN KONNTEN WARTEN. Ich steckte mein Handy weg und wandte mich zu meiner Mutter. „Ich weiß nicht, wo ich anfangen soll."

Sie neigte ihren Kopf zur Seite und summte. „Welcher kam zuerst?"

Daraufhin sagte ich: „Rob. Rob kam zuerst", sagte ich. „Er ist Investmentbanker und wohnt im South End. Er ist wirklich – er ist aufmerksam. Ja, das ist er. Aufmerksam. Es scheint so eine kleine, einfache Sache zu sein, aber ich war noch nie mit einem aufmerksamen Mann zusammen. Und er ist großzügig. Er findet Zeit für mich, wenn er sie eigentlich nicht hat und öffnet sich mir, auch wenn es schwierig ist. Rob und ich sind uns sehr ähnlich. Wir haben schlechte Beziehungen hinter uns und wissen nicht, wie wir Leuten vertrauen sollen und – und wir haben Angst, wieder verletzt zu werden." Ich rieb mir mit meinen Handflächen über die Oberschenkel, da ich etwas tun musste, um die Hitze, die jedes Mal in mir entzündet wurde, wenn ich an Rob dachte, zu kanalisieren. Jedes Mal denke ich daran, wo wir angefangen haben und wo wir jetzt sind. „Ich kann ihm genau sagen, was ich denke. Ich kann anderer Meinung wie er sein und ich kann ihm sagen, dass er sich irrt und … er mag es. Er hat mir noch nie das Gefühl gegeben, ich wäre klein oder meine Ansichten seien nicht wichtig." Ich schluckte das aufwallende Gefühl hinunter. „Er hat mir noch nie das Gefühl gegeben, ich sei nicht wichtig und das – das ist neu für mich."

Meine Mutter schaute weiter mit geschürzten Lippen auf ihre Zehen. Ich konnte ihre Miene nicht sehen.

Schließlich sagte sie: „Und der zweite?"

„Ach ja", murmelte ich. „Ben ist Feuerwehrmann. Er reno-

viert das alte Haus gegenüber von mir. Er hat es für seine Großmutter gekauft, aber sie starb, bevor er die Arbeiten am Haus
abgeschlossen hatte. Der Verlust hat ihn hart getroffen. Er ist
verletzt und ist so zornig auf die Welt, weil sie seine Großmutter genommen hat. Ich weiß nicht, ob sie unerwartet
gestorben ist oder ob er von ihrem Verlust am Boden zerstört
ist, aber es geht ihm nicht gut. Ich möchte ihn am liebsten knud-
deln, ihn festhalten und alles für ihn in Ordnung bringen."

„Mmhmm." Sie winkte mit der Hand. „Nun komm' schon.
Lass' es mich hören. Ich kann meine Meinung nicht für mich
behalten, wenn du mir nicht die ganze Geschichte erzählst."

Ich runzelte die Stirn. Was wollte sie noch? „Wenn du
glaubst, ich gebe dir nackte Details, irrst du dich."

Sie schaute mich an wie damals, wenn ich zu spät nach
Hause kam und sie überlegt hatte, ob ich getrunken und mit
Jungen geknutscht hatte. Aber anstatt mir ein Dutzend Fragen
zu stellen, um mich aufs Glatteis zu führen, nickte sie nur und
sagte: „Schön für dich."

„Das ist alles?", fiepte ich. „Du willst nicht nach ihren Familien fragen oder wann du sie kennenlernen kannst oder alles
auseinander pflücken, was ich gesagt habe?"

„Ich habe versprochen, meine Meinung für mich zu behalten", antwortete sie mit einem Nicken in Richtung des Fernseh-
apparats an der Wand, auf dem die *Super Makler* liefen. „Jetzt
bist du dran, mir ein Versprechen zu geben."

„Oh Gott", murrte ich.

„Wenn der richtige Zeitpunkt gekommen ist, versprich mir,
ihn zum Essen mitzubringen, sagte sie.

„Welchen?

Sie lächelte mich nachsichtig an. „Du hast mir schon gesagt,
welchen, Magnolia."

KAPITEL 26

Mein Date hatte schlechte Laune. Eine schreckliche Laune wie *Zementsäcke werfen als wären sie Schaumstoffbälle.*

Ich schob meine Sicherheitsbrille hoch und ließ meine Hände an meine Hüften fallen. „Was ist los?", fragte ich und zeigte auf den willkürlich abgelegten Stapel Zement. „Was haben sie dir getan?"

Aber Ben antwortete nicht. Er marschierte davon um die Seite seines Hauses herum und kam mit einem weiteren Sack auf seiner Schulter zurück. Diesen warf er mit mehr Kraft auf den Stapel als die letzten paar.

„Ernsthaft. Was ist los, Ben?", brüllte ich. „Wenn du immer noch sauer auf mich bist, weil ich dich an keine Sägen heran lasse, kann ich es auch nicht ändern – sag' mir einfach nur, was los ist."

Er stapfte wieder in den Garten an der Seite, blieb dann aber stehen und drehte sich um. „Es ist nichts", rief er quer durch den Garten. „Ich fühle mich nur nicht besonders freundlich heute."

Ich verschränkte die Arme über meiner Brust. „Was? Warum?"

Er schaute hoch in den Sommerhimmel, zu den Bäumen und zum Dach. Wir hatten gute Fortschritte an seinem Haus gemacht, aber es ging nur langsam voran. Das wäre bei jeder Renovierung, an der man nur ein oder zwei Tage die Woche arbeitet, so.

„Es tut mir leid, Magnolia", antwortete er mit tiefer und zuckersüßer Stimme. „Ich habe den Teil vergessen, wo ich mich jede Minute bei dir ein schmeicheln soll."

Ich schaute ihn an. „Es tut dir nicht leid."

„Wirklich? Bist du dir da sicher?", fragte er. „Bei der letzten Überprüfung war das einzige Ziel hier, dir zu Füßen knien und dir Sonnenstrahlen in den Hintern zu schießen und dich daran erinnern, dass du die ganze Macht hier hast."

Ich zog meine Handschuhe aus und schob sie in meine Gesäßtasche. „Ja? Was überprüfst du? Weil mir das ziemlich lächerlich vorkommt."

Er kam mit großen Schritten auf mich zu und überwand die Entfernung zwischen uns schnell. „Wirklich? Oder bist du zu sehr damit beschäftigt, die Kniefälle und Sonnenstrahlen zu genießen, anstatt dir darüber klar zu werden, dass diese ganze Sache verflucht lächerlich ist?"

Ich starrte ihn an und war mir nicht sicher, über welche *ganze Sache* wir sprachen. Es hätte die Arbeit an diesem Haus sein können. Da nur wir beide an Wochenenden daran arbeiteten, war es mühsam. Ich wollte ein Team engagieren, um zu helfen, aber Ben hatte es sich fest vorgenommen, es selbst zu machen. Er wollte irgendetwas beweisen, aber es war mir nicht klar, wem.

Es hätte das Haus sein können, aber wahrscheinlich waren wir es. Ich und Ben ... und Rob. Mit jedem Tag schien die Schlinge enger zu werden und uns fester zusammen zu binden. Es wurde immer schwerer sich vorzustellen, einen von ihnen zu verlassen.

Und ja, ich hatte die Macht hier inne. Dieses eine Mal in meinem Leben wurde ich nicht von einem Kerl herum geschubst oder musste mich mit einem Arschloch befassen, das zweifelhafte Bedingungen stellte. Ich hielt die Karten in der Hand; ich hatte die Kontrolle.

Aber im Gegensatz zu jenen Kerlen und Arschlöchern, denen ich gleichgültig gewesen war, waren mir Ben und Rob wichtig.

„Ich weiß", gab ich nach und streckte ihm meine Hand hin. Er blieb an Ort und Stelle stehen und erwiderte meine Geste nicht. „Es wird bald vorbei sein."

„Ja?", fauchte er. „Soll das ein Trost sein? Oder ist das eine Drohung? Wie, ich reiße mich besser zusammen, weil die Urteilsverkündung ansteht? Wenn ich den Mund nicht halte, bin ich raus aus dem Spiel. Ist es das?"

Ich ging näher zu ihm und legte meine Hand um seinen Unterarm. „Nein, nicht so", antwortete ich. „Es ist nur …"

„Ich will es nicht hören", sagte er und wandte seinen Blick von mir ab. „Nicht heute."

Ich starrte ihn an, während er auf die Bäume hinter dem Haus starrte. Sein Kinn war angespannt, er stand fest auf dem Boden und hatte die Arme verschränkt. Er war wütend, aber die Wut diente als eine Schale. Darunter, wo er liebevoll und verletzlich war, war er nicht so. Er hatte Schmerzen.

Aber ich konnte nicht die volle Verantwortung für den Schmerz übernehmen. Einen Teil vielleicht, aber der Rest ging auf seine Großmutter zurück. Er sagte es nicht, aber ich wusste, er kämpfte mit dem Verlust. Ich sah es jedes Mal, wenn er das Haus mit einem bitteren Blick betrachtete und zu sich selbst murmelte: *Was habe ich mir dabei nur gedacht* oder *Was habe ich nur für eine Katastrophe aus dieser Sache gemacht.*

Und es war ihm gestattet zu kämpfen. Es gab keinen Zeitrahmen für Trauer. Sie setzte sich in den dunklen Ecken unseres Herzens fest, wuchs und blieb.

Dann kam mir der Gedanke, dass er wohl wusste, dass ich heute Abend mit Rob zur Verlobungsparty gehen würde. Ich war mir nicht sicher wie – vielleicht hatte ich es erwähnt – aber er wusste es und er war nicht glücklich darüber.

Das war die harte Realität, wenn man mit zwei Männern gleichzeitig ausging. Zwei Männer, die keine guten Teamplayer waren. Zwei Männer, die ihr Teilen auf Kekse und Bier beschränkten. Zwei Männer, die mich mehr lieben wollten als ich bereit war anzunehmen.

Ich drückte seinen Arm ein weiteres Mal. „Ich gehe jetzt. Morgen wird ein sonniger Tag und wir gießen den Zement für die Terrasse, bevor ich zum Essen mit meiner Familie nach New Bedford fahre."

Ich hielt inne und überlegte, ob ich noch etwas sagen sollte. Es war nicht die richtige Geste, aber ich wollte Ben in das Haus meiner Eltern einladen. Es ging mir nicht darum, dass er meine Eltern kennenlernte. Ich wollte ihm eine Familie geben. Er brauchte das. Es würde mein Leben noch komplizierter machen, aber er musste ein wenig beim Muttertier sein, um Kraft zu schöpfen.

„Scheiß auf die Terrasse", antwortete er. „Ich hasse dieses verfluchte Projekt. Es ist noch lange nicht fertig, kostet mich ein Vermögen und es ist eine beschissene Art, den Sommer zu verbringen. Ich meine es nicht böse, aber es ist verflucht schrecklich."

Ich brummte zu mir selbst und nickte, während ich diese Kommentare seiner Laune zuschrieb. Er beleidigte mich und meine kostenlose Arbeitskraft nicht. Er kämpfte mit einigen Problemen. Ich hielt an der Geschichte fest – und hielt die Einladung zum Essen zurück. Vielleicht nächstes Wochenende. „Während ich am Donnerstag bei der Arbeit war, hatte meine Mutter Unmengen an Essen vorbei gebracht. Wirklich, Unmengen. In meinem Kühlschrank steht eine große Schüssel Hähnchensalat, falls du Hunger hast. Ich habe die ganze Woche Besprechungen mit Mittagessen und daher weiß ich, er wird verderben."

„Ich mag Hähnchensalat", murmelte er und starrte immer noch auf die verdammten Bäume. Warum wollte er mich nicht anschauen? Warum wollte er mir nicht einfach sagen, um was es im Kern ging?

„Dann komm' und hol' ihn dir", sagte ich. „Ich hasse es, Essen zu verschwenden und ich habe keine Zeit, ihn bei den Büros von Walsh Associates vorbei zu bringen. Also solltest du dir etwas davon nehmen."

Er zog eine Schulter hoch. „Vielleicht."

„Okay. Ich gehe jetzt." Ich stellte mich auf die Zehenspitzen, um ihn auf die Wange zu küssen. „Die Hintertür ist offen, falls du den Salat holen willst."

Ich trat zurück und erwartete einen blumigen Kommentar über Hintertüren und ... ich wusste nicht, Salat? Er starrte jedoch weiter auf die Bäume. Und er nahm die Vorlage, die ich ihm geliefert hatte, nicht an.

Meine Brust schmerzte, als ich über die Straße zu meinem Haus ging. Es war echter, wahrer Schmerz wie einer, den ich schon erlebt hatte, aber noch nie auf diese Art und Weise. Männer hatten mich oft verletzt zurück gelassen, aber ich glaubte nicht, dass ich jemals diejenige wäre, die jemanden verletzt, zerbrechlich und wütend zurück lassen würde.

Ich versuchte den Gedanken aus meinem Hirn zu verbannen, als ich unter die Dusche trat und den Schweiß eines Arbeitstages abwusch. Ich hatte noch einige Stunden Zeit vor der Verlobungsparty, aber ich brauchte zusätzliche Zeit, um mein Haar zu stylen und mich in eine *Spanx* zu quälen.

Der Duschvorhang klirrte an der Stange und Ben stand da, wobei er den Stoff in seiner Faust geballt hatte, finster schaute und er so nackt war wie an dem Tag, an dem er geboren wurde. „Mach' Platz!", befahl er, als er unter das Sprühwasser trat und den Vorhang wieder zuzog.

„Okay", murmelte ich eher zu mir selbst.

Eine Minute verging ohne ein weiteres Wort von Ben. Kein Murren oder Knurren. Dann eine weitere Minute. Er berührte mich auch nicht. Aber ich spürte ihn. Frust – und Verletzung? Ich war mir nicht sicher, aber er strahlte dies wellenartig aus. Er konnte nichts davon verbergen. Wir standen da wie zwei getrennte Seelen, die eine Dusche teilten, während eine Tonne an Gefühlen die Luft zwischen uns erstickte.

Schließlich begann ich: „Ben ...“

„Nein.“ er schüttelte den Kopf und streckte seine Finger in mein feuchtes Haar. Tropfen liefen über seine Wangen und sein Kinn. Sie kamen nicht vom Wasser. „Nein.“

„Ben. Hör zu. Ich will ...“

„Nein“, wiederholte er, legte seine Hände an meine Taille und schob mich zurück gegen die Wand. Gänsehaut bildete sich bei mir. Trotz des Dampfes, der um uns herum aufstieg, waren die Fliesen kalt. „Nein.“

Er drückte seine Stirn gegen meine und schloss die Augen, während die Tränen liefen. Er blieb da stehen mit seinen Daumen auf meiner Hüfte, seinen Fingerspitzen auf meinen Pobacken und seinem Atem auf meiner Wange und seinem Schwanz heiß und hart an meinem Bauch.

Er musste mich halten. Er musste mich auch hassen.

„Ben, ich will ...“

Er stahl mir die Worte mit einem Kuss, einem Stoß und einem Schluchzer. Er griff nach meinem Oberschenkel und hob ihn an seine Taille. Ich war jetzt auf jede mir mögliche Art und Weise offen für ihn. Und er wusste es, weil er mir zum ersten Mal in die Augen schaute, seit ich über die Zementwerferei und über seine schlechte Laune geschimpft hatte. Er schaute mir in die Augen, während er zwei Finger in mich steckte und ich meine Hand um seinen Schwanz legte. Er starrte mich an und beobachtete mich, während ich wankte und mich an ihm wand, während ich ihn streichelte, während ich um mehr flehte, wir den Höhepunkt erreichten und gemeinsam zusammen brachen.

Und dann, als ich schwindelig, erhitzt und haltlos war, drückte er seine Lippen an meinen Hals und flüsterte: „Geh' nicht. Bitte, Magnolia. Geh' heute Abend nicht.“

KAPITEL 27

Mein Date war äußerst stur.

Ich kämmte mein nasses Haar mit einem breit gezackten Kamm und sah Ben in meinem Schlafzimmerspiegel. Er hatte den Nerv mit über der Brust verschränkten Armen, einem pink-farbenen Handtuch um seine Taille und einem finsteren Blick da zu stehen. Er schaute finster zu mir, als wenn ich die Unvernünftige hier wäre.

„Ich sage doch nur, du musst nicht gehen."

Und er sagte es immer wieder. Dies musste schon das dritte oder vierte Mal sein. Dankenswerterweise spielte er dabei dieses Mal nicht mit meinem Kitzler. Das machte es noch schwerer etwas anderes als *Jaaaaa* zu sagen.

„Wie ich dir schon gesagt habe, ich muss. Ich muss gehen", antwortete ich und schaute ihn im Spiegel an.

„Wie ich dir gesagt habe, ist das so nicht ganz richtig", stritt er. „Du kannst aus der Nummer raus. Du kannst hier bleiben." Er strich sich mit der Hand durch das nasse Haar. „Du kannst bei mir bleiben."

Ich zeigte mit dem Kamm auf ihn. „Das ist nicht fair. Du spielst nicht fair, Ben."

„Nichts hiervon ist fair, Magnolia. Es ist von Anfang an nicht fair gewesen." Er löste seine Arme und stemmte die

Hände in die Hüften. Ich schaute weg. „Tu' das nicht. Versteck' dich nicht vor mir."

Er brauchte mich im Augenblick. Er brauchte mich, um mich zu hassen und zu bestrafen und dann seine Trauer auf mich zu richten. Er brauchte mich, um seine kaputten Teile einzusammeln und ihn wieder zusammen zu setzen.

Er brauchte mich, um ihn zu retten und zu reparieren.

Und warum würde er das nicht von mir wollen? Das war alles, was ich ihm jemals gegeben hatte.

„Ich verberge nichts vor dir." Ich zeigte auf den Bademantel als Beweis. Ich hatte ihn verkehrt herum angezogen, als ich aus der Dusche stürzte. Da er verkehrt herum war, konnte ich ihn nicht schließen und er hing offen. Um das in Ordnung zu bringen hätte ich ihn ausziehen, umdrehen und dann wieder anziehen müssen.

„Du versteckst dich", sagte Ben. „Du willst es nicht tun. Ebenso wenig wie jemand anderes. Aber du versteckst dich, weil du keine Entscheidung treffen willst. Du willst nichts tun, weil du Angst hast."

Ich schüttelte den Kopf und hielt den Kamm in seine Richtung. „Ich habe vor nichts Angst, wenn ich bitten darf."

Er machte ein Geräusch, das sich wie ein Stöhnen oder ein Fauchen anhörte, und ich merkte, wie der Holzfußboden unter seinen Füßen knarrte. Ich wagte es nicht in den Spiegel zu schauen. Ich wollte nicht beobachten, wie er näher kam. Ich wollte keine Zeit mit der Erkenntnis verbringen, dass Ben eher erwartete, ich würde ihn weiter heilen, als dass er irgendetwas anderes von mir brauchte. Mehr als er *mich* brauchte.

Aber dann lagen seine Hände auf meiner Taille und sein Körper war warm an meinem Rücken und seine Worte klangen in meinem Ohr, als er sagte: „Also los, Liebling. Lüg' mich an."

„Ich lüge nicht. Es gibt nichts, worüber ich lügen müsste. Ich bin völlig aufrichtig mit dir gewesen", stritt ich.

Ich spürte, wie er nickte, als sein Kinn über meinen Kopf

strich. „Ja, das warst du", stimmte er zu, „mit allen, außer dir selbst."

Ich warf den Kamm auf den Tisch und legte meine Hände flach auf die Kommode vor mir. „Ernsthaft, Ben. Wir werden die Gewissensprüfung ein anderes Mal machen müssen. Okay?"

Er drückte meine Taille. „Wie wäre es mit heute Abend? Ungefähr fünf Minuten, nachdem du den Anzugträger losgeworden bist."

Das würde auf keinen Fall passieren. Abgesehen von der Tatsache, dass ich die Nacht in Robs Wohnung verbringen wollte, war ich noch nicht bereit, die Beziehung zu ihm zu beenden. Ich *wollte* sie nicht beenden. Ich war jedoch nicht auf die Unterhaltung vorbereitet, die Ben unbedingt führen wollte. Und ich war noch nicht bereit die Möglichkeit zuzulassen, dass er in einigen Dingen Recht hatte, jedoch nicht so, wie er glaubte, Recht zu haben.

Darüber hinaus hatte ich jetzt keine Lust, mich mit schwerwiegenden Problemen zu befassen. Ich wollte den schlechten Handwerker, den tätowierten Feuerwehrmann, den Kerl, der mir Paroli bot. Der süße, traurige Junge, der ein Haus für seine Großmutter gekauft hatte, damit sie ihre letzten Tage dort verbringen könnte und der sich in meine Dusche eingeladen hatte, um an meiner Schulter zu weinen und sein Bedürfnis gebeichtet hatte, wegen mir eine emotionale Großbaustelle zu sein, aber nicht heute.

Bestimmt nicht heute. Ich hatte es versucht. Ich hatte es so sehr versucht. Ich hatte sämtliche Energie der Welt in andere geschüttet. Gegeben und gegeben, bis ich mich bis zu meinem Stumpf verausgabt hatte. Und ich war nicht einmal erfolgreich gewesen, jemand anderen zu ändern, zu heilen oder zu retten. Bei all dem Scheitern hatte ich jedoch gelernt, mich selbst zu retten.

Schließlich sagte ich: „Du spielst nicht fair. Du kannst nicht einfach hier reinkommen und Forderungen stellen. Das ist mir gegenüber nicht fair." Ich schaute über meine Schulter, begegnete jedoch seinem Blick nicht. „Du würdest es auch nicht gut finden, wenn Rob die gleichen Forderungen stellen würde."

„Es ist mir egal, was er will", antwortete Ben. „Es ist mir egal und ich weiß, es geht dir auch so."

„Ach ja?", schoss ich zurück. „Woher weißt du das?"

Er trat näher und trieb mich zwischen ihn und die Kommode. „Weil du ihm nie gegeben hast, was er will."

„Und ich gebe dir, was du willst?"

Er lachte. Er lachte, als wenn dies wirklich amüsant wäre. Verdammt lustig, dass ich mit zwei Männern ausging. Zwei wunderbare, kaputte, saukomische, *heiße, heiße, heiße* Männer, die mich wollten, mich wirklich wollten. Mich sogar wie verrückt wollten. Meistens erlaubte ich mir zu glauben, sie wollten mich, weil sie gewinnen wollten. Es war einfacher es so zu sehen als die Möglichkeit in Betracht zu ziehen, die beiden Männer wollten mich genug und bereit waren zu teilen.

„Nicht einmal", antwortete er. „Du hast mir nicht einmal gegeben, was ich will. Aber ich kann nicht aufhören zu hoffen, dass meine Stunde kommen wird."

„Das tut mir leid." *Blödsinn.* Wir machten dies nicht schon wieder. „Ich versuche nicht, es schwieriger für irgendjemand zu machen. Ich versuche nicht, dich zu verletzen."

„Ich weiß." Er bewegte seine Hand und schlüpfte sie unter meinen Bademantel. Dieses verkehrt herum angezogene Durcheinander sollte verflucht sein. Warum hatte ich keinen guten, dramatischen Abgang aus der Dusche hinlegen können? „Ich weiß", wiederholte er und seine Hand lag immer noch auf meinem Bauch. „Das liebe ich an dir."

„Was?", fragte ich. „Während du mich in eine völlig unfaire Situation bringst und um Dinge bittest, die ich unmöglich erfüllen kann, möchte ich doch, dass es dir gut geht. Um all dies unbeschadet in einem Stück hinter dir zu lassen?"

„Ja. Das ist es. Das ist es, was ich liebe", antwortete er. „Es gibt jedoch nur eine Situation, in der ich unbeschadet in einem Stück weg gehen kann und das weißt du."

„Tu' es nicht", warnte ich und schob ihn weg.

„Ich kann nicht anders", stritt er. „Doch, das kannst du. Du kannst es besser machen, Gigi."

Ich wollte in diesem Augenblick versinken und darin ertrinken. Ich wollte die weiße Fahne schwenken, meinen Schild herunternehmen und allen sagen, dass das Spiel vorbei war. Ich brauchte keine Reparaturen oder Spielchen mehr. Ich brauchte keine Apps oder Partnervorschläge mehr. Es ging mir jetzt gut und ich war fertig.

Ich konnte dieses Spiel jedoch noch nicht verlassen.

Es lag nicht an dem Wissen, dass ich Rob in wenigen Stunden treffen sollte. Es war auch kein übermäßiges Verpflichtungsgefühl Bens emotionalen Bedürfnissen gegenüber. Es war mehr als das.

Es war mehr. Es war so viel mehr.

KAPITEL 28

Mein Date hatte ordentlich einen in der Krone.

Er war vielleicht nicht sturzbesoffen, aber er war auf dem Weg dahin und machte gute Fortschritte.

„Magnolia!", brüllte Rob von seiner Kücheninsel. „Und ihre Hundebegleitung!"

Ich stellte meine Taschen auf den Boden und ließ Gronk von der Leine. Er lief sofort los, schnüffelte in jeder Ecke und leckte an jeder Wand. „Benimm dich", rief ich ihm nach.

Rob lehnte sich gegen die Wand, wobei er einen Arm erhoben und einen Drink in der Hand hatte. Die andere Hand schien ihm zu helfen, das Gleichgewicht zu behalten. Als wir vereinbart hatten, wir würden uns vor der Verlobungsparty in seiner Wohnung treffen – anstatt, dass er zu meinem Haus fuhr, dann umkehrte und wieder in die Stadt fuhr – hatte ich mir dabei nicht vorgestellt, dass er vorglühen würde. Obwohl ich mir nicht sicher war, ob ich es anders handhaben würde, wenn es umgekehrt wäre.

„Wie bist du noch schöner geworden, während ich in San Francisco war? Das ist nicht erlaubt. Wenn du sogar noch schöner wirst, möchte ich dabei sein, wenn es passiert."

Ich zeigte auf das Abendkleid, das ich niemals gewählt hätte, wenn Andy und Shannon nicht darauf bestanden hätten.

Das Kleid war schuld. Ich war genau die gleiche Person wie an dem Tag, als er letzte Woche zur Geschäftsreise aufgebrochen war. „Nichts hat sich geändert. Schicke Kleider und *Spanx* sind optische Illusionen."

Er starrte einen Augenblick auf meinen Körper, neigte dann den Kopf zur Seite und starrte erneut darauf. Und dann war es nur unbehaglich, weil ich mir sicher war, er überlegte sich, wo ich meine Pölsterchen versteckt hatte. Ehrlich gesagt überlegte ich das auch. Scheinbar funktionierte hochbelastbare Formwäsche, indem sie die inneren Organe neu verteilte. Ich war keine Ärztin, aber ich war mir ziemlich sicher, meine Leber und mein Magen befanden sich gerade in meinem Unterleib – denn warum sollte man den Raum leer lassen, wenn ich einen glatten Bauch haben wollte? – Und mein Darm und meine Nieren waren irgendwo bei meinen Rippen gelandet. Das funktionierte ganz gut, weil ich heute Abend nicht auf die Toilette gehen würde. Es sollte alles da bleiben, wo es jetzt war.

Dann sagte er: „Nö. Das Kleid ist mir noch nicht aufgefallen." Er schüttelte den Kopf und presste die Lippen zusammen. „Es wird fantastisch auf der Tanzfläche aussehen."

„Wie jeder Fetzen Stoff über fünfhundert Dollar es tun sollte", murmelte ich.

Rob verstand den Teil nicht und runzelte die Stirn, während er sich zu mir neigte, als wenn er die Worte dann besser verstehen würde. Als er nicht noch einmal nachfragte, sagte er: „Erlaube mir, dir einen Drink einzuschenken, Liebling."

„Ich setze erst einmal aus. Danke", sagte ich und trat auf ihn zu. Verdammt, es sollte diesem Mann nicht erlaubt sein, einen Smoking zu tragen. Es sollte eine Behörde geben, die diese Dinge verbot, weil sie ein Sicherheitsrisiko waren und er war noch nicht einmal ganz angezogen. Die Jacke hing über der Rückenlehne eines Stuhls. Seine Fliege und der Kragen waren an seinem Hals geöffnet. Die Manschetten waren über seinen Unterarmen hochgerollt. Wenn er so auf die Straße ging, würden der Verkehr und die Stadt zum Stillstand kommen. „Einer von uns sollte heute den ganzen Abend nüchtern sein."

Er neigte sein Glas zu mir, wobei ein Spritzer der bernsteinfarbenen Flüssigkeit über den Rand lief. „Du bist ein verdammt tolles Weib, weißt du das?"

Ich streckte beide Hände aus, als wenn ich meinen verdammt-tolles-Weib-Status absolut verdient hätte. „Ich habe gerade gedacht, du siehst auch nicht gerade schlecht aus, Russo."

„Nein, ich finde, du bist ein *verdammt tolles Weib* ", lallte er und schlug mit seiner freien Hand auf die Oberfläche der Kücheninsel. „Wie habe ich dich nur zu diesem Scheiß überredet?"

Ich streckte meine Hände wieder aus, aber dieses Mal war es eine Geste der Resignation. „Ich glaube, ich habe dich überredet."

Als wir Gronk leise knurren hörten, schauten wir zum Wohnzimmer. Mein Hund war damit beschäftigt, Kissen von unter dem Couchtisch hervor zu ziehen und sich ein Bett zu bauen. Ich hob meinen Zeigefinger in seine Richtung. „Denke noch nicht einmal daran, die Kissen zu zerfetzen."

„Die Kissen sind mir egal." Er sprach leise, als wenn er wüsste, er durfte Gronk das nicht hören lassen.

„Er darf keine Kissen zerfetzen."

„Du bist der Chef hier." Er schaute mich lächelnd mit zusammen gekniffenen Augen an. „Ja, Miz Maggie, du bist hier der Chef und du bist dafür verantwortlich, dass wir dieses segensreiche Ereignis heute Abend besuchen." Er betrachtete sein Glas. „Warum machst du das? Warum willst du, dass ich das tue? Weil es mich wahnsinnig macht?"

Ich zog meine hochhackigen Schuhe aus und ging entlang der Kücheninsel. Ehrlich gesagt fühlte ich mich auch wahnsinnig. Ich hatte letzte Woche ein wenig in den sozialen Medien gestalkt und entdeckt, dass Robs Ex Miranda in jeder Hinsicht atemberaubend war. Sexy, gebildet und elegant. Sie sah aus wie eine Frau, die wusste, wie man das Aussehen vom Morgen bis zum Abend erhalten konnte und die viele Gelegenheiten hatte, diese Fähigkeit unter Beweis zu stellen.

„Welcher Teil davon macht dich wahnsinnig? Machst du dir Sorgen wegen Eddie?"

„Er ist für mich gestorben", sagte Rob und wischte alle Gedanken an seinen früheren besten Freund beiseite. „Von mir aus kann er an meinem Schwanz saugen." Er stellte sein Glas ab und zuckte zusammen. „Nö, das will ich auch nicht. Er ist zu sehr auf sich fixiert, als dass er einen guten Blowjob abliefern könnte."

Ich strich mit den Händen über meine Seiten und über den dünnen Stoff meines Kleids. Es war raffiniert gemacht – ein pflaumenfarbener, hauchdünner Stoff mit einem Überkleid aus feiner Spitze und Tüll. Es war nicht sonderlich beeindruckend auf dem Bügel gewesen, aber es bewirkte etwas Magisches an meinem Körper. Es sah aus, als wäre ich dafür gemacht, schöne Dinge zu tragen und es wäre mein tagtäglicher Stil. Als ich mich im Spiegel betrachtete, glaubte ich das. Ich glaubte, ich gehörte zu der schicken Verlobungsparty in einem der elegantesten Ballsäle in der Stadt. Ich glaubte, ich gehörte an den Arm dieses Mannes.

Mehr noch als alles andere, ich wollte diejenige an seinem Arm sein.

„Dann machst du dir also Sorgen, weil du Miranda sehen wirst ..."

„Nein", rief er. „Sie ist mir völlig egal geworden. Mir ist klar geworden, dass ich sie nie geliebt habe. Nicht wirklich. Ich dachte, ich täte es, aber nein, das war keine Liebe. Ich habe das hinter mir gelassen" – er schaute auf seine Hand und wackelte mit seinen Fingern, als wenn er zählen würde und dann schüttelte er den Kopf – „ich weiß es nicht. Vor ein paar Tagen."

Als ich am Ende der Kücheninsel angekommen war, ergriff ich die halbleere Flasche Bourbon und trug sie zu dem Barwagen im Wohnzimmer. Ich inspizierte das Kissenbett auf

Zeichen von Vernichtung und fand glücklicherweise keine. „Das ist eine ziemliche Entwicklung", sagte ich und wandte mich ihm wieder zu.

„Du musst wissen", fing er an und wedelte mit dem Zeigefinger in meine Richtung, „du hast Recht. Darum geht es jedoch nicht."

Ich starrte ihn über die Kücheninsel hinweg an. „Und auf was willst du hinaus?"

„Mir ist klar geworden, dass ich dich liebe", sagte er.

Ich lachte schallend. „Du bist betrunken, Rob?"

„Ich liebe dich trotzdem." Die Worte kamen ihm mühelos über die Lippen, als wenn es ihm sehr leicht fallen würde. „Ich liebe dich. Das tue ich seit …Magnolia, ich glaube, ich liebe dich seit dem Augenblick, als du mir nicht nachgegeben hast. Ich erlaubte es mir nur nicht, das einzusehen. Oder so ähnlich."

„Jemand muss dich unter Kontrolle halten", murmelte ich.

Richtig, Magnolia. Weiche aus. Lenke ab. Tue irgendetwas, außer dich auf das zu konzentrieren, was er sagt.

Ich verdrehte die Augen wegen mir selbst.

„Willst du wissen, wie mir dies klar wurde?", fragte er.

Ich nickte und wollte eine Erklärung. „Bitte."

Er schaute zur Decke und blinzelte zu den freigelegten Leitungen. Dann sagte er: „Ich bin in mein Hotelzimmer gekommen, nachdem ich den ganzen Tag Besprechungen hatte und anschließend mit den gleichen verdammten Leuten, mit denen ich den Tag verbracht hatte, zu Abend gegessen hatte. Ich habe mich auf mein Bett gelegt und an dich gedacht." Er räusperte sich und warf mir einen kurzen Blick zu. Seine haselnussbraunen Augen waren hell und nicht mehr vom Schnaps benebelt. „Ich dachte daran, wie es wäre mit dir zu reisen. Ich überlegte, ob du schon einmal in San Francisco warst und welche Gegenden dir gefallen würden. Zu Orten reisen und – und mit dir zusammen sein. Ich dachte darüber nach und habe mir dabei ein paar Mal einen runter geholt …"

„Ein paar Mal?", unterbrach ich ihn. Ich wusste, er hatte eine gewisse –ähm – Standkraft, aber Satan sollte uns beschützen.

„Vielleicht drei Mal? Vier Mal? Ich weiß es nicht. Es war ein langer Tag gewesen." Er hob eine Schulter und senkte sie wieder.

Meine Damen und Herren, ich präsentiere Ihnen Mister Zwanzig Zentimeter und seine fantastisch kurzen Erholungsphasen.

„Wie ich schon sagte, du bist ein Prachtweib. Du gibst mir viel, mit dem ich arbeiten kann." Als ich ihn nur anblinzelte, fuhr er fort: „Und als ich im Begriff war einzuschlafen …"

„Ich hoffe du hast ein großzügiges Trinkgeld für das Zimmermädchen da gelassen", murmelte ich.

„Das tue ich immer", antwortete er. „Als ich einschlief, merkte ich, wie ich mir nicht einmal Sorgen wegen dir und dem Feuerwehrmann gemacht hatte. Du und irgendjemand. Ich vertraue dir und ich bin damit fertig, Mirandas Fehler auf dich zu übertragen und … und ich liebe dich. Ich liebe dich und ich habe sie niemals geliebt und diese Verlobungsparty macht mich wahnsinnig, weil ich nicht glauben kann, dass ich so lange gebraucht habe, bis ich das eingesehen habe. Ich weiß, ich bin der Falschen gefolgt und ich hätte mich nicht für sie entscheiden dürfen, weil sie da war und … ich weiß nicht, gut genug zu sein schien." Er grinste mich an und der Raum zwischen uns schien sich aufzulösen. „Es wurde mir klar, weil du mir Paroli bietest und ich dir die Welt zu Füßen legen will. Du sorgst dafür, dass ich erscheine. Du lässt mich dafür arbeiten."

Ich legte meine Hände flach auf die Küchentheke und brauchte diese feste Oberfläche, um mich hier zu verankern und um mich davon abzuhalten, mich von diesen Worten einwickeln und bis auf die Knochen wärmen zu lassen, um mich davon abzuhalten, dass ich sie noch einmal hören, sie nehmen und an einer geheimen Stelle verstecken wollte, wo man sie mir nie wieder weg nehmen könnte und um mich nicht glauben zu lassen, ich hätte diese heiße, schmutzige und unvollkommene

Liebe verdient. Dabei hatte ich sie genau hier in einem atemberaubenden Smoking.

Ich musste sie nur annehmen … und erwidern.

„Sag' etwas", drängte Rob. „Irgendetwas."

„Du bist betrunken", wiederholte ich und schaute über seine Schulter auf die Uhr an der Mikrowelle. „Du bist betrunken und wir werden zu spät kommen."

Seine Lippen verzogen sich zu einem Grinsen und er schloss die Augen. Er lächelte und schüttelte den Kopf. Sein Kinn kratzte an seinem Kragen. Ohne zu überlegen neigte ich mich zu ihm und wollte näher an dem Geräusch und an dem Gefühl sein. „Das ist nicht die Antwort, die ich erwartet habe, aber ich nehme sie."

„Was hast du erwartet?"

„Keine Aktualisierung meiner Trunkenheit." Rob öffnete die Augen und rieb sich über den Nacken. Ich wollte ihn aufhalten, seine Hand weg schlagen und es für ihn machen und seine Anspannung und alles andere lösen.

Also tat ich es.

Ich ging einen letzten Schritt auf ihn zu und streckte beide Hände nach seinem Nacken aus. Meine Finger schlüpften unter seinen gestärkten Kragen und begegneten warmer Haut. Der Duft von Bourbon und Olivenshampoo hing an ihm. Ich neigte mich zu ihm, atmete ein und strich mit meinen Lippen über seinen Kiefer. Er wankte zu mir und knurrte leise, während meine Daumen seine Verspannungen kneteten.

„Sag' mir etwas", sagte ich.

„Ich habe dir die wichtigen Dinge schon gesagt", bemerkte er.

Meine Lippen verzogen sich zu einem Grinsen. „Warum trinkst du?"

Sein Blick wanderte zur Kücheninsel und seinem zurück gelassenen Whiskyglas. „Ich glaube, wegen des Jetlags."

„Da es in Kalifornien drei Stunden früher ist, ist das völliger

Quatsch." Ich lächelte zu ihm hoch. „Komm' schon, Rob. Sag' mir, was mit dir los ist."

„Ich war dabei mich anzuziehen und dachte daran, Eddie anzurufen. Einen Augenblick lang vergaß ich, dass mein bester Freund nicht mehr da war. Ich hatte vergessen, wie er eine lebenslange Freundschaft in den Wind geschlagen hatte und ich ihn nicht anrufen konnte, um ihm etwas zu erzählen. Ich kann ihm überhaupt nichts erzählen. Nicht mehr. Und ich kann mich für ihn heute Abend nicht freuen. Sie haben einander verdient. Sie teilen die gleichen Ansichten über Loyalität."

Er bewegte seine Hände zu meinen Hüften, aber sie blieben nicht dort. Sie wanderten hoch an meine Taille und nach unten an meinen Hintern und seine Berührung war zärtlich und schon fast zaghaft. Er wankte erneut, aber das lag nicht an seiner Trunkenheit. Es war ein Tanz, von dem wir beide die Schritte nicht kannten, aber wir hatten eine Ahnung, wie wir wollten, dass es sich anfühlen sollte. Wir hielten einander fest und bewegten uns in einem Walzer, dessen Rhythmus aus Atemzügen und Herzschlägen bestand.

Rob fuhr fort: „Ich nehme an, ich trauere um den Verlust meines Freundes. Ich glaube nicht, dass ich mir das bis jetzt erlaubt habe. Also schenkte ich mir einen Drink ein und dann noch einen. Ich weiß, es ist kein Bewältigungsmechanismus für einen angepassten achtunddreißig Jahre alten Mann, aber ich habe niemals gesagt, ich wäre wirklich angepasst."

„Was wolltest du mit ihm teilen?"

Er neigte den Kopf zur Seite und ein Halblächeln umspielte seinen Mund, als er auf mich herab sah. „Ich wollte ihm sagen, das Blatt hätte sich gewendet und ich mich in das gewendete Blatt verliebt hätte."

Ich starrte auf die Haut zwischen seinem offenen Kragen. Das war so viel leichter als seinem Blick zu begegnen. So viel leichter als in den Treibsand seiner Zuneigung zu geraten. „Wirklich?"

Ein ungeduldiges Knurren war aus seinem Hals zu hören.

„Hör' auf, nach Komplimenten zu angeln. Ich habe schon gesagt, dass du ein Prachtweib bist und ich dich liebe. Bring' mich nicht dazu, meine Pläne zu beichten, dich zu entführen und zu heiraten."

Gerührt neigte ich mich zurück und legte eine Hand an meinen Hals. Wenn ich Perlen getragen hätte, hätte ich sie ergriffen. „Was hast du gesagt?"

„Pssst", flüsterte er und drückte seinen Zeigefinger gegen seine Lippen. „Es ist ein Geheimnis, aber ich werde dir einen Diamanten von der Größe eines Eies kaufen und du wirst einen Ehemann aus mir machen, Liebling."

„Welche Art von Ei?" Wir hatten uns inzwischen quer durch das Zimmer bewegt. „Sprechen wir über Hühnereier oder Rotkehlcheneier? Das ist ein riesiger Unterschied, Rob."

Da war mein unglaublich erwachsener Bewältigungsmechanismus wieder in Aktion. Bei wichtigen Augenblicken holte ich meinen super Sarkasmus raus.

„Strauß", antwortete er ernsthaft. „Ich muss vielleicht in ein paar Königshäusern stehlen, um das umzusetzen, aber sie werden gar nicht bemerken, dass er fehlt."

„Schön." Ich nickte zustimmend. „Das ist eine gute Strategie."

„Das dachte ich mir." Er hob seine Schultern und senkte sie dann wieder. „Ich glaube nicht, dass wir zu dieser Party gehen müssen. Ich muss denen nichts beweisen." Er strich mit seinen Handflächen über meine Wirbelsäule, bevor er seine Arme um mich schlang. Er hielt mich fest und schon fast zu fest. Ich liebte es. „Ich muss es nicht tun. Nicht, wenn ich viel lieber hierbleiben und dich aus dem Kleid schälen würde."

„Dies" – ich zog die schöne Verzierung um den V-Ausschnitt des Kleides nach – „wird nicht zu Boden fallen, bevor es nicht ausreichend gezeigt wurde."

Lachfalten bildeten sich um Robs Augen, als wir uns an den Händen nahmen und unsere Hände an seine Brust legten. „Ach, Liebling. Ich zeige dich herum. Ich zeige dich bis zum

Abwinken herum. Und weißt du was? Es wird mir noch nicht einmal schwer fallen. Ich brauche dich nur, wie du wirklich bist." Er legte sein Kinn auf meinem Kopf ab und atmete tief durch. „Eddie wird einen Blick auf uns werfen und dann wird er es wissen. Er wird wissen, dass er mir einen Gefallen getan hat – auf miese Art und Weise, aber trotzdem einen Gefallen. Er wird Miranda niemals so ansehen, wie ich dich ansehe."

„Und wie kommt das?", flüsterte ich. Ich musste flüstern. Ich musste vortäuschen, nicht jedes seiner Worte zu brauchen.

Er ließ seinen Blick von meinem Körper nach oben wandern und brauchte Ewigkeiten, bis er meinem Blick begegnete. „Du bist die Einzige auf der Welt, die ich sehen kann, und die Einzige, die ich sehen will."

Meine Lippen öffneten sich, gaben aber kein Geräusch von sich. Ich konnte es nicht erklären, aber diese Worte trafen mich schwerer als sein Liebesgeständnis. Sie raubten mir den Atem und machten mich schwindelig. Ich war mir nicht sicher, aber es fühlte sich an, als würden sich meine Augen in Cartoon-Herzen verwandeln und mir aus dem Kopf fallen.

Herr im Himmel. Ich war im Begriff, mich in ihn zu verlieben. *Das,* genau das war es. Sich so zu verlieben – ein Rad zu schlagen und vom obersten Sprungbrett zu springen und über einen Riss auf dem Bürgersteig zu stolpern und zu spüren, wie die Luft aus den Lungen wich, während man fiel. All diese Dinge auf einmal. Eine heiße Gänsehaut lief mir über die Arme und meine Brust. Ein Zittern strömte durch meine Schultern. Mein Magen – wo auch immer er war – drehte sich und drehte sich erneut. Alles fühlte sich warm und kribbelig an.

Er … liebte mich.

Und ich … oh Gott. Oh, mein Gott.

„Weißt du was?", fragte er. „Wir gehen. Wir trinken Champagner und stoßen auf diese Verlobung an, denn wenn sich diese beiden Schlappschwänze nicht gefunden hätten, hätte ich dich nie gefunden. Ich freue mich darüber."

Ich neigte meinen Kopf zur Seite. „Jetzt bedanken wir uns bei ihnen?"

„Oh, Scheiße, nein", brüllte er. „Verflucht. Nein. Sie haben Chlamydien und Steuerprüfungen verdient."

„Rob. Das ist vielleicht ein bisschen zu viel." Als er die Augenbrauen hob, fuhr ich fort, „Die Steuerprüfungen, nicht die Chlamydien."

„Wohl kaum", murmelte er. „Ich wäre jedoch verlobt und vielleicht sogar mit einer Frau verheiratet, die ich nicht liebe und mein bester Freund wäre ein Kerl ohne Rückgrat und ich fühle mich jetzt nicht mehr kaputt. Ich fühle mich wie – wie einer jener Gedanken, dass Gott auf geheimnisvolle Art arbeitet und nach der Dunkelheit immer wieder Licht kommt und man sich durch den Scheiß kämpfen muss, um den Sonnenaufgang zu sehen."

„Nach der Logik sind sie diejenigen, die das Spiel wenden", sagte ich, „nicht ich."

„Irrtum", brüllte er. Es hörte sich an, als würde er vor Gericht Einspruch erheben. Gronk heulte dazu. „In jeder Beziehung ein Irrtum."

„Du bist betrunken", sagte ich lachend.

Er schüttelte sofort den Kopf. „Lange nicht so sehr wie du denkst."

Ich schaute ihn daraufhin an und überlegte, ob er Recht hatte. Ob ich beschlossen hatte, dass er betrunken war und alles, was er gesagt hatte, das Produkt gelöster Hemmungen und einer lockeren Zunge war. Ich konnte mich jedoch nicht zurückhalten, zu denken *ja, was auch immer*, die Augen zu verdrehen und zu nicken, wobei ich sagte: „Dies wäre ein großartiger Zeitpunkt für mich, dich zu fragen, ob du …"

„Ja", unterbrach er mich. „Was auch immer es ist, ja."

„Cool, cool", murmelte ich. „Dann ist es ja gut, dass ich meinen neuen Umschnalldildo mitgebracht habe."

Mein verfluchter Sarkasmus.

Er schaute mich mit leerem Blick an. „Für dich würde ich es

tun. Ich würde dich bitten, vorsichtig zu sein und extra Gleitcreme zu benutzen. Sogar mehr, als du für nötig hältst. Die größte Menge Gleitcreme aller Zeiten. Ich würde es jedoch tun. Ich würde das nehmen, was du mir zu geben hast und wer weiß? Vielleicht würde ich es genießen." Als ich kicherte, fuhr er fort: „Stell' die Frage, Magnolia."

Ich legte meine freie Hand an mein Haar und hielt einen Augenblick inne, bevor ich die Hochsteckfrisur zerzauste. Ich flüsterte: „Bist du sicher?"

Ich hatte ihn fragen wollen, ob er bei Matt und Laurens Umzug nächstes Wochenende helfen würde, aber ich konnte es nicht. In diesem Augenblick konnte es nur um uns gehen. Und da hatte Ben mich bereits – ich wusste es.

Oh ja. Ich wusste es. Ich war jedoch eine Frau, die in einer Wolke von Zweifeln lebte. Verflucht, es gab Augenblicke, wenn ich noch nicht einmal glaubte, diese Männer mochten mich mehr als die Aufregung des Wettbewerbs.

Rob musterte mich und runzelte die Stirn. Er schien verwirrt und vielleicht verärgert. Vielleicht war es eine nervige Frage. Vielleicht sollte ich seine Worte so akzeptieren und mich freuen, sie überhaupt gehört zu haben.

Ich bewegte meinen Kopf von Seite zu Seite und schüttelte den Unsinn ab. Mein Sarkasmus konnte bleiben, aber diese Unsicherheit musste weg. Ich war zu weit gekommen und hatte zu hart gearbeitet, als dass ich mich nach unten ziehen lassen würde.

„Ich bin mir sicher, dass ich Miranda nicht geliebt habe", sagte er. „Ich mochte sie und ich dachte, wir wären richtig für einander, aber wir haben einander nie geliebt. Das weiß ich jetzt." Seine Lippen strichen über meine Schläfe, als er seine Arme um meine Taille legte. Ich weiß, ich liebe dich und es hat nichts damit zu tun, ob ich gewinnen will. Mir ist noch etwas anderes diese Woche klar geworden."

Bei seinem Blick neigte ich meinen Kopf zurück. Ich starrte und wartete, dass er fortfuhr. Als er es nicht tat, sagte ich: „Du kannst das Drama gerne in die Länge ziehen. Ich bin hier wegen der Spannung."

„Du bist so böse zu mir", lallte er. „Wie machst du es, dass der Schmerz sich so gut anfühlt, Liebling?"

Er fühlte sich hart, dick und pulsierend durch seine Smokinghose an. Aber das konnte warten. Sex war großartig, aber das Gefühl, dass jede einzelne Zelle in deinem Körper mit einem scharfen Pfeil der Zuneigung für einen anderen Menschen zusammen stieß war besser als jeder Orgasmus. „Weil ich weiß, wie."

„Was weißt du noch?", fragte er. Ich strich mit meiner Hand über seine Brust und zwickte seine Brustwarze. Er fiepte und drückte mich an sich. „Warum gefällt es mir, wenn du böse zu mir bist?" Er schüttelte den Kopf. „Schon gut. Antworte nicht darauf."

Seine Hände strichen über meinen Po. „Was ist dir noch klar geworden?", fragte ich.

„Dass du den Feuerwehrmann wählen könntest", sagte er. „Du könntest ihn wählen und ich müsste mich zurückziehen. Ich würde es hassen. Ich würde es verflucht noch mal hassen. Aber ich würde es tun, wenn es bedeutete, dass du glücklich bist. Wenn es deine Wahl wäre, würde ich dir alles Gute wünschen und beiseite treten."

Er beobachtete mich mit geweiteten Augen und geöffneten Lippen, als wenn der gleiche Pfeil der Zuneigung ihn durchbohrt hätte.

Ich war *fertig*. Herzen in den Augen und Schmetterlinge im Bauch und ein Schokoladentörtchen-Herz. *Fertig*.

Und ich wusste, warum ich heute Abend nicht bei Ben hatte bleiben können, auch wenn er mich angefleht hatte. Ich hegte Gefühle für Ben, aber sie waren nicht wie diese. Nichts war wie diese.

Weil ich es wusste.

Ich wusste, dass dies Liebe war.

———

Wir gingen. Wir sahen. Wir tranken den ganzen Abend Champagner.

Vielleicht nicht den ganzen, aber als wir später an jenem Abend in Robs Auto stolperten, drehte sich alles in meinem Kopf und die Welt fühlte sich an wie ein süßes, blubberndes Meer. Ich kicherte ohne offensichtlichen Grund und meine Hochsteckfrisur löste sich auf, aber ich wollte nicht, dass irgendetwas anders wäre.

Rob zog die Tür hinter sich zu und ließ sich in den Sitz fallen, wobei er seine langen Beine vor sich ausstreckte. Seine Fliege und sein Kragen waren geöffnet und er hatte die Manschetten bis zu den Ellbogen hoch gekrempelt. Seine Wangen waren leicht gerötet. Seine Augen mit den goldenen und grünen Flecken betrachteten mich mit schimmernder Hitze.

„Das war", begann er und zeigte auf mich. „Das war … interessant."

Ich musste wieder kichern und es war lauter und gelöster als ich erwartet hatte. „Darf ich ehrlich sein?" Er nickte und ließ seine Hand auf meinen Oberschenkel fallen. „Ich weiß, ich habe dies aus einem anderen Blickwinkel erlebt als du, aber ich glaube nicht, dass es unangenehm interessant war. Es war" – ich biss mir auf die Lippe und zögerte – „seltsam. Es war seltsam interessant."

„So seltsam."

„Okay, okay." Ich rutschte näher an ihn heran. Der Champagner und all die abwegigen Gedanken raubten mir meine Vorsicht. „Ich glaube, es gibt ein seltsames Element, das wir bislang ignoriert haben. Ich glaube, es ist Zeit, dass wir uns darum kümmern."

Er schwang meine Beine auf seinen Schoß und legte seinen Arm um meinen Körper. Seine Hand schlüpfte zwischen meine Beine, aber die Position, in die wir uns verdreht hatten, sorgte dafür, dass es züchtig blieb. So züchtig, wie zwei betrunkene Leute auf der Rückbank eines Autos sein konnten. „Ist es der völlige und gänzliche Mangel an Würstchen im Schlafrock bei der Party? Es ist mir egal, wo so etwas stattfindet. Man braucht mini Hot Dogs."

„Nein, aber jetzt habe ich Hunger."

„Essen. Ja. Lass' uns das tun." Wie auf Befehl knurrte sein Magen laut. „Wir fahren nach Hause, holen Gronk und laufen dann zu dem Laden in Boylston. Der mit der hundefreundlichen Terrasse."

„Hast du Lust, Burger und Shakes im Smoking zu essen, Russo? Willst du das damit sagen?"

„Ich möchte meine Kontaktlinsen rausnehmen, bevor ich mir die Hornhaut aufkratze", antwortete er. „Ansonsten jedoch, ja. Ich habe versprochen, dich heute Abend vorzuzeigen."

Rob im Smoking war schon schlimm genug. Wenn man dann noch seine sexy Nerd-Brille mit dem dicken Hornrahmen dazu nahm, konnte es nicht noch schlimmer werden.

Mit Schlimmer meinte ich definitiv perfekt. Er war perfekt.

Und er wollte mich mit Burgern und Milch-Shakes füttern und meinen Hund mitnehmen.

Perfekt.

„Für den nächsten Teil dieses Vorzeigens ziehe ich Flip-Flops an. Ich muss dieses Kleid so viel anziehen wie möglich. Es ist ja nicht, als wenn ich es zur Arbeit anziehen könnte."

Rob betrachtete den Ausschnitt und strich mit seinem Finger an ihm entlang. „Ich würde dafür bezahlen, das zu sehen."

„Das kann ich organisieren, da deine Terrasse immer noch ein Ödland aus Beton ist."

Er neigte sein Kinn und starrte mich an, bis ich errötete und grinste. „Schick' mir die Rechnung, Liebling."

Meine Lippen öffneten sich und ich atmete tief durch, aber dann knurrte mein Magen. Es hörte sich laut und ein wenig seltsam an – ein Produkt der Organumstellung durch *Spanx* – und ich erzählte Rob noch alles andere, was er wissen musste.

Ich hungerte nach Essen, nach ihm und nach uns.

Und ich konnte es nicht mehr verbergen.

Er lächelte und gönnte mir einen Augenblick Pause, nachdem ich die Worte gesprochen hatte, die sich zwischen uns kristallisierten. „Was habe ich ignoriert, Magnolia? War es, dass er Miranda genau den gleichen Ring geschenkt hat, den ich für sie ausgesucht hatte? Oder war es die Schwan Skulptur aus Eis, weil das Ding ungewöhnlich war. Ich habe es bereits erwähnt, aber ich glaube nicht, dass man das Mini Hot Dog Problem noch einmal aufrollen muss. Ich weiß ganz genau, die beiden Arschlöcher lieben Mini Hot Dogs."

„Das sind echte Bedenken, aber der seltsamste Teil ist, die beiden haben dich eingeladen." Rob wandte seine Aufmerksamkeit wieder auf mein Kleid und machte sich jetzt daran, den Rock über meine Knie zu schieben. „Warum würden sie das tun?"

Er streichelte mein Knie. „Ich weiß es nicht." Er hielt inne und strich leicht über einen fast verheilten Kratzer. „Ich glaube – vielleicht – erachten sie die Geste als einen Olivenzweig. Ein verdrehter Olivenzweig von einem kaputten Baum, aber doch ein Olivenzweig. Sie glaubten wahrscheinlich, sie würden bei der Vorgehensweise Absolution verdienen. Was auch immer der Grund dafür ist, ich glaube nicht, sie hätten erwartet, dass ich kommen würde *und* noch dazu mit der unglaublichsten Frau in dieser Stadt."

„Sie haben nicht erwartet dich zu sehen und sie haben ihre Überraschung nicht besonders gut verborgen." Ich legte meinen Kopf auf seine Schulter, als eine weitere Runde albernes Gekicher in mir aufstieg. „Ich glaube, wir haben ihre Party vielleicht übernommen. Ich habe noch nie so viel getanzt."

„Es ist ihre Schuld. Sie hatten eine fantastische Band und dein Körper wollte sich zur Musik bewegen und …"

„– und du hast es genossen, sie ein wenig aus dem Rampenlicht zu drücken", unterbrach ich.

Seine Miene wurde weicher und nüchterner. „Ich habe das gern mit dir gemacht."

Ich streckte die Hand nach dem offenen Kragen seines Hemdes aus und zog sein Gesicht näher zu meinem. „Mir hat es auch gut gefallen."

Rob atmete scharf ein. „Ich liebe dich bereits. Hör' auf, es schlimmer zu machen."

Er legte seine Lippen auf meine und küsste mich leicht, bevor ich mich an ihn drückte und mehr forderte. Er schmeckte neu und anders. Solange ich lebe werde ich schwören, es war nicht der Champagner, sondern der Geschmack des Anfangs. Es war hypnotisch wie der Duft von Orangenblüten kurz bevor sie aufgehen.

KAPITEL 29

Ben: Hey, hübsches Mädchen.

Ben: Ich arbeite diese Woche jeden Tag Nachtschichten und daher werde ich dich nur sehen, wenn du etwas anzündest. Falls du das tust, bleib' vom Gas weg. Du musst wirklich wissen, was du tust, um es richtig zu machen.

Magnolia: Der Humor von Feuerwehrmännern ist … schwarz.

Ben: Du hast keine Ahnung.

Magnolia: Bist du deswegen besorgt?

Ben: Was meinst du damit?

Magnolia: Ich meine, dass ich nicht viel über dich oder deine Arbeit weiß. Bist du deswegen besorgt?

Ben: Wenn es einen Notfall gibt, komme ich. Wenn es brennt, lösche ich das Feuer. Nicht so kompliziert.

Magnolia: Okay, ja, ich verstehe, aber … wir könnten trotzdem darüber sprechen. Es gibt viele Dinge, über die wir nicht sprechen. Verstehst du?

Ben: Ich habe noch nicht wirklich darüber nachgedacht.

Magnolia: Schon gut. Es war nur so ein Gedanke.

Ben: Ja. Es ist alles gut.

Ben: Ich muss los. Wir sprechen später.

Magnolia: Pass auf dich auf.

Rob: Hallo, Liebling. Ich komme gerade nach Hause, aber ich hoffe, du bist schon im Bett.

Rob: Ich muss morgen ein sehr frühes Telefonat mit London führen. Ich nehme an, bei ihnen ist dann Vormittag.

Rob: Ich weiß, ich werde danach keine Zeit haben aber ich wollte sicherstellen, dass du eine guten Morgen Nachricht bekommst, bevor ich um 4:00 Uhr morgens in das Büro stolpere/schlafwandle.

Rob: Ich wollte auch deine Abwesenheit in meinem Bett in diesem Augenblick anmerken.

Rob: Es ist nicht das gleiche ohne dich.

Rob: Ich bin nicht der gleiche ohne dich.

Rob: Falls du einen Beweis brauchst, auf dem Weg nach Hause von dem blöden langen Geschäftsessen habe ich eine Topfpflanze gekauft. Im Southend gibt es einen kleinen Blumenladen, den ich noch nie bemerkt habe. Ich wusste nicht, dass sie so spät geöffnet haben, aber ich bin reingegangen und habe etwas Grünes ausgewählt.

Rob: Die Dame, die dort arbeitet, sagte, es wäre eine Taglilie, aber ich sehe keine Blüten.

Rob: Sie hat auch gesagt, die Pflanze sei giftig für Hunde. Ich bin mir nicht sicher, ob du das weißt. Ich weiß nicht, wo ich sie hinstellen soll, aber Gronk kann ja nicht klettern und daher werden wir schon einen guten Platz finden.

Rob: Richtig? Er kann nicht klettern? Obwohl ich es ihm zutrauen würde.

Rob: Auf jeden Fall habe ich eine Pflanze gekauft.

Rob: Ich wünsche dir einen fantastischen Tag, Liebling. Wenn dir danach ist, kannst du heute Nacht mein Bett wärmen und mich lehren, wie man mit einer Topfpflanze umgeht.

Magnolia: lol nein, er kann nicht klettern

Magnolia: Er kann ganz gut hoch springen, aber er weiß auch, dass er keine Pflanzen fressen darf und das ist hilfreich.

Rob: Warum bist du noch wach, mein Liebling? Denkst du gerade daran, wie viel glücklicher du wärst, wenn du bei mir schlafen würdest?

Magnolia: Du hast eine zentral gesteuerte Klimaanlage und es ist furchtbar heiß, also … ja.

Rob: Das ist in Ordnung. Du darfst mich wegen meiner Klimaanlage ausnutzen. Das ist in Ordnung für mich.

Magnolia: Wie war das Abendessen?

Rob: Schrecklich lang.

Magnolia: Abgesehen davon …

Rob: Gut. Ich habe ein paar neue Geschäfte abgeschlossen und gute Informationen bekommen, welche die Klimaanlage ewig laufen lassen werden. Ich habe leckeren gebratenen Rosenkohl mit der süßen Essigglasur gegessen, die du magst.

Magnolia: Und du hast eine Taglilie gekauft.

Rob: So sieht es wohl aus.

Magnolia: Das ist eine Zimmerpflanze für den Eingangsbereich. Zuerst kommt eine Taglilie und dann Efeu und eine Grünlilie und vielleicht ein oder zwei Orchideen. Schon bald hast du neun verschiedene Farnarten, eine Geigenfeige und einen Gummibaum.

Rob: Ein Gummibaum? Das hast du dir nur ausgedacht. Das ist ein Witz unter Landschaftsarchitekten, stimmt's?

Magnolia: Der Saft ist Kautschukmilch.

Rob: Ich bin völlig verwirrt.

Magnolia: Du hattest einen langen Tag und musst früh raus. Schlaf jetzt. Wir reden morgen über Grünpflanzen.

Rob: Abendessen?

Magnolia: Sicher. Ich schreibe dir später eine Nachricht.

Rob: Hört sich gut an, Liebling. Schlaf gut.

Magnolia: Du auch. Genieße es, dass du eine Klimaanlage hast.

Rob: Ich würde es mehr mit dir genießen.

Magnolia: Geht mir auch so.

———

Ben: Ich weiß, es ist mitten in der Nacht und hoffe wirklich, dass dich dies nicht weckt.

Ben: Du hast mir erzählt, dein Handy ist seit 19 Jahren auf leise gestellt und daher habe ich mir gedacht, es würde kein Geräusch machen, aber jetzt bin ich mir nicht sicher, ob es nicht doch vibrieren wird.

Ben: Ich hoffe, du bist nicht wach, weil es wirklich mitten in der Nacht ist.

Ben: Ich sollte dies um diese Uhrzeit noch nicht einmal tippen.

Ben: Ich habe jedoch Nachtschicht und daher bin ich auf und kann nicht aufhören, über das nachzudenken, was du gesagt hast.

Ben: Wir reden nicht, oder?

Ben: Wir sprechen über Farben und deinen Hund und meine völlige Unfähigkeit, einen Nagel gerade einzuschlagen, aber wir reden über nichts Wichtiges.

Ben: Ich habe versucht herauszufinden, warum das so ist und ich glaube nicht, dass ich reden kann.

Ben: Im Augenblick kann ich nicht reden.

Ben: Ich glaube, ich bin ziemlich kaputt und das Tiefgründigste, mit dem ich umgehen kann, ist auf einen Nagel einzuschlagen und ihn dann herauszuziehen und alles noch einmal zu machen, weil du es nicht zulässt, wenn ich Mist baue.

Ben: Vielleicht soll ich das aus dieser Sache lernen. Du lässt es nicht zu, dass ich an der einzigen guten Sache, die ich jemals versucht habe zu machen, scheitere.

Magnolia: Ich bin mir sicher, du hast schon viele gute Dinge getan.

Ben: Verflucht, ich habe dich geweckt.

Ben: Es tut mir leid.

Magnolia: Ich bin wach, weil Gronk raus musste. Ein Eichhörnchen hat ihn geärgert.

Magnolia: Oder ein Geist. Ich bin mir nicht sicher, was es war.

Ben: Glaubst du, Hunde können Geister sehen?

Magnolia: Hmm ... Ich glaube schon. Es gibt Zeiten, wenn er

leere Zimmer anbellt und ich weigere mich zu glauben, dass er die Termiten aufschrecken will.

Ben: Das gefällt mir.

Ben: Ich wünschte, ich könnte Geister sehen.

Magnolia: Ich weiß, Liebling. Ich weiß. Es tut mir leid, dass du dies durchmachen musst. Das Haus ist nicht die einzige gute Sache, die du gemacht hast. Dessen bin ich mir sicher.

Ben: Ich habe nichts getan. Das ist das Problem. Ich hatte diese großartige Idee und dachte, ich würde diese ganze Renovierung an einem verdammten Wochenende schaffen und dann hätte ich Zeit mit meiner Großmutter verbringen können. Und jetzt ist sie weg und ich habe ihr keinen schönen Ort für ihre letzten Tage gegeben und habe diese noch nicht einmal mit ihr verbracht.

Magnolia: Wusste sie, dass du an einem Haus für sie arbeitest?

Ben: Ja.

Magnolia: Ich bin kein Experte in dieser Sache, aber ich glaube diese Geste sagte ihr mehr als tausend Worte.

Ben: Vielleicht.

Magnolia: Es ist okay, wenn du im Augenblick nicht reden kannst. Es gab eine Zeit, als ich nicht reden konnte.

Ben: Wann? Was ist passiert?

Magnolia: Ich habe vor einigen Jahren ein paar schlechte Entscheidungen getroffen. Ich hielt etwas für echt, aber das war es nicht wirklich. Ich habe eine gute Freundschaft zerstört, die ich nie wieder zurück bekommen werde.

Ben: Das glaube ich nicht.

Magnolia: lol, welchen Teil?

Ben: Ich glaube nicht, dass du etwas zerstört hast.

Magnolia: Glaube es mir. Ich habe mehr Dinge zerstört als ich erhalten habe. Ich habe mich selbst ein- oder zwei Mal oder ein dutzend Mal zerstört.

Ben: Das glaube ich nicht.

Magnolia: Na ja … Es ist wahr.

Ben: Was ist passiert?

Magnolia: Bei welchem Mal? Einmal bin ich jahrelang mit einem Mann ausgegangen, obwohl er mir alles gestohlen hat.

Magnolia: Einschließlich meines Hundes.

Ben: In erster Linie hat er die Situation dann zerstört.

Magnolia: Und ich habe es zugelassen. Ich habe es gesehen, ich wusste es und ich ließ es zu.

Ben: Da kann ich nur sagen *Blödsinn*.

Magnolia: Deine weitere Meinung?

Ben: Oh ja. Ich brauche seinen vollen Namen. Und eine Adresse, wenn du eine hast. Ich habe einen Gummischlauch und bin in der Stimmung, jemandem ein paar Manieren beizubringen.

Magnolia: Mach' dir nicht die Mühe. Er ist den Aufwand nicht wert.

Ben: Was noch? Was hast du sonst noch zerstört? Ich glaube nämlich nicht, dass du dazu in der Lage bist, hübsches Mädchen.

Magnolia: Ha. Wie wäre es damit, dass ich zwei Mal vom College geflogen bin? In erster Linie, weil ich abwesend war oder Mist gebaut habe.

Ben: Du kennst doch den Spruch. Aller guten Dinge sind drei.

Magnolia: Ach, nicht wirklich. Ich war meinen eigenen Blödsinn einfach nur leid und hatte keine Lust mehr, am Autoschalter bei Starbucks zu arbeiten und ich fand etwas, was ich wirklich lernen wollte.

Ben: Ich bin mir nicht sicher, ob ich meinen eigenen Blödsinn irgendwann leid werden könnte. Irgendwie gefällt er mir.

Magnolia: Ja. Ich weiß.

Ben: Was noch? Erzähle mir das Schlimmste, was du jemals gemacht hast.

Magnolia: Es gab einen Mann, der mir geholfen hat, als ich als Landschaftsarchitektin angefangen habe. Ich habe einige Interaktionen und Signale falsch verstanden. Oder ich habe diese Interaktionen und Signale zur Kenntnis genommen und etwas dazu erfunden, was nicht da war.

Magnolia: Dann habe ich die Beziehung mit beiden Händen erwürgt. Mein Mentor war weg, meine Geschäftsbeziehungen waren weg und meine Aufträge waren weg.

Ben: Ich brauche auch seinen Namen und die Adresse.

Magnolia: Vor ein paar Jahren hätte ich dir beides gegeben, aber die beste Erholung von solchem Blödsinn ist weiter zu machen und Erfolg zu haben.

Ben: In Ordnung. Hör' zu. Du bist hübsch und ich mag dich unheimlich gern und du hast jede Menge Blödsinn gemacht, aber du hast die letzten Tage deiner Großmutter nicht mit der Arbeit an einem Haus verbracht, in das monatelange Arbeit gesteckt werden musste.

Magnolia: Du hast Recht. Das habe ich noch nicht erlebt.

Ben: Diese Art von Reue musst du nicht mit dir herum-schleppen.

Magnolia: Nein. Auch da hast du Recht. Diese besondere Art von Reue muss ich nicht ertragen.

Ben: Ich versuche nicht, ein Arschloch zu sein.

Magnolia: Ich glaube nicht, dass du ein Arschloch bist. Ich glaube, du leidest. Sehr sogar.

Magnolia: Und ich wünschte, ich könnte etwas sagen, damit du dich besser fühlst, aber ich bin mir nicht sicher, ob ich das kann.

Ben: Es ist schon gut. Es ist nicht deine Aufgabe, dass ich mich besser fühle.

———

Magnolia: Hast Du Lust auf ein Espresso Martini Mittagessen?

Magnolia: Ich glaube, ich könnte heute einen Espresso Martini vertragen.

Andy: Läuft dein Mittwoch so gut?

Magnolia: Mein Mittwoch begann heute Nacht um 0:45 Uhr, als ich aufgestanden bin, um mir einen Keks zu holen und einen Haufen Nachrichten von Rob vorfand.

Andy: Verliert er die Fassung?

Magnolia: Eigentlich nicht. Er war absolut charmant. Wir haben uns zwanzig Minuten lang über Pflanzen und Klimaanlagen unterhalten. Dann haben wir Pläne für das Abendessen heute gemacht.

Andy: Okay …

Magnolia: Dann bin ich vier Stunden später aufgewacht und sah tonnenweise Nachrichten von Ben und er war im Begriff die Fassung zu verlieren.

Magnolia: Ich hatte ihm heute nebenbei gesagt, dass wir nicht wirklich über Dinge reden. Ich hatte gesagt, ichwüsste nichts über seine Arbeit. Ich weiß, er ist Feuerwehrmann und die Grundlagen davon verstehe ich, aber … Da muss es doch noch mehr geben, oder? Oder überhaupt? Oder will er mir nichts über sein tägliches Leben erzählen?

Magnolia: Er hat ungefähr zwölf Stunden darüber nachgedacht und begann dann mit der Geschichte, dass er seine Großmutter verloren hat und was er bedauert und wie schlecht es ihm im Augenblick geht.

Andy: Was wir bereits wussten …

Magnolia: Stimmt.

Andy: Unabhängig davon hattest du eine schwierige Nacht.

Magnolia: Ja. Viele Gefühle.

Andy: So viele Gefühle.

Magnolia: Espresso Martini Mittagessen?

Andy: Entschuldige; ich dachte, die Antwort wäre offensichtlich.

Andy: Ja. Wir müssen dich vor dem Abendessen wieder in die Spur bringen.

KAPITEL 30

Es schien unwahrscheinlich. Es schien unmöglich. Wie könnte ein Mensch, bei dem jahrelang die Tassen übergeschäumt waren, plötzlich ohne Überlaufen und ohne Tassen zurechtkommen? Aber jetzt hockte ich hier hinter einem Buchsbaum und schlich mich an Ben und Rob heran, während sie über Sport stritten.

„Dies ist also aus mir geworden", murmelte ich zu mir selbst und legte meine Hand fester um die Schaufel. „Ich bin eine Verrückte, die sich hinter Büschen versteckt."

Es war nicht meine Absicht gewesen. Ich hatte mir nicht vorgestellt, Matt und Laurens Umzugstag im Gebüsch zu verbringen, aber als ich an diesem Morgen gekommen war, hatte der Buchsbaum und das Immergrün darunter meine Aufmerksamkeit erregt. Es war nichts Besonderes, aber ich konnte nicht an das Auspacken im Haus denken, bis der Garten nicht richtig aussah.

Und dann spazierten Rob und Ben gemeinsam durch die ruhige Vorstadtstraße, machten Quatsch und täuschten vor Bälle zu schlagen. Ich eilte hinter einen Busch und achtete nicht mehr auf den halb entblößten Wurzelballen, sondern lauschte ihrer Unterhaltung.

Weil das völlig normal war.

„Nichts hiervon ist normal", flüsterte ich. „Und jetzt rede ich schon mit mir selbst. Hervorragend."

„Ich weiß nicht, Mann. Ich weiß nicht, was du damit meinst. Ich weiß nichts über Aufstellungspläne. Ich sage es ja nur ungern, aber diese Art der Trainerdynastien ist auf dem absteigenden Ast", sagte Ben und schüttelte den Kopf, während er die Arme über der Brust verschränkte.

Er sollte das nicht tun dürfen. Es sollte illegal sein und es sollte eine Polizei geben, die beliebiges Armeverschränken untersagte. Dafür sollte es auch eine Geldstrafe geben. Eine hohe Geldstrafe. Passend zur Größe jener verfluchten Unterarme.

„Ich bin da ganz anderer Meinung", antwortete Rob und nahm die gleiche Haltung wie Ben ein.

Über der Brust verschränkte Arme. In Shorts und einem T-Shirt, das wie eine zweite Haut passte. *Verflucht.*

„Eine Dynastie wird nicht auf dem Rücken eines Trainers oder eines Quarterbacks aufgebaut", fuhr Rob fort. „Dazu gehört ein breites, tiefes Fundament mit institutionellem Wissen und Führungskraft. Trainer und defensive Koordinatoren werden kommen und gehen. Quarterbacks und Wide Receivers ebenso. Die alte Dynastie war noch nie stärker."

„Hör' mir zu, ich möchte das ebenso gerne glauben wie du", sagte Ben. „Ich möchte bestimmt keine fünf Monate lang schlechten Football, aber ich will auch realistisch sein. Es ist besser, niedrige Erwartungen zu haben als sich mit einer weiteren Enttäuschung in meinem Leben zu befassen."

Rob schaute ihn an. Schließlich sagte er: „Mann, es ist doch nur Football. Es wird schon gut werden."

Von der anderen Seite des Gartens sah ich, wie Ben die Augen verdrehte. „Und ich dachte, du glaubst an die alte Dynastie."

Rob zuckte mit den Schultern. „Ich denke, ja. Aber ich kann auch mit ein oder zwei Aufbau-Saisons umgehen. Ich werde mich deswegen nicht ärgern. Es lief über einen langen Zeitraum gut."

„Das passt", murmelte Ben. „Ich habe dich nicht für ein Schönwetter-Fan gehalten."

„Ach, nun komm' schon", antwortete Rob. „Ich bin in den Spielzeiten hier, wenn sie gewinnen und auch wenn sie verlieren. Du bist derjenige, der vom Ende der Welt faselt."

„Du bist eine verdammte Drama-Queen", schoss Ben zurück.

„Ich soll die Drama-Queen sein? Du warst derjenige, der über all die Vertragsverlängerungen und neuen Spieler gestöhnt hat. Ich finde, manchmal läuft es einfach Scheiße. Gute Spieler werden verkauft, aber das Spiel läuft weiter."

Ben schaute ihm mit finsterem Blick zu. „Soll das eine Art spirituelle Lektion sein? Wenn dem so ist, will ich sie nicht hören. Ich bin nicht in der Stimmung für irgendwelchen Millennium-Meditations-Scheiß."

Robs Schultern bebten, als er daraufhin lachte. „Hör' mir zu, Mann. Meine Firma hat Karten für die Freundschaftsspiele, bevor die Saison beginnt. Möchtest du hingehen?"

Ben bückte sich und hob einen Zweig auf, der von einem Ahornbaum über ihm abgebrochen war. Er wirbelte ihn durch die Luft wie ein winziges Schwert. „Verflucht ja, ich möchte hingehen. Wann?"

Ich blinzelte schnell, während sie ihre Handys herauszogen und ihre Terminpläne besprachen.

Hier schäumten keine Tassen über. Es war nur unglaublich. Sie – sie wurden zu Freunden. Wenn ich es nicht selbst gesehen hätte, hätte ich meine Zweifel gehabt.

„Was zum Teufel machst du hier?"

Ich verlor mein Gleichgewicht, als ich hörte, wie jemand diese Worte über meine Schulter sprach. Ich landete mit dem Rücken auf der Erde und starrte hoch zu Sam Walsh.

Er streckte die Hände aus und da ich unglücklich zwischen

Haus, Busch und Dreck eingeklemmt war, brauchte ich seine Hilfe.

Ich wollte sie nicht annehmen. Nicht wegen ihm, sondern wegen mir. Selbst jetzt –Jahre, nachdem ich mir eine Liebesbeziehung zwischen uns vorgestellt hatte, –wollte ich nichts von ihm brauchen. Ich wollte ohne ihn kompetent sein, selbst wenn ich ausgestreckt auf dem Boden lag.

„Komm' schon, Gigi", sagte er und streckte mir seine Hand wieder entgegen.

Ich stieß meine Ellbogen in den Boden und drückte mich allein nach oben. „Es geht mir gut", antwortete ich und hockte immer noch hinter dem Buchsbaum. „Trotzdem danke."

„Erzähl' mir doch wenigstens, was du hier machst", sagte er und streckte seine Hände in die Taschen.

Bevor ich Sam anschaute, warf ich einen Blick über den Busch auf Rob und Ben. Sie hatten die Köpfe zusammengesteckt und zeigten auf ihre Handybildschirme. „Der Wurzelballen war nicht eben eingesetzt", antwortete ich. „Darum ist der Bodendecker ungleichmäßig gewachsen."

Wir hatten uns schon vor Jahren wegen unserer Probleme ausgesprochen. Entschuldigungen waren angenommen und Kriegsbeile begraben worden. Aber selbst, wenn man die Scherben wieder zusammenklebte und der Teller wieder ganz war, blieben die Risse.

„Haben wir ein Regenwasser Bewässerungssystem eingebaut?", fragte er und wandte seine Aufmerksamkeit zum Dach. „Dies scheint mir das perfekte Anwesen dafür zu sein."

„Ja", antwortete ich leise und schaute zurück zu Rob und Ben. Rob zeigte nach unten auf die Straße und Ben neigte sich in die gleiche Richtung. Ich konnte ihre Unterhaltung nicht mehr hören.

„Warum habe ich den Eindruck, dass ich keine Ahnung habe, was hier vor sich geht?", fragte Sam.

Ich war mir nicht sicher, ob ich ihm antworten sollte. Er mochte gute rhetorische Fragen, aber ich war nicht die Person, die dieses Spielchen noch mit ihm spielen konnte. Wir waren Fremde geworden, auch wenn unsere Entschuldigungen angenommen worden und die Kriegsbeile begraben waren. Dadurch war eine Distanz und eine tiefe Kluft zwischen uns entstanden.

„Das tust du nicht", murmelte ich in erster Linie zu mir selbst.

Sam ließ seinen Blick zwischen mir und den Männern auf dem Bürgersteig wandern. „Die beiden Männer gehören nicht zum Umzugsunternehmen."

„Nein", flüsterte ich, wobei ich sie immer noch beobachtete.

„Freunde von dir?", fragte Sam. Ich murmelte zustimmend und er fuhr fort: „Und warum beobachten wir sie?"

„Weil ich nicht bereit bin zu ... zu ... ich weiß nicht", stotterte ich. „Weil ich es tue. Weil ich hier sitze und es ist in Ordnung. Mir geht es gut. Ich muss kein Teil hiervon sein. Du kannst gehen, weil es in Ordnung ist. Mir geht es gut."

Sam dachte einen Augenblick darüber nach, bevor er sagte: „Also gut." Er klatschte in die Hände und setzte sich neben mich auf den Boden. „Es ist schön hier."

„Oh Gott, halt einfach die Klappe", fauchte ich leise. „Was machst du? Warum bist du hier? Kannst du bitte wieder nach drinnen gehen oder wo auch immer du hergekommen bist?"

Er lachte leise, als er die Arme um seine gebeugten Knie legte. „Lauren und Matt streiten sich über etwas Unwesentliches. Andy ist auf dem Dachboden, aber frage mich nicht warum. Shannon brüllt Wände an und Tiel versucht sie zu zügeln. Will und Patrick bauen irgendetwas. Nur der Herr im Himmel weiß was. Riley und Alex sind noch nicht hier, was nicht überraschend ist. Ich glaube, Nick und Erin sind auf dem Weg hierher, aber ich habe sie noch nicht gesehen. Oder sie verstecken sich irgendwo."

„Dann bist nur noch du übrig ...", meine Stimme verstummte allmählich, während ich meine Hand in seine Richtung streckte und eine weitere Erklärung erwartete, „der mir im Gebüsch nachstellt?"

„Tiel hat mir von deinem ...ähm ... erzählt."

„Versuche es nicht", unterbrach ich ihn, indem ich eine Hand hob. „Sie hat dir erzählt, dass ich mit zwei Männern ausgehe. Richtig? Und ich sie heute mit hierher bringe? Hat sie das gesagt?"

Sam nickte. „Ja. Im Wesentlichen."

Ich konnte mich nicht davon zurückhalten zu sagen: „Ihr erzählt euch alles."

Er nickte erneut und sein Mund verzog sich zu einem liebevollen Lächeln. „Zum größten Teil."

Er liebte die Frau wirklich. Er liebte sie. Man sah, dass Liebe strahlte von ihm aus wie der Dampf, der von der Straße nach einem Sommerregen aufstieg.

„Und ist das der Grund, warum du gekommen bist, um mich zu suchen?", fragte ich.

Er schaute zu mir hoch und schüttelte schnell den Kopf. „Nein. Nein, ich habe versucht Matt und Laurens Streit über Schwämme und Silberbesteck und anderen Tragödien aus dem Weg zu gehen." Ein weiteres Kopfschütteln. „Ich wollte das alles einfach vermeiden."

„Hast du beschlossen einer weiteren Tragödie zu entgehen, wenn du mit mir sprichst? Ich nehme an, es gibt für alles ein erstes Mal."

Dann bewegte er sich, begegnete meinem Blick und hielt inne. „Ich habe die Arbeit gesehen, die du an dem *Louisburg Square* Projekt mit Matt gemacht hast. Es ist unglaublich."

Mit erhobenen Augenbrauen und mehr Skepsis als ich besaß, antwortete ich: „Danke?"

„Und dein Design für das *North End* Projekt, das Riley und Andy durchführen, ist makellos."

„Mmhmm", brummte ich voller Skepsis.

Sam und ich hatten seit Jahren nicht mehr über Geschäfte gesprochen. Wirklich seit Jahren. Wir hatten aufgehört zusammen zu arbeiten, nachdem ich ins Fettnäpfchen getreten war und unsere berufliche Beziehung gegen die Wand gefahren hatte. Ich hatte viel für die Firma seiner Familie gearbeitet, traf mich fast jedes Wochenende mit seiner Frau zum Brunch und wir sahen einander oft, aber wir sahen uns auf eine Art und Weise wie Saturn die Sonne sieht: weit entfernt und einander nur durch die Gegenwart des anderen bewusst, wobei sie sich nie näher als mit ihrer angestammten Umlaufbahn kommen.

„Und die Arbeit im Bay Village, die du mit Patrick machst, ist – wirklich faszinierend", fuhr er fort. „Ich war mir nicht sicher, wie es funktionieren würde, aber du hattest fünf brillante Lösungen parat."

„Ich werde dich genau hier aufhalten, denn warum zum Teufel erzählst du mir dies, Sam? Ernsthaft Wofür? Ich habe keine Lochkarte und ich arbeite auch nicht an einem geheimen Projekt hier. Warum kommentierst du also meine letzten Arbeiten?"

Er hob seine Hände, ließ sie fallen und seufzte. Er vergrub die Fersen seiner Turnschuhe im Schmutz. Dann sagte er: „Weil ich es hasse, dass du nicht mehr mit mir arbeitest. Patrick, Matt, Riley und Andy – Sie arbeiten alle mit dir und hören nicht auf, über deine fantastischen Designs zu sprechen und ich suche in jedem Gewächshaus und Gartencenter nach einem Landschaftsarchitekten, der Ideen hat, wie man naturnahe Gärten baut." Er zeigte mit dem Finger auf mich. „Ich habe damals eine Gartenausstellung für dich gefunden und ich war derjenige, der dich überzeugt hat, deine Dachgärten wären fantastisch und dann habe ich alles kaputt gemacht und ich darf noch nicht einmal mehr mit dir über die Dachgärten sprechen."

„Richtig", sagte ich und berührte meine Lippen mit den Fingerspitzen. „Das hast du gemacht."

Er warf mir einen finsteren Blick zu. „Ja. Ich weiß." Er schmunzelte. „Ich habe vor ein paar Monaten mit einem verfluchten Idioten zusammengearbeitet. Ein Idiot, der nicht wusste, wie man einen Dachgarten in der Stadt entwirft, aber behauptete, er könnte es. Ich bin ehrlich überrascht, dass ich keinen Schlaganfall erlitten habe, als ich mich mit dem Scheiß befassen musste."

„Weil du nicht mehr mit mir sprichst", sagte ich und starrte vor mich hin. Ben und Rob standen in meiner Sichtlinie, aber ich konnte nur ihre Gestalten, ihre Gesten und jene verfluchten Unterarme erkennen. Okay, die konnte ich sehen. Ansonsten nicht viel nach dem Schock von dieser Unterhaltung.

„Kann ich das wieder in Ordnung bringen?", fragte Sam. „Kann ich es noch ändern? Es ist schließlich Jahre her und ich bin glücklich verheiratet." Er wackelte mit dem Finger mit seinem Ehering vor meinen Augen. „Und du bist hier mit zwei Männern und das muss etwas Ernsthaftes sein, weil sie bei einem Umzug von Leuten helfen, die sie noch nicht einmal persönlich kennen. Umzüge sind die höchste Stufe an Gefallen auf der Skala. Und ich muss glauben, wir sind beide an einem Punkt angelangt, wo Fehler aus der Vergangenheit Geschichte sind und wir wieder zusammen an Gärten arbeiten können. Hör' mir zu, Gigi, ich kann es nicht zulassen, dass Patrick mit besseren Designs herum läuft als ich. Das kann ich nicht tun. Und verdammt, ich vermisse es, mit dir zu arbeiten. Du bist talentiert und du bekommst nicht genug Aufmerksamkeit dafür und meine Arbeit hat darunter gelitten, weil ich keinen Partner mehr hatte."

„Mmhmm", brachte ich heraus. Ich beobachtete weiterhin Ben und Rob, während mir Tränen in die Augen stiegen.

Warum beobachtete ich sie? Warum war ich hier und hielt mich hier im Schatten des Hauses und dem irdischen Komfort von Schmutz und Pflanzen auf? Warum hatte ich mich nicht Rob und Ben genähert, als ich sie das erste Mal sah?

Weil ich es weiß.

Ich wusste es und hatte Angst, dieses Wissen würde auf meinem Gesicht zu sehen sein, wenn ich mit ihnen beiden einen Raum teilen müsste. Ich hatte Angst, dieses Wissen würde mich überaus korrekt machen und dabei würde alles nur noch verwirrender werden. Im Augenblick war die einzige Option für mich, aus der Ferne zuzuschauen.

Ich wollte es nicht so. Ich wollte nicht mehr so sein. Ich wollte zu dem Mann, in den ich mich verliebt hatte, gehen und zulassen, dass er die Arme um mich legte, ohne mir gleichzeitig Sorgen um den zu machen, in den ich mich nicht verliebt hatte. Sorge war ein großer Teil dieser ganzen Sache. Ich machte mir die ganze Zeit Sorgen.

Ich wollte aufhören, mir Sorgen zu machen, mich nicht mehr verstecken und mich wegen einer Wahl zu grämen, die ich – wann war es gewesen? – Vor Ewigkeiten getroffen hatte. Aber das Heikle an mir und meinen Entscheidungen war, ich vertraute mir selbst nicht. Nicht die ganze Zeit vorher und jetzt auch noch nicht. Ich konnte es nicht. Nicht, nachdem ich über dreißig Jahre und mehr alles falsch gemacht hatte.

Vielleicht war dies der Gipfel, weil ich mit mir endlich im Reinen war und mir klar wurde, dass ich über dreißig Jahre nicht alles falsch gemacht hatte. Ich hatte jene Jahre damit verbracht, zu lernen, auf meine Instinkte zu hören und den gesellschaftlichen Quatsch zu ignorieren, der mir sagte, wie ich denken, handeln, mich kleiden, essen, sprechen und sein sollte. Wie ich die Lagen an Haut ablegte, die ich mir bei meinen Versuchen zugelegt hatte, tausend unterschiedliche Versionen der Person zu sein, von der ich glaubte, dass ich sie sein sollte. Ich hasste mich für alles. Aus keinem guten Grund. Auch wenn es niemals wie echter Hass aussah, es war so. Man konnte sich nicht lieben, wenn die Liste der Dinge, die man ändern wollte, länger als der eigene Arm waren. Ich hatte nie gewusst, wie ich mich selbst lieben sollte, so wie ich war und hatte stattdessen hart daran gearbeitet, mich neu zu erfinden, bis ich richtig und gut und – und liebenswert war.

Vor Jahren hatte ich eine Erzählung über die Besteigung des Mount Everest gelesen und ich hatte mir gemerkt, dass Kletterer auf ihrem Weg zum Gipfel häufig Sachen zurückließen. Ihnen wurde klar, dass sie die Sachen, von denen sie geglaubt hatten, sie seien notwendig oder man ihnen gesagt hatte, sie wären erforderlich, zurück lassen mussten, um die Besteigung zu überleben.

Ich hatte sicherlich Fehler gemacht. Ich war zutiefst und unwiderruflich menschlich und musste mich an jenen Fehlern nicht mehr festhalten. Ich musste mich auch nicht wieder für sie entschuldigen.

Und ich brauchte den ganzen Scheiß nicht, um die Besteigung zu überleben.

KAPITEL 31

wieder?"

Ich nickte zustimmend und starrte dabei immer noch durch den Buchsbaum auf Ben und Rob. Irgendwann würde ich zu ihnen gehen müssen. Ich würde sie sehen und mit ihnen sprechen und ... normal sein. Welche Version von normal ich auch immer als meine eigene ausgab.

Es war nicht, als wenn ich sie absichtlich meiden wollte. Ich genoss sie beide auf unterschiedliche und einzigartige Art und Weise und wenn ich zwischen Sam Walsh und einem von ihnen hätte wählen müssen, nun ... Sam würde wohl nicht gewinnen. Um ehrlich zu sein, ich mochte Sam. Ich war nicht wütend auf ihn. Ich hegte keinen Groll gegen ihn. Ich lebte mit ein wenig Verachtung und etwas mehr Feindseligkeit. Vielleicht waren das die Hauptzutaten eines Grolls und ich hatte mir nicht die Mühe gemacht, das Rezept zu lesen. Abgesehen davon hatte ich mir erlaubt zu glauben, dass es hinter mir lag.

Ich hegte jedoch einen Groll gegen ihn. Das war die kurze und knappe Wahrheit. Ich war eine schreckliche Katastrophe von einem Flirt und er hatte meine Annäherungsversuche mit Sicherheit nicht anders aufgenommen. Er war ein schlauer Mann und er hatte es zugelassen, dass ich mich selbst demütigte. Also ja. Ich hegte einen Groll gegen ihn, weil er nicht einmal gesagt hatte, dass er sich in einer Beziehung befand. Er hatte nicht einmal von seiner Freundin gesprochen, um mir einen warnenden Hinweis zu geben und um uns beiden die nachfolgenden Ereignisse zu ersparen.

Ich ließ mich von dem Grollen nicht beherrschen und ich führte ihn auch nicht an. Wie könnte ich? Meine besten Freunde waren Sams Schwägerin und sein jüngerer Bruder, ich arbeitete täglich mit seiner Firma zusammen und ich war hier und half seinem Bruder beim Umzug in ein neues Haus. Ich mochte seine ganze Familie – einschließlich seiner Frau – aber es hatte böses Blut gegeben. Es war immer da und hing im Hintergrund wie die Erinnerung an Ruby Sharpes Verkündung an unsere gesamte sechste Klasse, dass ich an Halloween als Gorilla gehen würde, weil meine Beine damals noch unrasiert waren.

Und die Verachtung, die dann später kam. Wochen und Monate später nach meiner spektakulären, gescheiterten Demonstration mit Sam kochte es vor sich hin. Dann kochte es über und ich nahm es von der Flamme, damit es leicht köcheln konnte. Jedes Mal, wenn Riley oder Andy oder Tiel – oder irgendjemand in Sams Dunstkreis – an mir arbeitete, dass ich mich wieder beteiligen und die Dinge in Ordnung bringen sollte, kühlte es ab. Das passierte jedes Mal, wenn jemand kam, um den Riss zu flicken. Ich war mir sicher, Sam hatte einen guten Grund, der Unterhaltung bis jetzt, wo wir zwischen einer Hecke und dem Haus eingekeilt waren, aus dem Weg zu gehen.

Unter all dem Geröll war Sam ein guter Mann. Ich wusste es, weil ich ihn gekannt hatte. Ich hatte ihn vor Ewigkeiten gekannt. Wir waren sehr gute Freunde gewesen. Wir hatten über unsere Arbeit gesprochen, als wenn es nichts anderes wichtiges auf der Welt gab, über das es sich zu sprechen lohnte und er hatte mich mit Kunden in Verbindung gebracht, die mir meine größten und wichtigsten Aufträge erteilten.

Damals dachte er, er handelte richtig und jetzt – endlich – da wir hier auf der Erde saßen, tat er es wirklich.

„Ja. Ich bin für den Rest des Sommers ausgebucht", sagte ich. „Aber lass' uns einen Termin machen. Schick' mir eine Nachricht im Laufe der Woche. Ich bin mir sicher, dass wir uns zusammensetzen und uns den Zeitrahmen deiner Projekte anschauen können."

Plötzlich begannen sich die Feindseligkeit und die Verachtung, an denen ich mich jahrelang festgehalten hatte, zu lösen. Es war seltsam loszulassen und nicht besonders angenehm. Aus dem gleichen Grund, aus dem ich Jeans behielt, die nicht bequem passten, wollte ich das harte, abgewetzte Leder meiner emotionalen Rüstung zurück nehmen.

Weil ich sie vielleicht wieder brauchen würde.

„Ich rufe dich an. Das anstehende Projekt wäre perfekt für dich. Besser noch, es enthält ein riesiges Budget für die Landschaftsgestaltung."

„Jetzt sprichst du Worte, die ich verstehe", antwortete ich.

„Willst du damit sagen, ich hätte mit dem Budget anfangen und dich dann um deine Zeit anflehen sollen", fragte er lachend. „Hätte das besser funktioniert?"

„Es ist schon ein paar Jahre her, seit wir zusammengearbeitet haben, Sam", sagte ich kühl und überlegt, obwohl ich mich gar nicht so fühlte. „Ich nehme keine Projekte mehr mit wenig Geld an."

Er seufzte. „Ja", murmelte er. „Ich weiß. Riley hat es bestimmt schon zwei- oder dreihundert Mal angemerkt."

Ach Riley. Er war ein wahrer Freund. Einfach nur der Beste.

Sam stand auf und klopfte sich die Erde von seinen Shorts. „Hinter einem Busch zu sitzen ist toll, aber warum stehen wir nicht auf, bevor wir auf eine Kolonie Feuerameisen stoßen? Stellst du mich deinen Freunden vor?"

Er trat vom Buchsbaum weg und ich handelte impulsiv, wobei mich die Feindseligkeit immer noch beherrschte.

Es war kein guter Impuls.

Es war kein weiser Impuls.

Es war nicht der richtige Impuls.

Es war jedoch der Erste und einzige.

Ich hechtete in Sams Richtung und erwischte ihn an den Waden. Bei dem Aufprall stolperte er auf den Rasen und mein Griff bedeutete, dass ich ihm folgte.

Ich landete zuerst auf dem Boden, wobei mir ein Knurren über die Lippen kam. Mein T-Shirt wurde nach unten gezogen, aber das Wichtigste blieb bedeckt. Gott sei Dank. Zumindest konnte ich schlecht funktionierende Kleidung nicht zur heutigen Liste an Tragödien hinzufügen; zumindest nicht nach dem, was ich Sam gerade angetan hatte.

Bis jetzt hatte ich geglaubt, meine schlimmsten Zeiten würden hinter mir liegen. Und dass meine schlimmsten Sam Walsh Zeiten würden hinter mir liegen. Aber nein. *Neeeeiiiin*. Ihn auf den Boden zu ziehen war irgendwie schlimmer – wesentlich schlimmer – als meine Lippen vor all den Jahren auf seine zu drücken. Dafür hatte ich einen Grund. Das hier war jenseits jeglicher Vernunft.

„Was zum Teufel war das, Gigi?", brüllte er, als er aufstand. „Was zur Hölle?"

Ich senkte meine Stirn und beruhigte mich mit dem Duft von grünem Gras. Wann würde ich es lernen? Wann würde ich damit aufhören, mir selbst im Weg zu stehen? War es überhaupt möglich? Gab es eine Welt, in der ich nicht buchstäblich hinfiel und mich wieder völlig zerkratzte?

Diese Welt existierte nicht. Nicht für mich. Ich würde all die Dinge machen, aber vielleicht – nur vielleicht – könnte es eine Welt geben, in der Sam Walsh nichts mit meiner Beziehung zu Rob und Ben zu tun hatte. Auch, wenn ich ihn dafür zu Boden bringen musste.

„Gigi, eine Erklärung wäre fantastisch", fuhr Sam fort. „Ich hoffe wirklich verflucht noch mal, dass du mich vor einem Opossum oder ähnlichem retten wolltest."

Dank Sam (und ein paar anderen wirklich unangenehmen Männern) konnte ich mit fast allem fertig werden. Ich könnte aufstehen, mir den Staub abklopfen und so tun, als wäre ich nicht gerade in ein hausgemachtes Dreckloch gefallen. Ich könnte nett und fröhlich sein und alles wäre mir egal. Ich könnte es vortäuschen. Oh, bei Täuschungen war ich die Beste. Ich machte schließlich seit Jahren nichts anderes.

Aber bei Rob *und* Ben *und* Sam konnte ich nichts vortäuschen. Nicht bei allen gleichzeitig. Nicht nach der seltsamen und notwendigen Unterhaltung im Gebüsch. Ich konnte es einfach nicht mehr.

Rob und Ben riefen mich, aber ich blieb dort mit den Händen über meinem Gesicht und dem Kopf im Gras liegen. Ich hörte Schritte und spürte Hände an den Schultern und meinem Rücken, aber ich bewegte mich nicht. Ich brauchte noch eine Minute, um mich zu erholen, bevor ich noch einmal täuschen musste.

„Magnolia?", sagte Rob zu meinem Rücken. „Magnolia, Liebling, sag' etwas."

„Wer zum Teufel sind Sie und was zum Teufel ist hier passiert?", schnauzte Ben Sam an. „Was zum Teufel haben Sie ihr angetan?"

„Es war – es ist alles in Ordnung, meine Herren", antwortete Sam.

„Was für eine Art von verfluchtem Raubtier sind Sie?", fuhr Ben fort.

„Wie bitte?", antwortete Sam.

„Sam? Sam, warum bist du voller Grasflecken und warum liegt Magnolia auf dem Boden?"

Oh Gott. Das war Lauren. Sie war hochschwanger und zog in ein Haus, in dem die Farbe gerade eben getrocknet war und sie musste sich mit all diesem Durcheinander befassen. *Oh Gott.* Ich hatte Sam gerade wie eine Wahnsinnige zu Boden geworfen und lag flach auf dem Rasen vor ihrem Haus, wobei ich das verfluchte Durcheinander noch vergrößert hatte.

„Das erscheint mir wie etwas, was ich tun würde."

Das war Riley. *Oh Scheiße. Einfach ... Scheiße*

Es stimmte. In meinem Leben passierte nichts, sofern ich kein Publikum um mich herum hatte, das mich dabei beurteilte.

„Wir sind einfach nur gestolpert", antwortete Sam. „Es war nichts. So wie ich Gigi kenne, stirbt sie gerade vor Scham und wartet, dass der Rasen sie schluckt."

So wie ich Gigi kenne.

Darüber schnaubte ich. Er hatte Recht. Aber wir kannten uns nicht mehr.

„Ich weiß, du glaubst, du kannst unbeaufsichtigt sein, Sam"– oh Gott, das war Shannon – „aber das ist nicht der Fall, wenn du auf flachem, hindernisfreiem Gras stolperst und Magnolia mit nach unten reißt."

„Hast du nichts Besseres zu tun?"

Patrick hatte die Frage gestellt und ich war jetzt überzeugt, die ganze Familie Walsh starrte auf mich herab, wie ich mit dem Gesicht nach unten im Gras lag. Ich hätte inzwischen aufstehen sollen, aber ich brauchte noch eine Minute, um mich wieder zu sammeln und die richtige Mischung an fröhlicher Gleichgültigkeit zu finden, die ich brauchte, um aufzustehen, das Gras aus meinem Haar zu schütteln, diesen Leuten in die Augen zu schauen und weg zu gehen, ohne mein unerklärliches Verlangen Sam von Ben und Rob fernzuhalten zu wollen erklären zu müssen.

Eine Hand drückte meine Schulter und strich mir über den Rücken. Ich war mir nicht sicher, ob es Rob oder Ben war. Im Augenblick freute ich mich über jede Unterstützung, die von einem der Männer kam.

„Vielen Dank für die brillante Frage, Patrick. Ich weiß es zu schätzen, dass du und alle anderen nach draußen gekommen seid, um die gegenwärtige Lage zu bewerten. Hilfreich. Äußerst hilfreich." Sam fuhr fort: „Und es war wahrscheinlich meine Schuld. Da ich jetzt darüber nachdenke, ja. Es war meine Schuld. Ich bin in dieser Sache die schuldige Partei. Ich habe – ich habe die Schuld verdient. Gigi hat nichts falsch gemacht."

Endlich. Endlich eine Entschuldigung, der ich glaubte. Vielleicht lag es daran, dass Sam sie allen anderen erzählte. Vielleicht war sie aus der Unterhaltung, die wir hinter dem Buchsbaum geführt hatten, entstanden. Aus welchem Grund auch immer glaubte ich sie dieses Mal.

Ich glaubte es und ich glaubte auch, ich brauchte die emotionale Rüstung nicht mehr.

„Vielen Dank dafür", murmelte ich in das Gras.

„Und wer zum Teufel sind Sie?", schäumte Ben.

Fauchen und Schäumen konnte Ben gut. Wütend passte zu ihm, auch wenn es keine gesunde Art und Weise war zu leben. Und ich musste mich nicht von meinem erdigen Meditationsort erheben, um zu wissen, er war nicht derjenige, der neben mir kniete und mir den Rücken rieb. Seine Worte waren dafür zu weit entfernt. Wenn ich mit Geld auf seinen Standort hätte wetten müssen, würde ich sagen, er näherte sich gerade Sam und schaute ihn finster an.

„Ich bin Sam Walsh und dies ist das Haus meines Bruders", antwortete er. „Und wer sind Sie?"

„Nicht", sagte ich und erhob mich vom Gras. Ich hatte Recht und Ben schaute Sam finster an. Ein Pluspunkt dafür. Ich hatte auch Recht, dass Rob seine Hand auf meiner Schulter liegen ließ. Und ich hatte Recht, dass die ganze Familie Walsh und ein paar neue Gesichter diesen erfreulichen Austausch beobachteten. „Lass' uns gehen und stattdessen ein paar Kisten auspacken."

„Sind Sie derjenige, der den Hund gestohlen hat?", fragte Ben und zeigte mit dem Finger auf Sam.

„Nein, Sir, das bin ich nicht. Ich war in der Hunderettungsmannschaft", antwortete Sam und hob kapitulierend die Hände. „Ich bin nicht – ich bin keiner von ihnen. Ich bin bestenfalls nur am Rande involviert."

„Was zum Teufel soll das bedeuten?", schnauzte Ben Sam an.

Daraufhin schnaubte ich, als ich auf die Knie kam und den Garten betrachtete. „Ich habe dir gesagt, du sollst nicht fragen."

Ich kannte die neuen Gesichter in der Gruppe nicht. Es waren sechs – fünf Frauen und ein Mann. Sie sahen ein wenig jünger und etwas verwirrt aus. Das war verständlich. „Du hättest wirklich nicht fragen sollen."

„Jetzt habe ich es getan", antwortete Ben und schaute mich ungeduldig an. „Ich weiß nicht, was hier los ist, aber es gefällt mir nicht."

Ich starrte ihn an, aber ich wusste, die Walshes kamen immer näher. Sie verpassten niemals den gewalttätigen Teil und dies gehörte definitiv dazu. „Lass' uns das Ganze einfach vergessen. Okay?"

Ben hob die Hände. „Was auch immer du willst", antwortete er und trat übertrieben einen Schritt von Sam zurück.

Laurens Mann Matt kam näher und hielt einen Hammer in einer Hand und eine Rolle Abklebeband in der anderen. „Willst du, dass ich ihn raus werfe?", fragte er und zeigte mit dem Griff des Hammers auf Sam. „Das werde ich. Er drückt sich vor seiner Verantwortung und provoziert Streit in meinem Vorgarten. Das ist vielleicht in Ordnung in Fort Point, aber dies ist die Vorstadt. Wir mögen so etwas hier nicht."

„Keine Sorge. Es war ein Unfall", sagte ich lachend. „Schmeiß' ihn nicht wegen mir raus."

„Dann tue ich es", rief Shannon. „Mach' dich nützlich und hol' Mittagessen für alle, Sam." Sie marschierte auf uns zu und hielt ihr Handy an ihr Ohr gedrückt „Was auch immer du kaputt gemacht hast, du kannst es mit Essen wiedergutmachen."

„Ich glaube nicht, dass ich etwas kaputt gemacht habe", antwortete Sam. „Aber anstatt das mit einem Publikum von dieser Größe zu diskutieren, hol' ich lieber das Mittagessen ab. Vielleicht bekomme ich dann etwas, was ich tatsächlich essen kann."

„Hör' auf mit deinen rührseligen Geschichten", sagte Shannon.

„Ich würde sagen, es gibt weniger rührselige Geschichten

und mehr echte Erzählungen darüber, wie ich regelmäßig nach Essen gesucht habe", sagte er.

„Du hast noch nie in deinem Leben nach Nahrung suchen müssen", fügte Matt hinzu.

„Von was sprechen wir? Nach Nahrung suchen? Wie beispielsweise nach Pilzen?", fragte Patrick.

„Ich habe in meinem Leben den ein oder anderen Pilz gesammelt", meinte Riley.

„Nicht die Art von Pilz", sagte Andy zu ihm.

„Und das reicht für heute vom Walsh Familientheater", verkündete Lauren. „Matthew, mein Lieber, hör' auf den Hammer als Zeigestock zu benutzen. Ich weiß, du hast deine Werkzeuge im Griff, aber wir brauchen keine weiteren Unfälle." Sie schaute von mir zu Sam. „Sam, du bist für das Catering zuständig. Und wenn du für mich ein paar von den kleinen Clementinen besorgen kannst, würde ich das sehr zu schätzen wissen. Ich bin mir ziemlich sicher, Whole Foods in der Nähe des MIT hatten letzte Woche welche. Es ist eine ziemliche Fahrt, aber ..." Ihre Stimme wurde leiser, während sie sich über den Bauch rieb. „Wie ich sagte, ich würde es zu schätzen wissen."

„Ich schaue, was ich tun kann." Er warf mir einen Blick über die Schulter zu, lächelte und verließ die Gruppe. Er winkte Ben zu, als er an ihm auf dem Weg zum Bürgersteig vorbei ging, aber Ben schaute nur finster.

Lauren fuhr fort: „Andy, würdest du Patrick und Riley ins Haus begleiten. Ich brauche sie, damit sie ausmessen, wo die Schlafzimmermöbel hin sollen, bevor sie ankommen und wir hier ein riesiges Chaos haben." Sie zeigte auf das Haus und Andy kniff die Augen zusammen, da sie von der Bitte offensichtlich verwirrt war. Wenn ich hätte raten sollen, würde ich sagen, Lauren gab allen etwas zu tun, um mir nicht die Augen auszukratzen. Sie war ein Engel. „Shannon, meine Mutter wird gleich hier sein, und vorher müssen wir das Kinderzimmer organisieren. Geh'. Mach' schon. Lauf' wie der Wind."

Rob bewegte seine Hand weiter über meinen Rücken, wobei

er die Anspannung dort löste. Oh Gott, ich war müde. Ich war müde davon, es immer wieder zu versuchen. Müde davon, einen Schritt zu weit links oder eine Minute zu spät zu sein. Und ich war es leid dauernd diese fröhliche Gleichgültigkeit anzunehmen und so zu tun, als sei alles in Ordnung. Alles war immer in Ordnung.

„Was brauchst du im Augenblick?", fragte Rob leise genug, dass die Worte unter uns blieben.

Ich schüttelte den Kopf und lehnte mich an ihn. „Dies?"

„Ja?" Seine Lippen strichen gegen mein Ohr. „Bist du sicher, dass du keinen verstauchten Knöchel vortäuschen möchtest? Ich bringe dich hier raus. Du musst dich nicht mehr mit ihm befassen."

Ich atmete langsam aus und schloss die Augen. Eines der Probleme, wenn man gleichzeitig mit zwei Männern ausging war, man vergaß, welche Informationen man mit wem geteilt hatte. Dies war nie offensichtlicher als jetzt, als Rob über meine Geschichte mit Sam Bescheid wusste. Ben hatte eine grobe Ahnung, aber Rob kannte die Details und er wusste, wer Sam für mich war – oder nicht war.

Er wusste es und blieb hier bei mir.

Er wusste, diese seltsame, heikle, angespannte, aber höfliche und gleichzeitig distanzierte Situation benötigte eine ruhige Reaktion. Diese verfluchte Gleichgültigkeit. Er wusste, Maulheldentum würde die Kluft nur noch verbreitern. Er wusste, dass dies besser warten musste, aber es nicht in meiner Hand lag. Ich würde dieses Mal nicht diejenige sein, die sich entschuldigte.

Und er wusste, ich brauchte jemanden, der eher neben mir als an meiner Stelle stand.

„Woher wusstest du?", fragte ich. „Woher wusstest du, dass ich dies brauchte?"

Er lachte leise und es vibrierte durch seine Brust und direkt in mich hinein. „Ich wusste nicht, wie ich sonst hätte den Gefallen wiedergutmachen können."

Ich wandte den Kopf, um ihn über meine Schulter anzuschauen. „Welchen Gefallen meinst du?"

„Du hast mir den Rücken bei der Verlobungsparty gestärkt."

Ich runzelte die Stirn und schüttelte den Kopf. „Ich habe nichts getan. Ich war da mit dir, aber ich habe nichts getan."

Er legte seinen Arm um meine Taille. „Und ich tue nichts anderes als nur hier zu sein." Er legte seine Lippen auf meine Schläfe und sie blieben dort lange genug, um meine letzte Beschämung zu vertreiben. Einiges davon. „Was ist mit dem Knöchel? Wollen wir ihn untersuchen? Ich kenne einen Biergarten hier in der Nähe und deren Biersorten sind perfekt für eingebildete Verletzungen."

„Vielleicht später", sagte ich und tätschelte seine Hand. „Es war nicht schlimm mit Sam. Ich glaube, wir haben ein paar Sachen wieder in Ordnung gebracht. Da war dieser schreckliche Augenblick, als ich ihn zu Fall gebracht habe, aber es war nett von ihm, die Schuld dafür auf sich zu nehmen."

„Das wurde auch Zeit", sagte Rob leise.

Ich schaute hoch und sah, wie Lauren auf uns herab lächelte. „Das tut mir alles leid", sagte ich zu ihr. „Ich bin nicht hierher gekommen mit der Absicht, irgendetwas vom Zaun zu brechen."

Sie winkte mit der Hand. „Vergiss' es. Eine kleine Lektion über Menschen: die Walshes brüllen einander immer an." Zu Rob sagte sie: „Ich bin Lauren Walsh und Sie sind sehr tolerant, diesen Tag und das Durcheinander, was Sie eben gesehen haben, zu ertragen."

„Schon gut. Ich bin Rob Russo", antwortete er. „Ich habe gehört, es sind noch Kisten auszupacken und Dinge zusammen zu bauen und ich helfe gern."

Sie lachte und schüttelte den Kopf. „Und wir sind heute für jeden Helfer sehr dankbar", sagte sie und schaute durch den Garten zu Ben. „Wenn es Ihnen nichts ausmacht, ich habe ein perfektes Projekt für Mister Brock. Darf ich ihn entführen?"

„Nehmen Sie ihn", antwortete Rob schnell. „Behalten Sie ihn. Er gehört Ihnen."

„Sie sind ja einfach nur entzückend, nicht wahr?", murmelte Lauren. „Bleibt noch ein bisschen hier, Gigi. Du bist herumgelaufen und hast Bäume und Pflanzen und alles Mögliche in Ordnung gebracht, bevor Sam ganz ... samartig wurde. Ich hoffe, dass in der Sache alles in Ordnung ist. Ich hoffe, es geht dir gut."

„Das tut es", sagte ich und meinte es auch so. Es ging mir gut ohne die Feindseligkeit und die Verachtung, den verbrannten Brücken und ohne die Gleichgültigkeit. Es ging mir besser. „Ich habe vielleicht Platz in meinem Terminkalender, um einige von Sams Grundstücken aufzunehmen."

„Mache es ihm nicht zu leicht, Mädchen." Sie schaute zu einer Gruppe von ungefähr zwanzig Leuten, die sich in der Nähe der Haustür versammelt hatten und betrachtete dann wieder Ben. Er führte eine Unterhaltung mit Matt, die in erster Linie aus Handbewegungen bestand. „Es ist wirklich das perfekte Projekt. Wenn ich ihn davon überzeugen kann."

Man durfte die magische Intuition der Lauren Walsh nicht unterschätzen. Die Frau bemerkte Dinge, die dem Rest von uns entgingen. Und in diesem Augenblick war ich mir sicher, sie sah mich, Rob und Ben und all die Dinge, die wir nicht laut aussprachen. Sie sah es und sie wusste es und jetzt hatte sie einen Plan.

„Ich habe dich noch nie angezweifelt", antwortete ich. „Und ich werde jetzt nicht damit anfangen."

Mit einem Nicken marschierte Lauren zu der Gruppe an der Tür. Sie holte einen Mann und eine Frau heraus und führte sie zu Ben und Matt. Sie hatte schnell Männer um sich versammelt, aber Ben wollte wie immer nicht ohne eine lebhafte Diskussion gehen.

Er zeigte auf mich und fragte: „Geht es dir gut? Ich kann bleiben. Ich tue alles, was du willst, Gigi."

„Ach, mein Lieber", gurrte Lauren. „Sie haben ein so gutes

Herz, dass Sie sich Sorgen um sie machen. Sie kommt in ein paar Minuten nach."

Ben blinzelte Lauren an und sein Ärger schmolz dahin. „Okay." Er nickte und schaute zurück zu mir. Seine Lippen verzogen sich zu einem Lächeln. Es sah ihm gar nicht ähnlich. Es dauerte ungefähr zehn Sekunden und dann fiel sein Blick auf Rob und er schaute finster. „Ich habe ein Auge auf dich, Russo."

„Wie immer", antwortete Rob.

Lauren ließ nichts davon zu und steuerte ihn mit dem Rest ihrer Mannschaft in die Garage, sodass Rob und ich allein auf dem Rasen waren. Er strich mir mit der Hand über das Knie und wischte einen Grashalm mit dem Daumen weg.

„Ich bin mir nicht sicher, was hier passiert ist", sagte er. „Aber ich habe das Gefühl, als wäre es viel."

Zum zweiten Mal an diesem Tag stiegen mir Tränen in die Augen. Hier ging es nicht darum, endlich die Schwelle mit Sam zu überqueren oder meinen alten Groll gehen zu lassen – weil es doch viel Groll gab. Es ging nicht darum, wie die Walshes sich um mich scharten. Es ging nicht darum, dass Lauren Ben unter ihre Fittiche nahm. Es war nichts davon und doch alles davon.

Der Aufstieg endete niemals. Nicht wirklich. Es gab kein bedeutendes Zwischenziel oder das Erreichen des Gipfels. Es gab jedoch einen großen Unterschied zwischen dem ersten Schritt und den Gipfel vor Augen zu haben.

Und ich konnte ihn jetzt sehen. Ich wusste nicht alles und ich war mir sicher, ob ich mich nicht wieder verirren würde, aber hier oben war die Luft dünner und die Taschen leichter und jetzt wusste ich, es lag mehr vor mir als hinter mir.

Ich nickte und wischte eine Träne weg „Ich habe das Gefühl, als wäre es alles."

KAPITEL 32

Ich hatte heute kein Date. Heute Abend nicht und morgen oder übermorgen auch nicht. Meine Woche war völlig offen und zum ersten Mal seit Monaten gehörte sie mir.

Ich musste es so haben. Ich musste ein paar Dinge für mich sortieren, bevor ich Rob oder Ben wieder sah.

Ich hatte meine Jungs das letzte Mal vor zwei Tagen bei Matt und Laurens neuem Haus gesehen. *Meine Jungs.* Ha. Das war eine zu große Vereinfachung der Dinge. Sie waren gute Männer. Sie waren gut zu mir und gut für mich.

Vor ein paar Monaten hatte ich mir in meinem romantischen Leben nur gewünscht, dass jemand mich wollte. Ich wollte die erste und beste Wahl für jemand sein. Damals hatte ich gedacht, es gäbe nichts Besseres, als ganz und unwiderruflich zu jemandem zu gehören.

Aber ich brauchte einen Schubs von meiner Mutter, einen heißen Sommer und die Zuneigung von zwei sehr unterschiedlichen, sehr wertvollen Männern, dass mir klar wurde, dass ich mir selbst gehörte. Ich brauchte Ben nicht. Ich brauchte Rob nicht. Ich brauchte mich und sonst nichts. Und das war der Aha-Effekt in alledem – der empfindliche Raum zwischen Bedürfnissen und Wünschen. Ich musste mich kennen und selbst lieben und ich wollte einen Mann, der sich kannte und mich so liebte wie ich bin.

Nach zwei Jahrzehnten der Zurückweisung war es schwierig, diese Denkweise anzunehmen. Ein Teil von mir wollte die Zuneigung, die Ben und Rob mir entgegenbrachten, genießen. Alles nehmen und verstecken, weil sie sie schon bald zurücknehmen würden. Aber der andere Teil von mir wusste, dass das nicht notwendig war. Ich wollte nirgendwohin und selbst wenn, liebte ich mich jetzt endlich selbst.

Der beste Teil war – und das war wirklich der beste Teil des Datens – ich hatte einen Mann gefunden, der mich kannte und mich mit all meinen Schwächen liebte.

Und ich reichte ihm.

KAPITEL 33

Früh am Samstagmorgen stand ich in meiner Küche mit einer Tasse Kaffee in einer Hand und meinem Handy in der anderen und starrte nach draußen auf meinen Garten.

Das Handy vibrierte in meiner Hand, aber ich legte es weg, ohne auf den Bildschirm zu schauen. Die Nachrichten würden nachher auch noch da sein.

Ich wollte nichts aus dem Weg gehen. Ich verbrachte Zeit mit mir selbst und meinen Gedanken. Die letzte Woche hatte ich gearbeitet, war mit Gronk spazieren gegangen und hatte allein geschlafen. Es war nicht ganz fair, dass ich verschwunden war, aber ich brauchte es. Ich musste sicher sein.

Mit der Sicherheit kam ein Zittern der Angst. Die Sicherheit bedeutete, ich musste mich von jemandem verabschieden und unsere Beziehung veränderte sich für immer. Ich war noch nie diejenige gewesen, die den Abschied initiiert hatte. Man hatte sich immer von mir verabschiedet und diese Seite gefiel mir nicht besser.

Aber genau, wie meine Mutter vorhergesagt hatte, wusste ich es. Ich wusste es und wusste es schon länger, als ich zugeben wollte und ich war bereit, den nächsten Schritt zu gehen. Aber zuerst hatte ich ein Date mit meinem Garten.

Es war heiß heute, so wie das Ende des Sommers sein sollte. Heiß, diesig und feucht. Unangenehme Luft, welche die Haut umgab, und Schweiß, der an den seltsamsten Stellen ausbrach wie beispielsweise hinter den Ohren und auf der Rückseite der Knie und in den Ellbogen.

Anstatt vor der Hitze zu flüchten zog ich meine Handschuhe an. Gronk lag ausgestreckt auf dem Boden und seine Zunge hing aus der Seite seines Mauls heraus. Er reagierte nicht, als ich die Hintertür öffnete.

„Kommst du?", rief ich ihm zu. Er hob den Kopf, starrte mich einen Augenblick an und streckte sich wieder auf dem Boden aus. „Wage es nicht, in fünf Minuten an der Tür zu kratzen, weil du rauskommen möchtest. Und denke nicht einmal daran, mich vom Schlafzimmerfenster aus an zu bellen. Das erlaube ich nicht."

Er antwortete mir einmal, indem er mit dem Schwanz wedelte und weiter schnarchte.

Ich ging nach draußen und evaluierte den Zustand des Gartens. Es war ein seltsames Stück Land mit Zacken und asymmetrischer Form, so wie es in der Zeit der Bauernhöfe und Pferdekutschen zugeteilt wurde. Das Grundstück war eine Seltenheit in dieser Gegend. Ein alter Felsvorsprung markierte die Grenze auf jeder Seite und ein kleiner Wald bildete die rückwärtige Grenze. Die Nachbargrundstücke waren ganz anders, wobei jeder Garten ein ordentliches Rechteck war – Symbole des Wohlstands und der Ordnung nach dem Krieg.

Meine Tante mochte einen Naturgarten und das war deutlich sichtbar. Als sie dieses Haus vor über vierzig Jahren gekauft hatte, war der Garten ein gescheitertes Experiment eines englischen Rosengartens gewesen. Sie hatte alles abgeschnitten und die Rosen durch alle möglichen bunten Blumen ersetzt. Jedoch nach ein paar Jahren sorgfältiger Pflege hatten sich die Rosen an den neuen Pflanzen vorbei geschoben und waren wieder vorherrschend dicht gewachsen.

Jetzt lebte der Garten weiter wie ein altes Erinnerungsbuch.

Englische Rosen aus einer Zeit, bevor eine der Santillian Frauen hier lebte. Flieder, Iris, Zinnien, Dahlien und Hortensien von meiner Tante. Farne und Bodendecker Rosmarin von mir. Im Vorgarten gab es einen Magnolienbaum, der gepflanzt worden war, als ich geboren wurde. Es gab auch eine Esche und eine Linde, aber die pink blühende Magnolie war die Lieblingspflanze meiner Tante Francesca.

Ich brauchte vierunddreißig Jahre, um es zu verstehen, aber jetzt wusste ich, dass ich immer gewollt war. Meine Eltern, meine Brüder, meine Freunde und meine Tante hatten sich von Anfang an um mich versammelt. Es war nicht das Gleiche, wie wenn man geliebt und begehrt werden wollte, aber ich hatte gelernt, es war die größte Leistung in meinem Leben das Objekt von Begierde zu sein.

Es war eine Leistung, Liebe mit jemandem zu teilen, der sich einen Platz in meinem Leben verdient hatte. Dafür lohnte es sich zu arbeiten. Begehrt zu werden war der erste Schritt eines langen Weges.

Ich ging das Unkraut zuerst an. Bei dieser Hitze und den häufigen Regenfällen diesen Sommer war es keine Überraschung, dass es den Garten übernommen hatte. Ich stand bis zur Taille in ungewollten Schösslingen und wildem Wein. Invasive Pflanzen liebten diese Bedingungen. Ich tauchte meine Hände immer wieder in die Erde, wobei ich die Wurzeln bis ganz nach unten untersuchte und sie dann herausriss. Ich war so sehr auf das Unkraut fokussiert, dass ich nichts, außer dem nächsten Hindernis auf meinem Weg bemerkte.

Auf keinen Fall bemerkte ich Ben, bis er rief: „Mach' mal ‚ne Pause. Ich bin es leid, dir nur zuzuschauen."

Von meiner Position auf Händen und Knien hob ich meinen Kopf und sah, dass Ben sich in der Nähe meiner Hintertür befand und die Hände zu Fäusten geballt in die Hüften gestemmt hatte. „Und wie lange schaust du mir schon zu?"

„Ungefähr zehn Minuten." Er steckte die Hände in die Taschen und zuckte mit den Schultern. „Vielleicht länger. Vielleicht weniger. Ich habe mir gedacht, du würdest mich irgendwann sehe, aber es sieht so aus, als wärst du wie in einem Tunnel."

Ich stand auf und klopfte den Schmutz von meinen Knien und Handschuhen. „Ich war nicht im Tunnel."

„Oh doch", stritt er. „Wenn ich da drin gewesen wäre" – er zeigte auf den Abschnitt, den ich gesäubert hatte – „hättest du mich auch herausgezogen."

„Wahrscheinlich", murmelte ich, während ich durch den Garten auf ihn zuging. „Wie kommt es zu diesem Überraschungsbesuch?"

Er starrte mich durch seine dunkle Sonnenbrille an und schwieg, während ich meine Kappe abzog und mir den Schweiß von der Stirn wischte. „Wo ist dein Wachhund? Sollte er nicht hier sein und Eindringlinge abhalten?"

Ich zeigte mit meiner Kappe auf das Haus. „Zu warm für ihn. Er braucht ein gemäßigtes Klima."

Ben pfiff. „Der Hund hat ein gutes Leben." Er schüttelte den Kopf und lächelte mich an. „Lass' uns nach drinnen gehen. Deine Schultern werden schon rot."

Ich schaute auf meine nackten Arme und dachte, dass er Recht hatte und ich im Begriff war, einen Sonnenbrand zu bekommen. „Die Sonne ist intensiver als ich dachte."

„Ja", antwortete er, wobei er das Wort in die Länge zog. „Oder vielleicht solltest du während einer Hitzewelle nicht gerade im Garten arbeiten."

„Wenn ich auf gute Gärtnertage warten wollte, würde ich vielleicht sieben oder acht im Jahr bekommen." Ben folgte mir ins Haus, wobei er stehen blieb, um Gronk zu kraulen, während ich mir in der Küche die Hände wusch.

„Hey Junge", sagte er und ging in die Hocke, um dem Hund auf seiner Höhe zu begegnen. „Machst du ein Schläfchen? Heute ist ein guter Tag dafür."

„Möchtest du etwas trinken?" Ich hatte meine Finger um den Griff der Kühlschranktür gelegt, während Ben mit meinem

Hund schmuste. Es fiel ihm leicht Zuneigung zu zeigen. Seine anderen Emotionen waren weniger klar. „Ich habe Bier."

„Kein Bier." Er hob Gronk hoch, wiegte ihn in seinen Armen und setzte sich an den Küchentisch. „Wasser bitte."

Ich holte zwei Gläser Wasser und setzte mich zu Ben an den Tisch. Er richtete seine Aufmerksamkeit auf Gronk und kraulte den Kopf des Hundes, tätschelte ihn an den Seiten und führte eine leise Unterhaltung, als wenn er eine Antwort erwarten würde.

Ich hatte ein schlechtes Gewissen, aber es war seltsam zu sehen, wie Ben sich nur auf Gronk konzentrierte. „Wenn du einen Termin zum Spielen mit meinem Hund wolltest, hättest du nur fragen brauchen." Die Bemerkung war zum größten Teil sarkastisch. Zum größten Teil.

Er schaute mit starrer Miene zu mir hoch. „Ich muss mit dir reden."

Selbst die stabilsten und sichersten Leute auf der Welt gerieten bei solchen Worten ins Wanken. „Okay."

Er wandte seine Aufmerksamkeit wieder zu Gronk und streichelte diesen zwischen seinen Ohren. „Ich muss mit dir reden und du darfst nichts sagen."

„Also", begann ich und hob mein Glas, „möchtest du, dass ich einfach nur hier sitze? Ohne zu antworten?"

„Eigentlich Ja." Er zuckte mit den Schultern, als wenn dies eine übliche Bitte wäre. „Ich hätte dir eine Nachricht geschickt, aber es schien mir feige und ich bin es leid, feige zu handeln."

Ein weiteres Wanken. Auch wenn es keinen Sinn ergab. Die Angst vor Zurückweisung ging nie ganz weg. Noch nicht einmal, wenn ich die Zurückweisung wollte. Wenn die Zurückweisung mich davor rettete, den gleichen Schlag zu erteilen. „Oh", murmelte ich. „Oh. Diese Art von Unterhaltung. Okay."

„Nichts Schlimmes. Nicht für dich."

Er hielt seinen Blick auf Gronk gerichtet. Er wollte mich noch nicht einmal anschauen. Wollte nicht oder konnte nicht? Gab es einen Unterschied? Machte es überhaupt etwas aus?

Ben fuhr fort: „Ich habe diese Woche nachgedacht. Ich habe viel nachgedacht."

Ich hob meine Augenbrauen. „Das passt nicht zu dir."

Er schlug mit der Handfläche auf den Tisch und grinste mich zum ersten Mal heute an. „Habe ich dir nicht gesagt, du sollst still sein?"

„In Ordnung. Ich bin still. So gut ich kann."

Er verdrehte die Augen vor Gronk, als wenn er sagen wollte, man könnte mir nicht trauen. „Wie ich schon sagte, habe ich viel nachgedacht. Und wie du schon sagtest, ist das ungewöhnlich für mich." Er zwang sich zu einem Lachen. Ich erwiderte es nicht. „Ich habe nachgedacht und ich möchte dir ein paar Dinge sagen. Erstens möchte ich, dass du weißt, du bist einer der besten Menschen, die ich jemals kennengelernt habe. Du hast mich angebrüllt und hast es nicht zugelassen, dass ich scheitere und du hast genau das Gegenteil von dem gemacht, was alle anderen in meinem Leben tun und ich – ich weiß das zu schätzen. Ich weiß alles zu schätzen, was du getan hast und alles, was du ausgehalten hast, weil ich in letzter Zeit recht schwierig war."

„Kündigst du mir als deinem Renovierungsmentor? So hört es sich an." Ich drückte meine Fingerspitzen an meine Lippen. „Oh. Es tut mir leid. Ich soll ja nichts sagen."

Ben hielt Gronk hoch, um seinem Blick zu begegnen. „Was ist bloß los mit ihr? Ich weiß nicht, wie du das aushältst, Kumpel. Das weiß ich wirklich nicht." Er schaute hoch zu mir. „Ich kündige dir nicht. Verdammt, Gigi."

„Da du mich nicht bezahlst, ist dies ein überflüssiges Argument."

„Ich überlege mir gerade, ob es eine gute Idee ist, dies persönlich zu tun", knurrte er.

Mein Magen zog sich zusammen. Ich streckte die Hand über den Tisch und drückte seine Hand, bevor ich mich zurückzog. „Sag' es einfach, Ben. Was auch immer es ist, erzähl' es mir einfach."

Er strich über den weißen Streifen auf Gronks Kopf. „Als all das hier anfing mit dir und mir und Rob, habe ich es vor mir selbst gerechtfertigt. Ich habe mir gesagt, wir hätten keine Verbindung gehabt, wenn Rob der Richtige für dich gewesen wäre. Wenn du wirklich mit ihm hättest zusammen sein wollen."

„Ja, aber damals hatte ich Rob noch gar nicht persönlich kennengelernt. Eigentlich habe ich dich zuerst getroffen und dann ..."

Ben hob eine Hand und schloss die Augen. „Die Dinge haben sich geändert. Das ist für alle offensichtlich. Wir hatten unterschiedliche Verbindungen aus verschiedenen Gründen und das ist – das ist okay. Aber die Dinge haben sich geändert." Er strich mit den Händen über Gronks Rücken und brachte den Hund dazu, sich auf seinem Schoß auszustrecken. „Du bist mitten in der Nacht in meinem Haus aufgetaucht und du hast mich gerettet. Ich weiß, du würdest es nicht so erzählen ..."

„Außer wir sprechen davon, wie ich dich vor einer Strafe wegen unerlaubter Bautätigkeit gerettet habe", fügte ich leise hinzu.

„Aber du hast mir in der schwersten Zeit meines Lebens geholfen. Einfach, indem du da warst, mir in den Hintern getreten hast und mich gezwungen hast, die Dinge richtig zu machen. Ich wusste nicht, dass es so schwierig sein würde und ich wusste nicht, dass ich Hilfe brauchen würde, aber du hast mir den Weg von einem Punkt zum anderen gezeigt. Das weiß ich zu schätzen."

„Gern geschehen." Ich schaute auf den Tisch und strich mit dem Zeigefinger über das Kondenswasser an meinem Glas. „Was musst du mir sagen, Ben?"

Ich beobachtete, wie ein Sturm so schnell wie ein Sommergewitter über ihn hinweg zog. Es war so schnell vorbei, wie es begonnen hatte. „Ich mag dich so sehr. So verflucht sehr. Du lässt mir nichts durchgehen und du weißt genau, was du in den schlimmsten Augenblicken zu mir sagen musst und du bist eine coole Lady, wenn du nicht gerade über Bauvorschriften predigst."

„Aber?", drängte ich ihn.

Ich war dabei, direkt in eine Zurückweisung zu laufen. Die Furcht war da, auch wenn sie so irrational wie die Angst war. Aber ich war bereit dafür. Ich hieß sie willkommen.

Er schaute zu mir hoch, während Gronk sich wie ein beweg-liches Schild an seine Brust kuschelte. „Aber ich bin nicht für dich und du nicht für mich bestimmt."

„Ich weiß." Ich nickte und lächelte ihn an. Ich betete darum, dass meine Miene nicht zu viel Erleichterung zeigte. Ben sollte das nicht sehen. „Ich weiß."

Er drückte seine Finger an seine Schläfen. „Du hättest es sagen können, bevor ich mir die Eingeweide herausgerissen und sie auf den Boden vor dir fallen gelassen habe".

„Und dann hätte ich diesen Spaß verpasst? Nein. Niemals." Ich verschränkte die Arme über meiner Brust. „Abgesehen vom Spaß wollte ich dir nicht weh tun. Ich weiß, was du durch-machst und ich wollte es nicht noch verschlimmern. Ich wollte die Dinge nicht noch schlimmer für dich machen."

„Oh, in Ordnung", antwortete Ben. „Es war viel besser, dass ich mit der Hilfe einer mörderischen Lehrerin selbst zu dem Schluss gekommen bin. Vielen Dank dafür, Gigi. Wirklich, ich weiß es zu schätzen. Danke."

Ich neigte mich vor und legte die Finger um mein Glas. „Erzähl' mir von dieser Lehrerin."

Ben strich sich mit der Hand durch das Haar und über sein raues Kinn. Sein Mund verzog sich zu einem schiefen Lächeln. Es begann in seinen Augen, erreichte allmählich seine Lippen und sie verzogen sich zu einem Grinsen. „Wird es jetzt so zwischen uns sein? Soll ich dir von meinen Gefühlen und allem möglichen Scheiß erzählen? Und dafür bekomme ich noch nicht einmal nackte Duschen?"

„Komm' schon, Ben. Alle Duschen sollten nackt sein", antwortete ich. „Aber ja, lass' uns das tun. Lass' uns ekelhaft reif sein und unsere Beziehung in zwei verschiedene und unterschiedliche Segmente teilen."

Er zeigte auf mich. „Das Dusch-Segment und das Nicht-Dusch-Segment?"

Ich tippte mit einem Finger auf meine Brust. „Ich dusche immer noch."

„Aber nicht mit mir", antwortete er.

„Scheinbar verbringe ich viel Zeit damit zu erklären, wann und wie man sich waschen sollte", sagte ich. „Vielleicht findest du ein YouTube Tutorium dafür und lässt mich außen vor."

„Ich sage ja nur, ich würde gern mit dir duschen."

„Hier ist ein kleiner Vorschlag." Ich neigte meinen Kopf zu ihm. „Diese Person, diese mörderische Lehrerin? Ich bin mir sicher, dass sie diese Anspielungen, mit mir zu duschen, nicht mag."

Ben nickte zustimmend. Zumindest interpretierte ich es als Zustimmung. Ich verstand immer noch nicht, was in Bens Kopf vorging.

„Das sehe ich ein", sagte er schließlich.

„Und diese Frau", sagte ich, „ich brauche weitere Einzelheiten, Brock. Wer ist sie, wann hast du sie kennengelernt und wie viel von deinem Scheiß ist sie bereit zu ertragen?" Ich zählte jede Frage an meinen Fingern ab. „Du kennst schon die wichtigen Einzelheiten."

„Sie heißt Grace und ich habe sie letztes Wochenende kennengelernt. Sie hat bei dem Haus geholfen, in das deine Freunde eingezogen sind." Er atmete tief durch und drückte seine Handflächen an seine Augen. „Ich weiß nicht, wie ich es erklären soll", fuhr er fort, „aber die Frau ist eine Bösewichtin und ich bin besessen von ihr."

Ich lehnte mich zurück und dachte darüber nach. Ich hatte einige Dinge bei der Unterhaltung mit Ben Brock, in der unsere romantische Beziehung beendet wurde, erwartet. Ich hatte sein klassisches Gepoltere erwartet ebenso wie eine Bitte um ein Nebenbei-Sex-Arrangement. Nicht dass ich es gewollt hätte, aber ich hatte auch erwartet, er würde um mich kämpfen und darauf bestehen, dass ich unmöglich Rob wählen könnte.

Auf keinen Fall hatte ich seine Ankündigung erwartet, dass er eine andere Frau kennengelernt hatte und nicht nur eine andere Frau kennengelernt hatte, sondern bereits große, verwirrende und zwanghafte Gefühle für diese Frau hegte.

Und ich war begeistert. Es gab noch nicht einmal einen Hauch von Verrat.

„Welche Art von Bösewichtin?", fragte ich.

Er ließ seine Hände fallen und starrte mich mit großen Augen an. „Die beste Art. Die *beste* Art", wiederholte er. „Ich habe jeden Tag diese Woche mit ihr gesprochen und ich bin …"

„Verliebt?", unterbrach ich ihn. Ich konnte nicht anders als Ben an zu strahlen. Ich hatte ihn noch nie so verdreht gesehen. Es war fabelhaft. „Weil du verliebt bist."

Er zuckte mit den Schultern bei meiner Antwort. „Du hast vor kurzem etwas: darüber gesagt, dass du deinen Scheiß leid bist. Diese Frau, Grace, war meinen Scheiß leid, bevor sie mich überhaupt kennengelernt hat und sie hatte kein Problem damit, mir das zu sagen."

„Ich bin schon ein Fan von ihr", antwortete ich und hob beide Hände zur Lobpreisung. „Wann siehst du sie wieder?"

Ben streichelte Gronk einen Augenblick und schwieg. Dann sagte er: „Ich weiß nicht. Ich musste das hier zuerst machen. Ich musste es erst mit dir klären, bevor ich irgendetwas mit ihr tun konnte. Verdammt, ich weiß nicht, ob sie Interesse hat. Sie ignoriert meine Nachrichten elf Stunden lang und sagt mir dann ich soll mich zusammen reißen und ich weiß nicht, was ich davon halten soll. Ich will nur ihre – ich weiß nicht – ich will nur ihre Aufmerksamkeit." Er schaute ängstlich in meine Richtung. „Das ist ungefähr so lahm wie es sich anhört, nicht wahr?"

Herzliche Zuneigung für Ben stieg in mir auf. Es war in keiner Weise romantisch oder sexuell. Es war die Art von Zuneigung, die man für besondere Leute, die in dein Leben traten und es besser machten, reservierte. Er hatte mein Leben verändert und es war wichtig für mich gewesen. Ich hatte ihn gebraucht, dass er mich erdrückte, einengte und mich zwang, die Verantwortung für unsere komplexe Beziehung zu übernehmen. Mehr noch als das, er hatte mich gezwungen zu wählen.

Ich konnte mich nicht zurücklehnen und darauf warten, dass die Liebe mich fand. Ich konnte nicht erwarten, dass sie in genau den Dimensionen kam, die ich benötigte. Ich sollte keine Daumen drücken und hoffen jemand Besseres als meine armseligen Exfreunde zu finden. Diese Magie musste ich für mich selbst inszenieren.

Und jetzt schien es, als müsste Ben seine eigene Magie inszenieren.

„In der Annahme, dass sie dich wieder sehen will, würde ich sie gerne kennenlernen", sagte ich. „Ich möchte gute Dinge für dich, Ben. Du wirst mich nicht los. Ich werde mich bei dir melden und nach dieser angsteinflößenden Bösewicht-Lehrerin fragen und sicherstellen, dass es dir gut geht, auch wenn wir keine Duschen mehr teilen." Er zeigte über meine Schulter in Richtung seines Hauses. „Und ich werde es nicht zulassen, dass du die Renovierungsarbeiten versaust."

„Ja?", bemerkte er. „Was wird Rob dazu sagen?"

Eine weitere Welle der Zuneigung stieg in mir hoch, wobei diese enger und drängender als die erste war. Ich liebte Rob. Ich konnte das jetzt sagen und ich konnte es glauben. Ich konnte es festhalten, ohne mir Gedanken darüber zu machen, was danach passieren würde.

Ich liebte ihn und er liebte mich.

Er liebte mich, als ich gar keine Liebe wollte.

Er liebte mich, als ich ihn hätte wählen können und es nicht tat.

Er liebte mich genauso, wie ich war und wollte nicht mehr und nicht weniger.

Er liebte mich und ich liebte ihn und jetzt wussten wir es beide. Wir konnten es sagen und wir konnten es leben.

Ich atmete tief durch, um mich davon abzuhalten zu weinen,

weil dieser verfluchte Scheiß meine Emotionen durcheinander brachte. „Ich werde es ihm morgen sagen. Wir … wir sind ein paar Stunden im Auto unterwegs und können darüber sprechen."

Ben kraulte Gronk kräftig am Kopf und setzte ihn dann auf den Boden. Der Hund drehte sich um und legte seine Pfoten auf Bens Bein. „Wo wollt ihr morgen hin?"

Ich strahlte und konnte die nervöse Aufregung in mir nicht verbergen. „Er kommt mit mir nach Hause zum Sonntagsessen bei meiner Familie."

KAPITEL 34
ROB

Rob: Hättest du vielleicht Lust, dass ich ein paar Stunden früher als geplant vor dem Essen mit deiner Familie bei dir vorbei komme?

Magnolia: Natürlich gern.

Rob: Wäre es anmaßend, wenn ich einen Tag früher käme? Wie zum Beispiel heute Nachmittag?

Magnolia: Ich kann mir nicht vorstellen, wie du dich von anmaßend abhalten lassen würdest.

Rob: Ist das also ein Ja? Ich sende hier ein klares Signal. Ich will nicht mitten in deiner sehr ernsthaften Unterhaltung mit Brock auftauchen und ich möchte keine gebrochene Nase.

Magnolia: Gute Nachrichten für dich – ich hatte die sehr ernsthafte Unterhaltung bereits.

Rob: Wie hat es der alte Junge aufgenommen?

Magnolia: Du hörst dich äußerst selbstgefällig an.

Rob: Ich und selbstgefällig? Neiiin.

Magnolia: Ja.

Rob: Zurück zur früheren Ankunft …

Magnolia: Ich habe den ganzen Tag Unkraut gejätet und ich brauche eine Dusche. Die Hintertür ist offen.

Rob: Das sind zu viele Informationen für mich, Liebling.

Magnolia: Dein Hirn ist ein dunkler und verdorbener Ort.

Rob: Du hast ja keine Ahnung …

Magnolia: Ich habe das recht gut eingeschätzt, danke.

Rob: Wäre es anmaßend von mir, dich zu bitten, dich nach dieser Dusche nicht anzuziehen?

Magnolia: Um was bittest du mich jetzt? Dass ich mich nackt im Haus aufhalte?

Rob: Das hört sich göttlich an.

Magnolia: Gronk ist Kleidung oder der Mangel derselben gleichgültig. Er wird trotzdem auf meinen Schoß springen. Ich liebe meinen Hund, aber nicht genug dafür.

Rob: Du kannst mir nicht die Schuld dafür geben, weil ich gefragt habe. Bis bald, Baby.

———

Ich hätte sagen sollen, dass ich bereits unterwegs war.

Ich hätte sagen sollen, dass ich meine Wohnung schon vor zwei Stunden verlassen hatte und jetzt in einer von Bostons Vorstädten kreiste und auf ein Zeichen wartete, dass sie ihr offizielles Gespräch mit Ben geführt hatte.

Ich hätte sagen sollen, dass ich ein wütender Ball an Bedürftigkeit war, der gleichzeitig rau und zart war und ich hatte einfach nur verfluchte Angst, weil es hier keine Garantien gab. Es war, als wenn man viel zu schwer trainieren und mit solchen Schmerzen aufwachen würde, dass man sich das Hemd nicht mehr über den Kopf ziehen oder eine Tasse Kaffee halten könnte, ohne zu zittern, während einem die ganze Zeit der Boden unter den Füßen weg gezogen wird.

Hätte sollen.

Nicht getan.

Ungefähr zwanzig Minuten später parkte ich in Magnolias Auffahrt.

Einundzwanzig Minuten später starrte ich über die Straße

auf Ben Brock. Ich hätte erwarten sollen, ihn hier anzutreffen, aber die Sorge war verschwunden, als ich *Verflucht* sagte und in mein Auto sprang.

„Hey", rief er, als er eine Kiste auf seinen Laster auflud.

„Hey", antwortete ich.

Angesichts der vernünftigen Entfernung zwischen uns sagte er: „Herzlichen Glückwunsch an den Gewinner."

Ich schüttelte den Kopf. „Es geht nicht um gewinnen. Es war niemals ein Spiel."

„Und trotzdem hast du gewonnen." Bevor ich darüber streiten konnte, fuhr er fort: „Du weißt doch, ich will dich nur ärgern, du empfindlicher Schwachkopf. Beruhig' dich doch. *Herrjeeeee*. Nicht, dass es etwas ausmacht, aber ich habe das hinter mir gelassen. Tatsächlich habe ich jemanden kennengelernt."

Ich steckte meine Hände in die Taschen und hob mein Kinn. „Wirklich?"

„Ja." Er schaute auf seinen Laster, seinen Garten und die Straße entlang. Und dann zurück zu mir. „Wird das hier seltsam? Du und ich? Weil ich keine unangenehmen Augenblicke erleben möchte jedes Mal, wenn wir einander sehen und ich bin am Arsch, wenn ich versuche, das Haus jetzt zu verkaufen."

Hinweis an mich: Überzeuge Magnolia, sofort bei mir einzuziehen.

„Nein, Mann. Natürlich nicht. Und du weißt, Magnolia würde das nicht zulassen", sagte ich.

Ben strich mit der Spitze seines Schuhs über das Pflaster. „Das stimmt."

Ein Schweigen legte sich über uns, das nicht unbehaglich, aber auch nicht angenehm war. Es war wie die Ruhe, die sich zog, wenn eine Zugbrücke gesenkt wurde –langsam und entscheidend und schmerzhaft in die Länge gezogen und nichts konnte das Verfahren beschleunigen.

„Ich muss zu *Home Depot*", sagte Ben dann mit den Händen in den Taschen. „Ich muss diese Sachen zurückbringen. Ich habe die falschen – nun ja, ich weiß nicht, was ich getan habe. Es ist einfach verdammt noch mal falsch."

„Ach ja", murmelte ich. Ich zeigte mit dem Daumen über meine Schulter in Richtung von Magnolias Haus. „Ich sollte ..."

„Ja", unterbrach mich Ben und zeigte mit einem Finger auf ihre Tür. „Was zum Teufel machst du hier? Geh' rein. Hast du Leckerlis für den Hund? Manchmal verstecke ich ein paar Schinkenkekse in meiner Tasche und dann ist er mein bester Freund."

Ich streckte die Hand zum Rücksitz und nahm eine Tüte mit Spielzeugen und Snacks aus einer Haustierboutique, die ich Anfang der Woche aufgesucht hatte. Damals, als ich im Begriff war, die Nerven zu verlieren. „Alles gut."

„Schlauer Mann", antwortete er mit einem flüchtigen Blick auf ihr Haus. „Viel Glück mit der Familie morgen. Sie können nicht schlimmer als ihre Freunde sein."

„Das hoffe ich", antwortete ich und ging die Auffahrt hinauf. „Viel Glück bei Home Depot – und mit der Person, die du kennengelernt hast."

Ich hatte keine Angst vor Magnolias Familie, nicht wenn Magnolia die Einzige war, die in dieser Gleichung wichtig war ... Und sie war wahrscheinlich *in diesem Augenblick* nackt. Warum zum Teufel redete ich immer noch mit diesem Kerl?

„Grace. Du würdest sie nicht mögen", rief er. „Wir müssen uns irgendwann mal treffen."

„Ja. Das macht Sinn."

Er hob die Hände. „Für mich auch."

Ich winkte, als er in seinen Laster stieg. Da ich kein Interesse daran hatte, ihm zuzuschauen, wie er weg fuhr oder irgendetwas tat, was dagegen sprach, dass ich nach drinnen ging und einfach bei der vorzugsweise nackten Magnolia war, ging ich in Richtung Hintertür. Gronk wartete auf mich und wedelte mit dem Schwanz.

„So funktioniert das, Kumpel", sagte ich und steckte die Hand in die Tasche. „Wenn du mir und deinem Menschen ein wenig Zeit allein gönnst, kannst du all diese Spielsachen und Leckerlis haben."

Bei dem Wort *Leckerlis* stellte er die Ohren auf. Ich öffnete das Päckchen mit dem lächerlich teuren Trockenfleisch und bot ihm ein kleines Stück an, wobei ich fast einen Finger verlor.

„Das ist gut, nicht wahr?" Er hielt das Trockenfleisch zwischen seinen Pfoten und begann daran zu arbeiten, wobei er Geräusche machte, die sich seltsam wie *nom-nom-nom* anhörten. „Es kostet vierzehn Dollar pro Pfund und daher solltest du es wertschätzen. Das ist richtig hochwertiger Scheiß."

Gronk ignorierte mich und das war gut so. Wir mussten keine Unterhaltungen führen. Nicht heute. Nicht, wenn ich mich nicht mehr zurück halten, nicht mehr teilen und nicht mehr *warten* musste.

Während Gronk seinen Snack mampfte, versteckte ich die Spielzeuge und anderen Leckerlis in der Küche und im Wohnzimmer. Ein Seil mit Knoten unter dem Couchtisch, ein kleiner Tennisball auf einem seiner vielen Betten. Ich war auf Händen und Knien und versteckte das Rauchfleisch an Orten, die er mit seinen kurzen Beinen erreichen konnte. Es war keiner meiner besten Momente, aber ich hatte einmal beobachtet, wie Magnolia das tat und erfahren, wie sie Gronk damit beschäftigte, wenn es sein musste. Er würde nach seiner Beute jagen und zu beschäftigt sein, um zu bemerken, dass sie einen wichtigen Termin hatte oder eine Wand strich oder etwas tat, wo sie keinen Hund gebrauchen konnte.

„Wenn du noch viel mehr für ihn versteckst, wirst du erfahren, wie es sich anhört, wenn sich ein Boston Terrier erbricht", hörte ich ihre Stimme hinter mir.

Und es bedeutete, ich war zu beschäftigt als dass ich bemerkte hätte, wie die Schönheit im Bademantel mich vom Flur aus beobachtete.

Ich stand auf und rieb mir die Hände. Ihr Haar war nass und ihre Augen lächelten. „Hallo." Ein Sofa und mehrere Meter trennten uns. „Frage an dich. Ist es falsch, deinen Hund zu erpressen, um deine ungeteilte Aufmerksamkeit zu bekommen?"

Sie schüttelte den Kopf. „Überhaupt nicht. Denk' nur daran, er hat einen sehr kleinen Magen und er hört nicht auf zu essen, wenn er satt ist. Außerdem wird er jetzt immer leckere Dinge von dir erwarten."

„Damit kann ich leben." Ich zuckte mit den Schultern. „Seine Zustimmung ist wesentlich hierfür."

„Hierfür", wiederholte Magnolia, während sie den dünnen Gürtel des Bademantels um ihren Finger wickelte, ihn löste und erneut aufwickelte. „Machen wir *dies* wirklich?"

„Ich glaube schon." Ich ging um das Sofa herum, verkürzte die Entfernung zwischen uns und fuhr fort: „Obwohl ich mich etwas frage. Wenn ich nicht darum gebeten hätte, heute hierher zu kommen, wärst du zu mir gekommen? Oder hättest du mich bis morgen warten lassen?"

„Ich musste erst duschen", begann sie mit bebender Stimme, „bevor ich dich hierher einladen konnte. Ich sah schrecklich aus, nachdem ich im Garten gearbeitet hatte. In meinem Haar war Gestrüpp und meine Arme waren voller Erde. Ich war schmutzig …"

„Du hast schmutzig noch nicht gesehen, Liebling", unterbrach ich sie.

„Ich wollte bereit für dich sein", antwortete Magnolia. „Und nicht schmutzig vom Garten."

Ich legte meine Arme um ihre Taille und strich mit meinen Händen über den weichen und quälend dünnen Stoff ihres Morgenmantels. „Und ich war schneller."

„Das schaffst du immer wieder, Rob", sagte sie lachend. „Du bist offen und direkt und bittest um das, was du willst."

„Wo wir gerade davon sprechen …" Mit beiden Händen um ihre Taille ging ich schnell mit ihr in Richtung ihres Schlafzimmers.

Sie lachte und legte ihre Hände um meine Bizepse, als die Rückseite ihrer Beine gegen die Seite des Bettes stießen. „Ja?

Hast du etwas gesagt? Jetzt erzähl' mir nicht, dass du reden wirst, bis wir aufbrechen müssen. Das wäre eine riesige Enttäuschung nach monatelangem verbalem Vorspiel."

Ich drückte den Ballen meiner Handfläche an meinen Hosenstall, aber das erleichterte den Druck dort nicht. Wenn überhaupt, wurde es dadurch schlimmer. Es hatte ein *monatelanges* Vorspiel gegeben. Kein Wunder, dass ich ein Wrack war. „Ich liebe deinen Mund."

Ich griff nach dem Gürtel des Morgenrocks und zog, bis der Stoff sich teilte und ein herrlicher Streifen Haut offenbart wurde. Nach einem schnellen Blick zu ihr, um zu bestätigen, ob es in Ordnung war und sie es wollte, küsste ich sie von ihrem Schlüsselbein bis zu dem Tal zwischen ihren Brüsten. „Magnolia", sagte ich und ihr Name hörte sich wie ein geknurrtes Seufzen an. „Ich habe schon so lange an dies gedacht und ich weiß nicht, was ich jetzt sagen soll."

„Sag' nichts", antwortete sie. „Zeig' es mir einfach."

Ich steckte meine Hände unter ihren Morgenmantel, zog ihn über ihre Schultern und ließ das Gewand auf den Boden fallen. Einen Augenblick lang starrte ich sie an und sog ihre üppigen Kurven, ihre dunkelbraunen Brustwarzen und ihre glatte, strahlende Haut in mich hinein. Dann steckte ich meine Finger in ihr feuchtes Haar und legte meine Lippen auf ihre.

Zusammen öffneten wir meinen Gürtel, knöpften meine Shorts auf, schoben meine Boxershorts nach unten und zogen das Hemd über meinen Kopf. Es war nicht schön aber effektiv und mehr brauchten wir heute nicht.

„Genau hier", sagte ich und tauschte die Plätze mit ihr. Ich setzte mich auf den Bettrand und hielt sie zwischen meinen Beinen gefangen. „Ich will dich genau hier."

Sie zögerte eine Sekunde, bevor sie sich auf meinen Schoß setzte. Mein Schaft drückte gegen ihren Bauch und das erste Gefühl ihres heißen und bereiten Kerns, als sie sich an meinen Oberschenkeln wiegte, machte mich wild. Ich küsste ihren Hals, ihr Kinn und ihre dunklen Brustwarzen. Alles. Ich nahm alles, was ich wollte.

„Bist du bereit für dies?", fragte ich und meine Hände hielten ihre Hüften ruhig, weil ich keine weiteren Bewegungen und Windungen ertragen konnte.

Magnolia streckte die Hand zwischen uns und nahm meinen nackten Schwanz. Oh Gott, es gibt nichts Besseres auf der Welt als eine routinemäßige Gesundheits- und Sicherheitsuntersuchung, bevor man sich auszieht. Sie starrte mir in die Augen, als wenn sie mich bei jedem Streicheln herausfordern wollte, sie aufzuhalten. Als wenn sie erwartete, dass ich hier die Grenze zog und die Kontrolle wieder übernahm.

Meine Meinung dazu war wie die meines Schwanzes – es gab keine.

„Du wirst nicht nett oder höflich sein, oder?", fragte sie

Sie zog mich durch den warmen Pool ihrer Erregung und ich musste die Zähne zusammen beißen, um zu antworten, „Wie kommst du darauf?"

„Du schaust mich genauso an wie ich das Unkraut in meinem Garten angeschaut habe." Magnolia positionierte mich an ihrem Eingang, bewegte sich aber nicht und ließ sich nicht nach unten sinken. „Als wenn du mich auseinander reißen wolltest."

„Ich verspreche, ich werde immer nett zu dir sein, mein Liebling", sagte ich und meine Hüften buckelten trotz aller gegensätzlichen Bemühungen nach oben. „Ich werde so höflich sein wie ich kann. Ich respektiere und bewundere dich und werde dich in jeder Beziehung als ebenbürtig behandeln." Ich vergrub meine Finger in ihrem Po, um sie ruhig zu halten. „Und ich verspreche, dass ich dich immer ficken werde, als würdest du mir gehören."

„Oh mein Gott, Rob, *ja*." Sie sank nach unten und ließ ihren Kopf auf ihre Schultern fallen, kratzte mit ihren Nägeln über meine Kopfhaut und stieß die Art von tiefem, zufriedenem

Stöhnen aus, das ich für den Rest meines Lebens von ihr hören wollte. „Du hast wegen dieses Schwanzes nicht gelogen."

Wenn es eine Formel gibt, um männlichen Stolz zu messen, dann war es das Stöhnen plus diese Worte. „Ich bin froh, dass es gut für dich ist."

„Du weißt, es ist besser als gut", sagte sie mit einem Schaudern. „Ich hoffe, es hält an, weil ich es genießen möchte. Ich habe schon seit Ewigkeiten keinen Sex mehr gehabt."

„Anhalten?", wiederholte ich. „Das reicht. Das reicht an Kommentaren von dir, Schatz." Ich hielt sie ruhig und schlug ihr auf den Hintern, bevor ich sie von meinem Schoß hoch hob. Ich ließ sie auf die Matratze fallen und stand auf. „Und du weißt, du hättest schon vor *Monaten* Sex mit mir haben können."

Magnolia bewegte sich rückwärts auf ihren Ellbogen und fauchte: „Ich weiß. Du hast es schon mindestens sechs Millionen Mal gesagt."

Ich legte meine Finger um meinen Schwanz und streichelte ihn, während sie es sich in den Kissen bequem machte. Oh Gott, sie war so verdammt schön und gehörte so verflucht *mir*. „Spreiz' deine Beine für mich. Ich möchte dich sehen."

Wieder zögerte sie, spreizte dann aber ihre Beine und schaute auf die Hand, die über meiner Länge hin und her strich. „Es macht Spaß dir zuzuschauen, obwohl ich es lieber hätte, wenn du das Ding wieder in mich steckst."

„Warum ich auch nur einen Augenblick geglaubt habe, dass du im Bett eine geringere Herausforderung als sonst wo bist, ist mir ein Rätsel", murmelte ich zu mir selbst, als ich mich zwischen ihren Beinen platzierte.

Sie streckte die Hand hoch und strich über meine Brust und meine Schultern. „Und hier bin ich und überlege, warum du mir monatelang deinen großen, schlimmen Schwanz verkauft hast und dich jetzt weigerst, ihn zu benutzen."

Ich neigte mich nach unten und meine Lippen strichen leicht

über ihre, während ich mich an ihrem Kern rieb. „Sei jetzt still, Liebling. Diese Muschi gehört mir. Du gehörst mir."

Wir starrten einander an, als meine Spitze gegen ihren Kitzler stieß und sie keuchte und zitterte, während sie sich mir entgegen wölbte. Sie nickte ganz leicht und flüsterte: „Für immer", als ich mich in sie hinein drückte.

Magnolia schrie auf und ich vergrub mich mit einem Stöhnen, das an ihrem Hals zu einem Knurren wurde. Sie bewegte sich und ich hätte dann fast alles kaputt gemacht. Es war so richtig, weil sie die *Eine* war. Diese Frau war die *Eine* für mich.

„Du bist rüpelhaft", sagte ich und legte einen Arm um ihre Taille, um sie ruhig zu halten. „Das liebe ich verflucht noch mal."

„Mit dem Schwanz verteilst du meine Organe um", antwortete sie und ihre Knöchel verschränkten sich auf meinem Rücken, während ihr Körper sich mit meinem bewegte. „Ich glaube, du bist der Rüpel hier."

Ich atmete so viel Sauerstoff ein wie ich konnte, aber es reichte nicht. Mein Körper lenkte seine sämtlichen Ressourcen darauf, so lange wie nur menschlich möglich durchzuhalten und wenn ich das schaffen konnte, war nichts weiteres notwendig.

„Ich übe nur für, wenn ich dir ein Baby mache", antwortete ich, weil ich nichts von den Dingen tat, die ich heute hätte tun sollen. Ich hielt mich nicht an das anzügliche Geschwätz, aber gleichzeitig gab es keinen Grund für Zensur oder Säuberung. War es ein bisschen kaputt, so anzufangen? Ich wusste es nicht. Es war mir auch egal. Solange wir beide wussten, dass wir zusammen sicher waren und bei Bedarf Grenzen ziehen konnten, war nichts verboten und es gab keine Tabus. An einem anderen weniger bedürftigen Tag, könnte ich sie eine Schlampe nennen, während sie auf meinem Gesicht saß oder ihre Brustwarzen anknabbern, während wir einen Porno schauten. Keine Grenzen. Keine Tabus. Kein Grund, sich nicht in die Ewigkeit zu wagen, die wir als schmutzige Fantasie aufbauten und wir für uns in Anspruch nehmen würden, wenn wir bereit dazu waren. „Ist das, nachdem ich dich heirate oder davor?"

„Oh Gott." Sie kratzte an meinen Rücken und ich spürte bereits die Stellen, wo ihre kurzen Fingernägel Kratzer hinterlassen hatten. Ich liebte jeden einzelnen, weil ich sie mir bei ihr verdient hatte. „Du hast das tatsächlich gesagt."

Ich stieß in sie hinein, als wenn ich den Beweis dafür antreten wollte. Was ich auch tat. Ich wollte, dass sie wusste, dass es mir todernst war, dass ich diesen Teil jetzt richtig machte. „Antworte mir. Davor oder danach?"

Magnolia schlug um sich unter mir und warf die Kissen vom Bett und etwas auf ihrem Nachtschrank fiel auf den Boden. Nichts davon war wichtig. Es war uns egal. „Danach, danach, danach", keuchte sie.

Ich zog zurück und die Spitze meines Schwanzes steckte nur knapp in ihr. „Wir werden noch viel Zeit zum Üben haben, außer du brennst heute Abend mit mir durch."

„Rob", rief sie laut. „Rob, wenn du dich nicht sofort bewegst, werde ich sterben."

„Das werde ich nicht zulassen." Ich stieß gegen ihre Innenseite und ich wusste, dass dies für uns beide fast vorbei war. Die Art und Weise, wie ihre Oberschenkel um mich lagen und sie die Fäuste in meinem Haar vergraben hatte, wie sie sich an mich klammerte, während ich sie hirnlos fickte, war zu viel, wenn man gleichzeitig versuchte stundenlang durchzuhalten.

Ihre Lippen fanden meine Schulter und blieben dort liegen, während sie flüsterte: *„Ooh ja."* Ich stieß in sie hinein und war zu überwältigt von diesen Gefühlen, als dass ich mit mehr als den Instinkten meines Körpers hätte reagieren können. Alles tat weh und schmerzte bis in meine Knochen. Mein Körper war angespannt und mein Blut schoss heiß durch meine Adern. Meine Muskeln arbeiteten schwer, während ich mich zurückhielt und sie verkrampften sich, als ich dem herrlichen Schmerz nachgab. Ich konnte keine weitere Minute aushalten, ohne dass ich in zwei Hälften gespalten worden wäre.

Irgendwo im Haus fing Gronk an wie ein Verrückter zu bellen und in genau dem Augenblick kam ich mit einem Brüllen. Mein ganzer Körper erstarrte, als ich mich in ihr entleerte. Es war wie ein Wolkenbruch.

„Gronk", rief sie mit sex-getränkter Stimme. „Nicht bellen! nicht."

Gronk war das einerlei und ich wusste, Magnolia würde ihn schimpfen, bis er aufhörte. Also tat ich das einzig vernünftige, was mir einfiel und drückte meine Handfläche auf ihren Mund. „Komm mit mir, schmutziges Mädchen", sagte ich. „Ich möchte spüren, wie du tief in dir drin verkrampfst und zitterst. Lass' mich spüren, wie du arbeitest, um jeden letzten Tropfen aus mir heraus zu holen."

Wenn ich der Wolkenbruch war, war Magnolia Donner und Blitz, wie sie laut und heftig zum Höhepunkt kam, sodass sich mein Herz zusammen zog und mein Schwanz pulsierte. Es war besser als alles, was ich mir hätte vorstellen können und als alles, was ich jemals wollte.

Als der letzte Tropfen durch mich pulsierte, ließ ich meinen Kopf zwischen ihre Brüste fallen und schloss die Augen. Mein Hirn war wie betäubt und halb im Delirium und ich glaubte nicht, dass ich mich für irgendetwas auf der Welt von diesem Himmel lösen könnte und schon gar nicht, wenn ich immer noch hart in ihr war. Nicht, wenn ich dabei war, mir alle möglichen Arten und Weisen auszudenken, wie wir dies noch einmal tun könnten.

„Du machst Geräusche", sagte sie und ihre Finger zogen Kreise auf meiner Kopfhaut. „Kleine Murr- und Knurrgeräusche. Was bedeuten sie?"

„Ich überlege, dich wieder zu ficken."

„Wieder", wiederholte sie.

„Mmhmm. Die ganze Nacht, schmutziges Mädchen. Die ganze Nacht."

Sie strich über die Sehnen auf der Rückseite meines Halses

und löste die Anspannung dort. „Daran könnte ich mich gewöhnen."

Ja.

Ich würde dieses Mädchen heiraten.

Ich würde sie schwängern.

Und ich würde weiterhin ihren Mund beim Sex bedecken, wenn sie darauf bestand, den Hund dabei anzuschreien.

KAPITEL 35
ROB

„ALSO, DIE SACHE IST DIE", SAGTE MAGNOLIA, ALS SIE AUF DEN Highway auffuhr.

Ich streichelte Gronks Rücken. Wir hatten es eine Straße weg vom Haus geschafft, bevor sein Stöhnen und Jammern auf dem Rücksitz zu viel wurden. Darum saß er jetzt auf meinem Schoß und betrachtete die Landschaft entlang der I-93. „Da ist eine Sache?"

„Es gibt immer eine Sache", antwortete sie. „So ist das bei mir. Es gibt immer eine Sache."

„Ich habe noch nie daran gedacht, es so kurz und knapp zu formulieren." Ich schaute zu ihr hinüber, aber sie bemerkte es nicht. Sie war mit dem Fahren beschäftigt und schaute nur auf die Straße und das erschien mir eine gute Erinnerung zu sein, dass Magnolia ein konzentrierter Mensch war. Sie hatte vielleicht vierzehn verschiedene Gedanken gleichzeitig, aber sie konzentrierte sich darauf.

„Es gab immer eine Sache."

Ich merkte, dass ich das an ihr mochte. „Okay", sagte ich. „Was ist die Sache heute?"

„Es sind einige", sagte sie leise. „In erster Linie meine Brüder." Sie seufzte schwer. „Bei diesen Familienessen haben sie manchmal etwas Spaß."

Das hörte sich nicht so schlimm an. „Welche Art von Spaß?"

Sie kicherte. „Erinnerst du dich, als ich dir erzählt habe, wie meine Mutter einmal irgendeinen Kerl von einer online Dating App sonntags zum Mittagessen eingeladen hat?"

„Ja", murmelte ich. Das war entweder eine fachmännische Handlung oder die Definition von brutal und ich habe den Unterschied immer noch nicht begriffen.

„Also, meine Brüder hatten viel *Spaß* mit dem Kerl. Er wusste gar nicht, wie ihm geschah."

„Sprechen wir von einem Freundschaftsspiel oder unnötiger Härte oder was? Sag' mir nur, auf was ich mich gefasst machen muss und ob der Hund mich beschützen wird."

„Der Hund bellt und das ist das ganze Ausmaß seiner beschützerischen Reaktion. Außerdem kratzt er an Schienbeinen und an Knöcheln."

Ich schaute auf Gronk. „Hört sich an, als wäre ich allein."

„Das bist du nicht", sagte sie schnell. „Und ich bezweifle, dass es so sein wird wie bei – verdammt, wie war noch sein Name?"

„Ich werte es als gutes Zeichen, weil du dich nicht erinnerst."

„Nein – ich meine, ja, sicher – aber meine Brüder waren … Oh Gott, wie soll ich das erklären? Sie haben Quatsch gemacht und ihn Titus oder Targaryen genannt und ich bin mir nicht sicher, ob ich bei dem Durcheinander seinen richtigen Namen mitbekommen habe. Ich war auch zu beschäftigt damit, meine Mutter die ganze Zeit finster anzuschauen und daher habe ich nur halb zugehört."

Ich lachte erstickt, aber machte mir keine Sorgen. Ich hatte als Student drei Jahre lang ein Verbindungshaus mit sechzig Brüdern mit denkbar schlechten Manieren überlebt und jeden Tag mit Hooligans gearbeitet. Verflucht, ich war einer jener Hooligans gewesen. Ich könnte Magnolias Brüdern Paroli bieten und würde schon zurecht kommen.

„Was sonst? Was ist die andere Sache?", fragte ich.

„Ach richtig", murmelte sie zu sich selbst. „Meine Mutter kann ein wenig …" Magnolia hielt inne und sie neigte den Kopf ein wenig zur Seite, während wir an einer Ausfahrt nach der anderen vorbei fuhren. Schließlich fuhr sie fort, „anstrengend sein. Sie kann ein wenig anstrengend sein."

„Ja, ich auch. Hast du vergessen, wie wir uns kennengelernt haben? Wie ich die Dinge in Gang gesetzt habe?"

Mit einem Schulterzucken antwortete sie: „Man könnte sagen, die Art und Weise, wie ich die Dinge fortgeführt habe, war ein wenig anstrengend"

„Und dem Herrn sei Dank dafür."

War es buchstäblich eine verdammte Qual gewesen, eine Beziehung mit dieser Frau zu führen, während Brock das auch tat? „Ja." Hätte ich es anders haben wollen? Sie können Ihren Hintern darauf verwetten, dass ich wünschte Brock wäre nie erschienen. Das stimmte alles und gleichzeitig wusste ich, es hatte so sein sollen. Dies war die Art und Weise, wie ich um Magnolia kämpfen und mich in sie verlieben sollte. So hatte es für uns alle kommen sollen.

Also ja, ich war dankbar, dass Magnolia ein wenig anstrengend war.

„Ich freue mich darauf", sagte ich.

„Okay, das ist sehr höflich und so, aber du musst wissen, meine Mutter steigert sich gern in etwas hinein. Sie lädt dich zu irgendeinem Ereignis in ihrer Kirche ein und mit *einladen* meine ich definitiv, sie treibt dich so sehr in die Enge, dass du unmöglich nein sagen kannst."

„Das hört sich wie ein privater Vermögensberater an, den ich kenne." Ich kraulte Gronk an den Ohren. „Du weißt doch, ich komme nicht direkt aus der Sandkiste, oder? Ich habe bereits das eine oder andere Geschäft abgeschlossen. Ich wage zu behaupten, dass ich es bei dir getan habe, Miz Maggie."

Sie lachte. „Ich glaube, ich habe es bei *dir* abgeschlossen."

„Wenn das deine Version der Geschichte ist, kann ich damit umgehen. Aber mach' dir keine Gedanken über deine Familie, Liebling. Ich habe alles im Griff."

„Ich will nur nicht, dass du schreiend davon läufst."

„Das wird nicht passieren", sagte ich mit einem schnellen Blick in ihre Richtung. Sie bemerkte ihn nicht. Ihre Sorge war entzückend. Wirklich entzückend. Als wenn es möglich wäre, dass ihre Familie mich verschrecken könnte. Wenn ihre Freunde – und der andere verfluchte Kerl, mit dem sie ausgegangen war – das nicht geschafft hatten, würde es nichts schaffen.

Ich konnte es handhaben. Eine Mutter, die sich in alles einmischte. Ein paar freche Brüder. Ich hatte es unter Kontrolle.

Und ich hatte den Hund. Das musste etwas zählen.

———

Magnolias Eltern wohnten in einem alten Haus in einem Teil von New Bedford, wo alte Häuser geschätzt wurden, aber im Gegensatz zu anderen renovierten Häusern in der Straße fühlte sich dies anders an. Es gab keine einzelne Sache, die es anders machte, sondern eine Anhäufung von kleinen Dingen.

Beispielsweise eine übermäßige Anzahl blauer Hortensien, die am Haus wuchsen. Sie schienen entschlossen zu sein, die Fenster zu blockieren und den Aufgang zu überwuchern. Zwei Hochbeete waren voller Tomatenkäfige und Zucchini. Um den äußeren Rand standen ein wenig zu viele Bäume und Rosenbüsche und um die Haustür zu viele Blumentöpfe. Und dann war da noch der alte Subaru mit mindestens zwanzig Stickern auf der hinteren Stoßstange. Sie waren alle im Geiste von *Rettet die Bucht* und *Folge mir zum Bauernmarkt!* und *Wasser ist heilig.*

Als Magnolia bemerkte, wie ich sie las, sagte sie: „Ja. Wie ich dir schon zuvor erzählt habe, kann meine Mutter ein wenig anstrengend sein, aber zumindest macht sie keinen Hehl daraus."

Ich konnte nicht erklären, warum all das hier – die Sticker, die Tomaten, die wuchernden Büsche und das Versprechen einer Familie, die es mir sicherlich nicht leicht machen würde – so verdammt charmant waren, aber ich konnte mein Grinsen nicht verbergen.

„Warum?", fragte sie und zeigte auf mein Lächeln.

„Nichts." Nachdem ich Gronk auf den Boden gestellt hatte und seine Leine um mein Handgelenk gelegt hatte, nahm ich den Wein und die Blumen, die ich mitgebracht hatte. Wie ich schon sagte, ich wusste, wie man ein Geschäft machte.

„Etwas", sagte sie, als sie sich in Richtung Aufgang wandte.

„Warte einen Moment", sagte ich, steckte die Flaschen unter meinen Arm und zeigte ihr an näher zu mir zu kommen. Sie kam mit fragendem Blick zurück und der Augenblick der Verwirrung reichte, dass ich sie an mich ziehen und meine Lippen auf ihre legen konnte.

Ich machte das schon seit Monaten – sie an mich ziehen und mit einem Kuss zum Schweigen bringen – obwohl es sich heute anders anfühlte. Es ging um mehr als Augenblicke mit ihr zu stehlen. Es ging darum sie zu behalten.

Ich legte meine Hand um ihr Haar und aus dem Augenwinkel bemerkte ich vorbeifahrende Autos und zuschlagende Türen. Ich war mir der Dinge auf unbesorgte Art und Weise bewusst und es gab keinen Platz für Gedanken oder Anstand oder Schicklichkeit oder …

„Ach Maggie. Die Nachbarn starren schon."

„Mrs. McCafferty hat schon den Rosenkranz heraus geholt."

Brüder.

Magnolia löste sich mit einem überraschten Keuchen von mir und als ich mich den Stimmen zuwandte, sah ich zwei Männer, die uns betrachteten. Die Ähnlichkeit zwischen ihnen war deutlich, obwohl sie so unterschiedlich wie ihre Autos waren – ein alter Porsche und ein glänzender schwarzer Truck.

„Ach hey", sagte sie und steckte ihr Haar hinter ihre Ohren. „Linden, Ash." Sie zeigte auf jeden. „Dies ist Rob."

„Freut mich", sagte ich.

Die Männer tauschten einen Blick.

Linden starrte Magnolia an. „Mutter hat nichts hiervon gesagt."

Verlegen schaute Magnolia auf den Boden. „Das liegt daran, dass sie es nicht weiß."

Oh Scheiße.

„Was hast du gesagt?", fragte ich.

„Ich muss die Logik hinter dieser Sache erst einmal verstehen", sagte Ash.

„Ich wollte nicht, dass Mutter sich deswegen verrückt macht", antwortete ich zu meiner Verteidigung. „Ich wollte nur, dass es ein normales Sonntagsessen wird." Als wir drei sie nur anblinzelten, fuhr sie fort: „Und ehrlich gesagt ist das nur gerecht, wenn man einige von Mutters Fisimatenten berücksichtigt." Noch mehr Blinzeln. „Und sie hat mir letzten Monat gesagt, ich sollte Rob mit nach Hause bringen, wenn ich soweit wäre."

Linden musterte das Sixpack in seiner Hand. „Ich habe nicht genug Bier hierfür mitgebracht."

Ich hielt die Flaschen hoch. „Ich habe Wein mitgebracht."

Ash nickte. „Schlau von dir."

Linden zeigte auf das Haus. „Kann ich zuerst gehen? Ich möchte einen guten Platz bekommen."

Magnolia starrte ihre Brüder finster an. Drillinge, Mann. Sie waren zum Schreien. „Ja. Gut. Geh'. Ihr solltet nur hoffen, dass ich so freundlich und rücksichtsvoll bin, wenn ihr beiden Besuch mitbringt."

„Als wenn ich Zeit dafür hätte", scherzte Ash.

Linden schlug seinem Bruder auf den Rücken. „Als wenn ich Interesse daran hätte."

Sie gingen nach drinnen und ließen Magnolia und mich wieder allein. Ich strich mit der Hand über ihr Haar. „Du hättest erwähnen können, dass dies eine Überraschung ist."

„Ich wollte es. Es war auf meiner Liste der Dinge, die ich erklären wollte."

„Ach. Noch eine Sache."

Lachfalten waren an ihren Augenwinkeln zu sehen. „Bist du verärgert?"

Ich strich die Falten auf ihrer Stirn mit meinem Daumen glatt. „Nein, aber du musst mich zu deinem Mitverschwörer machen. So werden wir mehr Spaß haben."

„Spaß", wiederholte sie. „Ja, lass' uns hoffen, dass es lustig wird. Wenn nicht …"

„Gibt es einen süßen Hund und etwas zu trinken. Wir kommen schon zurecht."

Wir gingen durch eine Seitentür am hinteren Ende der Auffahrt und betraten die Küche. Ash und Linden hockten in der Frühstücksecke, während eine ältere Frau, die Magnolia erstaunlich ähnlich sah, eine Gurke auf der Arbeitsfläche klein schnitt.

Die Tür schlug hinter uns zu und Mrs. Santillian schaute mit einem erwartungsvollen Grinsen hoch– bis sie mich sah und ihre Augen sich weiteten.

„Hallo Mutter", sagte Magnolia. „Ich möchte dir Rob Russo vorstellen."

Einen Hauch von einer Sekunde lang wusste ich nicht, in welche Richtung dies gehen würde. Die Dame hatte ein Messer und ich zweifelte nicht daran, dass sie mich bei nächster Gelegenheit entbeinen würde, falls man ihr die Gelegenheit dazu gab und falls ich jemanden ohne Ankündigung mit nach Hause brachte, würde meine Mutter mich nach hinten schicken, damit ich mein Grab schaufeln könnte.

Aber dann ließ der Schreck nach und ihr Blick wurde herzlich. Sie trocknete die Hände an einem Küchenhandtuch ab und kam zu mir. Sie nahm mir die Blumen und Weinflaschen ab und gab sie ohne große Sorgfalt weiter an Magnolia und dann ergriff sie mich an den Schultern.

„Rob", sagte sie und starrte mich aufmerksam an. „Ich habe so viel von Ihnen gehört. Es ist Zeit, dass ich dem Namen endlich ein Gesicht zuordnen kann."

„Ich glaube nicht, dass ich dir seinen Namen gesagt habe", murmelte Magnolia.

„Trotzdem", sagte Mrs. Santillian. „Jetzt sind Sie hier. Mögen Sie Heilbutt? Natürlich tun sie das. Schließlich sind Sie ein Mann."

„Und alle Männer Ende dreißig mögen Heilbutt", sagte Magnolia.

Ich grinste sie an und sagte dann: „Ich liebe einen guten Heilbutt. Vielen Dank für die Einladung, Mrs. Santillian."

„Ach, bitte nennen Sie mich Diana. Nur meine Schüler nennen mich Mrs. Santillian und wir sind heute nicht in der Schule."

„Diana", sagte ich mit meinem gewinnendsten Lächeln.

„Wie habt ihr beiden euch kennengelernt?" Sie legte ihren Zeigefinger an ihre Lippen und schaute von mir zu Magnolia. „Ich erinnere mich nicht, dass Magnolia mir das erzählt hätte."

„Sie will wissen, ob sie die Lorbeeren für diese Paarung beanspruchen kann", sagte Magnolia. „Und die Antwort darauf ist Nein, das kannst du nicht, Mutter."

„Das war die Fahrt hierher wert", murmelte Linden.

„Aber wirklich", stimmte Ash zu.

„Wir haben uns vor einigen Monaten kennengelernt", sagte ich und suchte nach der einfachsten Art und Weise, wie ich erklären könnte, dass ich ihre Tochter als Fick-Spielzeug hatte benutzen wollen, um die Erinnerung an meine letzte Beziehung auszulöschen, aber ich meine Sichtweise seither geändert hatte. „Wir haben uns zuerst nur unterhalten. Als Freunde …"

„So nennt man das also", mischte sich Linden ein.

Magnolia bewarf ihren Bruder mit einem Küchenhandtuch. „Halte verdammt noch mal den Mund."

Diana wedelte mit dem Zeigefinger in ihre Richtung. „Es besteht kein Grund zu fluchen."

„Es fing als Freundschaft an", wiederholte ich, „obwohl ich sehr ungeduldig war und nicht warten wollte. Irgendwann änderten sich die Dinge und ich bin glücklich, es geschafft zu haben." Ich zuckte mit den Schultern und fügte dann hinzu: „Ich habe Gronk mit Hundeleckerlis erpresst und daher kann ich nicht sagen, dass ich ganz fair gespielt habe."

„Die erlaube ich", sagte Linden.

„Ist das nicht süß?", gurrte Diana. „Wenn Sie mit Gronk gut auskommen, tun Sie das auch mit mir."

Magnolia beschäftigte sich damit, die Blumen in eine Vase und die Flasche Weißwein in den Kühlschrank zu stellen, wobei sie hin und wieder mit einem wissenden Grinsen zu mir hinschaute, während ihre Mutter mich mit Fragen bombardierte. Sie wollte etwas über meine Familie wissen, woher ich kam und wie mir New England im Vergleich zu New York gefiel.

Als diese Dinge zur Zufriedenheit beantwortet waren, schaute Diana ihre Tochter an und sagte: „Ich wünschte, ich hätte gewusst, dass du einen Gast mitbringst, Magnolia. Dann hätte ich ein zusätzliches Gedeck aufgelegt."

Magnolia zeigte auf einen Stapel Teller und Besteck auf der Küchentheke. „Du hast den Tisch noch nicht gedeckt, weil du die Jungs das machen lässt und mir hast du damals nichts von Trevor erzählt ..."

„Troy", warf Ash ein.

„Bist du dir sicher? Hieß er nicht Truman?", fragte Linden ihn.

Ash schüttelte den Kopf. „Troy."

„Troubadour", antwortete Linden.

„Telemachus", sagte Ash.

„Tommy", sagte Linden.

„Toulouse", sagte Ash.

„*Genug davon*", schimpfte Diana. Zu Magnolia sagte sie: „Ich hätte eine Ankündigung zu schätzen gewusst, wenn auch nur, um sicherzustellen, damit ich genug für einen zusätzlichen Gast habe."

Magnolia verschränkte die Arme. „Genug? Wirklich? Ich bin mir nicht sicher, ob das gilt, wenn man bedenkt, dass du immer genug kochst um uns drei mit den Resten für drei Tage nach Hause zu schicken."

„Keine Reste für mich, danke", sagte Ash. „Ich bin die ganze Woche wegen einer Betriebsprüfung unterwegs."

Dabei spitzte ich die Ohren. „Du machst Betriebsprüfungen?"

Ash zuckte mit den Schultern. „Finanzbuchhaltung, Betriebsprüfungen, Steuern."

„Investment Banking", sagte ich. „Ich nehme an, du arbeitest außerhalb von Boston?"

Hinter mir hörte ich, wie Diana Magnolia zuflüsterte: „Ist er *Banker*?"

Ash nickte. „Ja. Mein Büro ist in der Nähe von Copley. Wo arbeitest du?"

„Im Finanzbezirk", sagte ich. „State Street."

Linden schaute von mir zu Ash. „Oh. Das ist ja eine wunderbare Entwicklung. Noch ein Kerl mit Geld am Tisch. Den Göttern sei Dank für Bier."

Ash ignorierte seinen Bruder und musterte mich nachdenklich, bevor er sagte: „Hast du eine Ahnung, was die Bundesfinanzbehörde mit den Zinssätzen nächsten Monat machen wird?"

Ich bückte mich, um Gronk von der Leine zu lassen. „Ich habe ein paar Ideen, aber bei den meisten handelt es sich um Wunschdenken."

Diana schnippte mit den Fingern in unsere Richtung. „Wir reden nicht über Geschäfte beim Essen."

Ash zeigte auf den Frühstückstisch. „Es ist noch kein Mittagessen."

„Aber bald. Geh' und deck' den Tisch", kommandierte sie. „Wir benutzen die guten Gläser heute. Okay? Die aus dem Porzellanschrank. Und die guten Stoffservietten. Nimm deinen Bruder mit." Gronk jagte Ash und Linden hinterher, als sie die

Küche verließen. „Magnolia, stell' dem Hund eine Schüssel mit Wasser hin. Er muss nach der Fahrt schrecklichen Durst haben."

„Das habe ich schon gemacht", antwortete sie, als sie sich neben mich stellte. „Wo ist Vater?"

„Auf dem Golfplatz", sagte Diana. „Er hat irgendetwas gesagt, dass er eine Stunde auf der Driving Range bekommen hat. Das war vor zwei Stunden."

Magnolia begegnete meinem Blick und grinste frech. „Kann ich irgendwie helfen?", fragte ich.

„Um Himmels Willen, nein", sagte Diana.

„Es macht mir nichts aus zu helfen", sagte ich. „Ich bin mir sicher, ich kann irgendetwas für Sie tun." Magnolia verdrehte die Augen in meine Richtung. Ich zwinkerte ihr zu. „Geschäftsabschluss", formte ich unhörbar mit dem Mund.

„Sie könnten Magnolia helfen, ein wenig Petersilie aus dem Garten zu holen", sagte Diana. Sie zeigte auf einen Korb an der Tür. „Ich bin mir nicht sicher, ob noch mexikanischer Oregano da ist, aber wenn sie etwas sehen, schneiden Sie mir bitte ein paar Stängel ab."

Magnolia nahm den Korb und zeigte mir an, mit ihr nach draußen zu gehen. Ich folgte ihr, während sie durch den Garten wandelte und ich beobachtete, wie sie die Blätter und die Blumen in den Beeten musterte. Mein Blick zeichnete ihre Beine nach, während sie ging und die Kurve ihrer Hüften, als sie sich hin kniete, um ein paar Kräuter abzuschneiden.

Sie streckte die Hand nach hinten und wartete auf meine. Ich nahm sie und trat näher zu ihr hin. „Nach was sollte ich suchen, Liebling?"

„Ein wenig Privatsphäre", sagte sie lachend.

Ich neigte mich zu ihr und drückte meine Lippen auf ihren Nacken. „Davon werden wir heute Abend noch genug bekommen."

„Das bedeutet nicht, dass ich nicht jetzt schon welche will", antwortete sie. „Das hier ist Stress für mich. Du bist fantastisch und sie himmeln dich an und alles ist großartig, aber diese ganze Sache ist sehr viel."

Ich legte einen Arm um ihre Taille und drückte ihren Po gegen meine Vorderseite. „Wie kann ich es weniger stressig machen?"

„Das kannst du nicht", sagte sie und lachte wieder. „Aber da hinten gibt es eine Stelle hinter den Bäumen, die fast völlig versteckt ist. Wenn du wolltest ..."

„Wenn du glaubst, dass ich dich hinter einem Baum ficken und mich dann zum Essen mit deinen Eltern und Brüdern hinsetzen kann, bist über einige Dinge recht verwirrt. Ich weiß nicht, wie ich dich höflich ficken soll, mein Liebling."

Hinter uns hörten wir ein Räuspern. Dann sagte eine Stimme: „Ich glaube nicht, dass wir uns schon kennengelernt haben. Ich bin Carlo Santillian. Magnolias Vater. Und wer sind Sie?"

Wo war der Hund, wenn ich ihn brauchte?

„Oh Gott", flüsterte Magnolia. „*Oh mein Gott.*"

Ich nickte entschlossen, trat vor und streckte meine Hand in Richtung des Mannes. „Rob Russo, Sir." Er betrachtete mich und meine Hand mit einem ungeduldigen Blick, der besagte, dass ich auf seinem Grundstück nicht über mein sinnliches Wissen über seine Tochter sprechen sollte. Nicht, wenn ich nicht sehen wollte, was er mit seinem Golfschläger umgehen konnte.

Fair. Das war fair.

Er verdrehte die Augen ein wenig, nahm meine Hand und schüttelte sie schnell. „Gehen Sie ins Haus mit mir", sagte er. „Meine Frau wird nicht schimpfen, weil ich mich zum Essen verspätet habe, wenn sie damit beschäftigt ist, höflich zu Ihnen zu sein."

Ich warf Magnolia ein angespanntes Lächeln zu, als ich gefolgt von Mr. Santillian zurück in die Küche marschierte. Wie erwartet schimpfte Diana ihren Ehemann nicht, sondern fragte mich, ob wir den Oregano gefunden hatten, den sie wollte.

Magnolia betrat die Küche hinter uns mit einem Korb voller

Kräuter, geröteten Wangen und strahlenden Augen. Sie klapste mir auf den Po, als sie an mir vorbei ging und sagte unhörbar: „Du bedeutest Ärger."

Ich nickte, weil sie Recht hatte. Ich hatte von Anfang an Ärger bedeutet. Anstatt darauf zu antworten flüsterte ich: „Ich liebe dich."

EPILOG
ROB

DAS NÄCHSTE JAHR.
  Frühlingsanfang.

„ICH SAGE ES DIR, Mann. Dieses Jahr wird das Jahr des Wiederaufbaus. Sie können das nicht durchhalten", sagte ich und neigte meine Bierflasche zu meiner Begleitung. „Ich hatte Unrecht bei der vergangenen Saison. Das muss ich dir lassen …"

„Das musst du mir lassen", schimpfte Ben. „Du bist solch ein Arschloch."

„So sehe ich es", antwortete ich. „Selbst die besten Spieler sind inzwischen zu alt. Die schlauen hören früher auf und investieren ihr Geld. Ich kenne einen Typ, der die Investitionen von mehreren früheren NFL- Spielern verwaltet und …"

„Oh mein Gott, das interessiert doch niemanden", sagte er stöhnend.

Ich grinste ihn über den Tisch an. Ben Brock war ein mürrischer Mistkerl. Ich war mir nicht sicher, aber es schien, dass er ganz und gar aus Salz bestand. Ein Salzklumpen, der zu einem Zeitpunkt vielleicht meine Verlobte geliebt hatte. Und jetzt saß ich hier und quatschte mit ihm über Sport, während wir ein paar Bier tranken.

Die Welt war schon verflucht seltsam.

„In Ordnung", murmelte ich und signalisierte dem Kellner, dass er die Rechnung bringen sollte. „Machen wir es oder was?"

Er hob seine Bierflasche und schaute mich mit zusammen gekniffenen Augen an. „Warum hast du es so eilig, Russo? Versuchst du mich vom Markt zu drängen?"

„Mann, du bist schon vom Markt", sagte ich lachend. „Versuch' nicht, es zu leugnen."

Er schüttelte den Kopf und nippte an seinem Bier. „Da hast du nur allzu Recht", sagte er in erster Linie zu sich selbst. Er schaute auf sein Handy „In knapp drei Monaten heiratest du. In der Zwischenzeit gehst du kein Risiko ein, oder?"

Ich starrte ihn an und lächelte angespannt. Ich vertraute Magnolia. In jeder Beziehung. Ich vertraute Ben jedoch nur, solange ich ihn im Blick hatte. Nach unserer geteilten Vergangenheit wusste ich jetzt, dass er Magnolia nicht wollte. Er wusste, dass er zu einer anderen Frau gehörte. Ich wusste es und ich wusste, er würde bei unserer Hochzeit keinen Scheiß anstellen. Trotzdem blieb ich weiter vorsichtig.

Verdammt, ich war im Begriff zu heiraten.

Vor ungefähr fünfzehn Monaten hatte ich geschworen, dass ich nie wieder lieben würde.

Vor neun Monaten hatte ich diesen Schwur gebrochen.

Vor sechs Monaten hatte ich einen Ring an Magnolias Finger gesteckt.

In drei Monaten würde ich einen neuen Schwur ablegen. Einen, den ich für den Rest meines Lebens halten wollte.

Ich konnte es kaum abwarten, sie am Strand in New Bedford zu heiraten.

„Ja, lass' uns das machen", unterbrach Ben meine Gedanken. „Ich kann mit dieser vagen Situation nicht mehr umgehen. Ich muss Killer festsetzen."

Ich zuckte zusammen. „Musst du sie so nennen?"

Er zuckte mit den Schultern. „Sie hat nichts dagegen."

Ich nahm ihm das ab, aber das machte Grace Kilmeades Spitznamen nicht besser und ich arbeitete mit Kerlen, die Booch, Mad Dog und Mole Sauce gerufen wurden. „Wie du willst, Mann", sagte ich. „Wie ist der Plan? Du hast gesagt, du hättest ein Treffen klar gemacht. Ist dies legal oder sollte ich vorab meinem Rechtsanwalt Bescheid geben?"

„Du bist solch ein Arschloch", knurrte er. Er rieb sich mit den Händen über seine Oberschenkel, als wenn er etwas nervöse Energie abarbeiten wollte. Ich grinste. Obwohl ich auch in der Situation gewesen war und das getan hatte, grinste ich. „Was, wenn sie nein sagt? Die Möglichkeit besteht, nicht wahr? Ich bin mir sicher, Gigi hat mindestens vier oder fünf Mal nein zu dir gesagt."

Ich legte Bargeld auf den Tisch, stand auf und zog meinen Mantel an. „Volltreffer beim ersten Mal."

So war es immer bei Magnolia. Sie war die erste Frau, die ich auf der Dating-App angeschrieben hatte, die erste Frau, mit der ich die Geschichte meines gebrochenen Herzens geteilt hatte, die erste Frau, die ich von ganzem Herzen liebte, die erste, der ich einen Heiratsantrag gemacht hatte und die erste, die ich besser kannte als mich selbst.

Ben ging voraus durch die Gaststätte und blieb draußen auf dem Bürgersteig stehen. „Sie ist jung", sagte er und steckte die Hände in seine Manteltaschen. „Hast du die Geschichten über ihre Generation nicht gelesen? Sie wollen alle nicht heiraten."

Magnolia und ich waren in den letzten paar Monaten bei sehr vielen Dates von Ben und Grace dabei gewesen und ich hatte keinen Zweifel, dass sie reifer war als er. „Millennials legen keinen Wert auf das eigene Haus, amerikanischen Käse oder Kinos." Ich zeigte auf ihn. „Wenn wir glauben wollen, dass das auf Grace zutrifft, sollten wir die ganze Sache weg lassen, weil sie auch keinen Wert auf Diamanten legen."

„Du bist nicht hilfreich", antwortete er.

„In Ordnung." Ich zuckte mit den Schultern im heulenden Wind. „Sie ist nicht so jung. Habt ihr schon davon gesprochen zu heiraten? Über die Zukunft, wo das alles hinführt und so?"

Er durchbohrte mich mit einem scharfen Blick. „Ja, Dr. Phil, das haben wir."

Jetzt mal ernsthaft Butter bei die Fische bei dieser Sache.

„Warum machst du dir dann Sorgen?" fragte ich. „Du bist vielleicht fünf oder sechs Jahre älter als sie. „Stimmt's?"

„Eher neun", antwortete er.

Das hatte ich nicht erwartet, aber ich verbarg meine Überraschung. „Ja und? Das hat sie offensichtlich locker an Reife ausgeglichen. Hat ihr Alter die Dinge bislang verkompliziert?"

„Nein", knurrte er.

„Warum ist es dann jetzt ein Problem?", fragte ich. „Trotz der Tatsache, dass sie deine Gesellschaft mag, würde ich sagen, sie ist für ihr Alter sehr weise."

„Ehrlich gesagt", murmelte er und rieb sich die Hände. Dieser kalte Märzwind war schrecklich. „Ich will es nicht tun und dann abgeschossen werden." Er durchbohrte mich mit einem scharfen Blick. „Ich möchte die Erfahrung nicht wiederholen."

Ich blinzelte ihn an. Wir wussten beide, es war bei ihm und Magnolia nicht so gewesen, aber er war immer auf der Suche nach Mitleid. „Ich folge dir nicht zu einem zweifelhaften Juwelenhändler, wenn du dir bei dieser Sache nicht sicher bist. Geh' jetzt hin oder hol' mir ein Bier, weil es zu kalt ist, noch länger hier draußen zu stehen."

Er starrte lange Zeit die Straße entlang und schaute dann ungeduldig in meine Richtung. „Warum zum Teufel habe ich dich hierfür mitgenommen?"

Ich hob meine Schultern und ließ sie dann fallen. „Keine Ahnung. Hast du keine anderen Freunde? Ich kann unmöglich der einzige Mensch sein, den du als Einkaufsbegleitung rufen kannst."

Das war der Tritt in den Hintern, den Ben gebraucht hatte,

weil er dann sagte: „Okay, los. Dann machen wir es jetzt. Lass‘ uns gehen und einen Verlobungsring kaufen.“ Er hustete und atmete dann ein, als wäre er im Begriff zu ersticken. „Herrje, ich mache Killer einen Heiratsantrag. Ich ... ich werde diese Frau *heiraten*.“

Ich schlug ihm auf die Schulter. „Es ist großartig, wenn es einem bewusst wird, nicht wahr? Es ist, als würde man fast ertrinken.“

Er fuhr fort, hustete und stotterte. „Wann ist das passiert? *Wie* ist es passiert?“

„Soweit ich weiß, musst du Lauren Walsh danken.“

Er schaute mich unbeeindruckt an. „Ich kann immer noch nicht glauben, wie wir uns haben überreden lassen, Leuten, die wir überhaupt nicht kennen, beim Umzug zu helfen. Was für ein Scheiß war das?“

Ich schlug ihm erneut auf den Rücken. „Es war alles zum Besten. Schließlich hast du Grace kennengelernt.“

Er zeigte die Straße entlang und wir machten uns auf in die Richtung. „Berichtigung. Ich habe sie nicht kennengelernt. Ich wurde in ihrem verdammten Kraftfeld gefangen.“

Ich steckte die Hände in meine Manteltaschen und musste lächeln. „Ja. Genauso war es.“

Ich folgte Ben zu einem Gebäude am hinteren Ende von Bostons Theaterviertel. Nachdem man uns reingelassen hatte, gingen wir die Treppen hoch und warteten in einem schmalen Flur. Ich zog mein Handy aus der Tasche und schickte Magnolia eine Nachricht.

Rob: Es ist nicht, was ich erwartet habe, aber es passt 100-prozentig zu Brock und ich hätte wahrscheinlich alles erwarten sollen.

Magnolia: Das hört sich richtig an.

Magnolia: Versprich mir, du bringst ihn nicht dazu, eine über-mäßig seltsame Wahl zu treffen. Seltsam ist okay, aber übermäßig seltsam ist es nicht. Grace hat eine winzige Tätowierung an ihrem Ringfinger und daher ...

Rob: Ich glaube, dass ist der einzige Grund für meine Einladung zu diesem Ereignis.

Magnolia: Er hat dich eingeladen, weil du sein Freund bist und er deiner Meinung vertraut.

Magnolia: Er mag dich; auch wenn er so tut, als würde er es nicht tun.

Magnolia: Aber auch, weil du es jetzt schon ein paar Mal gemacht hast.

Rob: Du bist so unhöflich zu mir.

„HEY." Ben schlug gegen den Türrahmen und zog meine Aufmerksamkeit weg vom Bildschirm. Er neigte den Kopf in Richtung offene Tür. „Er ist bereit für uns."

Ein Mann mit einer schwarzen, verstaubten Schürze voller Fingerabdrücke stellte sich als Syleski vor, als er uns in das Büro führte. Er zeigte auf die Stühle vor seinem Schreibtisch und fragte: „Ringe? Ist es das, was Sie wollen?"

Ben schaute mich mit einem *oh-verdammt-was-mache-ich-Blick* an. Ich stellte ihm einen Stuhl hin und drückte ihn darauf. „Ja", antwortete ich. „Er sucht einen Verlobungsring."

„Nichts Traditionelles", fügte Ben hinzu. „Er muss anders sein. Wirklich einzigartig."

Ich nickte, sagte aber zu Syleski: „Nicht zu anders."

Der Juwelier ging in den hinteren Teil seines Büros, während ich meinen Wintermantel auszog und ihn über den Stuhl legte. „Entspann' dich, Brock. Du wirst überleben."

Er fauchte eine Antwort, aber ich ignorierte ihn und wandte mich meinem Handy zu.

Rob: Er ist nicht betrunken genug hierfür.

Rob: Und ich auch nicht.

Magnolia: Du kannst später trinken. Mit mir.

Magnolia: Ich will diesen Ring sehen und ich glaube nicht, dass Ben seit vor den Arbeiten an der Küche zu Besuch war.

Rob: Ich bringe ihn nicht mit nach Hause hier nach. Ich habe andere Pläne für unseren Abend, Liebling.

Magnolia: Meinst du Pläne oder Pläne?

Rob: Pläne.

Magnolia: Vielleicht solltest du mir ein Bild von deinem Schwanz schicken, damit ich weiß, was ich von diesen Plänen erwarten kann.

Rob: Daran wirst du mich noch einmal an unserem Hochzeitstag erinnern, nicht wahr?

Magnolia: Alles ist möglich.

SYLESKI KAM mit einem abgedeckten Tablett zurück und begann mit einer schnellen Erklärung zu den verschiedenen Schliffen, Stilen und Materialien. Die Optionen schienen endlos. An einem Zeitpunkt war ich mir sicher, dass Ben angefangen hatte zu schielen.

„Dieser ist modern, aber auch elegant", sagte Syleski und hielt einen zierlichen Platinring mit einem runden Diamanten in der Mitte hoch. „Einzigartig, ja?"

Ben schüttelte den Kopf. „Nein. Der ist nicht richtig für sie." Er schaute mich mit großen Augen an und seine Haare standen in alle Richtungen ab, weil er sie sich alle vierzig Sekunden raufte. „Ich brauche etwas, was so schwarz ist wie ihr Herz."

Der Juwelier hob die Augenbrauen. „Was er damit sagen will", mischte ich mich ein, „ist, dass er einige farbige Edelsteine sehen möchte."

„Haben Sie schwarze Diamanten?", fragte Ben.

Ich unterdrückte ein Stöhnen, als Syleski antwortete: „Ja, ein paar." Er schaute mich an, als wollte er meine Zustimmung. Ich zuckte mit den Schultern. „Wollen Sie sie sehen?"

Ich schaute von Ben zum Juwelier und zurück. „Wie wäre es mit einigen schwarzen und einigen bunten Edelsteinen? Mehr Optionen."

Als Syleski wegging, wandte sich Ben zu mir. „Versaue ich das hier?"

„Nein, überhaupt nicht. Es ist in Ordnung. Diese Dinge brauchen Zeit. Viel hin und her." Ich schaute kurz auf mein Handy. „Wann hast du vor, Grace zu fragen? Hast du schon eine Ahnung, wie du es machen willst?"

Er seufzte und ratterte sämtliche Heiratsanträge auf dieser Welt herunter. Ich lächelte und nickte, weil es offensichtlich war, dass er die Möglichkeiten noch sortieren musste, aber meine Gedanken wanderten zurück zu dem Herbstmorgen, als Magnolia und ich den Vertrag für unser neues Haus unterschrieben hatten.

Wir hatten kein Haus zusammen gesucht, aber scheinbar hatte das Haus uns gefunden. Das Haus aus braunem Sandstein lag in der Nähe von *Hayes Park* im South End nicht weit von meiner Wohnung. Wir waren bei Spaziergängen mit Gronk einige Male daran vorbei gekommen und hatten die Buntglasfenster, die Privatparkplätze und den Rosengarten daneben bewundert. Erst als Magnolias Freund Riley erwähnte, dass er es als Renovierungsprojekt in Betracht zog und ihre Ideen hinsichtlich des Gartendesigns wollte, wurde uns klar, dass es zum Verkauf stand.

Und wir wollten es. Es musste jede Menge Arbeit reingesteckt werden, aber wir waren für diese Herausforderungen bereit. Das und ihre Freunde waren begeistert von der Idee, uns bei der Renovierung des Hauses zu helfen. Sie waren wirklich wertvolle Freunde.

Innerhalb von zwei Wochen machten wir ein Angebot, organisierten die Finanzierung und wurden Besitzer eines Zuhauses.

Als wir vor dem Haus, das wir an jenem Oktobermorgen gemeinsam gekauft hatten standen, bat ich Magnolia, die Schlüssel aus der vorderen Tasche meiner Laptoptasche zu nehmen. Sie fand die Tasche nicht und öffnete stattdessen diejenige, in der ich extra Ohrhörer, Büroklammern und den Verlobungsring aufbewahrte, den ich schon seit mehr als einem Monat mit mir herum trug. Sie zog einen kleinen Umschlag heraus, der genauso aussah wie der mit den Schlüsseln und legte einen Diamanten in meine Handfläche.

Sie blinzelte wütend. „Das ist kein Schlüssel."

„Nö", antwortete ich.

„Das ist kein Schlüssel", wiederholte sie. „Es ist etwas sehr Unterschiedliches von einem Schlüssel und ich bin mir nicht sicher, ob dies nicht eine witzige Falle ist, in der ich das Ding finden soll, das kein Schlüssel ist, oder an die falsche Tasche gehe und das Ganze ist ein Riesenfehler."

Ich leckte über meine Lippen. „Was möchtest du, dass es sein soll?"

Sie blinzelte, öffnete ihren Mund und ihr Blick war auf den Ring fixiert. „Ich glaube, ich weiß, was du willst. Sie steckte ihr Haar hinter die Ohren, trank ein wenig von ihrem Eiskaffee und schaute auf das Haus aus braunem Sandstein. „Und ich glaube, ich weiß, dass ich es auch will" – sie hob zwei Finger nebeneinander– „aber ein winziger Teil von mir glaubt nicht, dass du es wirklich willst. Ein Teil. das nicht will, dass du mich willst. Der Teil hat Unrecht und ich weiß das, aber im Geiste muss ich diese Steine erst aus dem Weg räumen."

„Was siehst du, wenn du sie aus dem Weg räumst?"

Sie zögerte und tippte mit einem Finger gegen ihre Lippen. „So hatte ich es mir nicht vorgestellt."

„Was hast du dir vorgestellt, Liebling?"

Sie schürzte die Lippen, um ein Lächeln zu unterdrücken. Ich liebte es, wenn sie das tat, als wenn diese Handlung das Lächeln, das in ihren Augen strahlte, verbergen könnte. „Ich hatte mir vorgestellt, dass ich dich fragen würde." Sie neigte ihr Kinn in Richtung meiner Handfläche. „Ich dachte, ich würde schneller sein."

Ich lachte und legte meine Finger um den Ring. „So wird das nicht funktionieren, Magnolia."

Sie zuckte zurück. „Wie bitte?"

„Nein, mein Liebling. Es tut mir leid, aber du wirst mir keinen Antrag machen."

Sie kniff die Augen zusammen, runzelte die Stirn und öffnete den Mund. Ich liebte den entsetzten Blick. Er war entzückend. „Und warum nicht?", fragte sie.

„Weil ich gewartet habe", antwortete ich. „Ich warte schon – von Anfang an. Dann habe ich den ganzen Sommer bis in den Herbst hinein gewartet. Ich wollte dies so oft tun und doch habe ich gewartet. Ich wollte, dass es für dich, für mich und für uns richtig ist."

Sie biss sich auf die Unterlippe. „Wieviel länger wolltest du noch warten?"

Ich lehnte mich auf meinem Sitz zurück und rieb mir über die Stirn. „Nicht mehr lange. Deine Mutter hat mir gesagt, ich wäre in ihrem Hause nicht mehr willkommen, wenn ich mich nicht beeilen würde."

„Mein Gott", flüsterte sie und hob ihre Fingerspitzen an ihre Schläfen. „Meine Mutter."

Ich nahm ihre Hand. „Erinnerst du dich, wie ich Magnolien recherchiert habe, als du mir zuerst deinen Namen gesagt hast, MizMaggie? Ich war mir sicher, ich hatte schon mal eine gesehen, aber ich wusste nicht sofort, wie eine Magnolie aussah und ich musste selbst eine sehen. Ich fand Bilder, aber ich erfuhr auch, dass Magnolien ganz anders als andere Blumen sind. Sie blühten bereits, bevor es Bienen auf der Erde gab. Sie warteten lange Zeit, damit die Welt sie verstand und das machte sie stärker und unabhängiger. So viel stärker." Ich schob den Ring auf ihren Finger. „Du musst nicht mehr warten, Magnolia."

Sie blinzelte nach unten auf ihre Hand. „Wir haben beide gewartet."

„Hey. Russo, hey."

„Ja?", fragte ich Ben und schüttelte die Erinnerung an jenen Morgen ab. „Was gibt's?"

Er hielt einen schmalen Platinring mit einem grob geschliffenen, blauen Stein in der Mitte hoch. „Was ist mit diesem? Das ist ein Saphir. Er ist recht hübsch und klein, aber auch knorrig und vielleicht ein wenig furchteinflößend. Genau wie Killer. Stimmt's?"

Ich schaute auf den Ring. Ähnlich wie Grace war er zart, aber unleugbar knorrig. „Dieses eine Mal sind wir einer Meinung."

ERWEITERTER EPILOG
ROB

Ein Brief. Sie wollte einen Brief.

Wenn ich ehrlich war, war ich selbst schuld. Ich hatte Magnolia gefragt, was sie als Hochzeitsgeschenk wollte und sie wünschte sich *einen Brief*. Von *mir*.

Ich hatte etwas Einfaches erwartet. Etwas, was man kaufen könnte. Wie Ohrringe zum Beispiel.

Ein Brief war etwas ganz anderes. Ich war kein Experte, aber es erschien mir weniger riskant, ein paar tausend Dollar für funkelnde Ohrringe auszugeben als Worte auf eine Seite zu schreiben und sie meiner zukünftigen Frau an unserem Hochzeitstag zu geben.

Aber jetzt saß ich hier, sechzehn Stunden vor der Trauung und zweifelte daran, ob ich die Bitte meiner Braut erfüllen könnte.

Darum trommelte ich mit den Fingern morgens um 1:30 Uhr auf den Rezeptionsschalter, während ich auf Papier wartete, weil ich einen Brief schrieb und der kleine Notizblock auf dem Nachtschrank nicht ausreichte.

Als ich mich mit einem ganzen Paket Papier auf den Weg zurück in mein Zimmer machte, schaute ich eine ganze Minute finster auf das *leere* Bett. Ich wusste nicht mehr, warum ich diese

Tradition mitmachte, da wir schon seit zehn Monaten ein Bett teilten. Die Nacht vor unserer Hochzeit hätte anders sein sollen.

Ach richtig. Magnolia hatte das auch gewollt und ich wollte verdammt sein, wenn ich ihr nicht alles gab, was sie sich wünschte. Einschließlich dieses Briefes.

Liebe Magnolia,
ich heirate dich heute. Wir heiraten heute. Es ist unser Hochzeitstag.
Ich bin sehr glücklich und ich liebe dich.

„Was zum Teufel ist das?", knurrte ich zu mir selbst. Ich zerknüllte die Seite und warf sie quer durch das Zimmer und war von mir selbst angewidert. „Zweiter Versuch", spornte ich mich an.

Liebe Magnolia,
Wie du weißt, heiraten wir heute.

„Oh nein, verflucht", schrie ich und warf diesen Versuch auch weg. „Dies ist keine Büronachricht, Russo, sondern ein Brief an die Frau, die du zufällig sehr liebst und die kein Briefing über die Ereignisse an ihrem Hochzeitstag braucht."

Liebe Magnolia,
Deine Augen schimmern wie Edelsteine und dein Haar erinnert mich
an Melasse. Nicht, weil es klebrig ist, sondern weil es dunkel ist und
gut riecht.

„Oh Gott. Oh Gott, was ist bloß los mit mir?", sagte ich zu mir selbst. Sie verlässt mich am Altar, wenn sie dies liest."

Ich nahm mein Handy, da ich das dringende Bedürfnis hatte sie anzurufen. Ich wollte es. Ich wollte ihre Stimme hören und ihr zuhören, während sie mir alles erzählte, was sie getan hatte, seit wir uns vor ein paar Stunden getrennt hatten. Ich wollte, dass sie mich daran erinnerte, wie man existierte. Ich hatte seit über einem Jahr nicht so – ohne sie – existiert.

Anstatt sie anzurufen scrollte ich durch mehrere Monate mit Nachrichten von Magnolia. Da waren einmal die normalen („Bist du noch zu Hause? Kannst du bitte schauen, ob wir Mandelmilch haben?") Und die lächerlichen („Da ist ein Streifenhörnchen, das mein Gartenrenovierungsprojekt in Winchester zerstört und ich bin nicht glücklich mit dem kleinen Scheißkerl.") und die außergewöhnlichen („Ich hoffe, du weißt, dass dein Arsch heute Morgen besonders lecker aussah. Trag' den Anzug öfter. Außerdem habe ich vor, den Arsch heute Abend kräftig zu drücken. Du darfst gerne nackt sein, wenn ich es tue!").

Ich brauchte mehr als eine Stunde, um den Anfang mit den ersten Nachrichten zu finden, die wir geteilt hatten, als wir noch Fremde waren, die auf einer App gematcht worden waren. Damals, als ich ein absoluter Trottel war, der ihre Aufmerksamkeit nicht verdient hatte.

Rob: Guten Morgen.
Magnolia: Hi! Happy Monday!
Rob: Wie war dein Wochenende?
Magnolia: Gut. Ich bin froh, dass eine neue Woche anfängt. Ein Neuanfang bei vielen Dingen.
Rob: Geht mir auch so. Ja, ich bin in genau dem gleichen Boot wie du.
Magnolia: Faszinierend.
Rob: Ich will offen zu dir sein. Ich habe gerade eine lange Beziehung beendet und bin ein bisschen durcheinander, aber ich bin 1,92 groß und mein Schwanz ist ganze 20 cm lang.
Magnolia: Es tut mir leid wegen deiner Trennung.
Rob: Vielen Dank. Möchtest du mir helfen, die Erinnerungen an meine Ex weg zu ficken? Ganz ohne Verpflichtungen oder Erwartungen oder emotionales Gepäck?

Magnolia: Ich verstehe ja wirklich, was du durchmachst, aber ich weiß nicht, wie dies ohne emotionales Gepäck sein könnte. Und ich möchte auch nicht wirklich erwartungslosen Sex. Ich stehe auf Verpflichtungen und Erwartungen und Gefühle. Ich will all diese Dinge.

„Ich will auch all diese Dinge", sagte ich in das leere Zimmer. Ich legte mein Handy weg und schaute aus dem Fenster in die Dunkelheit des Narragansett Bay. „Ich wusste es nur nicht."

Liebe Magnolia,

Es ist seltsam dir so auf Papier zu schreiben, ohne den Vorteil einer umgehenden Antwort oder eines Emojis vier Sekunden später. Es ist seltsam, obwohl es mich an den Anfang erinnert. Unseren Anfang damals, als wir uns nur über die Nachrichten kannten.

Ich dachte, ich hätte alles im Griff. Ich dachte, ich könnte nach Belieben funktionieren. Du hast es mich versuchen lassen, aber du wusstest, es würde nicht funktionieren. Irgendwie kanntest du mich besser als ich mich selbst kannte und du wusstest es innerhalb weniger Nachrichten.

Ich bin nicht so arrogant zu sagen, dass ich dich so schnell kannte, aber bis ich dich persönlich traf, hatte ich schon mal eine gute Ahnung.

Wusstest du, dass ich dich durch das Fenster gesehen hatte, bevor ich in die Bäckerei kam? Wusstest du, dass ich dich mindestens eine Minute lang beobachtet habe? Du hast die Dinge auf dem Tisch hin und her geschoben und deiner Freundin eine Nachricht geschrieben und du warst einfach entzückend. Wusstest du, dass du an jenem Tag umwerfend ausgesehen hast? Und das war nur anders als an jedem anderen Tag, weil es das erste Mal für mich war, dass ich von dir umgehauen wurde. Ich versuchte mir zu sagen die Reaktion wäre das Produkt all der anderen Probleme in meinem Leben. Ich schaffte es sogar, mich selbst ein wenig davon zu überzeugen. Immer wenn die

Überzeugung ins Wanken geriet, füllte ich die Lücken mit völlig perversen Gedanken über dich.

Ich sollte das wahrscheinlich nicht erwähnen, aber du hast schon schlimmere Beichten von mir gehört und es ist die verdammte Wahrheit, Magnolia. Ich saß dir an dem kleinen Tisch gegenüber und überlegte, wie ich dich wohl auf den Tisch oder auf meinen Schoß bekommen könnte. Ich wollte dich berühren, dich schmecken und dir all die schmutzigen, herrlichen Dinge in meinem Kopf sagen. Ich wollte dir sagen, dass du mich umgehauen hast und es etwas bedeutete, auch wenn ich nicht wusste, wie ich das damals verarbeiten sollte. Ich glaubte nicht, ich könnte einen weiteren Tag leben, wenn ich nicht mit meiner Zunge über die Unterseite deiner Brüste streichen könnte, während du unter mir lagst. Ich wollte dich auseinander reißen und verspeisen – und du hast mir nichts davon geschenkt. In keiner Weise. Nein, ich musste dafür arbeiten und darauf warten. Jetzt werden wir in wenigen Stunden unser Ehegelübde ablegen und ich weiß, es war wirklich ein großes Glück für mich, dass du auf meine erste Nachricht und die anderen geantwortet hast. Du hast meine kaputten Teile aufgesammelt und sie wieder dahin gelegt, wo sie hin gehörten, auch wenn ich diese Großzügigkeit von dir nicht verdient hatte.

Und ich möchte immer noch mit meiner Zunge über die Unterseite deiner Brüste streichen. Ich will dich immer noch auf meinem Schoß und auf einem Tisch deiner Wahl. Wenn ich ehrlich bin, möchte ich dich jetzt hier ohne Rücksicht auf die Traditionen bei mir haben. Ich möchte die Welt abstellen und mich in dir vergraben. Ich möchte deine Oberschenkel als Gehörschutz tragen und ich möchte Narben auf meinen Schultern von deinen Fingernägeln. Ich möchte, dass ganze Tage vorbeigehen, an denen ich mich nur dir widme.

Da unsere Wochenenden voll sind, bekommen wir keine ganzen Tage eingeschlossen in einem Hotelzimmer. So wie es mich nicht abgeschreckt hat, dass du mich dafür hast arbeiten und darauf warten lassen, wird dies auch kein Wahnsinns Hochzeitswochenende schaffen. Während du dies liest, werde ich mich in dein Ankleidezimmer schleichen und dich überreden, das süße, kleine Mrs. Russo Gewand *auszuziehen. Du wirst mit sehr feuchtem Slip und zitternden Beinen zum Altar gehen und ich werde eine Träne bei dem großartigen Anblick weinen.*

Nachdem ich dir meinen Ring an deinen Finger gesteckt habe, werde ich unseren Fahrer bestechen, damit er einen langen Umweg zur Feier nimmt und ich werde jede Minute der Fahrt mit meinem Kopf unter deinem Kleid verbringen.

Irgendwann zwischen den Cocktails und dem Anschneiden der Hochzeitstorte, werde ich dich entführen und wir finden ein abschließbares Zimmer und die Art von Sofa, auf dem ich mich mit deinem perfekten Po in meinen Händen zurück lehnen kann. Ich möchte dein Kleid überall um uns herum haben, während ich dich langsam und ruhig ficke. Ich möchte von allem auf der Welt erinnert werden, dass du mich geheiratet hast.

Danach, wenn dein Slip sicher in meiner Tasche ist, werden wir diese verrückte Sache, die wir ineinander gefunden haben, feiern, bis wir einander zurück zum Hotel ziehen. Ich weiß nicht, was dann passieren wird, aber ich weiß, ich kann es kaum abwarten, altmodischen Sex mit meiner Frau zu haben ... diejenige, die wollte, dass ich ihr einen Brief schreibe.

Dafür liebe ich dich. Für alles. Nicht nur, weil du mich umgeworfen hast, während du mich wieder zusammengesetzt hast, sondern, weil du mich dafür hast arbeiten lassen. Du lässt mich warten.

Was die Ohrringe betrifft ... Du musst sie heute nicht tragen. Ich bin überzeugt, dass du schon etwas ausgesucht hast. Aber ich würde mich freuen, wenn du sie wenigstens einmal während unserer Flitterwochen trägst.

Ich liebe dich, Magnolia. Heute, morgen und immer.

Rob

ICH WIDERSTAND DEM DRANG, die Worte, die ich geschrieben hatte noch einmal zu lesen, faltete die Seiten und steckte sie in einen Hotel Briefumschlag. Ich legte ihn neben die Juweliersschachtel auf den Schreibtisch und starrte wieder auf das Bett. Ich wollte nicht allein schlafen, aber der Gedanke, dass ich

Magnolia in wenigen Stunden sehen und sie heiraten würde, erfüllte mich mit Freude.

Keine Risiken in Sicht.

———

Vielen Dank, dass Sie das Buch gelesen haben! Ich hoffe, Magnolias Reise hat Ihnen gefallen.

Melden Sie sich für Kate Canterbarys Mailing-Liste an und erhalten Sie gelegentliche Nachrichten und Aktualisierungen sowie Neuerscheinungstermine, exklusive, erweiterte Epiloge, Bonus-Material und Kuchen. Es gibt immer Kuchen.

Besuchen Sie Kates private Lesergruppe und unterhalten Sie sich über Bücher, werfen einen kurzen Blick in neue Bücher und verbringen Sie Zeit mit anderen Leseratten!

BÜCHER VON
KATE CANTERBARY

Die Santillian Drillinge

Die Magnolia Chroniken

Mit dem Chef im Bett

Professional Development

ÜBER KATE

USA Today Bestseller Autorin Kate Canterbary schreibt schlaue, heiße Liebesromane voller Hitze, Herz und Glück bis in alle Ewigkeit. Kate wohnt mit ihrem Ehemann und ihrer Tochter an der Küste New Englands.

Sie finden Kate unter www.katecanterbary.com